KB083762

꾸는 꿈 길 없는 길에서

고려대학교 중국학연구소 편 | 정동취 외 지음

●

중국
신문학
100년의
작가를
말하다

고려대학교 중국학연구소 편 | 장동천 외 지음

●

중국
신문학
100년의
작가를
말하다

꾸는 꿈 | 길 없는 길에서

뿌리와
이파리

일러두기

1. 단행본과 단편 자료는 각각 『 』와 「 」를 사용하여 구분하며, 영화와 연극 작품 또는 대본에는 〈 〉를 사용한다.

2. 중국어 및 기타 외국어 고유명사의 한글 표기는 되도록 국립국어원의 외래어표기법을 따르되, 다만 한국에서의 관례를 존중하여, 인공구조물(건물·사찰·다리 등) 이름과 20세기 이전의 중국 인명에 한해서는 우리말 한자음으로 표기한다.

3. 고유명사의 한자 원문 병기는 되도록 첫 출현 시만 하되, 한국 독자에게 이미 보편화된 것은 생략한다.

4. 본문 도판은 퍼블릭도메인이거나 크리에이티브 커먼즈 라이선스를 따르는 것들이다. 크리에이티브 커먼즈 라이선스는 따로 본문 말미에 출처를 밝혔다. 혹시라도 저작권을 침해한 것이 있다면 알려주기 바란다.

차례

04 역사와 함께 걸어가는 문학

책머리에

대학과 연구기관은 늘 대학이라는 울타리 너머로까지 연구의 성과를 확산시켜야 한다는 요구를 받고 있습니다. 이러한 고민은 다시 저희가 '무엇을 담아 전해야 하는 것일까?' 하는 것으로 자연스럽게 연결될 수밖에 없습니다. 연구 성과의 대중적 확산이라는 요구가 사회에서 나왔듯이, 그것이 담아야 할 내용 역시 사회로부터 고민하지 않을 수 없습니다. 중국어문학을 중심으로 중국학 전반에 대해 연구하고 있는 저희가 연구와 사회의 요구를 접목하는 데 있어 가장 기본은 중국을 이해하는 방법이나 내용이 될 수밖에 없습니다.

현재 한국과 중국은 수교 이래 정치·경제·문화 방면에서 다양한 교류를 이어오고 있습니다. 그 성과는 정치와 경제 방면에서의 객관적 수치로 증명되고는 합니다. 그러나 양국의 문화적 교류와 이해가 그에 상응하는 발전이 이루어졌는가 하는 점에서는 고개를 갸웃하게 됩니다. 보이지 않는 양국 국민 간의 오해와 질시도 존재하는 것이 사실입니다. 이것은 다시 양국의 물질적 교류에도 영향을 줄 우려가 있습니다. 그래서 양국의 교류에서 가장 방점을 두어야 할 것은 문화적 교류라고 할 수 있습니다. 문화적인 교류는 곧 서로의 삶을 이해하는 것에서 출발합니다. 그런데 현재의 삶은 역사적인 것으로서 과거로부터 시작해 유전되어 오늘로 이어진 것입니다. 삶에 대한 이해는 당장의 현재의 모습에 대한 이해에서 머물 것이 아니라 현재를 만든 과거로부터 시작되어야 한다는 말입니다.

100여 년 전 중국이 오랜 문화전통과 절연하고 새로움을 시작했을 때 마주했던 신문학은 다른 무엇보다 소소한 그들의 삶을 담아내는 것에서 시작했습니다. 그리고 그들은 정치나 경제와 같은 큰 이야깃거리를 다룰 때에도 결국은 그들 삶으로부터 출발했고, 이를 충실히 담아내려는 노력을 전개해왔습니다. 그래서 우리가 지금 마주하고 있는 현대의 중국과 중국인을 이해하고자 한다면, 중국 신문학을 검토하는 것은 피할 수 없는 과정이라고 할 수 있습니다. 그리고 그들이 어떻게 자신들의 삶에 반응하고 일을 만들어왔는지를 살펴본다면 우리는 현재의 중국뿐만 아니라 미래의 중국의 모습까지도 알아볼 수 있을 것입니다.

저희 연구소는 이렇게 대중에 대한 인문학 성과를 넓혀야 한다는 사회적 요구와 중국에 대한 인문적·문화적 이해를 넓혀야 할 필요성의 증대에 호응하여, 이를 오늘날 가장 잘 파악할 수 있는 일환으로 그들의 신문학을 대상으로 삼아 대중에게 다가갈 수 있는 강연을 수년 전부터 기획하고 개최해왔습니다. 그리고 현장에 함께하지 못한 분들에까지 공유될 수 있는 기회를 마련하고자 대중서 형식의 책으로 출간하려고 합니다. 여기에는 대중 강연에 참여한 여덟명과, 그에 더하여 집필에 가세한 네 명까지 총 열두 명 연구자들의 뜻이 담겼습니다. 신문학이 본격적인 출발을 알리기 전인 청나라 말엽부터 그 출발을 준비했다고 할 수 있는 량치차오梁啓超, 시대의 전환기에 연극을 통해 새로운 사회를 꿈꾸었던「문명희文明戱」 연극과 메이란팡梅蘭芳, 문학의 힘으로 낡은 중국을 깨우려 했던 루쉰, 주류와는 다른 시선을 찾아보려 했던 저우쭤런周作人, 서구의 낭만을 중국으로 잇고 새로운 경지를 만들었던 쉬즈모徐志摩, 근대의 대안으로 자연 인성을 모색하려 했던 선충원沈從文, 근대 도시의 욕망과 불안을 표현한 무스잉穆時英, 통속성을 통해 오히려 시대와 사회를 보여줄 수 있었던 친서우어우秦瘦鷗, 좌표가 사라진 포스트모던의 시대에 다시 읽는 마오쩌둥毛澤東의「옌안 문예 좌담회에서의 연설」, 중국에서 현대 여성의 모습을 새로이 그려보았던 딩링丁玲, 통속성과 전통에 오히려 현대의 삶과 고민을 담아내려 한 진융金庸의 무협소설, 그리고 거대한 사회의 압력과 환경에서 저항하고 정신적 위기를 돌파하려 했던 베이다오北島에 이르기까지, 열두 연구자들의 언어와 문자로 중국 신문학과 그 너머에 담겨 있는 현대 중국의 모습이 조금 더 많은 이들에게 전달되고, 이로써 중국에 대한 이해가 조금 더 넓혀지고 높아지기를 기대해봅니다.

마침 올해는 중국에서 5·4 운동이 일어난 지 꼭 100주년이 되는 해입니다. 5·4 운동은 신문화운동으로 이어졌고, 그 핵심은 새로운 시대에 새로운 도덕과 문화를 마련하는 것이었습니다. 그 정신은 분명, 신문학 100년 속에서 여전히 줄기로 이어지고 있습니다. 그리고 이제 그것은 본서의 필자들이 전하는 이야기에 다양한 얼굴로 담겨 있습니다. 본서의 발간이 또한 많은 분들에게 더욱 의미가 있을 것이라고 여겨지는 이유입니다.

　마지막으로 대중강연과 대중서를 기획하고 그것이 구체적인 결실을 맺도록 지원을 아끼지 않은 고려대학교 BK21 PLUS 중일 언어문화 교육연구 사업단에 감사드립니다. 연사와 저자로 참여해주신 고려대학교 장동천 선생님, 유원대학교 김종진 선생님, 고려대학교 유경철 선생님, 협성대학교 고점복 선생님, 고려대학교 고운선 선생님, 김윤수 선생님, 손주연 선생님, 강원대학교 이현복 선생님, 그리고 저자로서 옥고를 더해주신 고려대학교 김종석 선생님, 남희정 선생님, 강에스더 선생님, 목포대학교 피경훈 선생님께 감사의 인사를 드립니다. 아울러 강연 기획과 진행을 도와주신 신한대학교 권운영 선생님과, 책이 깔끔하게 나올 수 있도록 마지막까지 애써주신 강원대학교 이현복 선생님과 고려대학교 손주연 선생님께도 감사 말씀 드립니다. 교정에 힘써주신 고려대학교 남희정 선생님과 고려대학교 대학원에 재학 중인 김미영, 이새미 동학에게도 사의를 표합니다. 끝으로 쉽지 않은 상황임에도 흔쾌히 대중서 출간에 응해주신 도서출판 뿌리와이파리 측에도 심심한 사의를 표합니다. 모쪼록 많은 이들의 힘이 모아져 시작된 걸음이 끝내 목적지에 이를 수 있기를, 그리고 그 걸음마다 가치와 의미가 남겨졌기를 바랍니다. 감사합니다.

고려대학교 중국학연구소 소장

홍윤기

01

세계와 만난
중국

●

쉬즈모
장동천

—

저우쭤런
고운선

—

무스잉
손주연

낭만이 시작되는 곳, 케임브리지

중국 시인 쉬즈모와 서정시
「다시 케임브리지와 이별하며」

장동천

쉬즈모란 누구인가?

우리에게 쉬즈모徐志摩는 여전히 생소한 이름이다. 중국에서는 너무나 유명한 그가 우리에게 이처럼 낯선 것은 그만큼 중국의 현대문학이 한국에 잘 알려져 있지 않고 쉬즈모 역시 예외가 아니라는 뜻일 터이다. 하지만 꼭 그렇지만도 않다. 조금만 돌아보면 사실 쉬즈모라는 이름 석 자가 이미 몇 번쯤 우리 주위를 스쳐 지난 적이 있음을 발견할 수 있다.

보다 쉽고 감각적인 사례로서 우선 1970년대 한국의 청춘들을 울린 홍콩영화 한 편으로 이야기를 시작해본다. '한중합작'이란 타이틀이 추가된 그 영화의 제목은 이름하여 〈사랑의 스잔나〉(1976). 스무 살의 앳된 천추샤陳秋霞는 이것 한 편으로 단박에 한국 청년들의 우상이 되었다. 물론 영화의 줄거리는 그 시절을 풍미한 러브스토리의 클리셰에서 한 발짝도 벗어나지 않는다. 진짜 경이로운 것은 유치찬란한 줄거리에 끼워 넣기 아까울 정도로 주옥같은 이영화의 삽입곡들이다. 40년이 지난 요즘도 라디오의 전파를 타는

케임브리지 유학 시절의 쉬즈모.

〈One Summer Night〉, 〈Graduation Tears〉 등이 모두 이 영화에
등장했던 곡이다. 그런데 영어가사가 아니라서 더 주목받지 못한
다른 노래들 가운데 바로 쉬즈모의 연정시 하나가 섞여 있었다. 「우
연偶然」이란 이 시는 시대를 더 거슬러 올라가 한국에서 1940년에
발간된 『삼천리』 잡지(제12권 제6호)에도 실려 있다. 예스런 말투로
임학수가 번역한 「우연」은 이러하다.

나는 하늘에 뜬 한조각 구름
때로 혹 너의 波心에 그림자를 던지나니―
의아하지 마라
기뻐할 것도 없다

그도 잠시, 이윽고 그림자는 사라지고 마르리.
우리는 검은 밤바다 우에서 만낫도다

그러나 너에게는 너의 나에게는 나의 갈 길이 있어-

나를 記憶하여도 좋다

잊어도 좋다

다만 이 서로 만났을 때 잠시 빛을 던질 뿐.

「우연」(임학수 번역)

쉬즈모가 구가한 엇갈린 사랑의 애상은 식민치하의 조선인들에게도 충분히 공감을 살 만했다. 이런 그가 그 시절로서는 참으로 보기 드문 항공사고로 1931년 34세의 짧디짧은 생애를 마감하자, 채 2주도 되기 전에 베이징에 있던 조선의 언론인 정래동은 『동아일보』에 「중국 신시단의 혜성 「徐志摩」를 弔함」이라는 장문의 추도문을 발표한다. 정래동은 쉬즈모의 시 「사랑의 영감愛的靈感」 중 일부를 인용하고 나서 다음과 같이 시인의 죽음을 애도한다.

그러고 보니 徐志摩氏가 이 詩를 쓴 지가 一年이 다 되지 못하야 참으로 『내가 날고 날아서 창공으로 날아가 흐터저 모래가 되고 흐터저 빛이 되고 흐터저 바람이 될 때까지』의 現實者가 되리라고 누가 想像이나 하얏슬가?

너무나 돌연한 이 중국 시인의 죽음은 감수성 많은 조선 청년 정래동에게도 충격 그 자체였을 것이다. 하지만 그가 발 빠르게 고국으로 추모 문장을 보낸 것은, 또한 쉬즈모의 위상이 중국에서 그만큼 대단했기 때문이다. 요즘 유행하는 표현을 빌리자면, 그 시절의 쉬즈모는 그야말로 중국의 '국민 시인'이었다. 한국 시인으로 비유하자면 대략 김소월과 피천득을 합쳐놓은 정도라고나 할까? 하지만 한국의 어느 시인도 문단의 리더로서 대단한 활약상을 보이면서 대중적인 인기까지 한 몸에 얻었고, 동시에 국제적인 인맥까지 두루 갖춘 이 시인의 화려한 면면에 비견되기 어려울 것이다.

1919년 5·4 운동을 전후하여 중국에도 우리의 언문일치 운동과 흡사한 '백화白話 운동'이 일어난다. 종래의 한문 투 문장을 구어로 대체하려는 시도가 모든 문학 장르에서 벌어진다. 가장 빨리 이를 실천한 것이 소설이고 첫 성공작이 바로 루쉰魯迅의 단편 『광인일기狂人日記』(1917)였다. 이에 반해 가장 적용이 어려운 장르가 시였다. 후스胡適가 패기 있게 『상시집嘗試集』(그 이름 자체가 '실험 작품집'이란 뜻이었다)을 내놓았지만 결과는 대실패였다. 당송唐宋 시대에 굳게 뿌리를 내리며 천년 이상 문학의 주류로 군림한 전통시의 율격을 한낱 평민들의 언어로 대체하기란 결코 쉬운 일이 아니었다. 바로 그때 쉬즈모가 이끈 『신월新月』 잡지의 젊은 시인들은 우려를 불식시키며 구어에 의한 현대시 율격을 만들어내는 데 성공한다. 그럼으로써 쉬즈모는 율격과 이미지에서 명실상부하게 현대화된 서정시를 구가한 최초의 중국 시인이 된다. 쉬즈모는 전환기 청춘들의 연애 감정을 서구적인 낭만주의로 대변함으로써 또한 5·4 신문학의 대표적인 로맨티스트 작가로 자리매김되었다.

하지만 열광만 있었던 것은 아니다. 쉬즈모는 1923년 자기의 우상이었던 인도 시인 타고르의 중국 순회강연에 통역으로 참여한다. 청년독자 사이에서 타고르 열풍과 함께 쉬즈모의 인기도 덩달아 수직 상승한다. 그런데 현대문명의 위기를 동양사상으로 극복하자고

1924년 타고르의 중국 방문시 옌징燕京대학에서 포즈를 취한 일행. 타고르 왼쪽에 있는 이가 린 후이인, 맨 뒷줄 왼쪽이 쉬즈모이고 그의 오른편에 레오나르드 엠허스트가 보인다.

설파한 이 인도 시인에 대한 싸늘한 시선 또한 만만치 않았다. 그의 목가주의적 세계관은 근대기술로 무장한 열강 앞에 맥없이 주저앉은 중국적 상황에서는 일견 공허하고 시대착오적인 것으로 여겨졌다. 타고르처럼 온건한 개혁사상을 주창한 쉬즈모에 대해서도 좌익의 비판이 달아오른다. 오늘날의 생명운동 관점에서 보면, 목가적 공동체를 통해 현대문명의 위기를 극복하고자 했던 쉬즈모의 관점이 전혀 설득력이 없는 것은 아니다. 그러나 당시 중국의 위기는 쉬즈모가 상상한 것보다 심각한 지경이었고, 급진주의자들은 보다 현실적인 대안에 목말라 하고 있었다. 그들의 염원대로 1949년 중국에 사회주의 정부가 들어서자 쉬즈모의 위상은 더더욱 추락한다. 그의 연정시는 부르주아적인 사치품으로 매도되었고 생활공동체에 대한 발상조차 자본주의적인 허영의 산물로 치부되었다. 쉬즈모의 문학사상이 진정한 평가를 받기 위해서는 더 많은 시간이 흘러야 했다.

개혁개방 시대에 쉬즈모는 근대 초기 낭만주의 시대를 향한 향수의 아이콘으로 다시 부상되었다. 오랫동안 혁명의 무게에 짓눌려온 대중들은 과거의 영화로운 시절에 대한 갈망과 향수를 갖게 되었다. 시장경제를 도입하고자 했던 정부 쪽에서도 초기 자본주의 문화를 복원하지 않을 수 없었고 그것을 입증하는 역사적 실체가 필요했다. 어느 쪽의 시각으로 보건, 쉬즈모만큼 근대화 시기의 낭만적 이슈에 두루 관련된 화려한 이력의 소유자는 드물었다. 그럼으로써 쉬즈모의 창작인생은 가장 낭만적인 문학시대에 관한 스토리텔링의 풍요로운 원천으로서 다시 주목받기 시작한다.

20세기 전반의 중국작가 중 쉬즈모만큼 서양에 폭넓은 지적 인맥을 가진 사람은 찾기 힘들다. 허겁지겁 서양의 근대문화를 받아들이던 시절에 그것은 가장 강력한 문화자본이었다. 유학생 신분임에도 불구하고 서구 지식인들과 폭넓은 유대 관계를 가졌던 그는 중국의 근대문화사를 통틀어 단연 돋보이는 존재였다. 구미와 일본 유학 출신의 다른 작가들이 유학시절 현지작가와의 교류는커녕 하층민의 삶에서조차 벗어나지 못한 점과 비교하면, 그는 매우 특별했고 그만큼 풍성한 이야깃거리를 남겼다.

쉬즈모는 화려한 여성편력으로도 유명했다. 그는 세도가 집안의 딸 장유이張幼儀와 중매결혼을 했다. 하지만 이 결혼은 행복하지 못했다. 아버지를 따라 런던에 온 린후이인林徽因을 만난 후에는 더더욱 심각한 지경으로 치닫는다. 그런데 린후이인은 이미 정혼자가 있었기에 이 사랑은 결국 아픈 상처만을 남겼다. 린후이인의 반려자 량쓰청梁思成은 훗날 유명한 건축가가 된 사람이다. 그런데 이게 무슨 운명의 장난인지 량쓰청의 아버지는 또 쉬즈모가 가장 존경해 마지않는 스승 량치차오梁啓超였다. 하필 절대 범접해서는 안 되는 상대와 사랑에 빠진 것이다. 두 사람은 타고르의 순회강연 중에 함께 수행 통역을 맡음으로써 공적으로나마 잠시 가깝게 지낸 적이 있다. 여전히 린후이인에 대한 미련을 버리지 못한 쉬즈모와, 그 마음을 이해하면서도 선뜻 다가설 수 없는 린후이인이 얼마나 안쓰러웠는지 타고르는 린후이인에게 이런 쪽지를 남기고 떠났다.

하늘의 쪽빛이
대지의 초록에 반했네.
그들 사이에서 미풍이 탄식하네.
아…

린후이인이 미국으로 유학을 떠난 뒤 쉬즈모는 유부녀인 배우 루샤오만陸小曼과 가까워져 재혼에까지 성공한다. 양가의 반대를 무릅쓰고 추진된 두 사람의 결혼은 장안을 떠들썩하게 한 일대 사건이었다. 루샤오만은 쉬즈모와 연애를 시작할 당시, 웨스트포인트에 유학까지 다녀온 엘리트 장교 왕경王賡과 혼인상태였다. 왕경이 쉬즈모에게 "출장 가는 동안 아내를 잘 부탁한다"고 농담을 건넬 정도로 그 둘도 절친한 사이였다고 한다. 쉬즈모의 재혼에 사회적 지탄이 쏟아진 것은 물론이다. 심지어 주례를 선 량치차오조차 주례사에서 두 사람의 패륜을 나무랐다. 베이징 명문가 출신의 작가 링수화凌叔華도 쉬즈모의 뒷이야기에 등장한다. 그녀가 쉬즈모의 부탁을 받고 린후이인이 보낸 편지들을 보관해놓은 상자, 일명 '팔보상八寶箱'을 맡았다가 분실했다는 이야기는 인구에 회자되는 일화이다. 호사가들은 링수화 역시 쉬즈모와 특별한 관계였을 것이라고 수군거렸다.

린후이인과 루샤오만, 그리고 링수화를 향한 쉬즈모의 애정과 배려는 단순한 치정 때문만이 아니라, 그녀들이 가진 문학과 예술에 대한 재능과 열정에 기인한 것이었다. 그 관계의 이면에 당시 중국 상류층의 얽히고설킨 복잡한 인맥이 작용한 것은 물론이다. 그들 사이의 일화들은 경제적 혹은 문화적으로 특별한 지위를 누리던 사람이 아니고서는 상상하기 힘든 것이었다. 하지만 쉬즈모의 삶이 신비스럽게 보인 것은 그가 금수저를 타고났기 때문만은 아니다. 그에게는 태생적으로 유리한 조건도 있었지만, 그것을 사회화할 수 있는 비범한 예술적 재능과 리더십이 있었다. 그에게는 또한 안락한 세습부호로서의 지위를 포기한 채 국경을 넘나들며 기꺼이 보헤미안이 되고자 했던 용기가 있었다. 그와 좌익작가들의 이상은 당연히 다를 수밖에 없었는데, 양자 사이의 괴리는 지속적으로 쉬즈모를 곤경에 빠뜨렸다. 그래서 그에게는 이상에 도달하지 못한 회재불우懷才不遇의 천재라는 둥, 현실을 모르쇠 하는 부르주아라는 둥, 생전부터 찬반양론으로 수식어가 따라붙었다. 매우 안타깝게도 그는 자신의 진면목을 채 절반도 보여주기 전에 너무나 허망하게 세상과 하직했다. 1931년 겨울, 베이징에서 개최된 린후이인의 귀국 강연회에 참석하기 위해 난징의 비행장에서 황망히 우편연락기에 오른 그는 산둥의 지난濟南 인근에서 추락, 유명을 달리하고 말았다. 그리고 그의 마지막 순간은 사후에 또 다른 스토리텔링의 표적이 되었다.

쉬즈모의 영국 체험

시 「다시 케임브리지와 이별하며 再別康橋」는 쉬즈모가 1928년 11월 6일 유럽에서 중국으로 돌아오는 동중국해의 기선 위에서 쓴 것이다. 이 시의 창작배경을 둘러보기 위해 먼저 시인의 자취를 좇아 영국으로 떠나보자. 이 시가 쓰이기 십 년 전 쉬즈모는 아들을 재무 방면의 전문가로 만들고 싶어했던 부친의 여망에 따라 미국으로 유학을 갔었다. 조지 워싱턴 정부의 초대 재무장관 알렉산더 해밀턴 Alexander Hamilton을 꿈꾸었던 그는 영문이름도 '장쉬 해밀턴 쉬 (장쉬章垿는 쉬즈모의 본명)'라고 작명했다. 하지만 2년 남짓한 미국 유학 생활은 그에게 절망만을 안겨주었다. 적성에 대해 심각한 고민에 빠졌을 때 그에게 서광을 비춘 사람은 철학자 버트런드 러셀 Bertrand Russell이었다. 쉬즈모는 러셀의 제자가 되고자 1920년 9월 20일 런던행 기선에 올라 대서양을 건넌다. 하지만 1차 대전 중 반전활동이 문제시되어 케임브리지에서 해고된 러셀은 하필 중국으로 순회강연을 떠나 있었다. 목적을 상실한 쉬즈모는 반년 간 런던에서 방황한다. 그런데 인간만사 새옹지마라고, 이 기간에 그는 뜻밖에 문학적 자아와 진정한 사랑을 자각하게 해준 인생의 멘토 두 사람을 만나게 된다.

1920년 11월 15일 제네바에서 출범한 '국제연맹'은 어찌 보면 작가 쉬즈모를 탄생시키는 결정적인 단초가 되었다고 할 수 있다.

같은 달 19일 런던에서도 회의가 개최되었는데, 이 자리에서 중국 군벌정부가 파견한 린창민林長民이 중국대표로 연설을 하게 되어 있었다. 이 연설을 보러간 쉬즈모는 린창민으로부터 영국 측 대표로서 국제연맹 창설을 주도한 골즈워디 루이스 디킨슨Goldsworthy Lowes Dickinson을 소개받는다. 디킨슨은 런던 정경대학에 적을 두고 하릴없이 배회하던 쉬즈모를 딱히 여겨, 자기가 펠로로 소속된 케임브리지대학의 킹스 칼리지에 소개장을 써준다. 그 무렵 쉬즈모는 린창민의 숙소를 방문했다가 그의 16세 된 딸 린후이인을 알게 되었다. 이 두 가지 일은 쉬즈모에게 인생 일대의 전기를 마련해준다. 그는 진정한 사랑의 기쁨에 빠져들었고 낭만의 참 의미를 알게 되었으며 마침내 문학가의 길을 가고자 결심하기에 이른다.

처음부터 케임브리지 생활이 좋았던 것은 아니다. 쉬즈모가 케임브리지로 옮긴 지 얼마 지나지 않아 그의 처가에서 장유이를 영국까지 보낸다. 무료한 부부생활이 이어지면서 쉬즈모의 이혼에 대한 결심은 더 굳어져 갔다. 마침내 부부는 독일 여행 중에 합의 이혼한다. 쉬즈모의 케임브리지에 대한 애착은 장유이가 떠나면서 비로소 생겨난다. 낭만주의에 경도되고 문학가로서의 삶이 시작되는 것도 아무런 제약 없이 혼자가 되었다고 생각한 바로 그 순간부터다. 한동안 동양에서 간 초라한 아웃사이더에 불과했던 그는, 이제 청강생임에도 불구하고 영국 학생들의 서클을 들락거리게 되었고, 타운 안팎을 쏘다니며 기풍 있는 중세식 건축물과 그림 같은 영국식 전원의 아름다움을 만끽한다. 정신적 구속으로부터의 해방은 그로 하여금 영국을, 그리고 케임브리지를 다시금 발견하도록 했다.

영국은 쉬즈모가 그토록 탐닉하고 찬양한 낭만주의 문학이 탄생한 곳이다. 워즈워스William Wordsworth와 콜리지Samuel Taylor Coleridge의 공동시집 『서정가요집Lyrical Ballads』(1788)을 시작으로, 바이런George Gordon Byron과 키츠John Keats 등 걸출한 작가들이 이 나라에서 배출되었다. 더욱이 워즈워스와 바이런이 학창시절을 보낸 케임브리지는 낭만주의가 잉태되고 발전한 요람이었다. 하지만 쉬즈모가 영국에 갔을 때 그것은 이미 빛이 바랜 사조였다. 서클에서 교유한 그의 영국 급우들은 훨씬 전위적인 모더니즘 예술을 추구했다. 그럼에도 바이런이나 키츠는 거의 신격화된 수준으로 유럽사조에 어두운 이 신출내기 중국작가를 사로잡았다. 물론 다양성이란 측면에서 보면, 전성기만큼은 못하지만 쉬즈모의 유학시절에도 낭만주의의 생명력이 아예 소진된 것은 아니었다. 19세기 후반에 나타난 알프레드 테니슨Alfred Tennyson이나 로버트 브라우닝Robert Browning, 매슈 아널드Matthew Arnold, 그리고 쉬즈모가 특히 좋아했던 크리스티나 로제티Christina Rossetti 등은 후기 낭만주의에의 길을 열어두었다. 그들에게 공통적으로 나타나는 산업문명에 대한 비판과 중세 종교미학의 재발견(쉬즈모에게는 자연스레 중국전통의 재발견으로 전환된), 그리고 자연에 대한 찬미 성향은 쉬즈모의 정신세계에도 그대로 투영되었다.

한편 쉬즈모의 눈앞에는 낭만주의 문학을 낳은 영국의 전원이 여한이 없도록 펼쳐져 있었다. 그 들판을 헤집고 다니며 '단독單獨'의 자유로운 삶을 향유해본 그는 '영혼의 보약'이 되는 '반나절 소요逍遙'의 소중함을 피력하곤 했다. 수필 「내가 아는 케임브리지我所知道的康橋」에서 쉬즈모가 그토록 격찬한 케임브리지 교외의 전형적인 산책길은 바로 과수원 카페 '오차드Orchard Tea Garden'가 있

100년 전과 똑같은 그란체스터의 '오차드' 과수원 카페.

는 그란체스터Grantchester로 가는 오솔길이었다. 오랜 시간 인간의 발길이 닿되 전혀 인위적이지 않은 이 길에서 그는 진정으로 자연을 음미하고 전원과 하나가 된다. 그러고는 다음과 같이 공간에 대한 사랑고백을 한다.

삶의 고갈상태를 치유하기 위해서, 단지 '완전히 자연을 잊지는 말라'는 가벼운 처방만으로 우리의 병은 회복 가망이 있다. …이것은 지극히 평범한 이치이다. 그러나 나는 케임브리지에서의 일상을 경험해보기 전에는 그러한 확신을 갖지 못했다. 나의 일생 중에 유일한 봄날이 그때였다.

그란체스터는 지금도 100년 전과 다름없이 아늑한 풍경을 품고 있는 곳이다. 케임강 상류를 따라 아름드리나무들이 열 지어 늘어서 있고 그림 같은 밀밭이 펼쳐지는 가운데, 쉬즈모가 "땅 위에 놓인 장기 알 같다"고 표현했듯이, 숲 사이로 농가들이 마침맞게 박혀 있고 마을 앞 삼거리에는 오래된 선술집pub이 한적하게 문을 열고 있는 그런 곳이다. 하지만 이같은 자연친화적인 분위기는 비단 그란체스터에만 국한되었던 것은 아니다. 시간이 정지된 듯 전원과 중세 건축물이 하나로 융화된 대학 도시 케임브리지 전체가 이미 쉬즈모에게 그런 영감을 불러일으키는 곳이었다.

쉬즈모가 영국에 동화될 수 있었던 것은 또한 그를 둘러싼 당시 최고의 영국 지성들 덕분이었다. 역사를 거슬러 생각하면 쉬즈모는 굉장히 운이 좋았다. 영국인들의 중국관은 그때까지 크게, 충만한 호기심으로 호평 일색이던 18세기, 식민지 개척과 더불어 야만과 동격으로 추락하는 19세기(그 정점에 아편전쟁이 있었다), 그리고 자기 문명에 대한 회의와 함께 먼 동양을 객관적으로 바라보기 시작한 1차 대전 이후의 시기로 나눠볼 수 있다. 쉬즈모를 반긴 영국의 지음들은 모두가 문명의 전환점에서 공통적으로 서구문명의 한계를 직시하고 그 대안으로서 비서구 문화에 호기심을 가진 사람들이었다. 반대로 영국에 대한 중국의 시각도 이전과 달라졌다. 열강의 8국 연합군이 베이징을 공략한 1900년 전후만 하더라도 영국은 철천지원수였지만, 1차 대전 이후로 중국을 가장 괴롭히는 나라는 신흥 제국주의국가인 일본이었다. 정치적 틈새는 영국과 중국의 지성 사이에 전에 없던 기이한 가교를 놓았다. 그때까지 영국에 가서 그런 융숭한 대접을 받은 중국 지식인은 존재하지 않았다.

쉬즈모의 화려한 영국 인맥 중 유명한 인물만 꼽아보면, 그는 우선 뒤늦게 영국에 돌아온 버트런드 러셀과 서신을 주고받는 사이가 되었다. 킹스 칼리지 학생들의 철학 서클 '사도들'이 러셀의 특강을 주선할 때, 그와의 연락책도 한때 쉬즈모가 맡았다. 『존 차이나맨의 편지Letters from John Chinaman』라는 저서에서 동양의 시각으로 서구문명을 성찰한 바 있는 G. L. 디킨슨은 쉬즈모의 영국 인맥에 가장 큰 영향을 끼쳤다. 그와 러셀이 열렬한 낭만주의 애호자라는 점도 쉬즈모의 문학관에 투영되었다. 디킨슨은 또 경제학자 케인스John Keynes나 소설가 울프도 참여한 블룸즈버리 그룹에도 쉬즈모를 연결시켜주었다. 이 그룹의 주요 성원인 화가 로저 프라이Roger Eliot Fry는 쉬즈모가 귀국한 이후에도 편지를 나누는 사이가 된다. 그 밖에도 당시唐詩 연구자로서『이백 시선』을 번역하여 에즈라 파운드Ezra Pound의 이미지즘 운동에 기여한 중국학자 아서 웨일리Arthur Waley, 언어학자로서 '기초영어Basic English' 교수법의 창안자인 찰스 오그던Charles Kay Ogden 등도 쉬즈모와 수시로 서신을 나누는 사이였다. 쉬즈모는 또 소설가 캐서린 맨스필드Katherine Mansfield와 토마스 하디Thomas Hardy를 찾아가기도 했다. 마지막으로 빠뜨릴 수 없는 사람은 생활공동체 '다팅턴 홀 트러스트Dartington Hall Trust'의 창립자 레오나르드 엠허스트Leonard Elmhirst다. 엠허스트는 타고르의 중국 방문 시 수행비서로 따라와 쉬즈모와 친교를 맺은 뒤, 훗날 쉬즈모의 유럽 방문을 경제적으로 후원했다. 타고르와 간디도 관심을 보인 엠허스트의 생활공동체 운동은 쉬즈모에게 깊은 인상을 남겼다.

영국의 지성들이 쉬즈모를 이처럼 반긴 것은, 물론 관심이 높아진 적시에 쉬즈모가 때맞춰 극동으로부터 나타나주었기 때문이다. 하지만 영국에 체류한 중국작가라고 해서 모두가 이런 경험을 한 것은 아니다. 비슷한 시기에 옥스퍼드에서 유학한 미학자 첸중수錢鍾書나 런던대학에서 중국어를 가르친 소설가 라오서老舍의 경우에는 쉬즈모와 상당한 차이가 있다. 첸중수는 수업 외에는 거의 집밖에 나오지 않고 전공 공부에만 전념했기에 영국에 대해 별다른 기록을 남기지 않았다. 반면 박봉으로 항상 궁핍했던 라오서는 낭만적 기억이 부재한 대신, 런던을 배경으로 한 적나라한 소설 한 편을 남겼다. 그것이 바로 『마씨 부자二馬』인데, 이 소설에서는 영국인의 중국인에 대한 갖가지 차별과 라임하우스Limehouse 차이나타운의 밑바닥 삶 등 쉬즈모가 본 것과는 사뭇 다른 세계가 펼쳐진다.

작품 「다시 케임브리지와 이별하며」 속으로

이제 본격적으로 작품에 대해 이야기해보자.

살며시 나는 떠나련다, 살며시 왔던 것처럼

살며시 손을 흔들어, 서편의 구름과 작별한다.

輕輕的我走了, 正如我輕輕的來;

我輕輕的招手, 作別西天的雲彩.

강가의 금빛 버들은, 석양이 비추인 새색시

물에 반사된 화사한 자태, 내 마음 안에서 일렁이네.

那河畔的金柳, 是夕陽中的新娘;

波光裡的艷影, 在我的心頭蕩漾.

진흙에서 솟은 어리연꽃, 하늘하늘 물 밑에서 살랑임에

케임강의 순한 물결을 따라, 나는 기꺼이 한줄기 수초가 되려니!

軟泥上的靑荇, 油油的在水底招搖;

在康河的柔波裡, 我甘心做一條水草!

느릅나무 아래 웅덩이는, 샘물이 아니라, 차라리 천상의 무지개

수초 사이로 산산이 부서지며, 무지갯빛 꿈이 가라앉는다.

那楡蔭下的一潭, 不是淸泉, 是天上虹;

揉碎在浮藻間, 沉澱著彩虹似的夢.

꿈을 좇아갈까? 삿대를 밀어, 풀보다 더 푸른 곳으로 거슬러 가서

배에 한 가득 별 빛을 실고서, 별 빛 반짝임 속에서 노래를 부르런다

尋夢? 撑一支長篙, 向靑草更靑處漫溯;

滿載一船星輝, 在星輝斑爛裡放歌.

그러나 차마 소리를 낼 수가 없다, 고요함은 이별을 위한 음악일 터

여름벌레조차 날 위해 숨죽인, 이 밤의 케임브리지는 침묵뿐이어라!

但我不能放歌, 悄悄是別離的笙簫;

夏蟲也爲我沉默, 沉默是今晚的康橋!

조용히 나는 떠나런다, 조용히 왔던 것처럼

나는 옷소매를 털어낸다, 구름 한 점이라도 묻혀 갈까봐.

悄悄的我走了, 正如我悄悄的來;

我揮一揮衣袖, 不帶走一片雲彩.

– 「다시 케임브리지와 이별하며」(원문 1928. 11. 6. 전문번역)

앞에서 살펴본 것처럼 「다시 케임브리지와 이별하며」는 케임브리지로의 귀환과 다시 떠남을 배경으로 한다. 케임브리지는 쉬즈모에게 있어 빛나는 청춘과 문학생명의 원천에 다름 아니다. 더욱이 인생의 사건 중 가장 달콤했던 연애의 추억이 서린 곳이다. 1921년 6월 린창민은 린후이인을 런던에 남겨두고 유럽대륙으로 출장을 떠났다. 그 사이 린후이인은 비교적 자유롭게 쉬즈모와 편지를 주고받았다. 후일 장유이의 회고담에 의하면, 쉬즈모 숙소 근처의 이발소가 메신저 역할을 했다. 당사자들이 남긴 분명한 언급은 없지만, 이 시기에 쉬즈모가 린후이인을 불러들여 케임브리지 근교의 그란체스터까지 산책을 갔을 것으로 많은 학자들이 추측한다. 두 사람은 케임강에서 삿대를 젓고 강변을 산책하기도 했을 것이다. 둘 사이의 추억은 수년 뒤 마침내 한 편의 절창絶唱으로 승화되었다.

실제 케임강의 흐름에 대입해서 생각하면 이 시의 시상은 케임브리지 시내에서 그란체스터로 향하는 물길, 곧 하류에서 상류로 거슬러 올라가는 방향에서 발생한 것이다. "꿈을 좇아갈까? 삿대를 밀어, 풀보다 더 푸른 곳으로 거슬러 가"라는 구절에서 그 흔적을 유추해볼 수 있다. 동시에 이 물길은 정서적인 시간대로 보면 현재에서 과거로 거슬러 올라감을 비유하는 것이다. 그런 점에서는 "샘물이 아니라, 차라리 천상의 무지개"라고 표현한 "느릅나무 아래 웅덩이"도 다름 아닌 그란체스터의 인공 보洑 바이런 풀Byron Pool을 지칭한 것으로 볼 수 있다. 쉬즈모는 「내가 아는 케임브리지」에서 바이런 풀에 대해 소개한 적이 있는데, 그가 린후이인과 함께 케임강에 왔었다면 자기의 우상 바이런이 멱 감은 역사적인 장소를 그냥 지나쳤을 리가 없다. 그 보에서 보았던 '구름'과 '금빛버들'과 노랑 '어리연꽃'이 시에서는 이제 강물로 비유된 서정적 자아와 작별하는 대상이 된다. 그 모든 것은 한때 쉬즈모에게 낭만적 정서를 부여한 것들이다.

무거운 현실은 이내 서정적 자아를 꿈에서 깨어나게 한다. 이 세 번째 케임브리지 방문에서 쉬즈모는 전에 없이 절대 고독의 상태를 체감한다. 그는 엠허스트의 초청으로 1928년 6월 세 번째의 유럽 여행길에 올랐었다. 7월 말 그는 러셀의 집에서 하루를 유숙한 뒤 케임브리지를 찾았다. 하지만 다른 영국 지음들에게는 미처 방문 소식을 알리지 못했다. 마냥 반겨줄 것만 같은 벗들이 부재한 그 순간만큼은 그토록 '단독'의 자유자재함을 상찬했던 그이건만, 혈혈단신의 고독감을 온몸으로 뼈저리게 느낀다. 강물의 심상 속에서 떠올린 과거의 추억은 고독감을 더 부채질한다. 더욱이 그가 이윽고 돌아갈 중국은 이 유토피아와 대조되는 암울한 디스토피아의 세계였다.

절대적인 적막은 그 순간 쉬즈모의 정신세계를 상징하기에, 시인은 "차마 소리를 낼 수가 없다"고 말하고, "고요함은 이별을 위한 음악"이라고 정의한다. 이 시의 진짜 백미는 내면의 번뇌에도 불구하고 시의 서정적 화자가 "나는 옷소매를 털어낸다, 구름 한 점이라도 묻혀 갈까봐"라며, 마치 탈속이라도 하는 듯이 체념의 의식을 벌인다는 것이다. 시인에게 현실 속에서 절대적인 적막의 세계를 벗어난다는 것은, 기억 속에 정지되어 있던 과거의 어느 완벽했던 시간대를 고스란히 놓아둔 채 그 기억의 세계로부터 빠져나옴을 의미했다. 그것은 공간상의 괴리이자 동시에 정신적인 이별을 뜻했다.

그 순간에 밀려드는 석별의 감정을 무슨 말로써 설명할 수 있을까? 시인은 다만 소매를 털어내는 간결한 의식으로 대신할 뿐이다. 그리고 이 세 번째 방문은 진짜로 그가 케임브리지를 마지막으로 방문한 것이 되고 말았다.

인간의 장소에 대한 사랑을 가리키는 말로 '토포필리아(Topophilia, 場所愛)'란 것이 있다. 미국의 인문지리학자 이-푸 투안段義孚이 1960년대에 처음 사용한 이후 문학비평에도 보편화된 이 말은 환경에 대한 강한 애착심을 갖는 일련의 정서적 태도가 가치에 얽혀 있는 인간의 심성을 가리킨다. 획일적이고 등질적인 '공간'보다, 거주자의 의식과 경험이 스며들어 의미를 지니게 되는 '장소'가 사람의 감성에 더 중요하다는 것이다. 쉬즈모의 케임브리지에 대한 애착을 설명하기에 이 말만큼 적합한 용어도 없을 것 같다. 쉬즈모에게 케임브리지는 단지 유학지로서 스쳐 지난 곳이 아니라, 자기의 문학적 정체성이 탄생한 곳이자 그 본질인 낭만주의의 자양분을 공급받은 곳이며, 그 두 가지를 실현시킨 사람들과의 소중한 인연이 맺어진 곳이었다.

토포필리아를 구현한다는 점에서 쉬즈모의 시는 매우 구체적으로 장소적인 요소를 포함한다고 할 수 있다. 시상의 전개는 앞에서 언급한 것처럼 케임강의 흐름을 따라가고 있어, 전체적으로 곡선적이다. 서정적 화자의 동선은 케임강의 명물이라고 할 수 있는 납작한 삿대 배를 타는 것, 즉 펀팅punting이라는 행위와 그 배의 이동을 따른 것이다. 시인에게 이 강은 케임브리지 전체를 대신하는 존재라 해도 과언이 아니다. 쉬즈모는 일찍이 "케임브리지의 영혼은 온전히 한줄기 강에 있다"고 말한 적이 있는데, 비단 상징적 의미

뿐 아니라, 실제 케임브리지를 대표하는 유명 칼리지의 건물도 케임강 연변에 조르륵 붙어 있다. 그중 가장 유명한 구간이 바로 '백스Backs'이다. 세인트 존스 칼리지Saint John's College, 트리니티 칼리지Trinity College, 킹스 칼리지, 퀸스 칼리지의 후원을 끼고 있는 이 구간은 유람객들이 펀팅을 즐기는 관광의 명소이다. 이 구간은 강줄기와 양안의 고건축물들이 그림처럼 어우러져 있어, 쉬즈모도 "속세의 먼지를 다 털어낸 '백스'의 청아하고 빼어난 자태는 이미지에서 벗어나 하나의 음악이 되어버리는 신비로운 경지다. 이 건축물들보다 더 조화롭고 균형감이 있는 것들은 존재하지 않으리라!"라고 극찬한 바 있다. 인공적이면서 자연과 하나가 되는 이 별유천지의 구간은 쉬즈모에게 케임브리지의 공간미학을 가장 압축적으로 담아낼 수 있는 곳이었다.

시 속의 자연 이미지, 즉 '경물景物'은 또 어떠한가? 이 시에는 구름·강물·무지개 같은 추상적인 자연물 외에 버드나무·어리연꽃·느릅나무 등의 구체적인 식물 이름이 등장한다. 후자의 세 식물 종은 중국 시에서 흔히 볼 수 있는 것들이다. 버드나무(柳)는 이별의 연민을 나타내는 류留자와 음이 같다는 점에서 임시적이고 불안한 사랑에 대한 상징이 되곤 한다. 어리연꽃은 일찍이 『시경詩經·관저關雎』편에서부터 등장하는 문학적 꽃이다. "울쑥불쑥 어리연꽃은 이리저리 하늘거리네/ 얌전하고 아름다운 숙녀를 자나 깨나 구한다네參差荇菜, 左右流之/窈窕淑女, 寤寐求之"라는 구절이 그것이다. 어리연꽃은 청초한 사랑 또는 그러한 사랑의 대상에 대한 비유어로 쓰인다. 이에 비해 느릅나무는 비록 이 시에서는 부차적이긴 하나, 또한 도연명陶淵明의 『귀원전거歸園田居』에 보이듯 중국인들에게는 보편적인 이미지였다.

그런데 이것들은 동시에 케임브리지의 실경 속에도 분명히 존재
한다. 가장 대표적인 버드나무는 백스 구간에만도 여러 그루가 있
으며, 그중 클레어 다리Clare Bridge 부근의 아름드리 버드나무는
외지에서 온 관광객들이 이미 알고 있을 정도로 유명하다. 베이징
사범대학의 류훙타오劉洪濤 교수는 쉬즈모의 시를 고증하면서 버
드나무를 제외한 느릅나무와 어리연꽃은 중국문학에서 빌려온 상
상의 산물이라고 했는데, 이는 잘못된 견해다. 클레어 칼리지의 보
고서에 의하면, 1940년대에 느릅나무 전염병이 창궐하기 이전에
백스 일대에도 느릅나무가 번성했다. 또 어리연꽃이라면 필자가
2014년 여름에 케임강 하류에서 무성하게 자라고 있는 광경을 직
접 목격하기도 했다. 이런 사실들은 이 시가 쉬즈모의 자연식생에
대한 세밀한 관찰과 정확한 기억의 산물이며, 이미지의 선별과 응
축을 통해 영국의 실경과 중국 시의 관념적 이미지를 교묘하게 포
개놓은 작품임을 말해준다.

이 시는 율격의 측면에서도 동서의 융합을 추구했다. 쉬즈모는
분명 영국식 발라드와 워즈워스의 시적 분위기에 영향을 받았다.
그러나 1922년에 쓴 「케임브리지여 안녕히康橋再會吧」에서만 해도
매우 어색하게 영국식 음보가 모방되었던 것과 달리, 이 시는 영국
발라드의 전형적인 음률에서 상당히 벗어나 있다. 보통 영국 발라
드의 음보는 3보식과 4보식이며 강약약, 약강약강 등으로 구성되는
데, 이 시는 중국 전통시의 율격으로 복귀하여 음과 뜻에 의한 전통
시의 숨고르기, 즉 '음돈音頓', '의돈意頓'의 격식이 활용되었다. 이
음률은 기起와 결結 부분을 대구로 배치하고 승承과 전轉을 점층적

으로 전개함으로써 중국 전통시의 원형 순환구조를 재현한 전체 구성과 절묘하게 조화된다.

결국 이 시가 중국인들에게 이국정서를 불러일으키면서도 '국민시'가 될 수 있었던 것은 서양의 경물에 충실하되, 매우 중국적인 정서와 율격, 그리고 구성을 체현하기에 가능했다고 할 수 있다. 이국정서는 완전히 생소한 대상이 아니라 익숙한 것과 닮으면서도 약간 다른 대상으로부터, 코드에 맞는 상상을 통해 발생하고 발전한다. 이 시에서 순수한 이국적 이미지는 가장 기본적인 '케임브리지'와 '케임강' 두 가지뿐이고 나머지는 모두 중국인들에게 익숙한 것들이다. 케임강 연변의 이국적인 풍경은 중국 식의 문학관습과 상상에 의한 여과과정을 거치고서야 비로소 중국 독자들의 감성을 자극할 수 있었다. 이와 유사하게 작가는 수필 「내가 아는 케임브리지」에서도 상호비교의 방식으로 이국정취의 중국화를 시도한다. 여기에서는 케임강의 클레어 다리를 설명하기 위해 항저우 시호西湖에 있는 서령단교西泠斷橋와 루산廬山 서현사棲賢寺의 관음교가 비교 대상으로 인용된다. 서양 풍경의 중국화, 곧 이국적 경관을 중국적 안목으로 재구성하는 과정을 통해 쉬즈모는 공간의 거리를 넘어 동서가 서로 융화되는 예술적 경지를 빚어냈다.

한 가지 더 흥미로운 사실을 덧붙이자면, 쉬즈모의 시에서 비중있게 활용된 버드나무가 중국뿐 아니라 영국에서도 문학적 식물로 여겨진다는 점이다. 이 나무의 영국식 메타포는 중국과 매우 유사하게도 '버림받음'과 '배신'이다. 월터 스코트Walter Scott의 소설 『퍼스의 금발 하녀The Fair Maid of Perth』에서 '버드나무 화관'은 '백지화된 혼인서약'을 의미한다. 더 유명한 것은 셰익스피어의

월로 패턴 접시의 버드나무 문양.

『햄릿』에서이다. 『햄릿』의 마지막 장면을 섬뜩하게 재현한 것으로
유명한 라파엘전파의 화가 존 에버렛 밀레이John Everett Millais의
유화 〈오필리아Ophelia〉(1852)를 보라. 화폭을 가득 채운 것은 어머
니의 배신과 햄릿으로부터의 버림받음, 햄릿에 의한 아버지의 죽음
등으로 연이어 충격을 받은 끝에 실성했다 자살한 비련의 여인 오
필리아의 눈 뜬 시신이다. 그녀의 머리맡에서 죽음을 맞이하는 식
물은 다름 아닌 수양버들이다. 한편 영국인들의 중국 상상에서도
버드나무는 불가결한 이미지였다. 대표적인 것이 19세기를 풍미
한 '월로 패턴(버들 문양이란 뜻)' 도자기이다. 영국인들이 지어낸 중

국의 슬픈 사랑 이야기—중매혼의 강요와 그로부터 벗어나려는 야반도주의 비극적 결말—까지 그럴싸하게 전설처럼 유전된 이 도자기의 문양에는 중앙에 버드나무가 꼭 들어가야 했다. '월로 패턴'의 버드나무 이미지 역시 코드에 맞는 상상 속에서 이국정서가 발생함을 말해준다. 이런 맥락을 쉬즈모가 전혀 몰랐을 리 없기에, 「다시 케임브리지와 이별하며」의 경물 표현은 다국적이고 중의적重意的인 상징성을 띤다고도 할 수 있다.

쉬즈모가 떠난 케임브리지

문학은 개인 삶의 질을 고양시키는 동시에 공동체를 통합하고 확인시키는 역할을 한다. 쉬즈모의 서양 체험은 독특한 치환 과정을 통해 중국 독자들 한 사람 한 사람에게 각인된 일련의 공통된 정서를 만들어냄으로써 작가 개인의 차원을 넘어서는 공동체의 문화기억으로 확장되었다. 더 나아가 그의 시는 중국인들로 하여금 영국과 얽힌 한 시절의 어두운 역사를 잠시 기억의 한구석에 유보한 채 서구를 향한 문화영토화의 갈망을 충족하도록 했다. 그런 점에서 쉬즈모가 지녔던 문화자본은 여전히 영향력이 남아 있다고 하겠다. 서정시 「다시 케임브리지와 이별하며」는 또한 케임브리지에 관한 특별한 장소의식을 중국인들에게 부여했다. 케임브리지는 90여 명의 노벨상 수상자를 배출한 이공계 명문이건만, 쉬즈모 덕분에 많은 중국인들에게 그곳은 단지 쉬즈모의 케임브리지이자 문학의 케임브리지일 뿐이다.

동시에 쉬즈모의 시는 영국인들에게도 각별한 의미가 있다. 케임브리지를 이처럼 낭만적으로 묘사한 이로 쉬즈모가 유일할 리 없지만, 쉬즈모처럼 비非유럽인인 경우는 극히 드물다. 게다가 이제 그의 등 뒤에서 세계 인구의 5분의 1이나 되는 동족이 케임브리지를 주시하고 있지 않은가? 쉬즈모는 비록 청강생에 불과했지만, 영국인들이 기꺼이 그의 시를 '케임브리지 콘텐츠'로 받아들이지 않을 이유가 없는 것이다. 그리하여 한 편의 시는 불행했던 근대사를 상쇄하면서 케임브리지의 유력한 관광자원이 되고, 더 나아가 양국 사이의 우정을 확인시키는 미더운 외교자원으로 격상되었다.

킹스 칼리지 후원, 백스의 케임강변에 2008년 조성된 쉬즈모 시비詩碑는 이런 교류역사를 확증하는 이정표라고 할 수 있다. 800년 역사의 케임브리지대학에 크고 작은 문화유적이 적지 않지만, 중국인들로부터 이만큼 이목을 끄는 장소는 존재하지 않는다. 그 기슭

킹스 칼리지 후원의 쉬즈모 시비. 이 글의 초고가 완성된 이후인 2018년 여름에 이 자리는 아예 독립된 중국식 공원으로 확장되었다.

아래로, 매우 영국적인 풍경을 가로지르는 케임강의 펀트 위에 온통 동양인들이 앉아 있는 기이한 풍경도 쉬즈모가 남긴 또 다른 유산이라고 할 수 있다. 그것은 중국 바깥의 어떤 곳에서도 찾아볼 수 없는, 한 시인의 시 한 편이 이국땅에 남긴 짧지만 확연한 족적을 사시사철 증언한다. 반면에 그런 열기 덕분에 북새통이 되어버린 좁다란 물길에서, 매우 역설적이게도 살며시 옷소매를 털고 있는 시인의 우수憂愁를 상상하기란 오히려 더더욱 어렵게 되었다.

저우쩌런,
서양 문학의 원류에서
일상의 가능성을
발견한 번역가

고운선

일본 유학 시절, 번역 작업의 초석을 다지다

저우쭤런周作人은 중국 현대문학의 아버지라 불리는 루쉰의 아우로서, 중국 현대문학사에서는 중국 근대화 과정(1919년 이후 5·4 신문학운동 시기)의 대표적인 계몽운동가 중 한 명으로 소개된다. 하지만 중국의 신문학운동은 이후 문학이 나아가야 할 방향에 대해 서로 다른 의견을 보이면서 함께 활동했던 문인들이 각각 여러 갈래로 분화하게 되었는데, 저우쭤런은 이때 중국의 고문서를 탐독하고 중국 전통 문학에 몰두했기 때문에 '은둔자'로 불리게 됐다. 그리고 1937년 중일전쟁이 발발했을 때, 동료 문인들이 권고를 했는데도 피난을 가지 않고 베이징에 잔류하기로 결정하였고, 이후 일본 점령군 치하에서 여러 직책을 맡으며 생계를 유지했다. 그는 결국 이 때문에 일본에 부역한 혐의로 재판을 받고 새로운 국가에서 공민권을 박탈당한 채 생을 마감하였다.

저우쭤런은 계몽가에서 은둔자, 그리고 매국노로 전락하여 1967년 문화대혁명의 기세가 드높아질 무렵 홍위병의 박해를 받으

저우쭤런.

며 외롭게 죽음을 맞이했다. 하지만 중국 현대문학사에서 작가·문학평론가·번역가로서의 그의 역할은 결코 간과할 수 없는 궤적을 보여준다. 저우쭤런의 번역 작업은 청년 시기부터 생의 종반부까지 오랜 세월에 걸쳐 진행되었는데, 번역가로서 저우쭤런의 안목은 수많은 중국의 번역가의 작업 속에 놓고 보더라도 독특한 면이 있다. 그는 세계 문학사적으로 보더라도 한 국가나 한 시대를 대표한다고 언급되는 작품들보다 평범한 사람들의 생활상이 잘 드러나는 작품들에 더 큰 매력을 느꼈기 때문이다.

수천 년간 위세를 떨쳤던 중국의 과거시험 제도가 폐지(1905년)되던 청나라 말기에 성장한 저우쭤런은 일찌감치 전통적인 서당 교육을 그만두고 형 루쉰의 근대식 교육 과정의 전철을 밟게 됐다. 17세이던 1901년, 난징南京에 있는 강남해군학교江南水師學堂에 진학한 저우쭤런은 이 학교에서 영문 서적을 직접 찾아 읽을 수 있을 정도의 영어 실력을 갖추었다. 그러고는 국비 유학생 시험을 치르고 형 루쉰이 일본으로 떠난 지 1년 후에 본인도 일본으로 갔다. 저우쭤런은 5년 정도 일본에 머물면서 두 형제의 생활을 돌봐주던 하숙집 주인의 첫째 딸인 일본인 여성과 혼인도 했다.

저우쭤런은 일찍이 영문 서적을 읽을 수 있게 되면서부터 번역에 관심을 가졌다. 문학잡지에 단편적으로 게재한 것을 제외하면 『외국소설선집域外小說集』(상·하 권)(1909년 3월, 도쿄 간다神田인쇄소 인쇄, 도쿄 군에키群益서점과 상하이 광룽비단판매상廣隆綢緞莊에서 판매)이 그의 첫 번째 번역 단행본이라고 할 수 있다. 이 번역은 형 루쉰과 함께한 것으로, 그들은 먼저 1, 2권을 출판한 뒤 수익금이 생기면 그 돈으로 서양 작품을 지속적으로 번역·소개하려고 했다. 출판 이후 도쿄와 상하이 두 곳에서 판매했지만 상권과 하권이 각각 21권, 20권밖에 팔리지 않았고, 형제의 장기 계획은 영원히 무산되어버렸다.

두 형제는 앞 세대 개혁가였던 량치차오의 영향을 받아 "문학이라는 것은 감정을 전달하는 것으로서, 문학을 통해 사회를 개조(『외국소설선집』 서문)"하겠다는 생각을 가지고 있었다. 이는 두 형제만의 특별한 가치관이었다기보다 외우내환에 놓여 있던 당시의 중국사회에 위기감을 느껴, 전통 교육을 포기하고 근대식 교육을 선택했던 대다수 중국 청년에게서 공통적으로 발견되는 마음가짐이기도 했다. 이 번역 선집에는 당시 소개되고 있던 외국 작품들 중에서도 다소 낯선 러시아 및 동유럽 작가의 작품이 주로 수록되어 있다. 이 작업의 의미에 대해서는 5·4 신문학운동에서 차지하고 있는 두 형제의 위상과 루쉰의 친구인 쉬서우상許壽裳이 '약소弱小 민족문학'

1921년 러시아 시인 바실리 예로센코Vasili Y. Eroshenko의 베이징 방문. 첫 번째 줄 왼쪽에서 세 번째가 저우쭤런, 다섯 번째가 예로센코, 여섯 번째가 루쉰. 뒤의 학생들은 에스페란토어 강습생들.

을 선별했다고 회상한 점(「친구 루쉰 인상기亡友魯迅印象記」)에 근거하여 계몽적인 측면에서 평가받고 있는 것이 일반적이다. 그러나 『외국소설선집』에 수록된 16편 중 가르신Garshin 작품 2편, 안드레예프Andreyev 작품 2편을 제외한 12편의 작품은 모두 저우쭤런이 선별·번역했으며, 1920년 중화서국中華書局에서 재출판될 때 저우쭤런이 교정을 모두 담당했다.

저우쭤런 형제의 번역 과정은 다음과 같다. 첫째, 당시 중국의 독서 시장에서 최대한 많은 호응을 받을 수 있는 작품들보다 자신들이 아니면 중국에 소개되기 어려운 작품들을 기준으로 선정하고자 했다. 둘째, 설사 유명한 작가라 하더라도 장편보다는 단편소설을 소개하고자 했다. 셋째, 당시 중국 독자들이 선호하는 의역·축역·개작보다는 철저하게 원문을 그대로 옮기는 직역을 선택했으며, 글쓰기 방식은 정통 사대부들의 글쓰기인 글말(文言, 입말과 거리가 아주 멀고 소수 엘리트의 전유물)로 옮겼다. 당시 중국 식자층에게 서구에서 들여온 '소설novel'이라는 것은 연애소설·탐정소설·역사소설·정치소설 류로 인식되고 있었다. 이러한 가운데 이데올로기의 허구성과 반전反戰 사상을 담고 있는 러시아 작가 가르신의 「나흘 동안」(루쉰 번역), 음악적 감각을 타고났지만 볼품없는 몰골에 너무나 병약하여 무시만 당하다가 결국 무관심 속에서 비참하게 생을 마감하게 되는 소년을 그린 폴란드 작가 시엔키에비치Sienkiewicz의 「음악가 야넥」(저우쭤런 번역)과 같은 작품은 낯설었다. 또한 청말 민초 시기에 소설이라는 형식은 100~200회로 신문·잡지에 연재되는 것으로 인식되었기 때문에, 이 선집에 수록된 작품들처럼 "책을 펼치자마자 끝나네" 하는 반응을 불러일으키는 것 역시 판매 부수에 영향을 끼치지 않을 수 없었다. 저우쭤런이 번역한 「음악가 야넥」이라는 작품은 심지어 무단 도용되어 다른 잡지에 실리기도 했는데, 어떤 비평가는 이를 두고 '골계滑稽소설'이라는 황당한 평가를 할 정도였다.

저우쭤런은 수많은 외국 작품 중에서 중국에 소개할 작품을 중국 작가들의 심미안으로 직접 선별하고, 이러한 작업을 통해 서구 사회가 세계 질서를 선도하게 된 근본적인 원인을 찾아야 할 필요가 있다고 생각했다. 그리고 영문 서적을 통해 서구 문학을 탐독하는 데 그치지 않고 '고대 그리스 문학은 서양 문학의 원류'라는 정보에 근거하여 자신이 직접 고대 그리스어로 된 원전을 읽을 수 있도록 수련했다. 저우쭤런이 일본에서 유학할 당시, 24년간 '일본 아메리카 성공회'의 요직들을 역임했던 터커Henry St. George Tucker(1874~1959) 신부가 플라톤, 크세노폰의 글을 고대 그리스 원전으로 읽는 수업을 개설했었다. 이때 저우쮀런은 외국인 유학생 신분인데도 터커 신부의 피드백을 받으며 고대 그리스 문학을 직접 찾아서 읽는 훈련을 할 수 있었다. 그리고 이러한 1차 작업을 바탕으로 서구의 근대적 'literature'에 관한 각종 이론서는 물론, 각 이론서에서 언급되는 서구의 작품들을 수집하며 서구 문학에 대한 자신의 관점을 형성해갔다.

소위 그리스적이라는 것: '전통'의 누락을 의심하고 '재구성'을 타진하다

중국 사회의 1920년대는 5·4 운동이라는 대대적인 사회계몽운동이 진행된 시기이자, 또한 근대적인 교육·사회제도가 자리잡으면서 계몽운동의 방향이 다양하게 분화되던 시기였다. 일본에서 귀국한 저우쮀런은 고향에 있는 한 중학교에서 영어를 가르치다가 1917년 4월 베이징대학 총장인 차이위안페이蔡元培의 초청으로 상경하게 됐다. 베이징대학에 부임하면서 저우쮀런이 처음 담당한 과목은 '외국문학사'였다. 이에 그는 자신의 강의에 적합한 교재를 직접 만들어야겠다고 생각하고, 일본에 있을 때부터 수집해왔던 각종 문학사 자료들과 작품들을 수합하여 『유럽문학사歐洲文學史』(1918년 6월, 상무인서관)를 출간했다. 이 책은 당시 학술계에서 세력을 넓히고 있었던 베이징대학과 교과서 시장을 선점한 상무인서관의 명성 덕분에, 1930년대 무렵에는 웬만한 대학들의 외국문학사 교재로 채택되었을 정도로 영향력이 결코 작지 않았다. 하지만 이 교재의 독창성은 서구 문학을 편파적으로 소개했다는 것이다. 오늘날의 시각으로 보면, 시대별 분류 체계가 일관되게 적용되어 있지 않으며, 한정된 지면에 프랑스·독일 등 유럽의 대표 작가와 작품들을 최대한 언급하려다 보니 작가와 작품에 대한 소개 내용이 간략하고, 각 작품에 대해 편찬자가 감상한 내용의 깊이가 잘 드러나지 않는다는 단점이 있다.

저우쭤런이 교수로 재직할 당시 중국 사회에는 미국·유럽·일본 등지에서 유학을 마치고 돌아온 지식인이 많았다. 이들 역시 서구의 사상과 예술을 소개하기 위해 번역·출판계에서 활발히 활동하고 있었으며, 학교에서 사용하는 교과서가 백화白話로 통일되어 있었고, 출판계가 나서서 기획했던 번역 시리즈도 많았기 때문에 『외국소설선집』을 출판할 때와 달리 독서 시장이 완전히 새롭게 개편되어 있었다. 그럼에도 불구하고 『유럽문학사』에 수록된 고대 그리스 작품들을 보면, 그가 '서구 문학의 원류인 고대 그리스 문학'을 통해 무엇을 의심하게 되었으며 어떤 가능성을 발견했는지 엿볼 수 있기 때문에, 그의 편파성이 가리키는 바를 살펴볼 필요가 있다. 당시 베이징에 거점을 두고 신문학운동에 종사하던 세력에 불만을 가지고 있었던 둥난대학東南大學 서양문학과 교수인 우미吳宓의 경우와 대조해보면 좀 더 명확하게 드러난다.

우미는 하버드대학에서 어빙 배비트Irving Babbit의 영향을 받아 서양의 고전에 정통한 사람이다. 우미가 미국에서 유학하던 시절, 서구에서는 제1차 세계대전을 겪은 뒤 기계문명과 산업화·근대화에 대해 회의적인 담론이 부상하고 있었는데, 어빙 배비트는 당시 하버드대학을 오늘날과 같은 최첨단 학문의 전초 기지로 만들고 있던 찰스 엘리엇Charles William Eliot 총장의 교육개혁에 반대하는 처지에 있었다. 배비트는 미국의 고등 교육기관이 찰스 엘리엇이 추구하는 근대식 전문 직업인을 양성하는 곳이 아닌 전인적인 사회 엘리트를 양성하는 곳으로 거듭나기를 바랐다. 그러기 위해서 대학 교육을 통해 고대 그리스의 이상과 르네상스의 인문주의를 배양할 수 있어야 하고, 나아가 동서 각국의 인문주의자를 한데 묶은 새로운 인문주의에서 출로를 찾아야 한다고 생각했다. 그래서 통상적으로 고대 그리스 문학을 소개할 때는 인간의 위대함을 고취시키기 위해 각종 고난과 시련을 겪으면서도 명예로운 선택을 하는 영웅담을 선택한다. 당시 중국에서도 이미 『일리아스』와 『오디세이아』가 번역·소개되어 있었다. 우미는 바로 이러한 배비트의 관점을 수용한 인물이었다.

우미는 신문학운동 세력이 서양 문학 전반을 차근차근 하나씩 교육하지 않고 개혁 운동을 하는 각 개인의 호불호에 따라 편파적으로 외국 작품을 소개하는 것에 큰 불만을 가지고 있었다. 우미가 쓴 「그리스 문학사」에는, '호메로스 서사시'와 '헤시오도스 교훈시'를 중심으로, 시의 기원과 구조, 기법 및 동시기 서양학계 권위자들의 작품에 대한 평가, 그리고 언어 사용과 운율 등에 관한 상당히 전문적인 내용이 담겨 있는데, 당시 중국 학술계가 세계 지식을 어느 수준으로 공유하고 있었는지를 엿볼 수 있다. 하지만 우미의 글을 통해서는, 당시의 종교·정치·풍습·인정 세태를 기반으로 한 고대 그리스 문학의 가치가 무엇인지 발견하기 어렵다. 또한 헤시오도스가 사용한 단어들 중에는 지역 방언이 많고 문체 자체가 기존 서사시의 패턴을 파괴하면서 너무 간결하여 그가 예술적으로 호메로스만 못하다고 평가하기도 했다.

　반면 저우쭤런은『유럽문학사』고대 그리스 편에서, '호메로스'라는 이름의 다양한 유래를 소개하고 실은 그가 뛰어난 한 명의 작가가 아닐 수 있음을 언급한다. 그러면서 그가 남긴 것으로 알려져 있는『오디세이아』에는 천차만별이 확연한 사회상이 드러나 있기 때문에 한 천재의 창작이라기보다 집단 창작의 결과물일 수도 있다는 학설을 소개했다. 우미가 예술적으로 호메로스만 못하다고 평가한 헤시오도스에 대해서는, 타지 출신이지만 그리스 지역에 구전되어오는 제재를 취하여 왕족이나 귀족의 미덕을 노래하는 시와는 달리 농사일과 평민의 삶에 관한 시를 남긴 인물로서 고대 사회에서의 농사의 중요성과 민간의 정황을 상세하게 노래하고 있기 때문에 예부터 상당히 중요하게 취급되었다고 평가했다.

　저우쭤런이『일리아스』에 등장하는 헥토르나 안드로마케와 같은 인물 형상의 '그리스적인 가치'를 폄하한 것은 아니었다. 서사시로서의 완성도, 즉 끊임없는 훈련을 통해 용기를 배우고, 그 용기를 신성한 땅과 아버지의 백성들을 지키기 위해 끝까지 관철한, 공동체를 사랑한 고결한 인간인 '헥토르', 그리고 부부로서 서로 평등하게 사랑했으며 어린 아들을 억울하게 잃고 적군에게 끌려가면서도 남편을 향한 존경심과 트로이에 대한 애착을 버리지 않았던 '안드로마케'는 극한의 고난 속에서 더욱 빛을 발하는 (도시) 시민의 미덕을 상징하고 있었다. 이 때문에, 이 이야기가 전하고자 하는 '위대한 인간의 모습'이라는 가치를 부정했던 것은 아니었다. 그보다 저우쭤런은 이 에피소드에서 '위대한 인간'이 아닌 한 인간이 인류에게 보여주는 '사랑'의 '감응'에 방점을 찍고자 했다. 하나의 예술작

〈다프니스와 클로에〉, 프랑스와 파스칼 시몽 제라르François Gérard 1825년 작. 2012년 우리나라 예술의 전당 한가람미술관에서 개최한 '루브르 박물관전'에서 전시된 바 있다. 이 둘의 사랑 이야기는 한국의 「춘향전」만큼 서양 문화권에서는 유명한 로맨스로서, 한국에는 2008년(김원중·최문희 옮김, 세미콜론)에 번역·소개됐다. 이 번역서에는 샤갈이 1961년에 의뢰받아 제작한 판화가 함께 수록되어 있다.

품이 독자를 공명시키는 힘은, 무엇을 주었으니 그에 합당한 무언가를 받을 것이라는 어떠한 이해관계나 계산도 없으며, 자아를 버리거나 정체성을 잃지 않으면서, 일순간 그저 무조건적으로 자기 자신을 완전히 인식하지 못하게 만드는 과정 즉, 망아忘我를 체험하게 하는데, 인간은 이 진정한 몰입을 통해 자신의 영혼을 성장시킬 수 있을 것이라고 믿었기 때문이었다(「인간의 문학」, 「평민의 문학」).

저우쭤런은 유학 시절 터커 신부의 교정을 받아가며 롱고스 Longos(2~3세기경, 고대 그리스문학 최초의 '로맨스romance' 창시자)의 「다프니스와 클로에Daphnis and Chloe」와 헤론다스Herondas(기원전 3~2세기경 추정)의 「풍자극」을 번역한 바 있다. 이는 저우쭤런이 번역한 최초의 고대 그리스 문학작품일 뿐 아니라, 두 작가와 작품이 모두 중국에 최초로 번역·소개된 것이다.

저우쭤런이 소개한 「다프니스와 클로에」는 오늘날로 치면 청소년 나이 때의 소년과 소녀가 태어나 처음으로 이성에게 '사랑'이라는 감정을 느끼고 에로틱한 관계에까지 빠지게 되는 과정을 섬세하고 아름답게 그린 이야기다(1910년, 「고대 희랍의 소설古代希臘之小說」이라는 제목으로 『샤오싱 공보紹興公報』에 게재되었고 이후 출간된 번역 단행본인 『팽이: 시·산문집陀螺: 詩歌小品集』[1925]에 재수록됨). 저우쭤런은 이러한 청춘 남녀의 에로틱한 사랑 이야기를 통해 인간을 속박하는 유교 예법의 시각에서 벗어나 육체·욕망을 가진 인간의 면모를 수용하고, 이러한 인간의 욕망을 더 이상 낡은 '도덕(외부에서 주어진 사회 규칙)'에 의해서가 아니라 '인간의 내적 자율적 의지'를 양성하는 방식으로 자기 자신을 제어할 수 있는 사회를 만들어야 중국이 혁신될 수 있다고 생각했다.

헤론다스의 「풍자극」은 영문학에서는 '미미암보스mimiambos'라 불리고, 프랑스 문학에서는 '파르스farce'라는 형태로 계승되고 있다(1914년 10월, 「희랍 풍자극 두 편希臘擬曲二首」이라는 제목으로 『중화소설계中華小說界』 제10기에 게재되었고 이후 출간된 번역 단행본인 『팽이: 시·산문집』[1925]에 재수록됨). 재미 중국학자인 왕더웨이王德威는 이것을 중국어로 '소동극鬧劇'이라 번역하여 사용하고 있기도 한데, 디오니소스 축제 기간에 비극 공연이 끝나면 심각하게 가라앉은 분위기를 전환하기 위해 짧게 상연되던 것이 하나의 장르처럼 정착한 것이다. 진지함보다는 황당하고 과장된 동작과 인물 간에 우스꽝스럽고 다소 저급한 대화를 주고받으면서 '아름다움' '숭고함' 등의 가치를 비틀며 웃음을 불러오는 데 포커스가 맞춰져 있다는 것이 특징이다.

저우쮀런은 『외국소설선집』을 번역하기 전에 신화학자이자 인류학자로 알려져 있는 앤드루 랭Andrew Lang이 당대 최고의 베스트셀러 작가인 해거드H. R. Hagard와 함께 창작한 『세상의 욕망The world's Desire』(1890년 출간, 호메로스 「오디세이아」의 후일담) 중 일부를 번역하여 설부총서說部叢書(제78편, 『홍성일사紅星佚史』라는 제목으로 상무인서관[1907]에서 출판)를 통해 소개한 바 있다. 그때 바로 이 앤드루 랭이 남긴 자료들을 읽다가 헤론다스를 알게 됐다. 헤론다스의 작품은 1889년 대영박물관이 이집트 발굴 작업 과정에서 발견한 파피루스 조각에 기록되어 있었으며 총 7편이 오늘날까지 전해져 오고 있다.

실제 내용을 살펴보면, 빠듯한 살림에도 자식을 제대로 키우고자 하는 학부모의 부탁을 받아들여 제자를 호되게 매질하는 교사에 관한 이야기(「훈장 선생塾師」), 남자 하인을 정부情夫로 두고 있는 여주인이 혹시 그가 한눈을 팔지 않을까 지레 걱정하여 닦달하는 이야기(「투기妬婦」), 아끼는 딜도dildo가 도대체 어느 친구에게 떠돌고 있는지 은밀한 이야기를 떠들썩하게 주고받는 부인들의 수다(「은밀한 수다蜜談」)와 같은 것들이 있다. 그런데 저우쮀런은 이런 내용들을 통해 고대 그리스 사회가 비극 장르를 통해 보는 것처럼 명예를 위해 영웅적으로 죽을 수 있는 삶으로만 설명될 수 없다고 생각했다. 상류층 여성에게 애인 하나쯤 있는 것은 아주 흔한 일이며, 자신이 번역할 때 '자오 선생(角先生=dildo)'이라는 단어를 선택해야 하는 곤란함을 느끼게 할 정도로 꽤나 퇴폐적인 사회라고 생각했다.

또한, 그는 문예를 관장한다고 하는 '뮤즈muse' 역시 그 기원 자체가 농도 짙은 섹슈얼리티에 기반하고 있음을 알고 이 말을 사용해야지, 이러한 어원을 지우고 당시 중국 문예계에서처럼 '도덕적 이상', '이상적 인간상'만 받아들여서는 진정한 그리스 문화를 알 수 없다고 생각했다. 그래서 그는 고대 그리스의 3대 비극작가 중에서도 에우리피데스Euripides의 작품, 그중에서도 그리스 문화의 영광이라는 것도 알고 보면 수많은 전쟁 피해자, 특히 여자와 아이들의 피를 제물로 바친 잔인하고 슬픈 역사가 아닐까 하는 자신의 회의적인 관점을 「트로이아의 여인들」을 통해 소개하기도 했다. 에우리피데스의 이 작품은 트로이전쟁이 막 종결되고 패전국인 트로이에 남겨진 여인들(헥토르의 아내 안드로마케를 포함)이 전쟁 포로로서 겪게 되는 수모와 참혹한 결말을 서술한 것인데, 통상 민주 제도를 운영하는 대표적인 나라인 고대 그리스 도시국가들이 사실은 영토 팽창 욕구를 드러내며 점차 제국주의적 성향으로 기울어지고 있었음을 잘 보여주는 작품이기도 하다.

저우쭤런은 계몽운동의 방향이 다양하게 분화되던 시기에 문학이라는 것이 작가의 생각이나 느낀 바를 많은 사람에게 보여줄 수는 있지만 '혁명'과 같은 직접적인 사회적 변혁을 이끌어내지 못할 수도 있다고 생각하게 됐다. 변혁의 시기에 직접적인 행동을 독려하는 사회적 메시지가 강한 문학작품도 필요하지만, 목적의식이 너무 강해지면 예술 역시 동참과 설득의 방식보다는 선전·동원의 방식을 선호하는 방향으로 흐른다고 느꼈기 때문이다. 이와 동시에 자신이 서양의 고전들이라고 하는 작품들을 직접 읽어본 결과, 개별적인 일상과 공적 영역의 접점을 고민하는 작품들이 시대를 막론하고 항상 존재했다는 것을 알게 됐다. 인간이 공적 영역에만 너무 집중하면 거대 담론만 가치가 있다고 생각하거나 인간 자체에 대한 고찰보다는 인간을 넘어서는 영웅이 필요하게 된다. 그리고 공적 영역에서의 개혁이 결국 사적 영역을 바꾸기 위한 것임을 잊는 경우가 많다. 저우쭤런은 명분보다는 일상에 초점을 둔 작품, 시대의 흐름과 가치를 담은 작품보다는 어딘가 그 시대에서 비켜서 있고 시대적 가치를 회의하는 서구 작품을 소개하였다. 그리고 이러한 기준으로 중국의 신문학은 물론 소위 중국의 전통이라는 것까지 재구성해보고자 했다. 어딘가에 묻혀 있을지도 모르는, 경직된 유교 이데올로기에 얽매이지 않는 내용을 담고 있는 중국의 고전을 발굴하고, 이를 통해 중국의 문제를 재진단하고 중국의 고전문학을 재정비하고자 했다.

물론 일상이라는 것을 반복되고 진부하여 어떤 변혁의 전망도 삼켜버리는 블랙홀로서, 혹은 심심풀이 한담에나 적합한 자잘한 소재로서 바라볼 수 있을 것이다. 하지만 저우쭤런이 목격했던 평범한 사람들의 사소하고 자잘한 일상이라는 것은, 거대한 시대적 흐름 속에서 끊임없이 통제되고 포섭되는 한가운데에 놓여 있으면서도 실제로는 완벽하게 통제할 수 없는 부분이기도 하다. 헤론다스의 작품을 보면 고대 그리스 사회는 우리가 르네상스 이후 일종의 이상향처럼 생각했던 것과 같이 그렇게 고상하지도 또한 그렇게 뛰어난 도덕성을 수양하는 사람들로 구성된 사회가 아님을 알 수 있다. 그들도 성적 쾌락에 빠져 허우적거리며, 정복욕에 눈이 멀고, 노예라는 이유로 인간을 함부로 대하는, 흠이 많은 사람들에 불과했던 것이다. 이처럼 저우쭤런은 고대 그리스 문학에서 목격되는 일상을 통해 지배질서가 관철되는 단일한 모습의 과거가 아니라 구멍이 숭숭 뚫린 성긴 과거의 모양새를 발견했다. 이 구멍들 사이로 여성, 민중, 타자들의 다양한 경험은 언제든지 빠져나올 수 있다. 그리고 이렇게 빠져나오는 것들은 시대의 변화에 따라 묻히기도 하지만, 때로는 잠재성으로 남아 항상 폭발 가능성을 가지고 있기도 하다. 이것이 저우쭤런이 발견한 일상성이 가지고 있는 전복적인 성격이었다.

이와 동시에 저우쭤런은 자신의 언어 능력을 바탕으로 직접 연구 사료를 수집하고 다양한 학자들의 관점을 대조·종합하여 서구 문학의 흐름을 파악하면서, 소위 '전통'이라는 것이 어떻게 형성되고 어떻게 전승되는지를 의심하게 됐다. 일례로 헤론다스의 「매파媒嬙」라는 작품을 살펴보자. 귀족계급의 새댁이 남편이 전쟁터에 나간 후 오랜 기간 과부로 지내고 있는데, 어릴 때 자신을 키워준 유모가 어느 날 갑자기 찾아와서는 "독수공방을 그만두어라. 내가 좀 더 멋진 젊은이를 중매해주겠다"라는 제안을 건넨다. 이 이야기는 그 제안을 받은 새댁이 중매는 미혼 여성에게 하라고 대답하며 거절하는 것으로 마무리된다. 앞서 소개한 다른 작품들과 똑같이 특별한 사건이나 인물 간의 심각한 갈등도 없는 밋밋한 에피소드이지만, 사실 이 이야기에서 눈여겨볼 만한 대목은 '이집트'에 대한 묘사다.

트레이사: 아씨, 아씨 같은 과부가 홀로 차가운 이불을 견딘 지 얼마나 되었나요? 만드리스가 이집트로 출정한 지 10개월이 되었는데, 편지 한

통 없었지요? 분명 그분은 아씨를 잊어버렸을 겁니다. 그곳에는 사랑의 여신이 사는 궁전이 있어요. 그리고 그곳에는 구하고자 하는 모든 것이 있고, 어디에든 있답니다. 이집트에는 재물, 레슬링 클럽, 권력, 평화로운 삶, 명예, 각종 시합, 철학가, 황금, 미소년, 박물관, 술과 같이 모두가 좋아하는 것은 다 있습니다. 그곳에는 아름다운 여인들도 있고요!

헤론다스의 작품 속에서 묘사되는 이집트는 풍부한 물질문명뿐 아니라 일상의 다양한 오락거리와 인간이 추구하는 평화롭고 여유로운 삶을 살아갈 수 있는 곳이라고 상상하게 만든다. 상기 인용문에서 말하는 '사랑의 여신'은 그리스 신화에서 말하는 '아프로디테'를 가리킨다. 대중적으로 널리 알려져 있는 그리스 신들 중 하나인 아프로디테의 궁전이 그리스가 아닌 이집트에 있다는 것이 당연한 듯 말한 것은, 헤론다스가 일류 작가가 아니기 때문만은 아니다. 사실 헤론다스는 유럽에서도 김나지움 같은 인문계 고등학교를 거쳐 인문학의 전통을 깊이 있게 배우지 않으면 들어보기 쉽지 않으며, 다른 문명권에서도 고대 그리스 문학을 전문적으로 연구하는 학자가 아닌 이상 크게 주목하지 않는 작가다. 하지만 남긴 작품이 많지도 않고, 후대에 비로소 알려진 작가이며 뭔가 대단한 메시지를 전달하는 작가가 아니기 때문에 헤론다스가 제대로 생각해보지도 않고 위와 같은 말을 했다고 생각하면 곤란하다.

고대 그리스와 페르시아의 전쟁사를 기록한 『히스토리아이 Historiai』(원래 뜻은 '탐구'이지만 한국에서는 '역사'로 소개되어 있음)로 유명한 고대 그리스의 역사가 헤로도토스는 연대기 순으로 사건을 기록하는 편년사가 아닌 직접 답사·수집·관찰한 것을 바탕으로 이국의 문명 자체를 깊이 있게 탐구했던 학자이기도 했다. 주지하는 바와 같이 헤로도토스는 이집트, 페니키아 등 지중해 일대에서부터 흑해 연안 스키타이에 이르는 방대한 지역을 일생에 걸쳐 여행을 하거나 유랑했던 것으로 유명한데, 페르시아 전쟁사를 기록하고 페르시아 문명을 탐구하기 전에 이집트 전역을 돌아다니며 이집트 문명에 대한 방대한 기록을 남긴 바 있다. 한국에는 일부만 문고판으로 소개되어 있는데, 고대 그리스 최초의 역사가라고 일컬어지는 헤로도토스는 우리가 알고 있는 고대 그리스 신들, 디오니소스 축제와 같은 그리스적인 것은 모두 이집트에서 그리스로 전해졌다고 기록하고 있다(헤로도토스, 1998). 헤로도토스를 언급한 것은 역사 텍스트 속의 사실과 허구를 구분하기 위해서가 아니다. 중요한 것은 헤론다스 같은 이름 없는 작가들도 창작에 반영할 정도였다면 그 시대 사람들은 이것을 어느 정도 공유하고 있었다고 볼 수 있고, 이렇게 일반적이었던 사실이 도대체 후대의 어느 순간부터 보편적이지 않게 되었는가 하는 의문이 들게 한다는 점이다. 이러한 의심은, 서구 사회가 세계 질서를 선도하게 된 근본적인 원인을 찾기 위한 방편으로, 서양 문학의 원류라고 하는 고대 그리스 문학을 오랫동안 탐독했던 저우쭤런이 거둔 괄목할 만한 성과라고 볼 수도 있다.

1987년에 『블랙 아테나Black Athena』(한국 번역, 2006)를 발표한 뒤, 서양 역사학계에서 주목을 받음과 동시에 논란을 일으킨 바 있는 마틴 버낼Martin Bernal은 바로 이러한 문제를 공식적으로 제기한 대표적인 학자다. 그는 고대 그리스 문화는 모두 이집트 문명에 뿌리를 두고 있었던 것이 아닐까 하는 의혹을 제기하였고, 헤로도토스를 비롯한 수많은 고대인이 남긴 문헌 자료를 통해 추적한 끝에 근대 이래 찬란하게 꽃을 피운 서구 문명의 근원이라고 불리는 고대 그리스 문화가 실은 모두 검은 대륙 아프리카에서 기원한다고 주장하여 학계에 파장을 불러일으켰다. 헤로도토스를 포함하여 마틴 버낼이 근거로 내세운 자료들이 19세기 이래의 실증적인 방식이 아니라 저자의 주관적 시각이 적극 반영되어 있는 사실과 허구가 뒤섞인 자료이므로, 역사적 사료로서의 역할을 할 수 없다는 반박이 전 세계에서 제기됐다. 이에 마틴 버낼은 이러한 반박에 하나하나 답변하기 위해 1991년에는 『블랙 아테나 Ⅱ』(한국 번역, 2012)를, 2006년에는 언어학적 증거들을 묶어서 『블랙 아테나 Ⅲ』(한국에는 소개되어 있지 않음)을 각각 출간했다. 역사학계에서는 마틴 버낼의 이러한 시각을 어느 정도 인정하고 현재 어디까지 정설로 받아들일 것인지에 대해 아직 논의하고 있다. 이 지면에서는 이러한 학설이 옳은지 그른지 판단할 자격도 없고, 그럴 필요도 없다고 생각한다. 하지만 마틴 버낼의 작업을 통해서 오늘날까지 전해져 오는 수많은 문헌 중 어떤 것을, 누가, 어떤 시각으로, 왜, 어떻게 수합하는가에 따라서 주류·비주류가 형성될 수 있고, 또 이 중에서 권위를 차지하게 되는 흐름이 사람들의 상식과 감정에 강한 영향을 끼칠 수 있다는 점은 분명히 확인할 수 있다.

　이상과 같이 저우쭤런은 '고대 그리스 문학은 서양 문학의 원류'라는 정보가 결국은 일종의 누적된 오해가 아닌지 의심하기 시작했고, 만년에는 번역 작업을 하면서 비판문헌학적 방식으로 그 의혹을 추적해나갔다. 구체적인 내용은 본문 뒤에 수록된 저우쭤런의 '실제 작품의 예'를 참고하기 바란다.

비판문헌학적 번역서, 루키아노스의 『대화집』

저우쭤런이 이렇게 비주류, 어떻게 보면 이류 작가의 작품에 몰두하고 있을 당시, 중국에서는 '세계문학전집'이 대량으로 간행됐다. 유명한 것으로는 상무인서관의 '만유문고萬有文庫'시리즈를 꼽을 수 있고, 교과서 시장에서 상무인서관과 경쟁 관계에 있었던 세계서국世界書局은 '소년문고少年文庫'를 출간했다. 그리고 개명서점開明書店에서는 고대 그리스 문학 중 대표적이고 중요한 작품들을 대량으로 발간했다. 신문학운동 시기의 출판 영역에서 빠트릴 수 없는 인물인 정전둬鄭振鐸는 그 자신이 영문본을 저본으로 고대 그리스 문학을 소개하는 번역가이기도 했지만, 저우쭤런이 고대 그리스어 원전을 읽을 수 있다는 사실을 알고서 중역이 아닌 원본에 입각한 번역서를 출간해줄 것을 제안했다. 이 제안을 받은 저우쭤런이 가장 먼저 한 작업은 고대 그리스어로 된 믿을 만한 판본을 구하는 것이었다. 이때 마침 세계 출판시장에 그 유명한 '롭 클래식 라이브러리Loeb Classic Library'가 등장했다.

하버드대 출신의 은행가였던 제임스 롭James Loeb은 출판시장에 '최고 수준의 영미 고전학을 제시하겠다'는 포부를 가지고서, 영국에서 고대 그리스어·라틴어 원본 독서를 정착시킨 라우스W. H. D. Rouse를 핵심 편집인들 중 하나로 영입했다. 앞서 영국의 출판시장에는 본 총서Bohn's Libraries가 대중시장을 겨냥하여 1846년부터 영역판 고대 작품들을 선보였는데, 번역의 질보다는 판매를 목적으로 저가 공세를 통해 시장을 확보하고 있었다. 이와 대조적으로 전문성과 번역의 정확성을 경쟁력으로 내세운 롭 클래식은,

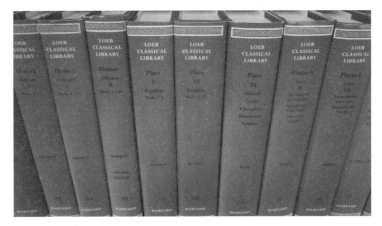

롭 클래식 라이브러리. 실제로는 녹색 표지와 빨간색 표지가 있는데 녹색 표지는 고대 희랍어 작품들을, 빨간색은 고대 라틴어 작품들을 수록하고 있다.

"고전이란 상류층을 표시하기 위해서가 아니라 인간을 품위 있게 만들어주는 것"이기 때문에 젠틀맨이라면 휴대하고 다녀야 한다는 광고 문구를 내걸었다. 책 역시 당시 젠틀맨들이 입는 양복 주머니 크기에 딱 맞춘 문고판 크기로 제작했다. 사업가들이 골치 아픈 문제에 봉착하면 주머니에서 고대 그리스·로마 고전을 꺼내서 지혜를 구할 수 있도록 말이다. 롭 클래식의 특징은 책을 펼쳤을 때, 왼쪽에는 고대 그리스어나 라틴어가 있고, 오른쪽에는 영어 해석본을 실어서 대조해가며 읽을 수 있다는 것인데, 이 영역본 작업을 한 해석가들은 당시 최고의 학자들이었다. 물론 이 학자들을 롭 클래식과 연결시켜줬던 사람은 라우스였다. 그는 옥스퍼드대학교와 케임브리지대학교에서 고대 그리스어와 라틴어를 가르쳤을 뿐 아니라 교사를 양성하고 있었으며, 당대 최고의 학자들과 교류하고 있었다. 저우쭤런 역시 일본 유학 시절부터 꾸준히 라우스의 책을 수집했고, 가능한 한 이 사람이 소개하는 고대 그리스 문학 연구자들의 책을 모두 구입해서 읽었다. 라우스는 저우쭤런에게도 고대 그리스 문학을 탐독할 수 있도록 일종의 안내자 역할을 했다고 할 수 있다. 저우쭤런의 경험상 고대 작품들은 각 판본에 따라 내용 자체가 천차만별인 경우가 많았기 때문에, 기왕이면 세계적으로 인정받는 저본을 입수하고자 노력했고, 1912년부터 출간된 롭 클래식 라이브러리의 목록을 주의 깊게 살펴보고 있었다.

하지만 이러한 기획은 1937년 중일전쟁이 발발하자 중단되었고, 1945년 제2차 세계대전이 끝날 때까지 전쟁을 피해 모두 남쪽으로 피난을 갔을 때 베이징에 남아 있던 저우쭤런은 결국 '일본에 협력'한 죄목으로 옥고를 치렀다(1946년 11월 체포, 징역 14년형, 공민권 10년 박탈을 구형받았으나, 1949년 장제스 정부가 타이완으로 퇴각한 뒤 출소). 그는 출감한 후 재산이 몰수되고 공민권이 영구 박탈된 채로 아들·며느리에게 기대어 생계를 유지해야 했다. 그 후 정부 당국에서 번역가로서의 재주를 썩히기 아까우니 나라를 위해 봉사하라는 지시를 내리자 전쟁이 발발하기 전에 기획하고 있었던 고대 그리스 작품을 번역할 수 있게 됐다. 자신의 대일 협력 행위에 대해서 당국이 요구하는 것만큼 철저한 자아비판을 이행하지 못했기 때문에 그는 중화인민공화국의 국민으로서 살 수 없었다. 하지만 정부 당국이 사회주의 문화 건설을 목적으로 해야 한다는 조건으로 번역을 허가해주자, 어쨌든 고대 그리스어 원전을 저본으로 한 번역서를 내고자 한 그의 오랜 숙원을 해결할 수 있는 작업이 비로소 시작될 수 있었다. 번역서는 모두 정부가 지정한 인민문학출판사人民文學出版社에서만 출판해야 했고, '저우쭤런'이라는 이름을 사용할 수도 없었다. 결과적으로 저우쭤런의 이 번역서는 그가 죽은 지 한참 지난 뒤인

1999년에야 출간될 수 있었지만 말이다. 전쟁 전에 저우쭤런이 정전둬의 제안을 받고 번역하고자 했던 작품은 루키아노스Lukianos의 『대화Dialogues』였다.

루키아노스는 기원후 2세기경의 로마 제국 시대에 살았던 인물로 추정되는데, 시리아 유프라테스강 근처의 '사모사타Samosata' 출신이기 때문에, 통상 '사모사타의 익살꾼'으로 불리기도 한다. 역시 유럽 인문학에 대한 소양을 차곡차곡 쌓아온 사람이 아니라면 바로 떠올리지 못하는, 대중적으로 널리 알려져 있는 작가는 아니지만 그의 작품은 서양 풍자문학의 원류로 손꼽힐 정도로 서양 문학사에서 한 자리를 차지하고 있다. 프랑스 백과전서파의 일원으로서 계몽주의 사상가인 베르나르 퐁트넬Bernard de Fontenelle은 루키아노스의 작품에 오마주를 바치며 「죽은 자들의 대화」(1683)라는 동명의 작품을 남기기도 했다(퐁트넬, 2005). 그 외에 『가르강튀아와 팡타그뤼엘』을 쓴 프랑스의 라블레Rabelais, 『톰 존슨』을 쓴 영국의 헨리 필딩Henry Fielding과 같이 유럽의 대표적인 풍자 작가들에게 지대한 영향을 끼쳤다.

루키아노스의 『대화』는 크게, 고대 그리스의 유명 인물들이 사후 세계에서 다시 만나 서로 자신이 잘났다는 대화를 주고받는 「죽은 자들의 대화Dialogues of the Dead」, 고대 그리스 신들에 대한 일반적인 이미지를 깨버리는 대화를 신들이 주고받는 「신들의 대화Dialogues of the Gods」, 고대 그리스의 여성관은 어떠했는지, 남녀 간의 풍속도는 어떠했는지를 엿볼 수 있는 「기녀들의 대화 Dialogues of the Hetaira」를 통칭한다(실제로 저우쭤런이 번역한 『대화집』에는 그 밖의 루키아노스 작품도 수록되어 있음). 루키아노스는 그가 활동하던 당대에는 상당한 명성을 얻었던 것으로 추정되지만, 중세 시대에는 신을 모독한 무신론자로 평가되어 거의 사장되다시피 했다. 그러다가 근대 사회로 접어들어 파울러F. G. Fowler가 루키아노스에 대해, 그 어떤 종교나 철학도 인간을 구제해주지 못하므로 중요한 것은 스스로 생각하는 힘을 길러 합리적 인간이 되어야 한다는 메시지를 주는 작가라고 평가하기도 했다. 파울러는 저우쮀런이 1925년에 루키아노스의 작품 한 편을 번역·소개할 때 참고했던 현대 영어본의 번역자이기도 하다. 오늘날 루키아노스는 서양 문학사에서 누구도 흉내 낼 수 없는 독보적인 풍자 작가로 평가받고 있다.

저우쮀런은 이 시리즈 중에서도 「기녀들의 대화」 중 한 편을 『팽이: 시·산문집』에 번역·소개했을 정도로 애착을 가지고 있었다. 전란의 시대에 굴곡진 인생을 살아야 했지만 그의 문학관이 만년까지 일관되게 유지되었음을 짐작할 수 있다. 저우쮀런 번역본의 가장 큰 특징은 여전히 의역보다는 직역을 원칙으로 했으며, 낯선 단어로 인해 다 전달되지 않는 고대 그리스의 문화와 역사에 관해서는 매 작품에 대한 개요와 해석을 달고 눈에 띌 정도로 풍부한 각주를 적극 활용했다는 점이다. 「기녀들의 대화」에 한정해 보더라도, 롭 클래식 총서에는 총 15개의 각주만 달려 있지만, 저우쮀런의 번역서에는 모두 96개의 각주가 달려 있다. 간혹 롭 클래식 총서 중 인류학자 제임스 프레이저James Frazer의 『황금가지The Golden Bough』를 보고 롭 클래식 총서의 특징 자체가 많은 각주를 다는 것으로 오해하는 경우도 있는데, 조사해보면 프레이저가 독특했다고 할 수 있다. 롭 클래식 총서로 나온 루키아노스 작품들에는 최대한 독서에 방해가 되지 않도록 최소한의 각주만 달려 있다. 그러므로 저우쭤런의 루키아노스 번역서에 달린 수많은 각주에는 오랜 세월 동안 탐구해온 저우쭤런의 고대 그리스 사회를 바라보는 시각이 축적되어 있는 것으로 볼 수 있다. 그리고 이를 통해 저우쭤런이 루키아노스 작품을 좋아했던 이유가 단지 그가 보여준 재기발랄한 상상과 유머라는 수사학적 측면 때문만은 아님을 알 수 있다. 루키아노스는 그리스의 유산과 가치를 부정하고 거부하기 위해 '상상'과 '유머'를 활용한 것이 아니다. 루키아노스 작품에서 목격되는 허구는 사실 책을 좋아했던 자신의 학구적인 성향을 바탕으로 한 것으로 철저하게 현실 세계에 근거하고 있다.

「신들의 대화」는 루키아노스의 주요 저작 4종 중 하나로서, 그리스 신화 속의 여러 신을 각색한 것이다. 비록 신의 신분을 하고 있지만, 모든 말과 행동은 보통 사람들과 같다. 작가는 신의 평범함을 풍자하고자 한 것으로, 이는 사실 그리스 신화의 본색이라고도 할 수 있다. … 예부터 이집트·인도 그리고 헤브라이의 신들은 위대하고 위엄을 갖추지 않은 적이 없었지만, 너무 신성하여 인간과의 거리가 너무나 멀어서 마치 괴물 같은 느낌이 들어 우리로 하여금 가까이 다가가지 못하게 한다.

- 「신들의 대화」에 관한 개요

아폴론: 디오니소스, 이 문제를 어찌 이해해야 할지? 에로스, 헤로마프로디테, 그리고 프리아포스는 모두 한 어머니에게서 태어난 형제이지만, 생김새와 행동이 전부 다르잖아?

디오니소스: 아폴론, 이상할 것이 하나도 없지. 아프로디테의 잘못이 아

니라 아버지가 다르니까. 같은 아버지에게서 태어났더라도, 당신 남매처럼 하나는 여자로, 다른 하나는 남자로 태어날 수 있잖아.

아폴론: 그래. 하지만 우리는 서로 닮았고 취미도 같아. 우리 둘은 모두 궁수이고.

디오니소스: 아폴론, 그건 활쏘기만 그렇지, 나머지는 아니잖아? 아르테미스가 스키타이 지역에서 쏘아 죽인 그 사람 말이야, 너는 병사한다고 예언하지 않았어?

- 「신들의 대화」

아킬레우스: 오, 네스토르의 아들이여, 그때는 내가 아직 이곳에서의 경험이 없고, 둘 중 어느 쪽이 나은지 몰라서, 그 공허한 명예를 목숨보다 앞세웠던 것이오. 하지만 이제는 그것이 아무 소용도 없다는 걸 잘 알고 있소. … 죽은 자들에게는 명예가 동등하오. 우리는 그저 모두가 같은 어둠 속에 동등하게, 서로 아무런 차이도 없이 누워 있을 뿐이오. 트로이아 출신의 죽은 자들도 나를 두려워하지 않고, 아카이아 출신의 죽은 자들도 나를 시중들지 않소. 열등한 자건 탁월한 자건 똑같이 죽은 자이고, 완전히 평등하오. 이 때문에 나는 많이 괴롭다오.

- 「죽은 자들의 대화」

저우쭤런은 루키아노스의 『대화』를 소개하는 개요에서 일반적으로 알려진 고대 그리스의 신과 인물들이 '너무나 신성하여 괴물 같다'는 자신의 견해를 밝힘으로써, 루키아노스의 작품은 이와 정반대의 형상들을 보여줄 것임을 암시하였다. 두 번째 인용문인 「신들의 대화」 중 아폴론과 디오니소스라는 두 신의 대화에서 그 일례를 엿볼 수 있다. 아폴론은 태양·의학·음악·활쏘기·예언을 관장하는 신으로 후세에는 태양신인 헬리오스Helios와 혼용되어 불리기도 한다. 아폴론은 기본적으로 근엄한 신이라 후대의 시인들도 그를 농담의 소재로 삼지 않았다. 하지만 루키아노스가 묘사한 아폴론 신은 자신의 쌍둥이 누나인 아르테미스가 쏜 화살에 죽는 사람에 대해서조차 틀린 예언을 하는, 빈틈이 있는 신이다. 아폴론 자신은 쌍둥이 아르테미스와 함께 제우스 다음가는 신성이 있고 권력을 누리고 있다고 자부하지만, 이부異父 형제지간인 에로스·헤로마프로디테('실제 작품의 예'에 수록된 저우쭤런의 해설 참고)·프리아포스(농사의 신)만큼이나 기묘하게 서로 다르다고 면박을 당한다. 그것도 술을 관장하는 광기와 축제의 신인 디오니소스로부터 말이다. 광기의 신이 이성의 신이자 태양신을 조롱하고 있다는 점에서 루키아노스가 풍자하고자 한 관점이 반영되어 있지만, 각 신이 상징하는 바는 대대로 공유해온 전통적인 해석에 바탕을 두고 있다.

　세 번째 인용문은 『일리아드』의 주요 인물이자 트로이전쟁의 영웅으로 회자되는 아킬레우스에 관한 내용이다. 저우쭤런은 아킬레우스에 관해 설명하면서, 아킬레우스의 엄마인 요정 테티스Thetis가 아이가 태어났을 때 저승의 스틱스강에 담궈 상처를 입지 않는 무적의 몸으로 만들었지만, 당시 테티스가 두 손으로 아킬레우스의 발목을 감싸고 있는 바람에 이것이 결국 그의 약점이 되었다는 세세한 해설까지 덧붙이고 있다. 아킬레우스의 말을 읽어보면, 그가 트로이전쟁에 함께 출정했던 동료 장군 안틸로코스에게 사후 세계에서는 자신의 생전 명성이 전혀 통하지 않음을 불평하고 있음을 알 수 있는데, 당시 에게해를 통틀어 최고의 용사로 알려진 아킬레우스의 입에서 나온 말이라고는 믿기지 않을 정도다.

저우쭤런은 이러한 루키아노스의 작품이 고대 그리스 사회에 관한 어떠한 공식 기록보다 훨씬 더 해박한 근거를 바탕으로, 생동감 있게 진실을 재구성하여 독자들의 흥미와 신뢰를 확보한다고 생각했다. 루키아노스의 황당하지만 근거 있는 상상을 통해 재설정된 고대 그리스의 신들과 영웅들은 보통 사람들과 다를 바 없는 모습을 갖춤으로써 종교의 신이 아니라 문학의 신이 될 자격을 갖추게 됐다고 생각했다. 저우쭤런은 인간보다 뛰어난 영웅이나 신의 형상을 제시하는 것보다 보통명사를 새롭게 만들어주는 것이 문학이 해야 할 역할이라고 생각했기 때문이다. 왜냐하면 새로운 시각을 던져주는 보통명사는 오랜 문헌에서 과거를 발견하게 해주는 것이 아니라 과거를 새롭게 바라보게 하는 방식으로 현대 사회에 작용할 수 있기 때문이었다.

중국의 서사narrative는 기본적으로 실제로 일어난 것만이 기록될 가치가 있다는 '정전식正典式 글쓰기'와 사실에 대한 신빙성이 다소 떨어지는 '불충분한 글쓰기'로서의 역사해석학이 일종의 지류를 형성하며 발전해왔다. 그렇기 때문에 잡다한 일상의 기록, 한담, 불완전한 사상, 미완성의 이론을 풀어내는 필기산문筆記散文, 편지글尺牘, 야담野談과 같은 글쓰기는 전통적으로 항상 '부차적인 담화'로서 재야에서만 통용되어왔다. 저우쭤런은 서양 문학의 원류인 고대 그리스 문학을 번역하는 과정에서 스스로 의심하고 수많은 자료를 확인하면서 소위 '전통傳統' 즉 어떤 문화권의 '정통正統'이라는 것이 어떻게 구성되는지, 어떤 콘텍스트와 얽혀 있는지를 깨달았다. 그래서 그는 『중국 신문학의 원류中國新文學的源流』(1932)라는 저서를 통해, 하나의 완전한 덩어리로서의 '문학 전통'을 비판하고자 언지/재도言志/載道가 반복적으로 교차하는 구불구불한 하천 형태로 진행되어온 중국문학사를 제시하고, 다소 기계적인 과거 단절론이나 문화보수적인 전통 중시에서 탈피하여 '불연속성이 충만한 연속체'로서의 문학사를 재구성하고자 했다. 그리고 여기에서 더 나아가 중일전쟁이 터진 뒤 자신의 서재에 칩거하면서부터는, 오랜 세월 수집해왔던 중국의 고문서를 베껴 쓰면서 소위 중국의 '정통'이라 생각되는 주류 전통의 저변에서 면면히 이어져온 부차적인 담론들을 찾아내는 데 몰두했다. 사실 '은둔자'로 불리던 시기에 그가 중국 고전을 탐독한 것은 이러한 문제의식과 연결되어 있었다.

청나라 초기 곡강曲江에 요연廖燕이라는 자가 있었는데,『이십칠송당문집二十七松堂文集』16권을 썼다. 권1에「명대 태조 치세에 관하여明太祖論」라는 글이 수록되어 있는데 이는 천하의 명문妙文이다. …"명나라 제도는, 사대부士人가 오직 사서四書만 익히고 하나의 경전에 정통하여 팔고문八股文(명·청 시기의 과거시험 문체)으로 시험을 치르는 것을 '제의制義'라고 칭하였으며, 이 격식에 맞는 자를 임용하였다. 사대부는 작위와 봉록을 얻기 위해 밤낮으로 혼신의 힘을 다해 그 일에 몰두했으며, 사서와 하나의 경전 외에는 모두 높은 다락방에 넣어두고 다양한 서적이 눈앞에 보여도 눈길조차 주지 않고 자신이 하는 일에 방해가 된다고 생각했다. 그래서 천하의 책은 불태우지 않았는데도 스스로 타버렸다. 태운 것은 아니지만 사람들이 다시 읽지 않았으니 태운 것과 다를 바 없도다." 이 글을 읽으면, 천하를 다스리고 백성을 어리석게 하는 방법들 중 팔고문으로 시험을 치게 하는 것이 제일이고, 경전 읽기讀經가 그다음이고, 분서갱유가 가장 하급임을 깊이 깨달을 수 있을 것이다.

– 「분서갱유에 관하여關於焚書坑儒」

중국에서 대대로 내려온 글쓰기 양식 중 하나인 필기筆記에서 비틀어서 보여주는 역사는, 중국사회가 더는 발전하지 못하고 생각이 마비된 원인이 외압에 의한 사상 통제가 아니라, 문인들이 의심하지 않고 순응하며 길들여진 것임을 보여준다. 영악한 통치자들은 이러한 문인들의 속성을 활용하여 자신들의 목적을 이루었을 뿐이다. 저우쮀런은 그동안 정통의 문학사에서 평가 절하되고 재야에 묻혀 있던 역대 문헌 기록들을 꼼꼼히 살펴보면, 주류 담론에 대한 비판 정신을 발견할 수 있을 뿐만 아니라 다방면에서 전문적인 사료 기록을 확보하여 고착된 통념이나 학설을 비판할 수 있는, 전통 있는 근거를 마련할 수 있다고 생각했다.

실제로 중국의 필기筆記는 사적인 편지·잡담과 차별성을 가지기 위해 사상과 사건을 기록하는 데 철저한 글쓰기 방식이었다. 왕조시대의 문인들은 학문적·도덕적 완성을 추구하기도 했지만 조정의 관료로서 역사·국토·인물·지리·풍속 등 여러 방면의 지식을 습득하고 있어야 했다. 그런데 이러한 글쓰기 과정에서 생기는 자신의 독창적인 견해는 자신의 학문적 계보를 분명히 하고 인품과 학식을 평가받는 정통의 사대부식 글에서는 함부로 쓸 수 없었다. 그러므로 필기는 정통적正統的 문인의 글쓰기와 달리 부차적인 차원에서 중국의 문화를 수집·정리·축적해왔다고 할 수 있다. 이러한 글쓰기는 글을 쓰는 사람의 사고를 이데올로기와 같은 추상적이고 거대한 담론을 구상하는 데 머물게 하지 않고 구체적이고 다양한 인간의 삶에 집중시킨다. 구체적인 경험 세계를 기록하는 것은 인간의 삶이 머리가 아니라 땅에서 영위되고 있음을 보여주기 때문에 글이 공허하거나 감상적인 환상으로 빠지지 않게 해준다. 이것이 바로 저우쭤런이 중국의 필기산문과 고대 그리스 루키아노스의 작품에 매혹되었던 이유라고 할 수 있겠다.

인문학에서 번역이 차지하는 자리

저우쭤런이 루키아노스의 작품을 본격적으로 번역하기 시작하자, 중국인 최초로 서구의 문헌학을 정통으로 배운 뤄녠성羅念生이 감수 작업을 맡았다. 고대 그리스어 원전 번역가로 한국에 천병희가 있다면, 중국에는 이 뤄녠성이 있다고 할 수 있다. 저우쭤런이 베이징대학에 재직할 당시, 서구의 고대어 원전을 읽을 수 있는 학자가 필요하다는 것을 느낀 중국 학계가 양성한 인물이다. 1920년대에 미국으로 유학을 떠나 당시 미국 학계의 문헌학 연구 방식을 정식으로 습득한 사람이다. 2004년에는 뤄녠성의 탄생 100주년을 기념하여 그가 번역한 고대 그리스 문학 전집과 중국 유일의『고대 그리스어-중국어사전古希臘語漢語詞典』이 출간됐다. 뤄녠성은 저우쭤런의 루키아노스 번역 작업을 감수하면서, 저우쭤런과 같이 고대 그리스 사회에 대해서 독자적인 시각을 가지고 작품 내용에 대한 상세한 주석을 단 중국 번역가는 없을 것이라고 평가했다. 뤄녠성이 남긴 고대 그리스 문학 전집에는 저우쭤런이 번역한 루키아노스의『대화』가 포함되어 있지 않다. 한국에서는 2013년이 되어서야 고대 그리스어 원전을 저본으로 하는 루키아노스의 작품이 번역·소개되었다. 그것도 루키아노스의 가치가 전혀 알려져 있지 않았기에, 독자 북펀딩을 통해 간신히 출판되었다고 한다(루키아노스, 2013).

한국에서는 고대 그리스 시대의 저서가 철학서를 중심으로 번역되고 있는데, 2000년대 이후 고대 그리스어를 전문적으로 배운 학자들이 사비를 털어서 임의 학술단체를 조성하고 대중에게 인지도를 높여가고 있는 실정이다(대표적으로 '정암학당'은 2008년에야 사단법인으로 등록되었다). OECD 회원국 중에 한국에서만 고대 그리스어 원전을 판본으로 완역한 '플라톤 전집'이 없다고 한다(2007년 1월 12일 『중앙일보』 문화면 「그리스 원전 직접 번역 플라톤 전집 나온다」). 1883년 미국에 파견된 조선의 친선 사절 중 일원이었던 유길준이 (비록 미국 학교의 졸업장을 받지 못했지만) 유학을 시작한 이래 100년이 넘는 서구권 유학의 역사를 가지고 있는데도 불구하고 현실이 이러한 것에 대해서 한국 사회 전체가 한번쯤 고민해봐야 할 것이다.

우리는 통상 문학(예술)으로 사회에 이바지하고 싶다고 할 때 당장 사회에 이슈를 제공하고 개선을 실행하게 하는 것만을 생각하기 쉽다. 현재 한국에서 실화를 바탕으로 한 영화, 사회적 문제를 공유하고자 하는 영화가 많이 만들어지는 현상을 볼 때도 그러하다. 하지만 저우쭤런이 남긴 번역 작업물을 보면, 문학은 동시대를 살아가고 있는 사람만을 독자로 한정한다고 볼 수 없으며, 아무리 좋은 작품이 있다고 하더라도 최종적으로 읽는 행위를 하는 독자들이 선택하지 않으면 결국 사회적 반향이라는 것도, 문학의 사회적 기능을 따져볼 수 있는 기회 자체가 아예 주어지지 않는 것임을 알 수 있다. 나아가 오늘날의 사람들이 특정 작품의 가치를 모르더라도,

그 가치를 먼저 알아본 사람들은, 앞으로 이 작품을 접하게 될지도 모르는 다음 세대를 위해 시간과 노력을 투자하는 수고를 할 필요도 있을 것이다. 지금 이 순간에도 인문학의 초석을 다지기 위해 형이상학의 근본적인 영역에 천착하고 있을 외롭고도 성실한 학자들에게 언젠가 그 작업이 후세에게 작은 등불이 될 것이라는 말을 전하며 응원하고 싶다.

(아래에 선보이는 작품은 저우쮀런이 번역한 「기녀들의 대화」 중 일부로서, 작품 해제와 미주는 모두 저우쮀런이 단 것입니다. 고대 그리스어를 중국어로 번역한 글을 다시 한국어로 중역重譯한 것이니, 'hetaira'를 '기녀'로 번역한 저우쮀런의 용어를 그대로 두었음을 밝혀둡니다. 아울러 두 기녀의 대화뿐 아니라 번역자가 공들여 덧붙인 작품 해설과 미주 작업까지 모두 저우쮀런의 비판문헌학적 번역 작업으로 읽어주십시오.)

【실제 작품의 예】

저우쮀런 번역,
루키아노스의 「기녀들의 대화」 중에서

「제4편 기녀들의 대화」 소개글 | 저우쮀런 해설 |

「기녀들의 대화Hetairikoi Dialogoi」(고대 그리스어 표기 방식)는 총 15편으로, 당시에도 실제로 있었던 사회의 풍경을 담고자 했기 때문에 작품 속에 등장하는 인물들은 그 시대를 보여주는 인물들일 뿐 역사적으로 유명한 사람들이 아니다. 다시 말해서, 작품이 그려 내고 풍자하고 있는 것은 당시 사회의 모습이다. 그러므로 어떤 사람들은 루키아노스의 이러한 저작이야말로 소위 새로운 희극new comedy의 영향을 받았다고 말하기도 한다. 다른 대화편(「신들의 대화」, 「죽은 자들의 대화」) 역시 새로운 희극의 영향을 받았다고 하지만, 사실 그 작품들은 구 희극의 영향을 받았을 뿐이다. 모두 고대 역사·전설 속의 인물들을 차용하여 종교·철학·사상을 풍자하는 작품들이기 때문이다. 안타깝게도 구 희극은 전해오고 있지만 새로운 형태의 희극은 오히려 거의 전부 소실되어 약간의 단편과 로마 시인의 모방작만 남아서 그 대강을 엿볼 수 있을 뿐이다. 하지만 구조와 스토리가 매우 간단하여 이 작품에서 목격되는 작은(小) 희극의 우수함에 미치지 못하는 듯하다. 이른바 작은 희극이란 그리스어 '미모이Mimoi'를 가리키는 말로, 현재 테오크리토스Theokritos의 목가牧歌 속에 5편, 헤론다스Herondas의 미미암보스mimiambos 7편이 전해오고 있는데, 400년 뒤의 이 루키아노스가 쓴 것이 분량은 많지 않지만 성취한 바가 훌륭하다고 할 수 있다. 루키아노스와 거의 동시대를 살았던 유명한 알키프론Alkiphron이라고 하는 사람은 기녀와 유객遊客 간에 주고받은 편지 형식의 작품 3권을 남겼는데, 이러한 소재가 당시 희극 작품들의 소재로 많이 채택되었다는 것을 보여주기도 하지만, 그중 단 한 편 정도만 청출어람의 명예를 누릴 수 있을 만큼 간결하면서도 훌륭하다고 할 수 있다.

이 작품 속의 '기녀'라는 명칭에 대한 설명을 덧붙일 필요가 있겠다. 원래 단어는 '헤타이라hetaira'로 '헤타이로스hetairos'를 여성화한 말인데, 본래 뜻은 '동료伴侶'로서 옛날에는 수많은 학파와 정당을 모두 '헤타이로스'라고 불렀다. 예를 들어 소크라테스를 따르는 사람들이 바로 그의 헤타이로스였고, 여류 시인 사포의 여학생들을 '헤타이라'라고 불렀으니 '여성 동료'라고 번역할 수 있다. 하지만 사회가 변하면 단어 역시 따라서 변하는 법, 점차 '남성의 여성 동료'를 가리키는 말, 즉 외도하는 상대 또는 기녀를 가리키는 뜻으로 변하게 됐는데, 가리키는 내용이 바뀌었는데도 여전히 이 단어가 사용되었다. 후대의 타락한 문인들은 심지어 사포의 여성 동료들에 대해서 레스보스Lesbos섬의 여자들이 어떻다는 식으로 유언비어까지 퍼트리는 바람에, 후대의 양성애적 측면에서 특별한 용어를 남기게 됐다. 즉 본 대화집의 제5절의 대화가 바로 이러한 문제를 다루고 있다. 그리스 문화라고 하면 여태까지 줄곧 이오니아Ionia를 정통으로 한다. 다시 말하자면 아테네를 기준으로 한 다는 뜻이다. 아테네 여성의 교육과 문화 방면에 대해서 말하자면 솔직히 칭찬할 만한 그 무엇이 전혀 없다고 할 수 있다. 그리스 문명은 서구 문화의 원류이지만 이런 점에서는 마치 동양의 전통을 지키고 있는 듯하다. 오히려 소아시아 연안의 제도諸島에 살고 있는 그리스인들이 훨씬 개방적이며 신선한 기상을 가지고 있다고 할 수 있다. 기원전 5세기의 역사가 투키디데스Thukydides는 "여자는 거리에 나오지 않으면 않을수록 사람들의 입에 오르내리지 않으니, 그럴수록 더욱 좋다고 할 수 있다"라고 했고, 소크라테스의 제자이자 유명한 문인인 크세노폰Xenophon도 "여자들은 모든 일에 관해 최대한 적게 보고, 적게 듣고, 적게 질문해야 한다"라고 했다. 그래서 아테네의 여인들은 아이올리아Aiolia 지방의 여인들과 비교해보면 교육·예술 방면에서 상당히 부족했다. 게다가 아테네의 법에는 아테네 시민들의 혼인 상대를 시민 계급에 한정하는 규정이 있었기 때문에, 혼인제도상에서 또 다른 이상한 현상이 나타나게 됐다. 즉 정실부인 외에도 많은 외도 상대를 두어 공공연하게 '내연 관계에 있는 아내'로 삼았다는 말이다. 법률 규정 때문에 아테네에서는 단 한 명의 아내에게만 장가들어 가족을 이룰 수 있었는데, 대부분 재주는 없지만 여성으로서의 덕을 갖춘 여성들이었다. 반면 재주와 미모를 겸비한 여자들은 대부분 모두 이방인으로서 아테네 법률 때문에 어쩔 수 없이 '여성 동료'로 삼을 수밖에 없었다. 외도 기간은 장기적이기도 하고 단기적이기도 하지만, 그 기간이 길든 짧든 그 관계는 '혼외 관계' 그 이상도 그 이하도 아니었다. 내연의 아내에서 기녀로, '헤타이라'라는 용어는 이렇게 시대에 따라 변하게 된 것이다.

제5절 「크로나리온Kronarion과 레아이나Leaina」

| **저우쭤런 해설** | 이 편은 여성 동성연애에 관한 이야기로서 매우 특이하다. 이는 세상에 보편적인 현상이지만 고대 그리스에서는 레스보스섬에서 특히 이런 풍조가 많았다고 전해져오는데, 이는 사포에 대한 오해로 인한 전설 때문일지도 모른다. 이 작품에서도 남성적인 여인을 레스보스인이라고 하니, 이러한 전통을 계승한 표현법이라고 이해하면 된다.

크로나리온 레아이나, 우리는 최근에 너에 관한 소식을 들었어. 레스보스의 돈 많은 여자[1]인 메길라Megilla가 남자처럼 너를 사랑해서 너와 함께 살고 있다고들 하니, 어찌 된 일인지 모르겠구나. 어찌 된 일이야? 얼굴이 빨개졌네? 만약 이것이 사실이라면 나에게 말해줘.

레아이나 크로나리온, 그건 사실이야. 그렇지만 난 부끄러워. 이건 일반적인 상황과 다르니까.

크로나리온 사랑의 신[2]을 걸고 말해보렴. 어찌 된 일이니? 그 여인은 뭘 바란 거야? 너와 함께 살 때 어떻게 지냈니? 이것 봐, 너는 나를 사랑하지 않아. 나를 사랑한다면 네가 이런 일을 나한테 숨겼을 리 없잖아.

레아이나 나는 너를 사랑해. 내가 다른 여자를 사랑하는 것처럼 바로 그렇게 말이야. 하지만 그 여자는 딱 남자 같았어.

크로나리온 난 네 말뜻을 이해하지 못하겠어. 만약 그녀가 여성을 사랑하는 동성애자라는 것을 말하는 것이 아니라면 말이야. 사람들이 레스보스에 있는 어떤 여인들은 남자 같다고 하더라. 그녀들은 남자와 그걸 하고 싶어하는 게 아니라 여인을 가까이 두고 싶어한대. 마치 그녀들 자신이 남자인 것처럼 말이야.

레아이나 바로 그거야.

크로나리온 레아이나, 그럼 그 모든 걸 나에게 말해줘. 그녀가 처음에 어떻게 시작했고 나중에 너는 어떻게 설득됐으며, 그 이후의 일들에 대해서 말이야.

레아이나 메길라라는 여자와 데모나사Demonassa라고 하는 코린토스Corinthos의 돈 많은 여자가 자신들과 같은 부류의 사람들과 함께 연회를 열고는 나를 불러서 키타라3)를 연주해 달라고 하더라. 그런데 내가 키타라 연주를 마쳤을 때 이미 꽤 늦은 시간이라 자야 할 때가 된 거야. 그녀들은 일찌감치 술에 취했는데, 메길라가 이렇게 말했어. "레아이나, 지금 자야 할 때가 되었으니까, 이리 와서 우리들과 함께 자자, 우리 두 사람 사이에서 말이야."

레아이나 처음에 그녀들은 남자처럼 나와 입을 맞췄어. 그냥 입술을 바싹 붙인 정도가 아니라 입을 벌리고는 나를 안았는데 내 젖가슴을 꽉 껴안는 거야. 데모나사는 입을 맞추는 도중에 나를 물기까지 했는데, 나는 정말이지 이게 무슨 일인지 모르겠더라고. 메길라는 흥분이 되니까 결국 머리에 쓰고 있던 가발을 벗어버렸어. 정말 진짜 같았던 그 가발을. 아주 단단히 쓰고 있다가 그녀가 머리를 드러내었는데 기운 넘치는 남자 운동선수처럼 완전히 **빡빡머리더라**

자고 있는 헤르마프로디테. 프랑스 루브르 박물관에 전시되어 있는 조각상으로, 앞에서 바라보면 남성과 여성을 상징하는 신체의 특징을 동시에 가지고 있다.

고. 내가 그걸 보고 좀 놀랐는데 그녀가 "레아이나, 너 이렇게 잘생긴 소년 본 적 있니?"라고 묻더라. 그래서 내가 이렇게 답했지. "그런데요 메길라, 난 이곳⁴⁾에서 소년을 보지 못했는걸요." 그랬더니 그녀가 그러는 거야. "넌 나를 여자로 생각할 필요 없어. 나는 메길로스Megillos⁵⁾라고 해. 아주 오래전에 바로 여기 있는 데모나사와 혼인했어. 데모나사는 내 아내야."

크로나리온, 내가 이 말을 듣고 웃으면서 이렇게 말했어. "그렇다면 메길라 당신은 우리를 속인 거네요. 원래는 항간에서 말하는 규방 처자들 사이에 숨어 있었던 아킬레우스Achilles⁶⁾와 같은 남자라는 말이죠. 당신에겐 그런 남자가 가지고 있는 것이 있겠네요. 남자들처럼 데모나사에게 하겠네요?" 그러니까 그녀가 그러더군. "레아이나, 나에겐 그런 것은 없어. 그리고 나도 전혀 필요하지 않고. 너는 나만의 아주 즐거운 방식이 있다는 것을 곧 알게 될 거야."

내가 이렇게 대답했지. "그럼 당신은 음양을 한 몸에 가지고 있는 사람⁷⁾인가요? 세간에서 양쪽의 특징을 모두 가지고 있다고 하는?" 크로나리온, 왜냐면 나는 정말이지 그때까지도 그게 어찌 된 일인지 알 수 없어서 말이야. 그런데 그녀가 이렇게 말하더라. "아니, 레아이나. 나는 온전히 남자야."

　그래서 내가 그랬지. "그렇다면, 보이아티안Boeotian의 피리 부는 여인인 이스메노도라Ismenodora가 그녀 집에서 들었다는 이야기를 다시 나에게 해줬던 바에 따르면, 테베스Thebes에 어떤 사람이 여자에서 남자로 변했는데, 그는 훌륭한 예언자로서, 내가 알기로는 이름이 티레시아스Tiresias[8]라고 하더군요. 당신도 같은 일을 겪은 건 아니겠죠?" 그녀는 "아니, 레아이나. 나는 태어날 때 여자였어, 너희들처럼. 그런데 나에겐 남성의 사고방식과 욕망, 그리고 기타 모든 것이 있어"라고 대답했어. 그래서 내가 물었지. "당신에게 있는 욕망은 채워졌나요?" 그녀가 이렇게 대답하더라. "레아이나, 네가 믿지 못하겠으면, 한번 시험해봐. 그럼 바로 알 수 있을 거야. 내가 어떤 남자보다 못하지 않다는 것을. 나에겐 남자의 것을 대신할 수 있는 게 있거든. 네가 한번 시험해보면 바로 알 거야." 그래서 말야, 크로나리온, 나는 바로 그녀의 말을 따랐지. 그녀가 그렇게 간청하기도 하고, 또 나에게 고가의 목걸이 하나와 아주 좋은 옷 한 벌도 선물해줬거든. 그래서 나는 그녀를 남자처럼 두 팔로 안았어. 그랬더니 그녀가 바로 하기 시작하는데, 입도 맞추고 숨을 헐떡이면서 아주 즐거워하는 것 같았어.

크로나리온　레아이나, 그녀가 뭘 했는데? 어떻게 했냐고? 내가 알고 싶어 죽겠는 게 바로 그거라니까.

레아이나　너는 그렇게 자세히 알려고 하지 마, 그건 좀 부끄럽잖아. 그러니까 천상의 여신[9]에게 맹세컨대, 나는 너한테 절대 말하지 않을 거야.

1)　　　레스보스섬 여인들의 전설에 관해서는 본문의 레아이나가 말하는 설명을 참고하시오.

2)　　　사랑의 신은 본래 '유아 보육자Kourotrophos'를 가리키는 것으로, 아프로디테의 별칭이다.

3)　　　키타라의 원문은 'kithara'로 근대 서양 악기인 '기타guitar'의 원류다. 그리스에서 세워서 연주하는 현악기에는 두 종류가 있었는데, 하나는 리라lyra로 전설상에는 헤르메스가 발명했다고 전해진다. 거북이 껍질로 울림판을 만들고 위에 7개의 줄을 올려 팔로 감싸안고 연주했는데 보통 사람들이 연주했다. 다른 하나는 키타라로, 그 울림판은 나무로 만들었고 리라와 마찬가지로 7줄이었는데, 팔을 곧게 펴서 연주하는 것이 비파에 가깝다. 연주자들은 전문 악사가 많았다고 한다.

4)　　　레아이나의 말은, 이곳에는 모두 여자만 있고 남자는 없다는 뜻이다. 그래서 특별히 '이곳'이라는 말을 강조했다.

5)　　　메길로스Megillos는 메길라Megilla의 남성형으로, 그녀가 남자로 자처했기 때문에 이름 역시 남성형으로 변형시킨 것이다.

6)　　　아킬레우스Achilles는 그리스의 용감한 전사로서 트로이에서 전투를 하다가 죽었다. 그의 어머니는 바다의 여신으로 예지하는 능력이 있어서 그를 여자로 꾸며 왕궁에 숨어 있게 했는데, 결국 사람들에게 들켜 전쟁터에 나가게 되었다는 일화를 가리킨다.

7)　　　'음양인'의 원문은 '헤르마프로디테hermaphrodite'로, 헤르메스와 아프로디테라는 두 개의 이름에서 각각 따와서 만든 단어다. 외모가 여자처럼 아름다운 남성을 가리킨다. 전설에 따르면 헤르메스와 아프로디테 둘 사이에서 생긴 아들이라고 한다. 고대에는 조각할 때 헤르마프로디테 상을 많이 조각했다고 한다. 이후에는 '자웅동체인'이라는 말을 사용하여 남녀 양성의 특징을 모두 갖춘 사람을 가리켰다.

8)　　　티레시아스Tiresias는 고대 테베의 유명한 예언자로, 처음에 두 마리의 뱀이 교미하는 것을 보고 몽둥으로 내려치자 갑자기 여자의 몸으로 변했다고 한다. 이후 다시 같은 일을 겪게 되었을 때 다시 본래대로 남자로 변했다고 한다.

9)　　　천상의 여신은 아프로디테를 가리킨다. 아프로디테에게는 두 가지 칭호가 있었는데, 하나는 '전 시민의'라고 하는 판데모스Pandemos이고, 또 다른 하나는 '천상의'라는 오우라니아Ourania다. 둘 다 똑같이 사랑의 여신을 가리킨다. 이 차이는 전자는 아테네·테베 등과 같은 도시에서 숭배되었고, 후자는 키프로스Kypros섬

과 코린토스시에서 숭배되었다는 것인데, 동방의 사랑의 여신에 가깝다. 플라톤은 대화집 『향연Symposion』에서 사랑은 정신적인 것과 육체적인 것으로 나뉘기 때문에 여신의 호칭 역시 구별하여 '천상의 아프로디테'는 신성함을 가리키고, '전 시민의 아프로디테'는 범속하고 열등함을 가리킨다고 했다. 후세의 문인들이 플라톤 식의 사랑을 높이 받들어 이로부터 일반화되었는데, 사실 이것은 플라톤의 한때의 궤변으로서 현대의 신화학자들은 모두 플라톤의 학설을 믿지 않는다. 구체적인 구분은 바로 상술한 바와 같으니, 대철학자가 말한 것과 완전히 상반된다고 할 수 있겠다.

무스잉,
댄스홀에서 젖어드는
모던 상하이

손주연

와이탄에 울려 퍼지는 재즈 선율 사이로

고풍스러운 서양식 건축물들이 강을 따라 늘어서 있는 상하이의 와이탄外灘. 해가 지고 어둠이 내려앉으면 한껏 조명을 받은 건물들은 웅장하면서도 한편으로는 우아한 분위기를 자아낸다. 황푸강黃浦江을 등지고 와이탄 어느 한쪽 구석에 서서 그 건물들을 바라보고 있노라면 여기가 중국인지 유럽인지 도무지 알 수 없을 정도다. 이것이 바로 상하이가 '동방의 파리'라고 칭해지는 이유가 아닐까 하는 생각에 조용히 고개를 끄덕이게 된다.

　이 건물들 중에 유독 눈에 띄는 건물이 있다. 바로 그 유명한 허핑호텔和平飯店이다. 1929년에 지어진 이 건물은 유대인 사업가 빅터 사순Victor Sasson이 지은 호텔로, 캐세이 호텔(Cathay Hotel, 華懋飯店)이라는 이름으로 개장했다. 시카고학파의 고딕 양식으로 지어진 이 12층짜리 호텔은 겉보기엔 다소 단조로워 보인다. 그저 건물 꼭대기를 장식하고 있는 초록색 피라미드가 마치 랜드마크처럼 반짝일 뿐이다. 그러나 회전문을 지나 건물 안으로 들어서면 대리

상하이 와이탄의 허핑호텔.

석으로 장식된 아르데코 양식의 화려한 인테리어에 입을 다물 수가 없다. 은은한 불빛이 빛나는 통로를 지나 호텔 안 한쪽 구석에는 자그마한 재즈바가 자리잡고 있다. 매주 목요일 저녁 8시가 되면 사람들은 특별한 재즈 공연을 보기 위해 삼삼오오 이 재즈 바에 몰려든다.

200위안元이라는 적지 않은 돈을 내고 돌기둥이 무대를 가리지 않는 테이블을 하나 골라 자리에 앉는다. 의자 방향을 조절하며 무대를 즐길 수 있는 최적의 각도를 찾고 나면, 익숙한 손짓으로 웨이터를 불러 음료를 주문한다. 시간이 조금 지나면, 백발이 성성한 할아버지들이 구부정한 등을 한 채 각자의 악기를 들고 등장한다. 그리고 연주를 시작한다. 가끔 박자를 놓치기도 하고, 잘못된 음들이 튀어나오기도 하지만 아랑곳하지 않고 재즈 연주를 이어간다. Fly me to the moon, Somewhere Over the Rainbow… 어느새 웨이터가 테이블로 가져다준 칵테일 잔 너머에 반짝이는 촛불을 보면서 나지막이 들려오는 음악들을 흥얼거려 본다. 운이 좋으면 흥 많은 할머니들이 재즈 음악에 맞춰서 춤을 즐기는 모습을 볼 수도 있지 않을까 잠시 기대해본다.

연주를 하는 할아버지들은 1980년 '노인 재즈 음악대'라는 이름으로 결성되었다. 평균연령 75세. 모두 1900년대 초 젊은 시절에 상하이의 바bar에서 재즈 연주가로 활동했다. 할아버지들이 가지고 나온 악기들엔 그 세월들이 고스란히 묻어 있다. 칠이 군데군데 벗겨진 콘트라베이스, 반짝임을 잃은 지 오래인 색소폰. 할아버지들의 연주는 마치 생활의 일부인 듯, 무의식중에 나오는 것처럼 할아버지들의 몸짓에 스며들어 있다. 이 연주를 듣고 있노라면 개혁개방, 문화대혁명, 중화인민공화국 성립, 중일전쟁의 굴곡진 중국의 역사를 거꾸로 거슬러 올라가 1930년대로 돌아간 것만 같다. 그러면 이 재즈 바 어느 한구석에 작가 무스잉穆時英이 혼자 앉아 술을 홀짝이고 있지 않을까.

중국 근대를 수놓은 상하이의 모던한 풍경

담배, 위스키, 재즈, 그리고 그 음악에 맞추어 춤을 추는 남녀들. 무스잉의 일상과 그의 소설을 이보다 더 잘 설명해줄 수 있는 말은 없을 것이다. 1930년 「우리들의 세계咱們的世界」를 『신문예新文藝』에 발표하면서 무스잉은 등단과 동시에 문단의 주목을 받았다. 도시 하층민의 생활을 잘 반영한 무스잉의 초기작들을 통해 그는 새롭게 부상하는 '프롤레타리아 문학작가'로서의 명성을 떨쳤다. 그러나 곧 그는 「상하이 폭스트롯上海的狐步舞」, 「나이트클럽의 다섯 사람夜總會裡的五個人」, 「Pierrot」 등의 단편소설들을 발표하는데, 이 일련의 작품들은 이전의 소설들과는 다른 느낌의 도시적 감수성이 물씬 풍겨나는 작품들이었다. 초기작이 무스잉의 습작이었다면, 상하이의 유흥 문화를 중점적으로 그려낸 중기작들은 그의 문학세계의 정수라고 볼 수 있다. 무스잉의 이 대표작들은 다양한 감각들을 드러내는데, 화려한 불빛들과 음악, 그리고 몽환적인 상하이의 밤을 그는 자신만의 감수성으로 표현했다. 그는 어법에 어긋난 문장들을 삽입했을 뿐만 아니라 한 이미지에 뒤이어 또 다른 이미지가 연쇄반응을 일으키며, 마치 여러 장의 사진들을 오려 붙여 또 다른 커다란 사진을 찍어내는 것과 같은 몽타주 기법들을 즐겨 사용했다. 특유의 감각적인 창작 기법들과 사람들의 상상력을 자극시키는 기발한 발상 및 소설적 표현들로 그는 독자들의 사랑을 독차지하게 된다.

중국 현대문학사에서 무스잉은 흔히 신감각파新感覺派로 분류된다. 신감각파는 일본에서 유래한 문학 분파 중 하나인데, 무스잉과 동년배였던 류나어우劉吶鷗, 스저춘施蟄存 등 작가들이 신감각파 대표 작가로 손꼽히곤 한다. 신감각파 작가들의 작품이 보여주는 특징은 다음 세 가지로 정리할 수 있다. 첫째, 빠른 속도의 리듬 속에서 현대의 도시 생활, 특히 반식민지 도시의 기형성과 병태病態를 표현한다. 둘째, 기이한 감정, 인상을 힘껏 포착하며 소설의 형식, 수법, 기교에 일정 정도의 혁신을 가져다준다. 셋째, 잠재의식, 숨겨진 의식, 일상생활에서의 미묘한 심리, 변태 심리 등등을 밝혀내

1932년 10월 8일 프랑스로 유학 가는 다이왕수戴望舒를 전송하려고 기선에 오른『현대』잡지 동인들(좌로부터 스저춘, 무스잉, 다이왕수, 두헝杜衡).

고 표현하고자 한다(黃獻文, 2000). 종합해보면, 신감각파 작가들은 1920년대 후반부터 30년대 초반까지 상하이를 무대로 하여 활동했던 작가들 중에서 급속하게 변화하는 도시의 화려함과 함께 그 이면에 숨겨져 있는 도시인들의 병리적 모습을 감각적인 서술 기법으로 묘사한 작가들을 지칭한다고 볼 수 있다(Ying-jin Zhang, 1996).

이처럼 일반적인 중국어 어법에서 어긋난 문장들, 그리고 마치 꿈을 꾸고 있는 듯한 장면들로 구성된 무스잉의 소설은 어떻게 독자들에게 널리 사랑받을 수 있었을까? 이는 상하이라는 도시 공간의 특수성과 밀접한 관련이 있다. 1800년대까지만 해도 상하이는 중국 연안의 작은 항구도시였다. 영국과 중국 사이에 벌어졌던 아편전쟁에서 중국이 패하고, 그 결과 체결된 난징조약으로 5개의 항구가 개항하게 되는데 그 다섯 개의 도시 중 하나가 상하이였다.

1843년 11월, 상하이는 정식으로 서구 열강에 문호를 열게 된다. 1845년 영국은 상하이와 〈상하이토지장정 上海土地章程〉을 체결하고 본격적으로 조계지를 설치하게 된다.

'조계'라는 말을 한 글자씩 뜯어보자. 조租는 '조세 조'로 '세 들다, 빌리다'라는 뜻이고, 계界는 '지경 계', 즉 '세계'라는 뜻이 된다. 다시 정리하면, 조계는 '세 들어 사는 땅' 정도로 해석할 수 있다. 1846년, 앞서 언급한 〈상하이토지장정〉에 의거하여 최초의 영국 조계가 설치된다. 영국 조계는 황푸강(상하이를 남북으로 종단하는 강. 황푸 강을 기준으로 서쪽은 푸시浦西, 동쪽을 푸둥浦東이라 일컫는다. 상하이 고성古城과 조계는 푸시 지역에 자리잡고 있다)을 바라보며 늘어서 있는 와이탄에서부터 시작하여 서쪽으로 뻗어 나가는 형태로 조성되었다. 이후 프랑스, 미국 등 국가들도 영국 조계를 중심으로 그 주변에 조계를 설치하였고 이는 1900년대 초까지 지속적으로 확장된다. 이 시기부터 시작하여 조계라는 공간의 특수성은 상하이의 도시 공간의 특수성으로 발전하게 된다. 영국, 미국, 프랑스는 자신들의 문화를 상하이의 조계에 그대로 옮겨놓는다. 직선으로 구획되고 포장된 도로, 서양의 건축 양식을 그대로 모방한 고층 빌딩들, 가스등, 전기 등과 같은 조명 시설들, 상수도·하수도와 같은 사회 간접 시설, 기존의 중국에서는 찾아볼 수 없었던 전차, 마차, 자전거와 같은 교통수단 등이 조계에 등장하게 된다. 그리고 중국인들의 일상을 완전히 바꾸어놓은 백화점, 극장, 영화관, 카페, 주점, 경마장 등의 여가 문화도 상하이에 자연스럽게 안착하였다.

상하이는 이러한 조계의 확장에 따라 구역이 나뉘게 된다. 우선 와이탄에는 황푸강의 강변을 따라서 서로서로 높이를 겨루는 서양식 빌딩들이 들어선다. 와이탄과 난징로南京路 일대는 새로운 금융과 상업의 중심지가 된다. 첫 번째 길이라는 뜻의 제1마루馬路 난징로, 샤페이로霞飛路(지금의 화이하이중로淮海中路), 쓰촨베이로四川北路는 대표적인 상업 거리로 거듭난다. 그중 난징로를 중심으로 광범위한 지역을 포괄하는 큰 상업 구역이 형성되는데, 이 길에 셴스先施(1927), 융안永安(1918), 신신新新(1926), 다신大新(1936)의 4대 백화점이 들어서게 된다. 서양 여성들뿐만 아니라 형형색색의 치파오旗袍를 차려입은 중국 여성들도 쇼핑을 즐기게 되었다. 난징로를 따라 내려가다 보면 탁 트인 공간에 경마장이 자리잡고 서 있다. 경마장 주변에 자리한 다스제大世界에서는 화려한 네온사인 너머로 중국의 전통극 노랫소리가 끊이질 않았고, 다광밍大光明 영화관에서는 서양의 유명 배우들이 은막 위에 올랐다. 또한 네 번째 길四馬路 푸저우로福州路는 서점, 출판, 극장, 찻집茶館이 즐비한 출판문화의 중심지로 거듭난다. 이 길 위에서 중국의 근대를 수놓은 문학작품들이 세상의 빛을 보게 되었다.

1930년대 상하이로의 초대

이러한 도시의 모던한 풍경들은 무스잉 소설 속 풍경으로 스며들었다. 서양식 고층 건축물들과 상하이인들의 새로운 일상으로 자리잡은 새로운 문물들은 무스잉 소설 속에서 살아 움직이는 모습으로 등장한다. 무스잉 소설 속 도시의 밤 문화는 우리를 1930년대 상하이로 초대한다.

나는 융안 백화점 입구에서 기다리고 있었다. 젊은 여자 둘이 뛰어나왔다. 전부 하얀 여우 털로 된 코트를 입고, 통통한 두 다리를 드러내고 있었다. 제기랄, 정말 이상한 것이 두 다리만큼은 추위를 타지 않는다.

- 「남북극南北極」

9시 10분: 깔끔한 갈색 양복 안에서 알코올, 커피, 이산화탄소와 코오롱 향수가 뒤섞인 기체를 발산하며 셰謝 의사는 1933년 형의 스루드베이커 Srudebaker 세단을 몰고 아내를 융안 백화점 입구까지 데려다준 다음 다시 쓰촨로四川路 55호의 진료소로 몰고 갔다.

- 「백금의 여체 조각상白金的女體塑像」

무스잉 소설 속 장면들이 생동감 넘치는 이유 중 하나는 무스잉이 융안 백화점, 스루드베이커 세단, 그리고 쓰촨로 55호와 같은 실존하는 지명과 사물들의 명칭을 거리낌 없이 사용하고 있는 데서 비롯된다. 이 때문에 소설을 접하는 독자들은 이 소설이 가상의 이야기가 아니라 어느 신문 구석에 등장할 것 같은, 혹은 이웃집에 사는 가십을 좋아하는 아주머니의 입을 통해서 전해들은 이야기일 것만 같은 착각에 빠지게 된다. 백화점에서 방금 '뛰어나온' 젊은 여성들의 모습—하얀 여우 털 코트, 통통한 두 다리—과 셰 의사가 세단을 몰고 가 아내를 백화점에다가 내려주는 모습은 오늘날 우리에게도 낯설지 않은 일상의 모습이기도 하다.

또 다른 장면을 살펴보자.

빨간 거리, 녹색 거리, 파란 거리, 보라색 거리… 강렬한 색조 화장을 하고 있는 도시여! 네온등이 뛰어오르고 있다. ─오색 빛의 물결, 변화하는 빛의 물결, 색이 없는 빛의 물결─빛의 물결이 넘치는 하늘, 하늘에는 술이 있고, 네온등이 있고, 하이힐이 있고, 시계도 있다…

백마 표 위스키를 드세요… 럭키 스트라이크 담배는 흡연자들의 기도를 상하게 하지 않습니다…

알렉산더 양화점, 존슨의 바, 라사리오 담배상, 딕시 음반 가게, 초콜릿 가게, 캐세이 영화관, 해밀턴 호텔…

빙글빙글 도는, 영원히 돌고 있는 네온등─

갑자기 네온등이 고정되었다:

"퀸 나이트클럽"

─「나이트클럽의 다섯 사람」

이 장면은 「나이트클럽의 다섯 사람」이라는 작품의 일부다. 이 작품에서는 '퀸 나이트클럽'에 다섯 명의 인물들이 모여서 생긴 일을 그리고 있다. 처음에는 각기 다른 곳에 떨어져 있던 이 다섯 명은 토요일 저녁이 되자 번화한 상하이의 거리들을 거쳐서 나이트클럽에 도착하는데, 이 과정에서 작가가 묘사한 거리 풍경은 우리의 눈앞에 생동감 넘치게 펼쳐진다. 자동차를 타고 거리를 지나가다 보면 낮에는 볼 수 없었던 풍경들이 눈가에 스쳐 지나간다. 알록달록한 네온사인들, 그 네온사인들은 다양한 모습으로 나타난다. 때로는 술의 모습으로, 또 때로는 하이힐, 혹은 시계의 모습으로. 눈을 들어 보다 높은 곳을 바라다보니 길가 높은 곳에 광고판이 보인다. 그리고 그 광고판에 적혀 있는 캐치프레이즈를 나지막이 따라 읽어 본다. "백마 표 위스키를 드세요"라든지, "럭키 스트라이크 담배는

무스잉.

흡연자들의 기도를 상하게 하지 않습니다"라든지. 거짓말인 줄 알
고 있으면서도 이러한 광고들 때문에 소비자들은 또다시 위스키와
담배를 손에 쥐었을 것이다. 다시 시선을 조금 낮추면 길가에 늘어
선 가게들의 간판들이 눈에 들어온다. 양화점, 담뱃가게, 영화관 등
등. 차창 밖으로 빠르게 지나가는 형형색색의 불빛들에 눈앞이 어
지러워진다. 그러다 보면 어느 순간 목적지에 도착해 있다. 그 목적
지는 바로 댄스홀이다.

　무스잉은 댄스홀을 즐겨 찾았던 것으로 잘 알려져 있다. 여기에
서 잠시 무스잉의 사진을 한번 살펴보자. 깔끔하고 잘생긴 외모에
한껏 각을 살린 양장 차림의 이 젊은 남성은 그의 감각적인 소설만
큼이나 잘생긴 생김새로 상하이 독자들의 인기를 한 몸에 받았다.
뿐만 아니라 그는 도시의 화려함을 즐길 줄 아는 청년 작가였다. 무스잉의 동료 작가 스저춘이 그가 편집을 맡고 있던 잡지『현대現代』에 무스잉의 사진을 실은 이후, 젊은 여성 독자들은 오매불망 그를 한번 만나보고 싶어했다고 한다. 그리고 무스잉이 댄스홀에 자주 출입한다는 사실을 알게 된 젊은 여성 독자들은 이 유명한 소설가를 한번 만나보기 위해 댄스홀에 가는 취미를 갖게 되기도 했다. 특히 스저춘은 무스잉의 삶에 대해서 다음과 같이 회고했다. "그의 일상은 곧 밤의 유흥 문화夜生活였다. 오전에는 자고, 오후 그리고 저녁 식사 때가 돼서야 문학 하느라 바빴다. 그 후엔 곧이어 댄스홀, 영화관, 도박장을 들락거렸다(陳海英, 2015)." 이러한 그의 개인사를 비추어봤을 때, 그의 소설에 댄스홀이 빈번하게 등장하는 것도 무리가 아닐 것이다.

무스잉은 댄스홀의 분위기마저도 특유의 감각적 언어로 표현했다. 그의 대표작「상하이 폭스트롯」은 상하이의 밤을 배경으로 10개의 서로 다른 이야기들이 옴니버스 형태로 연결되어 있다. 이 소설 중반에는 다음과 같은 댄스홀 장면이 등장한다.

쪽빛의 황혼이 장소 전체를 뒤덮고 있다. Saxophone 한 대가 마침 목을 길게 빼고 큰 입을 벌려 뻑뻑 그들 사이를 뚫고 외치고 있다. 그 사이에 반들반들한 바닥 위에 나풀거리는 치마, 나풀거리는 치파오 자락, 정교한 하이힐, 하이힐, 하이힐, 하이힐. 텁수룩한 머리와 남자들의 얼굴. 남자들의 와이셔츠 화이트칼라와 여자들의 웃는 얼굴. 뻗은 팔, 비취 귀걸이가 어깨까지 늘어져 있다. 가지런한 원탁의 대열, 그러나 의자는 흩어져 있다. 어두운 구석에 흰 옷을 입은 종업원이 서 있다. 술 냄새, 향수 냄새, 영국 햄 냄새, 담배 냄새… 독신남은 구석에 앉아 블랙커피로 신경을 자극하고 있다.

- 「상하이 폭스트롯」

영화를 한 편 보고 있다고 상상해보자. 화면이 비추는 장면은 댄스홀의 외부다. 밤과 낮의 경계 그 어느 시점에 황혼이 낮게 깔려 있고 그 위로 푸른 어둠이 내려오려 하고 있다. 카메라는 댄스홀 내부로 미끄러져 들어간다. 댄스홀 안에서는 악사가 색소폰으로 경쾌한 음악을 내뿜고 있다. 화면은 시선을 더 낮추어 댄스홀의 바닥을 비추기 시작했다. 사람들의 반복된 춤사위로 바닥은 이미 반들반들해졌다. 그 위로 춤추는 사람들의 치맛자락이 스친다. 그리고 폭스트롯의 박자에 맞추어 하이힐을 신은 여성들의 발이 부지런히 움직인다. 댄스홀 중앙에 춤을 추는 남녀의 모습이 보인다. 그리고 춤을 추는 사람들의 둘레엔 그들이 앉아 있던 가지런한 원탁들이 놓여 있다. 춤을 추는 사람들이 그 자리에 앉아 있었다는 것을 증명하듯, 의자들은 흩어져 있다. 그리고 한쪽 구석에는 춤사위에 낄 수 없는 종업원이 어둠 속에 서서 그들을 관찰하고 있다. 어둠 속에서 관찰하는 사람은 종업원 한 사람에 그치지 않는다. 한 독신남이 그와 함께 커피 향을 들이키며 춤을 추는 사람들을 지켜보고 있다.

소설은 이어서 무대 중앙에서 왈츠를 추는 남녀―양아들과 의붓어머니―사이에 오고가는 대화에 집중한다. 다시 소설의 시야는 독신남에서 종업원으로, 의자, 테이블, 그리고 춤을 추는 남녀의 모습, 하이힐, 하이힐, 하이힐, 하이힐을 거쳐 댄스홀 밖으로 옮겨간다. 마치 영화에서의 줌인zoom-in과 줌아웃zoom-out 기법을 소설로 옮겨놓은 듯한 장면이다.

그러나 그의 소설 속 풍경들에는 단순히 화려함만 있는 것은 아니다. 그는 화려함 이면의 어두움을, 쾌락 이면의 충족되지 못한 갈망을, 그리고 욕망 이면의 결핍을 함께 작품에 담아냈다. 이러한 맥락에서 보자면 「상하이 폭스트롯」의 서두가 다음과 같이 시작되는 것도 무리가 아닐 것이다.

상하이. 지옥 위에 세워진 천국이여!
상하이 서편에서, 커다란 달은 하늘가로 올라, 드넓은 평원을 비추고 있다. 옅은 잿빛의 평원 위에 은회색의 달빛을 펼쳐놓고 다시 그 위에 박아넣고 있다. 철로는 평원 위로 휘우듬한 선을 그리며, 하늘을 따라 저편 수평선 너머로 뻗어 내려간다.
링컨로. (여기에서 도덕은 발밑의 것으로 천시되고, 죄악은 머리 높이높이 받들어진다)

– 「상하이 폭스트롯」

천국과 지옥. 휘영청 밝은 달과 잿빛의 평원. 그리고 죄악과 도덕. 이런 상대적인 이미지들은 한데 어우러져 상하이의 도시 공간이 가진 명암을 감각적으로 드러내 보여준다. 다시 말하면, 무스잉에게 상하이는 아름답고 즐겁기만 한 곳은 아니었다. 화려한 밤 문화는 이튿날의 허무함으로 이어졌고 채워지지 않는 그의 욕망 끝에는 오직 '무無'만이 존재한다는 것을 그는 어느 누구보다 잘 알고 있었다. 술, 담배, 춤, 도박으로 점철된 그의 삶에서 무스잉은 허무함을 잠재우기 위해 더 강도 높은 유흥 문화를 추구했다. 그 결과 그의 일상은 피로함으로 가득 차게 된다.

무스잉의 또 다른 작품 「흑모란黑牧丹」에는 댄스홀에서 댄서로 일하는 한 여성과 이 댄서를 찾아간 남성 손님 사이에 오고간 대화가 등장한다.

"이렇게 피곤한 모습이라니!"

"감기 기운도 좀 있어요."

"왜 집에 가서 하루 쉬지 않나요?"

"생활의 격류에 말려들어가 있으면, 당신도 알죠. 숨을 돌리고 나면 이미 물밑까지 가라앉아서 다시는 떠오를 수 없어요."

"우리 세대의 사람들은 모두 위장의 노예, 신체의 노예죠… 모두 생활에 눌려 납작해진 사람들이에요!"

"나를 예로 들면요, 나는 사치 속에서 생활하고 있어요. 재즈, 폭스트롯, 칵테일, 그 계절의 유행 컬러, 8기통 자동차, 이집트 담배를 벗어나면… 나는 영혼이 없는 사람이 돼요. 그렇게 깊디깊은 사치에 젖어서 삶을 단단히 부여잡고 있어요. 바로 이 사치 속에서, 이 생활 속에서 난 피곤해져요. ―"

"맞아요, 삶은 기계적이고 전속력을 다해 앞을 향해 스퍼트를 올리고 있는데, 우리는 어쨌든 유기체라고요! …"

"훗날 언젠가 길을 가다가 쓰러질 거예요."

"훗날 언젠가 길을 가다가 쓰러질 거예요."

- 「흑모란」

이 단락에서도 잘 드러나듯, 무스잉의 인식 속에서 도시의 유흥 생활은 즐거움으로만 가득 차 있는 것은 아니었다. 오히려 그는 이

유흥의 일상이 끝날까 봐 두려움에 사로잡혀 있었다. 그 때문에 밑 빠진 독에 물을 붓듯이 더 자극적이고 지속적인 유흥을 꾀하게 되었던 것이다. 이는 무스잉뿐만 아니라 상하이에 사는 도시인들이 마음속 어느 한구석에 느끼고 있었던 감정이기도 했다. 자극적인 밤 생활 후에 찾아오는 허무와 피로, 끝이 어디인지 알 수 없지만 빠른 속도로 내달리는 일상. 대체 이는 무엇을 위한 인생인가?

도시, 여성, 그리고 욕망

도시의 일상에 내재된 이중성과 욕망의 아이러니는 그의 소설 속에서 여성의 모습으로 나타나기도 한다. 무스잉의 작품들 중 대부분은 여성을 대상화시킨다. 다시 말하면, 여성은 남성의 심리를 보다더 잘 드러내기 위한 소재로 쓰이는데, 이때 남성의 주된 심리는 '욕망'이다. 여성은 하나의 인격체라기보다 욕망을 불러일으키는 대상이자 남성 주체가 정복해야 할 하나의 '대상'으로 존재하게 된다.

야윈 발목을 기반으로, 한쪽 다리는 곧게, 다른 한 다리는 비스듬히 뻗은 채, 백금 빛 인체 조각상이 서 있다. 부끄러움도 없고, 도덕관념도 없고, 인간의 욕망 따위도 없는 것 같은, 무기물로 된 인체 조각상이다. 금속성의, 유선형인, 그 몸통의 라인은 시선이 한번 닿으면 그냥 미끄러져버릴 것 같다. 이 느낌 없고, 감정도 없는 조각상이 거기 서서 그의 명령을 기다리고 있는 것이다.

그가 말했다: "침대에 누워서 천장을 보세요."

(침대! 천장을 봐!)

- 「백금의 여체 조각상」

주인공인 셰 의사를 자세히 들여다보자. 소설 초반에 셰 의사
는 안정적인 직장을 가진 남성으로 등장한다. 아침에 일어나면 그
는 가볍게 운동을 하고, 매끈하게 면도를 한다. 그리고 거실 밖 발
코니에서 담배를 태우고 나면 고용인이 신문과 아침을 가져다준
다. 아침 식사는 커피 한 주전자, 토스트 두 조각, 계란 두 알, 그리고
신선한 귤 하나. 심지어 그는 식사 전에 성호를 긋고 기도까지 한
다. 아침 준비를 마치면 깔끔한 양복을 차려입고 1927년 식 모리스
Morris 자가용을 타고 그의 직장인 병원으로 향한다. 이 간단한 아
침 준비에서 그의 경제적 그리고 사회적 지위를 단번에 알 수 있다.
이뿐만 아니라 식전 기도를 하는 장면에서 그의 도덕성마저도 엿볼
수 있다. 그러나 그의 이러한 형상은 일곱 번째 환자를 만나면서 무
너지게 된다. 겉으로 드러나는 그의 도덕성은 이성적 모습일 뿐, 그
의 마음속 깊숙이 잠재되어 있는 욕망은 이 여성을 만나면서 무의
식의 영역에서 의식의 영역으로 침투한다.

그러면 이제 이 여성 환자에 주목해보자. 셰 의사는 그녀에게 이
름마저 부여하지 않는다. 그녀는 그저 '일곱 번째 환자'일 뿐이다.
동시에 셰 의사는 그녀에게서 인간성도 제거해버린다. 그녀는 생
명을 지니지 못한 무기물, 즉 조각상이다. 그는 이미 알고 있다. 그
가 일곱 번째 환자에게 느끼는 이 감정은 그의 도덕의식과 정면으
로 배치된다는 사실을. 그녀를 이처럼 조각상으로 대상화시키는 것
은 그녀의 벗은 몸이 마치 조각상처럼 매끄럽고 아름다웠기 때문이

기도 하다. 하지만 실제로는 그보다도 그녀가 하나의 인간이 아니라 조각상이어야만 셰 의사가 느끼는 이 욕망을 조금이나마 도덕적으로 합리화시킬 수 있었기 때문일 것이다. 셰 의사는 이 일곱 번째 환자를 마주하며 끊임없이 의식 영역의 도덕성과 무의식 영역의 욕망이 충돌함을 느낀다. 따라서 의식이 내뱉는 말과 괄호 안의 무의식이 내뱉는 말은 지극히 상반된 형태로 드러난다. 그리고 그는 욕망을 억제하기 위해 끊임없이 "주여 내 백금의 조각상을 구해주십시오主救我白金的塑像啊"라는 말을 주문처럼 읊조린다. 이 말은 구두점 없이 나열되고 있는데, 이 때문에 하느님이 그녀의 유혹에서부터 '나'를 살려 달라는 것인지主救我, '백금의 조각상'인 그 환자를 살려 달라는 것인지主救我白金的塑像 구분할 수 없게 된다. 동시에 구두점이 사라져 문장과 문장 사이에 숨 쉴 틈이 없어지는데, 이로써 셰 의사의 다급한 마음마저 독자들에게 전달된다(李歐梵, 2007). 이 지점에서 작가의 언어적 감각이 빛을 발한다. 즉, 셰 의사의 심리를 처리한 방식, 즉 괄호 안에 셰 의사의 무의식을 담아낸다거나, 구두점을 활용하여 셰 의사의 복잡한 마음을 표현하는 것에서 독자들은 기존의 소설과는 차별되는 신선함을 느끼게 된다.

이처럼 여성은 무스잉 소설에서 다양한 역할을 맡게 된다. 무스잉 소설에는 다양한 여성상이 등장하는데, 그중 가장 빈번하게 등장하는 여성이 바로 댄스홀에서 춤을 추는 '댄서'이다. 이는 무스잉의 개인적인 삶과도 깊은 연관이 있다. 무스잉은 어려서부터 집에서 정해놓은 결혼 상대가 있었다. 그러나 당시의 많은 지식인이 그러했듯, 그 역시 부모님이 그를 위해 정해둔 혼사에 큰 관심이 없었다. 상하이에서 대학을 다니며 작가로 성공한 그는 댄스홀을 드나

1933년에 개장한 상하이 파라마운트 댄스홀의 메인 플로어.

드는 과정에서 만난 추페이페이仇佩佩와 교제를 시작하는데, 당연하게도 집안에서는 그들의 연애를 반대했다. 그 결정적인 이유는 1920, 30년대 상하이의 댄서는 사회의 하층민으로 분류되었다는 사실에서 찾을 수 있을 것이다.

당시 상하이에는 유흥업이 성행하기 시작하면서 댄스홀의 수가 급격하게 증가하기 시작했다. 그 결과, 댄스홀들 사이에 경쟁이 치열해졌고 더 많은 손님들을 유치하기 위해 댄스홀 측에서는 전속 댄서를 두기 시작했다. 이들은 매춘부는 아니었으나 현실적으로는 일종의 '에로티시즘'의 대상이었다. 댄서들은 학생, 사무원, 공무원, 하녀, 여공 등 출신이 매우 다양했다. 댄서들을 사회 하층민이 아닌 일종의 직업여성으로 인식한 당시의 기록들도 남아 있기는 하지만, 무스잉의 소설에서 댄서는 일종의 '노리개'로 등장하는 경우가 많

다. 앞서 언급한 바 있는 「흑모란」에 등장하는 댄서처럼, 그들은 댄
스홀을 찾는 남성들의 욕망의 대상인 동시에 그들의 동정심을 유발
하는 존재이기도 하다.

무스잉 소설에서는 댄서들뿐만 아니라 다양한 여성상이 등장하
지만, 그중에서 가장 눈에 띄는 여성상은 '팜므 파탈femme fatale'
의 여성들이다. 팜므 파탈은 쉽게 얘기하자면, 자신의 치명적인 매
력으로 남성들을 불행으로 몰고 가는 여성을 가리킨다. 무스잉 소
설에서 전형적인 팜므 파탈의 이미지를 지닌 여성은 「심심풀이가
된 남자被當作消遣品的男子」에 등장하는 여자 주인공 룽쯔蓉子이다.
작가는 그녀를 다양한 말들로 이미지화한다. 그녀는 "부드러움과
위험함의 혼합물"이자 "고양이 머리에 뱀의 몸을 가지고 있는" 여
성이다. 그녀가 쓴 편지는 연분홍색 종이에 클라라 보Clara Bow와
도 같은 글자들로 가득 차 있어 빙글빙글 춤을 추며 주인공 남성을
둘러싼다. 그녀의 편지에 주인공 남성은 본능적으로 무서움을 느낀
다. 룽쯔는 때로는 빌마 뱅키Vilma Banky의 눈으로, 혹은 낸시 캐롤
Nancy Carroll의 웃는 얼굴로, 또 때로는 노마 시어러Norma Shearer
의 얼굴의 코로 나타난다. 그녀는 "자극과 속도 위에서 생존하고 있
는 아가씨"이자 "Jazz, 기계, 속도, 도시 문화, 미국 스타일, 시대미
時代美"의 종합체이다. 주인공은 "이 위험한 동물에게 나는 훌륭한
사냥꾼인가 아니면 그저 불행한 한 마리 양일 뿐인가?"라는 고민을
거듭하다가 끝내 깨닫게 된다.

그녀를 저항할 방법이 있을까! 하지만 표면적으로 보면 나에게 극복당
한 것처럼 보인다. 이 위험하지만 귀여운 동물은. 나는 자신이 훌륭한 사

낭군이라고 착각하며 그 교만함에 즐거워하고 있다.

- 「심심풀이가 된 남자」

주인공 남성은 룽쯔에게 있어서 하나의 심심풀이에 불과했고, 결국 룽쯔는 주인공을 떠나버린다. 홀로 남은 남성은 "고독한 남자는 그냥 지팡이를 사자"며 지팡이와 담배를 들고 인생의 길 위에서 어정거리게 된다. 그는 오히려 룽쯔를 만나기 전보다 더 깊은 외로움과 절망감에 빠진 듯 보인다. 룽쯔는 매력적이다. 하지만 동시에 치명적이다. 이 때문에 주인공 남성들은 여성들에게 욕망을 느끼지만 또 동시에 이 여성들을 향해 두려움과 거부감을 느낀다. 이러한 팜므 파탈의 모습은 상하이라는 도시의 축소판과도 같다. 매력적이며 유흥 거리가 넘치는 도시. 하지만 그 유흥에 빠지면 벗어날 수 없고, 자신의 모든 것을 앗아가게 된다. 그리고 남은 것은 텅 빈 주머니와 피로, 그리고 소멸된 시간뿐이다.

도시의 욕망 속으로 사라진 작가, 무스잉

추페이페이와 연애하던 무스잉은 아버지가 돌아가시고 난 뒤 얼마 지나지 않은 1934년 추페이페이와 결혼식을 올린다. 그의 나이 23세 때의 일이다. 당시 상하이의 유명 작가였던 무스잉의 혼사는 결혼사진이 잡지 『소설小說』에 실릴 정도로 화제가 됐었다. 추페이페이의 나이가 무스잉보다 여섯 살 많다는 이야기, 그리고 그녀가 무스잉이 자주 출입하던 문 펠리스(月宮, Moon Palace) 나이트클럽

1934년 7월 『소설』 잡지에 실린 무스잉과 추페이페이의 결혼사진.

의 댄서라는 이야기는 이 젊은 작가의 결혼을 논할 때 빠질 수 없는 가십거리였다. 무스잉과 추페이페이의 신혼생활은 무스잉이 본인의 소설에서 묘사한 것과 별반 다르지 않았다. 아버지가 돌아가시기 전부터 무스잉 집안의 경제력은 급격히 기울기 시작했고, 이러한 상황은 아버지의 죽음과 함께 더욱 악화될 수밖에 없었다. 집안의 경제적 도움을 기대할 수 없는 상황에서 무스잉이 소설을 팔아 벌어들이는 돈으로는 부부의 방탕한 생활을 유지할 수 없었다. 그러나 그는 아랑곳하지 않고 홍커우虹口 지역의 호화로운 아파트에 신접살림을 차리고 매일 밤 댄스홀에 나가 춤을 추거나 도박을 즐겼다. 한 번은 무스잉 부부가 도박을 하러 갔다가 수중에 지니고 있던 마지막 한 푼까지 잃은 나머지, 전차비 4자오角가 없어 집까지 걸어갔다는 일화도 전해진다. 추페이페이는 신고 있던 하이힐을 손에 들고 가야 했다(陳海英, 2015).

호화로운 상하이의 일상은 오래가지 않았다. 1936년 부부 싸움 끝에 홍콩으로 가버린 아내를 따라 무스잉이 잠시 상하이를 비운 사이 1937년 중일전쟁이 발발하게 된다. 전쟁으로 인해 상하이에 돌아올 수 없게 되자 무스잉은 홍콩에서 다수의 작품을 발표한다. 1939년 그가 다시 상하이로 돌아왔을 때 전쟁의 포화는 잠잠해졌으나 상하이는 정치적 혼란기에 빠지게 된다. 무스잉은 왕징웨이汪精衛 괴뢰정부의 선전물인 『중화신문中華新聞』의 문예 부록지 『문예 주간文藝週刊』과 『화풍華風』의 편집을 맡게 된다. 무스잉의 이러한 행위는 친親 왕징웨이 정부의 정치 행각으로 해석되었고 협박에 시달렸다. 그러던 중 1940년 6월 28일, 인력거를 타고 집으로 가던 중 푸젠로福建路에서 오른쪽 어깨와 오른쪽 복부에 총상을 입고 사망한다. 그의 나이 28세였다.

짧지만 강렬했던 무스잉의 삶은 재즈, 담배, 댄스홀, 도박, 그리고 팜므 파탈의 여성 등과 같이 화려함으로 가득한 듯 보였으나 그 이면에는 두려움과 외로움, 허무함도 자리잡고 있었다. 그는 어쩌면 화려한 도시의 문물 속에서 갈 곳을 잃은 한 젊은이였을지도 모른다. 그는 끝도 없는 도시의 자극 속에서 목적도 방향도 없이 그저 하루하루를 버텨내고자 노력했던 한 사람에 불과했던 것은 아닐는지. 젊은 나이로 생을 마감한 그이기에, 그는 영원히 상하이라는 도시의 욕망 속에서 방황하는 한 작가로 남았다. 위스키를 곁들인 폭스트롯의 재즈 음악과 함께.

【실제 작품의 예】

「상하이 폭스트롯」 중 일부

1932년의 뉴 뷰익을 몰면서, 마음속으로는 1980년대의 연애 방식을 생각하고 있다. 깊은 가을의 밤바람이 불어와 아들의 옷깃과 어머니의 머리카락을 휘날리게 했다. 모두 조금 서늘하게 느껴졌다. 법적으로 어머니인 그녀는 아들의 품에 포근하게 안겨 말했다.

"네가 내 아들인 게 아쉬워." 호호 웃으며.

아들은 아버지가 입을 맞추었던 작은 입술에 입을 맞추었다. 하마터면 차를 인도 위로 몰아갈 뻔했다.

Neon light는 색색의 손가락을 뻗어 푸른색 잉크와도 같은 밤하늘에 큰 글씨를 쓰고 있다. 한 영국 신사가 그 앞에 서 있다. 붉은 연미복을 입고 옆에 지팡이를 긴 채 그토록 원기왕성하게 산책을 하고 있다. 발아래에는 Johnny Walker: Still Going Strong이라고 적혀 있다. 길가의 자그마한 풀밭에는 부동산 회사의 유토피아가 펼쳐졌다. 그 위에 체스터필드Chesterfield 담배를 피우고 있는 미국인이 마치 "소인국의 유토피아라서 안타깝군. 저 큰 풀밭에 내 발 한쪽도 내려놓을 수 없는걸"이라고 말하고 있는 것만 같다.

차 앞에 한 사람의 그림자가 나타났다. 클랙슨을 빵 울리자, 그 사람이 고개를 돌려 한번 보더니, 차바퀴 앞에서 인도 위로 올라갔다.

"룽주蓉珠, 우리 어디로 갈까?"

"아무 cabaret나 가서 좀 신선하게 놀자. 애스더 하우스禮査, 마제스틱大華은 전부 질렸어."

경마장의 지붕 위에는 풍향계의 금빛 말이 붉은 달을 향해 네 다리를 뻗치고 있다. 큰 풀밭의 사방에는 빛의 바다가 범람하고 있다. 죄악의 파도, 무어교회당이 암흑 속에 젖어서 꿇어앉아, 지옥에 떨어진 남녀들을 대신해 기도하고 있다. 다스제大世界의 첨탑은 참회를 거부하고 교만하게 이 진부한 목사를 바라보며 원형의 불빛을 내뿜고 있다.

쪽빛의 황혼이 장소 전체를 뒤덮고 있다. Saxophone 한 대가 마침 목을 길게 빼고 큰 입을 벌려 삑삑 그들 사이를 뚫고 외치고 있다. 그 사이에 반들반들한 바닥 위에 나풀거리는 치마, 나풀거리는 치파오 자락, 정교한 하이힐, 하이힐, 하이힐. 텁수룩한 머리와 남자들의 얼굴. 남자들의 와이셔츠 화이트칼라와 여자들의 웃는 얼굴. 뻗은 팔, 비취 귀걸이가 어깨까지 늘어져 있다. 가지런한 원탁의 대열, 그러나 의자는 흩어져 있다. 어두운 구석에 흰 옷을 입은 종업원이 서 있다. 술 냄새, 향수 냄새, 영국 햄의 냄새, 담배 냄새… 독신남은 구석에 앉아 블랙커피로 신경을 자극하고 있다.

춤을 추며: 왈츠의 선율은 그들의 다리를 감싸고 있다. 그들의 다리는 왈츠의 선율 위에 서서 나풀거리며, 나풀거리며.

아들은 어머니의 귓가에 다가가 말했다: "많은 말들은 왈츠를 출 때만 말할 수 있지. 당신은 꽤 괜찮은 왈츠 파트너야. —그런데, 룽주, 나는 당신을 사랑해!"

가볍게 애교머리에 입을 맞추는 것을 느끼며 어머니는 아들의 품에 숨어 살며시 웃었다.

프랑스 신사를 가장한 벨기에 보석 브로커는 영화 스타 인푸룽殷芙蓉의 귓가에 다가가 말했다: "당신 입가의 웃음은 천하의 여성들의 질투를 살 거야. —그런데, 나는 당신을 사랑해!"

가볍게 애교머리에 입을 맞추는 것을 느끼며, 품에 숨어 살며시 웃었다. 문득 손가락에 다이아몬드 반지가 하나 더 는 것이 보였다.

보석 브로커는 류옌룽주를 보고선 인푸룽의 어깨 위로 그녀를 향해 고개를 끄덕이며 웃어 보였다. 샤오더小德도 몸을 돌려 인푸룽을 보고선 Gigolo스럽게 눈썹을 치켜 올려보았다.

춤을 추며, 왈츠의 선율은 그들의 다리를 감싸고 있었다. 그들의 발은 왈츠 위를 디디고 서서 나풀거리며, 나풀거리며.

보석 브로커는 류옌룽주의 귓가에 다가가 은밀히 말했다: "당신 입가의 웃음은 천하의 여성들의 질투를 살 거야. —그런데, 나는 당신을 사랑해!"

가볍게 애교머리에 입을 맞추는 것을 느끼며, 품에 숨어 살며시 웃으며 입술 위의 립스틱을 하얀 셔츠 위에 묻혔다.

샤오더는 인푸룽의 귓가에 다가가 은밀히 말했다: "많은 말들은 왈츠를 출 때만 말할 수 있지. 당신은 꽤 괜찮은 왈츠 파트너야. —그런데, 푸룽, 나는 당신을 사랑해요!"

가볍게 애교머리에 입을 맞추는 것을 느끼며, 품에 숨어 살며시 웃었다.

독신남은 구석에 앉아 블랙커피를 들고 자신의 신경을 자극하고 있었다. 술 냄새, 향수 냄새, 영국 햄 냄새, 담배 냄새… 어두운 구석에 흰 옷을 입은 종업원이 서 있다. 의자는 흩어져 있지만 가지런한 원탁의 대열. 남자의 얼굴과 텁수룩한 머리. 정교한 하이힐, 하이힐, 하이힐, 하이힐, 하이힐. 나풀거리는 치파오 자락, 나풀거리는 치마, 그 사이에 있는 것은 반들반들한 바닥이다. 빽빽 사람들 사이를 뚫고 외치는 그 Saxophone은 목을 길게 빼고 큰 입을 벌리고 있다. 쪽빛의 황혼이 장소 전체를 뒤덮고 있다.

유리문을 밀어젖히자, 가냘픈 환상은 깨졌다. 계단을 뛰어 내려가자 인력거가 2열로 길가에 세워져 있고, 인력거꾼도 대열에 따라 서 있다. 한가운데에 문의 불빛이 비추고 있는 길을 남겨두고 'Ricksha?', 오스틴Austins, 에섹시스Essexes, 포드Ford, 뷰익buick 스포츠카, 뷰익 콤팩트 9기통, 8기통, 6기통이 서로 경쟁하고 있다… 큰 달빛은 얼굴을 붉히며 비틀비틀 경마장의 큰 풀밭을 비추었다. 길모퉁이에서 '상하이 이브닝 포스트' 장수가 밀가루빵과 기름과자를 팔던 목소리로 외쳤다:

"Evening Post!"

02

혼돈 속에서
빛을 구하다

●

루쉰
고점복

—

선충원
강에스더

—

베이다오
김종석

루쉰,
길을 만들기 위한
문학적 고투

고점복

출생과 삶의 양상

도시로 대표되는 현대문명의 발달은 현대인에게 고향의 상실을 가져온 직·간접적인 기제라고 할 수 있다. 현대인에게 정신적 안식처라고 할 수 있는 고향의 부재는 그 무엇으로도 채울 수 없는 근원적 상실감의 원천일 것이다. 현대인이 고향을 등지고 도시로 밀려드는 주된 원인은 도시가 제공하는 물질적 조건 때문이다. 보다 넉넉한 삶과 기회를 찾아 도시로 밀려드는 사람들, 그들에게 고향의 정겨움과 아늑함은 고단한 삶을 지탱하는 정신적 지주가 될지도 모른다. 루쉰魯迅에게도 눈이 쌓이면 눈사람을 만들거나 새를 잡기 위해 그물을 치며 놀던 정원, 사람같이 생긴 하수오何首烏를 캐먹으면 신선이 된다는 말에 자주 뽑아먹었던 기억, 많은 식물과 곤충으로 호기심을 자극하던 뒤뜰, 매미를 잡아 개미에게 주며 놀던 삼미서옥三味書屋의 후원後園 등은 고향을 한없이 아름답게 기억하게 만든다. 거기에 단편소설 「고향故鄕」의 등장인물인 어린 룬투潤土와의 소중한 추억이 가미되면 고향은 루쉰의 고단한 삶에 최고의 위안이

1930년의 루쉰.

된다.

물론 고향의 정겨움과 아늑함은 기억의 조작일 가능성도 크다. 기억 속의 고향과 현실의 고향은 상충되는 경우가 다반사이다. 사실 개개인의 아름다운 기억 속 고향을 적절히 표현할 수 있는 말은 애초부터 없는 것인지도 모른다. 고향이라면 으레 아름다운 것을 떠올리는 이산자離散者의 자기변호가 고향을 그럴듯한 것으로 기억하게 만들 뿐이다. 이산자가 아름답게 기억하는 고향에도 고단한 삶을 꾸리는 현실의 사람들이 존재하기 마련이라는 점을 상기한다면 이산자의 기억 속 아름다운 고향과 정주민의 현실로서의 고향 간에는 괴리가 크다는 것을 알 수 있다. 작품 「고향」에서 장성한 룬투와 작중화자 '나'의 괴리감은 바로 이를 상징할 것이다.

루쉰의 고향은 저장浙江 샤오싱紹興(영어 알파벳으로 표기하면 'ShaoXing'으로, 그의 몇몇 작품에서 고향으로 언급되는 'S'시를 떠올릴 만하다)이다. 많은 사람들이 보다 넉넉한 삶과 기회를 찾아 고향을 떠나는 것처럼, 루쉰 역시 고향 샤오싱을 떠나 이곳저곳을 떠돈다. 열여덟에 샤오싱에서 난징南京으로, 스물둘에 난징에서 일본으로, 스물아홉에 일본에서 다시 항저우와 샤오싱으로, 서른둘에 샤오싱에서 베이징으로, 마흔여섯에 베이징에서 샤먼廈門으로, 샤먼에서 얼마 안 있어 다시 광저우廣州로, 마흔일곱에 광저우에서 생을 마감한 상하이로, 루쉰은 쉼 없이 여정에 오른다. 이와 같은 루쉰의 인생 여정을 한마디로 요약하면 개인의 생존과 국가적 위기의 해법을 모색하기 위한 유목민적 삶이었다고 할 수 있다. 유목민적 삶은 매번 새로운 곤경과 기로岐路에 부딪치면서도 지속적으로 무언가를 모색하고 추구하는 과정으로서의 삶을 말한다. 현실적으로도 유목민과 같은 삶은 어디에서도 머물 곳을 찾을 수 없는 당시 중국의 사회상을 암시하는 것이기도 하다. 머물 곳을 정하는 것이 불가능한 중국의 현실 가운데 루쉰은 생존을 위한 수단으로 유목민과 같은 삶을 선택했다. 그가 선택한 유목민적인 삶은 우선 자신의 생존을 위한 수단이었지만, 철학적으로는 영원히 완결될 수 없는 삶의 형식으로 보인다. 어떤 경우에도, 삶의 매 순간마다, 자신이 품은 이상과 가치가 아직 구현되지 않은 것으로 여기면서, 자신의 현존재에 대해 불만을 품는 삶의 방식이 바로 루쉰이 선택한 유목민적 삶이 아니었을까.

루쉰의 삶이 고향이라는 전통적 의미의 공동체를 벗어나 유목민과 같은 방식을 취하게 된 계기는 가문의 몰락이 일차적 원인이었다. 샤오싱의 명문가였던 루쉰의 집안은 할아버지가 과거시험 부정에 연루되어 투옥되면서 쇠락의 길을 걷는다. 게다가 할아버지의 구명을 위해 가산을 소모하던 아버지마저 루쉰이 16세 되던 해에 병으로 사망하면서 그의 가문은 완전히 몰락한다. 이로 인해 사대부 집안의 장자, 소위 도련님이었던 루쉰은 인정세태의 쓴맛을 경험하고 새로운 방식으로 살길을 모색할 수밖에 없었다.

1881년 9월 25일 저장 샤오싱의 사대부 집안인 저우周씨 가문의 장자로 태어난 루쉰의 어린 시절 이름은 장서우樟壽였으며, 나중에 수런樹人으로 개명했다. 아래로는 유명한 문학가인 저우쭤런과 생물학자인 저우젠런周建人이 있다. 루쉰은 어머니의 성씨를 따서 지은 필명으로, 1918년 38세 때 「광인일기」를 발표하면서 처음 사용했다. 가문의 쇠락과 동시적으로 진행되었던 전통 제국 청淸의 몰락은 루쉰에게도 전통적 지식인으로서의 입신立身이 불가능해졌음을 절감케 했다. 아편전쟁 이후 지속된 서구 열강의 침략과 청 정부의 무능은 국가적·민족적 위기를 증폭시킨 동시에 해법을 찾기 위한 다양한 시도를 낳았다. 그것의 결과물이 양무운동洋務運動·변법유신變法維新·쑨원孫文을 비롯한 혁명파의 활동과 같은 역사적 사건들이다.

문예를 통한 국민성 개조의 길로 들어서다

루쉰이 살았던 시기의 시대적 흐름은 전통적인 지식인으로서의 입신보다 새로운 곳에서 새로운 사람들과 함께 새로운 학문을 연마함으로써 활로를 찾는 데 있었다. 루쉰 역시 그와 같은 흐름에 적극적으로 동참한다. 18세 때 어머니의 반대를 무릅쓰고 난징의 강남수

사학당江南水師學堂(일종의 해군 양성소)에 입학했다가 얼마 후 강남육
사학당江南陸師學堂 부설 광무철로학당礦務鐵路學堂에 진학하여 신
식 학문을 학습한 루쉰은 다시 일본 유학을 결심한다. 근대 의학을
공부하여 미신과도 같은 중국 전통의학의 폐해를 극복하고자 했던
루쉰은 센다이仙臺의대의 세균학 수업 시간에 상영된 슬라이드 필
름*을 보고 국민성 개조의 필요성을 절감한다. 국민성 개조를 위해
루쉰이 선정한 무기는 문예였으며, 이후 루쉰의 삶은 해외 약소민
족 문학의 번역·새로운 사상과 문예이론의 도입·중국 전통의 재해
석·창작을 통한 중국인의 우열성愚劣性 폭로에 집중된다.

중국 농촌의 현실과 농민의 봉건성을 폭로한「고향」,「복을 비는
제사祝福」,「약藥」등의 작품, 전통적 지식인의 몰락을 형상화한「쿵
이지孔乙己」,「흰빛白光」등의 작품, 변혁을 추구하는 근대 지식인의
정신적 방황과 몰락을 묘사한「고독한 사람孤獨者」,「술집에서在酒
樓上」등 루쉰의 작품은 소재는 다를지라도 국민성 개조라는 주제
는 동일하다. 중국 최초의 현대소설로 평가받는「광인일기」는 중국
의 전통적 윤리규범인 예교禮敎의 폐해를 폭로하고 새로운 인간상
을 모색한다. 그의 대표작인『아큐정전阿Q正傳』은 '정신승리법精神
勝利法'이라는 중국인의 독특한 정신세계를 폭로한다. 이처럼 루쉰
의 작품은 중국인의 허위의식을 배격하고, 인간성의 자각을 촉구하

---

* 흔히 '환등기 사건'으로 불리는 이 사건은 루쉰의 정신세계와 작품의 특징
을 규명하는 키워드이기도 하다. 루쉰의 회고에 의하면, 강의가 종결되고 시간이 남
으면 가끔 슬라이드 필름을 통해 당시의 정세를 학생들에게 알리는 경우가 있었다.
당시 루쉰이 본 슬라이드 필름의 내용은 러일전쟁 시기에 러시아 스파이로 일본군
에게 붙잡힌 중국인이 처형되는 모습을 수많은 중국인들이 둘러서서 지켜보는 장면
이었다.

상하이 루쉰공원의 루쉰상.

는 데 바쳐졌다.

　루쉰의 유목민적 삶이 종료된 것은 1936년 10월 19일이었다. 병석에 누워 거동이 불편할 때까지도 구술을 통해 집필 작업을 멈추지 않았던 루쉰이 결국 56세에 병마에 굴복한 것이다. 이와 함께 루쉰의 문학적 여정도 종료된다. 그런데 사실 루쉰이 중국 현대문학의 형성과 발전에 끼친 영향에 비해 발표한 작품 수는 많지 않다. 중편소설 1편, 단편소설 32편이 전부이다. 여기에 산문시집『들풀野草』에 실린 23편과 산문집『아침꽃을 저녁에 줍다朝花夕拾』에 실린 10편을 제외하고 대다수의 글은 잡문雜文과 번역, 일기, 편지 등이다. 그럼에도 루쉰은 중국 현대문학의 아버지로 불린다. 그와 같은 호칭은 아무래도 작품의 수보다 그의 독특한 문학정신과 창작에 임하는 순교자적 태도에서 비롯된 것으로 판단된다. 그의 문학정신과 창작에 임하는 태도를 한마디로 귀결지을 수는 없지만, 그것은 어딘지 종교의 자유를 찾아 신대륙으로 건너간 청교도의 삶을 연상시킨다. 모든 쾌락을 죄악시하고 철저한 금욕주의를 주장했던 청교

도처럼, 루쉰의 삶과 문학은 '국민성 개조'를 금과옥조로 여기고 거기에 전념한 전투 그 자체였다.

> 나는 결코 적에게 웃음을 지으며 굽실거려야 한다고 주장하지는 않습니다. 단지 전투적인 작가라면 마땅히 '논쟁'에 치중해야 한다는 것뿐입니다. 시인에게는 감정을 억제할 수 없어 분노하고 조소하는 것이 어쩔 수 없는 일입니다. 그러나 반드시 조소에 그쳐야 하고, 따끔한 질책에 그쳐야 하며, 또한 '기쁨, 조소, 분노, 질책이 모두 글'이 되어 적에게 부상을 입히거나 죽게 하고 자신에게는 비열한 행위가 없도록 하며 보는 사람도 더럽다고 여기지 않게 해야 합니다. 이것이 바로 전투적인 작가의 본령本領입니다.
>
> ― 「욕설과 공갈협박은 결코 전투가 아니다辱罵和恐吓决不是戰鬪」

현실적으로 문단 내에서 루쉰이 자신의 감정을 억제하지 못하고 분노와 조소를 터뜨리는 것은 어쩔 수 없는 일이다. 그러나 감정의 표출에만 치우쳐 글이 지나치게 주관화되거나, 무미건조한 시사평론이나 보고서처럼 지나치게 객관적인 글을 쓰는 자는 진정한 의미의 시인(=전투적 작가)이 아니다. 시인이라면 "옳다고 여기는 것을 주장하는 것과 같은 정도의 정열로써 그르다고 여겨지는 것을 공격하지 않으면 안 되며, 사랑하는 것을 옹호하는 것과 같은 정열로써 아니 더욱 정열적으로 미워할 것을 포용하지 않으면 안 된다(「다시 한 번 '문인은 서로 경멸한다'에 대해再論"文人相輕"」)".

그러나 사실 루쉰은 자유롭게 분노와 조소를 터뜨릴 수도, 옳은 것을 옳다고, 그른 것을 그르다고 표현할 수도 없는 시대를 살았다.

당시는 풍경의 아름다움만을 읊조리는 것이 허락된 시기였으며, 국수國粹를 주장하거나 당국當局의 정책에 부응하는 글만이 발표될 수 있는 시기였고, 혁명을 주장하든 혁명을 반대하든 모두 죽음의 위험에 노출되었던 시기였다. 루쉰을 비롯한 개혁적인 인사들은 항상 죽음의 위험과 마주한 채 불안한 삶을 근근이 이어나가야 했으며, 사회적·정치적 암흑을 감추기 위한 온갖 허울이 강요되고 만들어졌다. 정치적 견해 차이에 따라 쉽사리 테러가 자행되지만 테러의 원인이나 범인마저 알 수 없는 때였다. 그런 시기에 루쉰은 시, 소설, 잡문, 일기 등 다양한 형식의 글을 통해 전통의 굴레와 현실 정치의 폭력을 폭로함으로써 국민성의 개조를 도모했다.

루쉰의 문학이 선 자리—외침과 방황 사이

그러나 국민성 개조라는 루쉰의 문학적 이상 역시 적극적으로 주창될 수는 없었다. 수천 년간 이어져온 전통과 현실적·정치적 폭력이라는 굴레는 루쉰의 문학적 외침을 구속했다. 여기에 창작에 임하는 루쉰의 청교도적 순결성은 자유로운 외침을 구속하는 내적 기제가 되기도 했다. 대내적·대외적 위기를 극복하기 위해 루쉰의 문학은 국민성 개조를 적극적으로 외쳐야 하지만, 현실적으로 루쉰은 문학이 그 정도의 효용성을 지니는지 확신하지 못했다. 또 자신의 주장이 옳은지도 확신할 수 없었으며, 개조의 주체와 대상의 설정 문제도 더욱 난감하기만 했다. 게다가 자신의 주장에 호응하여 행동에 나섰다가 희생당할 사람들을 생각하면, 루쉰은 적극적으로 자신의 이상을 주장할 수 없었다.

『아큐정전』과 「광인일기」가 실린 첫 번째 작품집 제목이 『외침吶喊』인 반면, 두 번째 작품집 제목이 『방황彷徨』이라는 점은 시사하는 바가 크다. 「술집에서」와 「고독한 사람」 등이 실린 작품집 『방황』은 이름만으로도 루쉰과 그의 문학이 처한 곤경을 보여주는 것이다. 1907년에서 1925년 사이에 쓴 글을 모은 잡문집 『무덤墳』의 끝머리에 덧붙인 글에서 창작에 임하는 루쉰의 태도를 알 수 있다.

> 또 3, 4년 전의 일이 기억난다. 한 학생이 와서 내 책을 사고는 주머니에서 돈을 꺼내 내 손에 내려놓았는데, 그 돈에는 아직 체온이 묻어 있었다. 이 체온은 곧바로 내 마음에 각인되어, 지금도 글을 쓰려고 할 때면 항상 그런 청년들을 독살하는 것은 아닐까 걱정이 되어 머뭇거리며 감히 붓을 대지 못하게 한다. 내가 조금도 망설이지 않고 말하게 되는 날은 아마도 없을 것이다. 그러나 사실은 전혀 망설이지 않고 말을 해야 그런 청년들에게 떳떳하지 않을까 하는 생각이 들 때도 있다. 그러나 지금까지도 그렇게 하겠다고 결심하지는 않았다.
>
> ─ 「『무덤』 뒤에 쓰다寫在『墳』後面」

루쉰의 마음에 새겨진 청년의 체온과 그것이 강요하는 망설임, 더불어 망설임 없이 외치는 것이 떳떳한 행위가 아닐까 하는 의구심은 끊임없이 그를 사로잡는다. 그래서 루쉰은 자신 역시 변변한 나침반이 없어 이리저리 헤매고 있으며, 그렇기 때문에 함부로 다른 사람들을 끌어들일 수 없다고 말한다. 조언을 구하는 젊은이들에게 루쉰이 해줄 수 있는 말이라고는 "살아남아야 하며, 의식주를 해결해야 하고, 발전해야 한다(「베이징 통신北京通信」)"는 것뿐이다. 한마디로 살아남는 일 한 가지만을 위해 매진해야 하는 현실에서 국민성 개조는 요원한 꿈에 불과하다. 루쉰의 문학이 처한 이와 같은 역설은 도처에서 발견된다. 「광인일기」에서 식인食人의 전통으로부터 아이를 구하라고 외치던 광인이 자신도 누이의 고기를 먹었을지 모른다고 하는 고백, 「고향」에서 향로와 촛대를 요구한 룬투를 보고 우상을 숭배한다고 비웃었던 작중 화자 '나'가 모든 사람이 새로운 삶을 살아야 한다는 자신의 희망 역시 '내 손으로 만든 우상이 아닐까?'라며 희망의 상대성을 지적하는 부분 등이 그렇다. 루쉰의 작품 대다수는 이와 같은 확신과 동요動搖, 외침과 방황 사이에서 유동流動한다. 『외침』의 「자서自序」에서도 이를 확인할 수 있다.

① 나는 비록 내 나름대로의 확신을 가지고 있었지만, 희망에 대해서 말하자면 그것을 말살시킬 수는 없는 것이다. 왜냐하면 희망이라는 것은 미래를 향하는 것이므로, 반드시 없다고 하는 내 확신을 가지고, 있을 수 있다는 그의 주장을 꺾을 수는 없는 것이기 때문이었다. 그래서 나는 마침내 그에게 글을 쓰겠다고 응답했다. 이것이 처녀작인 「광인일기」이다. 그때부터 이왕 한 발 내디딘 이상 되돌릴 수 없고 해서, 친구들의 부탁이 있을 때마다 소설 비슷한 글을 쓰고, 그렇게 쌓이게 된 것이 십여 편에 이르렀다.

② 내가 지금까지 경험한 적 없는 따분함을 느끼게 된 것은 이 이후의 일이다. 처음에 나는 왜 그런지 몰랐다. 뒤에 생각했던 것은, 인간의 주장이란 찬성을 얻으면 전진하게 되고, 반대를 얻게 되면 분투하게 되지만, 낯선 사람들 속에서 홀로 외쳤는데 아무런 반응이 없을 경우, 즉 찬성도

없고 반대도 없는 경우 마치 끝없는 황무지에 홀로 버려진 듯 자신을 어찌해야 좋을지 모르게 된다는 것이었다. 이것은 얼마나 큰 비애인가. 그래서 나는 내가 느꼈던 것을 적막이라고 이름 붙였다.

-『외침』「자서」

「광인일기」를 통해 알 수 있는 것처럼, 루쉰에게 중국문명은 식인食人의 문명이다. 그 식인의 문명을 위대하고 오래된 문명으로 둔갑시킨 것이 『아큐정전』의 아큐가 보여주는 정신승리법이다. 루쉰이 아큐에게서 발굴해낸 정신승리법은 본질을 감추는 허울덩어리를 양산하고, 그것을 신주단지처럼 모셔온 중국인의 관념을 바꾸지 않으면 영구히 지속될 것이다. 루쉰의 절망은 그러한 허울덩어리 문명의 강대한 힘에서 비롯된다. 루쉰의 외침은 습관이 되고 자랑거리가 된 허울덩어리를 깨뜨리고, 새로운 삶을 모색하는 것이다. 그러나 루쉰은 새로운 삶이 어떤 양상일지 알 길이 없다. 「고향」의 유명한 구절처럼, "희망은 본래 있다고 할 수도 없고, 없다고 할 수도 없다. 그것은 지상의 길과 같다. 사실 지상에는 원래 길이 없었는데, 걸어 다니는 사람이 많아지자 길이 된 것이다". '희망이라는 것은 미래를 향하는 것이므로' 어느 누구도 그것의 부재를 확신할 수 없으며, 존재를 확신할 수도 없는 가능성의 영역이다. 루쉰이 문예의 길에 들어선 계기도 희망이 미래적 가능성의 영역이기 때문이다. 문제는 없던 길을 만들고자 했던 루쉰의 희망이 현실적으로는 무기력하다는 것이다.

상기 인용의 ②는 루쉰과 그의 문학이 처한 현실을 보여준다. 루쉰과 그의 문학은 찬성도 반대도 없는 끝없는 황무지에 홀로 버려진 듯한 비애와 적막을 견뎌야 한다. ②는 일본 유학시기 의학 공부를 단념하고 문예를 통해 국민성 개조를 염원했던 루쉰이 잡지『신생新生』발간을 도모하다 실패한 후 느낀 감회이지만, 글쓰기를 통해 중국인의 사상 개조를 꿈꿨던 루쉰이 줄곧 품었던 생각으로도 볼 수 있다. 루쉰은 유용有用의 문학을 꿈꾸지만, 현실은 매번 그의 꿈을 좌절시킨다. 그래서 루쉰에게 "문학은 가장 쓸모없는 것이며, 아무 힘없는 사람들이 떠드는 것(「혁명시대의 문학革命時代的文學」)"에 불과한 것이기도 하다. "말을 하고 글을 쓰는 것은 거의 모두 실패자의 상징으로(「통신通訊」)" 여겨질 뿐이다. 루쉰이 "아이가 자라서 특별한 재능이 없으면 유명무실한 문학가나 미술가가 되느니 자질구레한 일을 하며 생활을 꾸려나가기(「죽음死」)"를 바라는 것도 문학의 현실적 무용성無用性을 절감했기 때문이다. 그럼에도 불구하고 루쉰과 그의 문학은 미래적 유용성有用性이라는 불확실성을 통해 현실적 무용성無用性이라는 확실성을 대체하는, 어쩌면 불가능한 꿈에 도전한다.

그래서 중국의 유명한 루쉰 연구자인 첸리췬錢理群은 루쉰의 문학은 "결코 '철로 만든 방'을 파괴시킬 수 없으며, 쓸데없이 그런대로 깨인 몇 사람을 놀래 각성시킬 수 있을 뿐이다. 그러면서도 현실적인 상황을 변화시킬 구체적인 방법을 제시하지는 못한다. 또 현상을 변화시킬 참된 힘을 주지도 못한 채, 계몽자에 의해 억지로 깨어난 사람을 갈 수 있는 길마저 없는 곤경에 빠뜨린다. 거기에다 그들의 신경을 민감하게 만들어 그들에게 구제할 길 없는 임종의 고통을 맛보게 한다(錢理群, 1999)"고 말하는 것인지도 모른다. 이처럼 루쉰의 문학은 현실에 만연한 폭력을 담아내기에도 역부족이며, 폭

1936년의 루쉰.

력을 일소하는 것은 어불성설이다. 그것을 잘 알면서도 루쉰은 현실을 담아낼 수 있는 생동적인 언어와 명확한 표현을 찾는 데 주력한다. 자신의 글이 갖는 부작용을 의심하면서.

나는 일찍이 이렇게 말한 적이 있습니다. 중국은 역대로 사람을 잡아먹는 연회가 베풀어져왔고, 거기에는 사람을 잡아먹는 이도 있고, 먹힘을 당하는 이도 있는데, 먹힘을 당하는 이도 이미 사람을 잡아먹었고, 지금 사람을 잡아먹고 있는 이도 먹힘을 당하게 될 것이라고 말입니다. 하지만 나는 지금 나 자신도 연회를 베푸는 데 일조했었다는 사실을 발견했습니다. 선생, 당신은 나의 작품을 읽었으니, 내가 지금 질문 하나 드리겠습니다. 읽고 난 뒤에 당신은 마비되었습니까 아니면 명석해졌습니까, 몽롱해졌습니까 아니면 활발해졌습니까? 만약 느낀 것이 후자라면,

그것은 내 생각이 절반 이상 증명된 것입니다. 중국의 연회석상에는 취하醉蝦라는 요리가 있습니다. 새우가 살아서 신선할수록 먹는 사람은 더욱 즐겁고 통쾌해합니다. 나는 바로 이 취하를 만드는 조수입니다. 튼실하지만 불행한 청년들의 머리를 명석하게 하고 그 감각을 예민하게 함으로써 그가 만일 재앙을 만났을 때 몇 배의 고통을 겪게 하고 동시에 그를 증오하는 사람들에게 보다 생생한 고통을 감상하면서 특별한 향락을 얻게끔 하였습니다.

ㅡ 「유항 선생에게 답하며答有恒先生」

상기 인용은 1927년의 글로, 소설이나 잡문과 같은 자신의 글에 대한 전반적인 감회로 보기에 손색이 없다. 더불어 의학을 버리고 문예에 종사하기로 한 원인, 글쓰기에 임하는 조심스러운 태도의 근원, 문학에 품었던 희망과 그것의 현실적 무기력성에 대한 절망, 자신의 작품의 현실적 역할에 대한 참회 등이 고스란히 담겨 있다. 루쉰은 인육人肉의 연회가 벌어지는 마당(즉, 중국)을 일소하기 위해 문예에 종사하기로 결심했다. 청년들의 사명 역시 연회가 벌어지는 마당을 쓸어 엎는 것이라고 설파한다. 그러나 완고한 현실과 대대로 전승된 전통은 매번 루쉰의 그런 문학적 이상을 좌절시킨다. 루쉰의 개인적 좌절로만 그치지 않고 그를 따라 개조의 꿈을 꾸었던 젊은이들의 고통을 가중시키기까지 한다. 국민성 개조를 위해 다음 세대를 명석하고 활발하게 성장시키려는 꿈과 명석하고 활발하게 성장한 젊은이들이 마주하게 될 현실적 고통 가운데 루쉰은 무엇을 선택할 수 있을까? 소설집 『외침』과 『방황』은 루쉰이 '일찍이 이렇게 말했던', 즉 적극적으로 문학적 이상을 외쳤던 결과물이면서 동시에 잡지 『신생』 발간의 실패에서 경험했던 예정된 좌절의 중층적 형상화가 아닐까?

20세기 초 중국사회 풍속도로서의 소설들

소설집 『외침』과 『방황』은 루쉰이 직·간접적으로 체험한 중국인의 삶을 다룬다. 물론 그 바탕에는 중국문명에 대한 비판적이면서 분석적인 인식이 자리하고 있다. 그의 대다수 소설 작품은 일상을 살아가는 평범한 중국인을 다루지만 거기에는 루쉰이 사유를 통해 형상화해낸 중국문명의 양상이 담겨 있다. 중국인의 관념 세계를 대변하는 것으로 이야기되는 『아큐정전』의 아큐, 정신병자의 외침을 통해 예교의 폐해를 고발하는 「광인일기」의 광인, 몰락한 지식인으로 거리를 기어다니는 「쿵이지」의 주인공 쿵이지, 지식인의 자기반성을 이끌어내는 「작은 사건一件小事」의 인력거꾼, 전근대 사회 농촌이면 어디든 있을 법한 인물인 「고향」의 룬투, 전근대시기 여성의 기구한 운명을 보여주는 「복을 비는 제사」의 샹린祥林댁, '그게 그거지差不多'를 처세술로 삼는 「단오절端午節」의 지식인 팡쉔춰方玄綽, 아이의 기침병을 치료하기 위해 혁명가의 피를 찾는 「약」의 화라오솬華老栓 등이 그렇다. 그들은 모두 중국의 '현재'를 살고 있는 익명의 대중이다. 여기에 '국민성 개조'를 위해 내세운 인물이라고 할 수 있는 「고독한 사람」의 웨이롄수, 「술집에서」의 뤼웨이푸 등 소수의 선각자가 첨가된다.

　루쉰은 일상의 인물들을 통해 오래되고 질긴 생명력을 지닌 중국인의 관념 세계를 다양한 관점에서 조명하는 한편으로 개조를 위해 고투를 벌이는 소수 선각자의 희생을 형상화한다. 소수의 선각자와 대다수의 몽매한 중국인, 혹은 선각자의 희생을 무감각하게 바라보는 수많은 구경꾼이라는 구도는 루쉰 소설의 형식적 틀이자 핵심적인 내용이다. 루쉰이 다루고 있는 대중의 삶은 세속적인 관점에서 보면 무가치하고 심지어 비속해 보이기까지 하다. 그러나 루쉰의 사유나 작품은 바로 거기에서 출발한다. 무가치하고 비속해 보이는 대중의 삶이 바로 루쉰이 국민성 개조라는 이름으로 평생 동안 들여다보고 사유했던 대상이다. 정신승리법이라는 중국인의 독특한 사고방식을 밝혀주는 아큐, 전통 예교의 폐해를 비판하는 광인, 지식인의 자기중심적 인식을 반성하게 만드는 인력거꾼, 계층적 인간관계를 발전시켜온 중국의 도덕을 비판하는 기제인 룬투, 하층민의 고달픈 삶과 미신적 인식을 고발하는 샹린댁, 중국문명이 인육의 향연일 수도 있음을 보여주는 화라오솬 등은 루쉰의 관찰이 아니라면 작품화되기 쉽지 않은 인물들이다. 이에 비해 각성한 지식인의 형상은 현실적 풍파에 치여 변절하거나 뜻을 굽히는 모습으로 나타나는 경우가 많다.

대다수 작품에서 국민성 개조라는 루쉰의 원대한 꿈은 희망적이거나 긍정적인 인물 형상에 기탁되어 있지 않다. 그보다 국민성 개조라는 루쉰의 꿈은 마땅히 견뎌내야 할 것으로서의 어둠을 견뎌내는 방식에 대한 모색이자, 자신을 비롯한 소수 선각자들에게 어둠을 견뎌낼 수 있는 의지를 불어넣기 위한 행위로 보인다. 사실 루쉰의 문학적 외침은 "큰 희망을 품은 공포의 비명소리(「흰빛」)"에 불과한 것인지도 모른다. 더구나 그의 문학적 반항이 "너무 멋대로 생명을 만들고, 또 너무나 멋대로 짓밟아버리는(「토끼와 고양이兎和猫」)"
조물주와 같은 절대 권력(즉, 중국문명)을 대상으로 한다면 섣부른
희망은 기만에 불과할 것이다. 그리고 당시 중국인의 삶에 부과된
현실적·문명적 폭력성과 그것을 수용하는 중국인의 맹목적인 태도
를 보면, 루쉰의 문학적 이상의 실현이 얼마나 막연한 것인지 알 수
있다. 그와 같은 이상과 현실의 관계를 누구보다 절절히 인식했던
자가 루쉰이기도 하다. "이상은 꿈꿀 때 이미 비애를 머금고 있으므
로, 현실화될 때 절망이 되는 것은 당연하다(「'민족주의 문학'의 임무와
운명"民族主義文學"的任務和運命」)." 루쉰은 이상의 현실적 구현은 절망
이라고 말한다. 자신의 이상인 국민성 개조 역시 그렇다는 것을 루
쉰은 잘 알고 있다. 다시 말해 루쉰은 이상의 현실화는 불가능하다
는 것을 숙지한 상태에서 불가능한 꿈에 도전하는 것이다. 루쉰에
게 국민성 개조라는 이상은 현실적 기만에 불과하며, 국민성 개조
를 위한 유일한 무기인 글쓰기는 그러한 기만을 전제로 이루어진
다. 그에게 현실적 기만을 전제로 하지 않는 글쓰기는 허울에 불과
한 희망을 설파하는 행위이다. 그의 삶과 문학은 그와 같은 기로岐
路와 막다른 길을 헤쳐 나온 결과물이다.

'삶'이라는 기나긴 길에는 두 개의 큰 난관이 있습니다. 그 하나는 '기
로'입니다. 전하는 말에 의하면 묵적墨翟 선생은 기로에서 통곡하면서
되돌아왔다고 합니다. 그러나 나는 울지도 않고 돌아서지도 않습니다.
먼저 기로에 앉아 한숨을 쉬거나 한잠 자고 나서 갈 만하다고 생각되는
길을 골라 계속 걸어갑니다. 혹시 사람다운 사람을 만나면 그에게서 음
식을 얻어 요기를 좀 할지는 모르나 그에게 길을 묻지는 않습니다. 그 사

람도 길을 모르리라고 단정하기 때문입니다. 혹시 범을 만나면 나는 나무에 기어 올라갑니다. 그놈이 기다리다 못해 배가 고파 가버린 다음에 내려옵니다. 만약 그놈이 가지 않으면 나는 나무에서 굶어 죽습니다. 그러나 나는 죽은 다음에 시체마저도 그놈에게 먹히지 않기 위하여 죽기 전에 내 몸을 나무에 비끄러매 놓습니다. 그런데 만일 나무가 없으면 어떻게 할 것인가. 그러면 별 수 없이 그놈에게 잡아먹히는 수밖에 없습니다. 그때에는 나도 그놈을 한 입 물어뜯을 겁니다. 둘째는 '막다른 길'입니다. 듣자하니 완적阮籍 선생도 한바탕 울고 되돌아섰다고 합니다. 그러나 나는 기로에서 하던 방법대로 뛰어들어가서 가시덤불 속을 걸어갑니다. 나는 아직 완전히 가시덤불뿐이어서 전혀 걸어갈 수 없는 곳을 만나 보지 못했습니다. 세상에 원래 막다른 곳이라는 게 없는 것인지 아니면 내가 아직 만나지 못한 것인지는 알 수 없습니다.

- 「양지서兩地書」

기로와 막다른 길에서도 결코 걸음을 멈추지 않겠다는 루쉰의 비장한 행동철학은 삶과 글쓰기를 대하는 그의 자세를 잘 보여준다. 그처럼 비장한 행동철학이 가능한 것은 원래 막다른 곳이란 없는 것인지, 아니면 자신이 아직 만나지 못한 것인지 알 수 없다는 판단 때문이다. 이와 같은 루쉰의 행동철학은 "사람은 방향이 다른 두 길을 갈 수 없다(「샤먼통신廈門通信 2」)"는 표현이라든지, "한 자루의 붓은 두 가지 일을 동시에 쓸 수 없다(『위자유서僞自由書』「후기」)"는 구절에서도 확인할 수 있다. 물론 루쉰에게 이는 자기기만일 수도 있지만, 기만이 가져다주는 위안마저 없다면 그는 일찍이 글쓰기를 그만두었을지도 모른다. 자기기만을 통한 희망 품기와 되풀이되는 좌절, 희망이 허망한 것처럼 절망도 허망한 것이라는 인식은 루쉰과 그의 문학을 지탱하는 기반이었는지도 모른다. 그렇게 희망에 의탁하지도 않고, 또 절망에 좌절하지도 않은 채 한결같이 걸음을 지속하는 그 종착역이 어떤 곳인지는 알 수 없다. 삶과 문학의 정주처를 설정하는 행위는 그 자체로 죽음을 의미하며, 중요한 것은 지금 이곳을 떠나는 행위이다. 루쉰 역시 이곳을 떠나야 한다는 것과 떠나는 행위의 궁극적인 귀결지가 죽음이라는 것만은 분명히 알고 있다.

무덤의 상징적 의미

루쉰에게 죽음은 자신의 언어적 실천이 무無가 되는 지점이다. 죽음은 루쉰의 모든 언어적 실천을 침묵케 하며, 그가 찾을 수 있는 유일한 휴식처는 무덤이다. '진화의 연쇄 고리에서 일체의 것은 다 중간물'이라는 생명체의 숙명적인 진리에 대한 인식은 루쉰에게 자신이 알고 있는 단 하나의 진실은 무덤뿐이라는 탄식을 낳는다. "내 작품을 편애하는 독자들도 다만 이를 하나의 기념으로만 생각하고 이 자그마한 무덤 속에는 살았던 적이 있는 육신이 묻혀 있다는 것을 알아주기를 바랄 뿐이다. 다시 세월이 얼마간 흐르고 나면 당연히 연기나 먼지로 변할 것이고, 기념이라는 것도 인간 세상에서 사라져 내 일도 끝이 날 것이다(『무덤』 뒤에 쓰다)." 그에게 무덤은 삶을 증언하는 유일한 증거이며, 동시에 시간과 함께 자연스럽게 사라질 소멸의 장소이다. 죽음을 통해, 무화無化됨으로써 루쉰의 삶과

1956년 루쉰의 묘를 만국공묘에서 훙커우공원으로 이장하는 모습. 관 왼쪽에 작가 마오둔茅盾, 루쉰 부인 쉬광핑許平, 쑨원 부인 쑹칭링宋慶玲의 모습이 보인다. 루쉰의 아들 저우하이잉周海嬰이 찍은 사진.

문학은 스스로를 철회한다. 우리는 그런 루쉰의 삶과 문학에서 지금 이곳의 삶에 유익한 무언가를 찾으려고 한다. 독서 행위는 작가의 감추기와 독자의 찾기의 단순반복일지도 모른다. 철회를 꿈꾸는 과거의 삶과 문학에서 현재의 삶에 유익한 무언가를 찾아내려는 독서 행위는 어쩌면 무덤의 진실을 밝히는 데 있을지도 모르겠다.

그래서 무덤은 유한한 삶에서 영원을 꿈꾸는 인간의 희망이 투영된 곳이며, 꿈꾸기의 종국적인 운명을 밝혀주는 좌절의 공간이기도 하다. 또 무덤은 죽음이라는 인간적 조건의 한계에 대한 인식이 낳는 유한한 삶에 대한 집착, 신의 전능함에 대한 인간의 추구, 죽음이라는 형이상학적 고통을 털어내고 가뿐해지기 위한 망각이라는 다중적인 의미를 유추할 수 있는 공간이다. 어쩌면 루쉰의 삶과 문학은 생존을 위한 몸부림, 즉 적극적으로 죽음의 형식을 모색하는 과정에서 비롯되었을지도 모를 일이다. 루쉰에게는 살아가기 위해, 그리고 자신에게 어울리는 죽음의 형식을 찾기 위해 펜이 필요했다. 허망한 희망에 불과할지라도 루쉰이라는 생명체를 존속시켜 나가는 힘은 펜이라는 환상에서 나온다. 펜을 통해 루쉰은 미래에 대한 환상이 가져다주는 동력과 현실적 절망 사이에서 위태로운 줄타기를 감행하는 것이다. 그리고 무덤은 그와 같은 루쉰의 삶과 문학에 대한 훌륭한 증언이 될 것이다. 문제는 현재의 우리가 그와 같은 증언을 어떻게 해석하는가이다. 「고독한 사람」의 말미에서 작중화자 '나'가 주인공 웨이렌수의 장례식을 치르고 나오면서 느끼는 감회는 루쉰의 삶과 작품을 접하는 우리 대다수의 처지를 상기시킨다.

> 나는 무거운 물건을 뚫고 나오려는 것처럼 걸음을 재촉했다. 그러나 잘되지 않았다. 귓속에서 무언가 발버둥치는 것이 있었다. 오랫동안, 오랫동안 계속되다 마침내 몸부림치며 뛰쳐나왔다. 그것은 길게 울부짖는 소리 같았다. 마치 상처 입은 이리가 깊은 밤중에 광야에서 울부짖는 것처럼, 고통 속에는 분노와 비애가 뒤섞여 있었다.
> 내 마음은 가벼워졌다. 나는 차분한 마음으로 달빛을 받으며 축축이 젖은 돌길을 걸었다.
>
> - 「고독한 사람」

루쉰은 "죽은 글을 읽는 것은 자신을 해치는 행위이며, 그것에 대해 입을 여는 것은 다른 사람을 해치는 행위(「몇 권의 책을 읽고讀幾本書」, 루쉰전집 5권)"라고 말한다. 루쉰의 삶과 그의 문학을 전달하려는 본고가 머뭇거릴 수밖에 없는 것도 이와 같은 그의 문학 관념 때문이다. 지금 이곳의 우리에게 루쉰의 작품이 죽은 글인지, 아니면 유익한 메시지를 던지는지 하는 점은 독자의 해석에 따라 다르기 마련이다. 설령 루쉰의 글이 살아 있는 글이며, 그것에 대해 입을 여는 것이 가치가 있다고 하더라도, 이를 통해 '청년들의 머리를 명석하게 하고 그 감각을 예민하게 함으로써 그가 만일 재앙을 만났을 때 몇 배의 고통을 겪게 하고 동시에 그를 증오하는 사람들에게 보다 생생한 고통을 감상하면서 특별한 향락을 얻게끔 한다'는 루쉰의 자기성찰적 언급을 상기해보면, 그의 문학에 대한 해석은 지극히 조심스러울 수밖에 없다. 아무튼 루쉰의 작품에는 말로 다 형언하기 힘든 분노와 비애, 고통 등이 담겨 있으며, 그것을 유의미한 언어로 해석하여 수용하기 위해서는 독자에게도 나름의 고통이 요구된다. 그 과정에서 루쉰의 삶과 작품에 나타난 비애, 분노, 고통, 상처, 울부짖음의 내용, 즉 정량적인 언어로는 표현할 수 없는 가슴 밑바닥의 정서가 현재의 언어로 구체화될 것이다. 그래서 '내 마음은 가벼워졌다'라고 하는 '나'의 감회는 한밤중에 광야에서 울부짖는 이리의 울부짖음을 인간의 언어로는 해석할 수 없는 현실 독자의 도피적 감회일지도 모를 일이다.

모든 작품은 작가가 직면했던 현실적·존재론적 위험 속에서도 버틸 수 있는 한계 지점에까지 밀고 간 경험의 언어적 결과물이다. 온몸이 피로에 지쳐 기능을 멈출 때까지, 작품을 통해 자신의 진정한 존재 의미를 확인받기까지 적절한 표현을 찾는 작가의 노력은 멈추지 않는다. 그래서 루쉰은 글을 쓰는 작가이면서도 "글을 쓰는 것이 가장 두렵다(「즉흥 일기馬上日記」)"고 말하는지도 모른다. 그렇게 완성된 작품에서 독자는 언어적 표현 밖의 메시지를 읽어내야 한다.

————— · —————

【실제 작품의 예】

「고향」

나는 모진 추위를 무릅쓰고 2천여 리나 떨어진 곳에서 20여 년 동안 떠나 있던 고향으로 돌아왔다.

　마침 한겨울이라 고향이 가까워짐에 따라 날씨마저 잔뜩 찌푸렸고 차가운 바람이 선창 안으로 들이쳐 윙윙 소리를 냈다. 틈 사이로 밖을 내다보니 어슴푸레해지는 하늘 아래 여기저기 쓸쓸하고 황폐한 마을이 생기를 잃은 채 가로누워 있었다. 내 마음에 울컥 슬픔이 솟구쳤다.

　'아! 이것이 내가 20년 동안 늘 그리워하던 고향이란 말인가?'

　내가 기억하던 고향은 전혀 이렇지 않았다. 내 고향은 훨씬 더 좋았다. 그러나 그 아름다움을 가슴에 그리며 그 좋은 점을 말해보려 하면 그 모습은 순식간에 지워지고, 표현하고자 했던 말도 없어져 버린다. 그 옛날의 고향도 아마 이랬을지 모른다. 그래서 난 스스로를 위로하며 이렇게 해석하는 것이었다. ―고향은 원래 이랬었다.

발전이 없는 대신 지금 내가 느낀 것과 같은 쓸쓸함도 없는 것이다. 단지 달라진 것은 내 자신의 심경일 뿐이다. 왜냐하면 나의 이번 귀향은 결코 즐거운 것이 아니기 때문이다.

이번 나의 귀향은 고향과 작별하기 위해서였다.

우리 가족이 오랫동안 같이 모여 살던 옛집은 이미 남에게 넘겨 주기로 이야기가 되었고, 양도 기한은 금년 연말까지였다. 그래서 아무래도 정월 초하룻날 이전에 정 들었던 옛집에 이별을 고하고, 정들었던 고향을 멀리 떠나 내가 생계를 꾸려가고 있는 타향으로 이사를 해야만 했다.

(중략)

이튿날 나는 그 애에게 새를 잡아달라고 졸랐다. 그러자 그 애가 대답하기를,

"그건 안 돼. 큰 눈이 와야 해. 모래사장에 눈이 오면, 우리는 눈을 쓸어 빈 터를 만들어놓고, 짤막한 막대기로 대나무 소쿠리를 버티 어 놓은 다음 나락을 뿌려둔단 말야. 새가 와서 쪼아 먹을 때, 막대 기에 잡아맨 줄을 멀리서 잡아당기기만 하면 그 새는 소쿠리 안에 갇혀 도망칠 수 없게 되는 거야. 무엇이든 잡을 수 있어. 볏새든, 뿔 새든, 산비둘기이든, 파랑새든…."

하고 말했다.

그래서 나는 눈이 내리기만을 몹시 기다렸다.

룬투는 또 내게 말했다.

"지금은 너무 추워, 여름에 우리 고장으로 놀러 와. 우리는 낮엔

해변에 가서 조개껍데기를 줍는데, 붉은 것, 푸른 것, 뭣이든 다 있어. 귀신 쫓기 조개도 있고, 부처님 손 조개도 있지. 밤엔 아버지하고 수박을 지키러 가. 너도 가도 돼."

"도둑을 지키러 가는 거야?"

"아냐! 지나가던 사람이 목이 말라 수박 한 개쯤 따먹는 일 정도는 우리 동네에선 도둑질로 치지 않아. 지켜야 하는 건 두더지, 고슴도치, 오소리야. 달밤에 사각사각 소리가 나면 그건 오소리가 수박을 깨물어 먹는 거야. 그러면 쇠작살을 들고 살그머니 다가가서…."

그때 나는 오소리라는 것이 어떤 짐승인지 전혀 몰랐다. —지금도 그렇지만, 그저 어쩐지 조그만 개 같은 모양을 한 영악한 동물이려니 하는 느낌이었다.

"그놈은 물지 않어?"

"쇠작살이 있잖아. 다가가서 오소리를 발견하면 곧장 찔러야 해. 이 짐승은 매우 영리해서 사람 쪽으로 달려들어선 가랑이 밑으로 빠져 달아나버리거든. 그놈의 털은 기름처럼 매끄러우니까…."

그때까지 나는 세상에 이렇게도 신기한 일이 많은 줄은 몰랐다. 바닷가에는 오색의 갖가지 조개껍데기가 있고, 또 수박에 그렇게 위험한 내력이 있는 것을 몰랐다. 그때까지 나는 과일가게에서 파는 수박밖에 몰랐다.

"우리 모래사장엔 말이야, 밀물이 밀려들면 날치들이 펄떡펄떡 뛰어올라. 청개구리처럼 두 다리가 달린 놈이 말이지…."

아아, 룬투의 가슴속에는 나의 보통 친구들이 모르는 신기한 일들이 무진장 간직되어 있었다. 룬투가 바닷가에 있을 때, 그 애들은 모두 아무것도 모른 채 나처럼 마당에 둘러친 높은 담장 위의 네모

난 하늘만 바라보고 있었던 것이다.

(중략)

내가 그의 생활형편을 묻자, 그는 머리를 흔들 뿐이었다.

"말이 아닙니다. 여섯째 아이까지도 거들고 있지만, 그래도 먹고 살 수가 없어요. 세상이 뒤숭숭하고, …일정한 규정도 없이 마구 돈만 걷어가고… 게다가 작황은 나빠만 가요. 농사를 지어서 팔러 가면 세금만 몇 번이고 바쳐야 하고, 본전만 까먹고 들어가죠. 그렇다고 팔지 않자니 썩어버릴 뿐이구요…."

그는 머리를 절레절레 흔들 뿐이었다.

얼굴에는 숱한 주름살이 새겨져 있었지만, 마치 석상처럼 전혀 움직이지 않았다. 느끼는 건 괴로움뿐이어서 그것을 표현하려 해도 표현할 수가 없는 듯, 잠시 입을 다물고 있더니 이윽고 담뱃대를 집어 들고 묵묵히 담배를 피웠다.

어머니가 물어보니 그는 집안일이 바빠서 내일 돌아가야 한다고 했다. 또 점심도 먹지 않았다고 하여 부엌에 가서 손수 밥을 볶아먹도록 일렀다.

그가 나간 뒤 어머니와 나는 탄식하며 그가 사는 형편에 대해 이야기했다. 많은 아이들, 흉작, 가혹한 세금, 군인, 도적, 관리, 향신鄕紳 그런 것들이 한데 어우러져 그를 괴롭히고 그를 마치 장승처럼 만들어버린 것이다. 어머니는 내게 가져가지 않아도 될 물건은 모두 그에게 주어서 그가 갖고 싶은 걸 손수 고르게 하자고 말씀하셨다.

(중략)

옛집은 점차 내게서 멀어져갔다. 고향의 산천도 점차 내게서 멀리 멀어져갔다. 하지만 나는 아무런 미련도 느끼지 못했다. 나는 단지 보이지 않는 높은 담에 둘러싸여 외톨이가 되어 몹시 숨 막히는 것 같은 자신을 느낄 뿐이었다.

저 수박밭 위에 은목걸이를 한 작은 영웅의 영상은 무척 또렷했는데, 지금은 그것조차도 갑자기 흐릿해지며 나를 매우 슬프게 했다.

어머니와 홍얼은 잠이 들었다.

나도 자리에 드러누웠다. 철썩철썩 배 밑바닥에 부딪히는 물소리를 들으며, 난 내가 나의 길을 가고 있다는 것을 깨달았다. 생각해보면 룬투와도 이미 다른 길을 가고 있는 것이다.

하지만 우리 어린애들의 마음은 아직 하나로 이어져 있다. 홍얼은 바로 수이성을 생각하고 있지 않은가? 난 그 애들이 또다시 나나 다른 사람들처럼 단절이 생겨나지 않기를 바란다.

하지만 그렇다고 하여 서로의 마음을 잇기 위해 모두 나처럼 괴롭게 이곳저곳을 떠돌아다니는 생활을 하는 것은 결코 바라지 않는다. 또 그들이 모두 룬투처럼 괴롭고 마비된 생활을 하는 것도 원하지 않으며, 또한 다른 사람들처럼 괴로워하면서 방종한 생활을 보내는 것도 역시 바라지 않는다. 그들은 마땅히 새로운 생활을 가져야 한다. 우리가 아직 경험해본 일이 없는 생활을!

희망이라는 것을 생각한 나는 갑자기 무서워졌다. 룬투가 향로와 촛대를 달라고 했을 때, 그는 오로지 우상을 숭배하는 인간이구나 하고 속으로 그를 비웃었다. 그러나 지금 내가 말하는 희망 역시 내가 만들어낸 우상이 아닌가? 단지 그의 소망이 현실에 아주 가까운 것이라면, 나의 소망은 막연하고 아득하다는 것뿐이다.

몽롱한 나의 눈앞에 바닷가의 파란 모래사장이 떠올랐다. 짙은 쪽빛 하늘엔 황금빛 보름달이 걸려 있었다.

나는 생각했다. 희망이란 본래 있다고도 할 수 없고, 없다고도 할 수 없다. 그것은 마치 땅 위의 길과 같은 것이다. 본래 땅 위에는 길이 없었다. 걸어가는 사람이 많아지면 그게 곧 길이 되는 것이다.

1921년 1월

근대 위기 속에서

자연 인성을 노래한

선충원

강에스더

문화 콘텐츠로 본 현대 사회

요즘 사람들의 호기심을 자극하고 궁금증을 유발하는 주제가 무엇인지 궁금하다면 가장 손쉽게는 텔레비전을 켜보면 된다. 시청률이라는 매우 분명한 지표에 따라 각종 프로그램이 편성되기 때문이다. 요즘 텔레비전의 콘텐츠 중에서 예전에 보지 못했던 새로운 경향을 생각해본다면 '자연', '사람(휴머니티)', '여행', '휴식', '여유로움', '소소한 일상' 등을 들 수 있을 것 같다. 필자가 접한 한 프로그램을 잠깐 소개하자면, 프로그램의 출연자들은 자신들이 살고 있는 대도시에서 멀리 떨어진 농촌이나 어촌과 같은 시골로 내려가 며칠 동안 낯설고 불편한 시골 환경에서 오로지 하루에 온전한 세끼를 챙겨 먹는 데 집중한다. 이러한 설정은 기존의 텔레비전 프로그램에서 찾아보기 어려운 것이었다. 프로그램 초반에는 출연자들 스스로도 시청률을 장담하지 못했다는데, 그것은 아마도 시청률을 높이기 위해 더 자극적이고 더 빠른 전개를 추구하던 방송계의 관행을 염두에 두었기 때문일 것이다. 그러나 그러한 우려는 이내 사라졌다. 시청자들은 슬로 라이프, 슬로 푸드, 아름다운 자연 풍광에 열광했고, 하루 종일 손수 음식을 만들고 자신들을 위한 밥상을 차려 먹는 출연자들의 모습을 보면서 알 수 없는 위로와 대리만족을 느꼈다. 이 프로그램의 성공으로 그와 비슷한 콘텐츠의 프로그램들이 연속적으로 성공을 거두었고 앞으로도 도시의 바쁜 일상에서 벗어나 진정한 자신을 찾는 과정을 보여주는 소재의 프로그램들이 줄줄이 방영될 예정이라 하니, 이러한 추세는 빠른 시일 안에 쉬이 잦아들지는 않을 것 같다.

사실 이러한 추세는 텔레비전 프로그램에 한정되는 것이 아니라 요즘 문화 영역 전반에 영향을 끼치고 있다고 볼 수 있다. 그렇다면, 이와 같은 문화 콘텐츠가 말하고 있는 것은 무엇일까? 느리고 지루하고 불편하고 답답한 시골 마을을 앞다투어 떠났던 사람들은 왜 다시 이러한 콘텐츠에 열광하게 된 것일까? 근대사회로 접어들면서 고도의 산업화 시대가 도래하였고 사람들은 이전에 누려보지 못했던 물질적 풍요를 누리게 되었다. 한국도 전쟁을 치르느라 뒤처지긴 했지만 특유의 근면 성실함을 바탕으로 빠르게 경제를 성장시킨 때가 있었다. 그것은 먼 과거가 아니라 동시대 중장년층의 인생사에서 종종 들을 수 있는 이야기이다. 이러한 성공 신화는 사람들에게 더 많은 물질적 풍요를 누리기 위해서 더 경쟁적으로, 더 열심히, 더 바쁘게 일해야 한다는 생각을 심어주었다. 그러나 IMF 외환위기가 들이닥친 후 경제성장이 둔화되고 유치원생들조차 극심한 경쟁 속에 내몰려지는 시대가 되면서 사람들은 무언가 잘못되어가고 있다고 느끼기 시작했다. 특히 젊은 세대는 아무리 노력해도 나아지지 않는 취업난을 겪으면서 꿈, 연애, 결혼, 출산, 육아 등을 포기하는 심리 상태에 이르렀는데, 이것은 사실 자신의 미래에 대한 희망을 잃어버렸다는 의미이다. 그뿐만 아니라 미세 플라스틱의 바다 오염이라든지 미세 먼지의 대기 오염과 같이 과거에는 걱정하지 않았던 생소한 환경 문제들이 피부로 와 닿기 시작하면서, 무분별한 개발로 인한 환경오염이 돌고 돌아 결국에는 인간의 생명에 심각한 위협이 된다는 사실을 더 이상 외면할 수 없는 지경에 이르렀다. 이와 같은 현상은 그동안 인간의 가치가 물질 만능주의에 의해 전복되어온 결과이다. 오늘날 사람들이 문화 콘텐츠에서 제공하는 자연주의나 귀농이나 슬로 라이프에 열광하는 것은 이와 같은 현대 사회의 위기를 돌파하기 위한 본능적인 반응일지도 모른다. 인간의 가치가 전복된 현대 사회에서 자기 자신을 잃어버린 사람들은 넉넉하게 모든 생명을 품어내는 대자연의 품속에서 회복되길 원하는 것이다.

이처럼 발 빠르게 시대를 선도하며 현대인들에게 숨 쉴 구멍을 마련해주고 있는 문화 콘텐츠도 사실은 일종의 인문학적 메커니즘을 기반으로 한 것이라고 볼 수 있다. 이에 필자는 중국 작가 한 명을 소개하여 이와 관련된 바에 대해 조금 더 깊이 생각해보고자 한다. 어쩌면 이 중국 작가의 인문학적 사상과 업적이 이미 지나간 시대의 것이므로 고루하다고 생각될지도 모르겠다. 하지만 오늘날 현대인들의 목마름에 대해 이미 시대를 앞서서 간파해낸 통찰력이 그 안에 잘 녹아 있다고 한다면 한번쯤 그의 목소리에 귀를 기울여보는 것도 여전히 가치 있는 일이다. 1930년대에 국내외적으로 큰 혼란에 빠져 있던 중국 사회에서 본향 의식에 근거하여 민족의 나아갈 바를 제시한 선충원沈從文이 바로 필자가 소개하고자 하는 작가이다. 어쩌면 선충원을 통해서 우리가 직면한 현실의 위기에 대처할 수 있는 작은 지혜를 얻을 수 있을지도 모를 일이다.

근대 위기의 대안으로 떠오른 휴머니티 감성

유럽에서 근대는 18세기 후반부터 시작되었다고 보는 것이 일반적이다. 이때부터 근대성의 주요 지표인 상공업과 과학 기술이 크게 발달하면서 인류의 생활수준이 높아졌고 물질적으로 매우 풍요로워졌다. 그러나 인류의 문명이 발달할수록 미처 예상하지 못한 부정적인 현상 역시 나날이 증가하였다. 물질적으로 풍요로워질수록 사람들은 만족하기보다 오히려 끝없는 물욕에 눈이 멀었다. 또한 기술이 발달할수록 사람들은 생각하는 힘을 잃어버리고 단편적이고 단순한 사고방식을 가지게 되었다. 그에 따라 인류가 정신적으로 추구해온 신성한 가치나 시적인 정취가 점차 고루한 것으로 치부되어 잊혀갔다. 결국 인간의 가치가 물질적 가치에 잠식되었고, 사람들은 주체성과 자아를 상실하기 시작했다. 오늘날 우리가 겪고 있는 현대 사회 문제는 이미 이때부터 시작되고 있었다.

인류 역사에서 이와 같은 문제에 반기를 드는 세력 또한 진즉에 존재했다. 쿠퍼Anthony Ashley Cooper, 섀프츠베리3rd Earl of Shaftesbury, 루소, 헤르더, 괴테 등이 대표적인 인물들이다. 그들은 각각 영국, 프랑스, 독일 등지에서 다양한 운동을 전개하면서 이성보다 감정과 상상력의 중요성을 강조하였다. 그들은 인간의 감성적 가치가 외면받자, 다시금 그것을 붙잡고 싶어했다. 특히 그들은 의식적으로 근대 문명으로부터 도피하면서 '자연'으로 되돌아가자고 외쳤는데, 자연으로 돌아가는 것이야말로 인간의 본성에 부합하는 것이라고 여겼기 때문이다. 그래서 그들은 산업화된 도시가 아니라 산수의 정취가 고스란히 남아 있는 미개발 지역에 주의를 기울이면서 자연 풍광을 긍정적으로 묘사하였고, 문화의 다원성과 공생성에 동의하였으며, 다른 나라를 정복하는 행위를 뒷받침하는 이성적 가치에 의문을 제기하였다.

중국에도 이와 비슷한 생각을 지닌 이들이 있었다. 오랫동안 봉건사회를 유지해오던 중국은 1840년 아편전쟁을 시작으로 점차 중화사상이 붕괴되기 시작하였다. 그리고 20세기 초에 이르러 전적으로 서구 문화에 개방적인 입장을 취하면서 서구의 근대 문화와 기술을 한꺼번에 받아들이기 시작하였다. 그러던 중 1930년대 전후로 무분별하게 서구를 학습하던 경향에 제동이 걸리는 사건이 연이어 발생한다. 1929년 미국 월스트리트의 주식시장이 붕괴되면서 세계적으로 경제공황이 일어났고, 1939년 독일이 폴란드를 침공하면서 제2차 세계대전이 발발하는 등 자본주의의 모순이 거듭해서 드러났던 것이다. 이러한 시대적 상황은 세계의 문단에도 고스란히 반영되었는데, 이미 1920년대에 시작된 소련의 라프RAPP, 일본의 나프NAPF, 한국의 카프KAPF와 같은 프롤레타리아 문학단체가 세계 곳곳에서 반향을 일으켰다. 중국에서도 국민정부 체제하의 우익 민족문학에 대항하는 좌익 프롤레타리아 문학이 크게 성장하여 1930년 3월 2일에는 '중국 좌익작가 연맹中國左翼作家聯盟'이 형성되기에 이르렀다. 이제 중국에서는 소련을 모방하려는 움직임이 대세가 되었다.

이처럼 20세기 초 중국은 주체적으로 나아갈 방향을 확정하지 못하고 혼란과 격변의 시기를 보내고 있었다. 당시 중국의 전반적인 문단의 상황 역시 민족문학과 프롤레타리아 문학의 좌·우 대립적 구도가 두드러졌던 것이 사실이다. 그런데 그 이면에 또 다른 경향의 작가군이 존재하고 있었다. 이들은 어느 곳에도 편향되지 않고 의식적으로 좌·우의 대립적 흐름으로부터 일정한 거리를 두거나, 아예 정치적인 문학에 대해 비판적 목소리를 내기도 하였다. 자유주의 중도파라 할 수 있는 이들은 당시 중국 문단을 형성하는 또하나의 중요한 축이었다. 그중에 특히 고향인 시골을 떠나 베이징에서 활동하면서 정치적 갈등에 휘말리지 않고 문학의 순수성을 지향하는 이들이 모여 형성한 '경파京派'라는 문학 유파는 주목할 만하다.

경파는 사실상 정식적인 문학단체로 결성된 것은 아니었고, 서구 근대성에 대해 비판적 태도를 지니면서도 프롤레타리아 문학 경향으로 기울지 않았던 이들이 한목소리를 낸 것이 그 시작이었다. 1930년대에 중국은 아직 산업화나 도시화가 전반적으로 진행된 상황은 아니었지만, 특정 지역이 집중적으로 발달하면서 대도시가 출현하기 시작하였다. 상하이의 경우, 1930년대 당시에 이미 런던, 뉴욕, 파리, 도쿄에 버금가는 세계 제5대 도시로 손꼽힐 정도로 대도시로 성장한 상태였다. 이처럼 특정 도시들이 집중적으로 발달하자 민족 산업은 갈수록 영세해졌고, 낙후한 시골은 도시와 격차가 크게 벌어졌다. 이는 곧 경제, 정치, 문화에 있어서 심각한 불균형과 불평등을 초래하였다. 상대적으로 보수적인 작가들은 바로 이와 같은 점에서 근대 문명의 폐단을 보았다. 그들은 이러한 모습이 결코 중국 민족이 나아가야 할 방향이라고 생각하지 않았다.

1934년 무렵부터 대도시로 성장한 상하이를 중심으로 '해파海派'라고 하는 유파가 형성되자, 경파는 해파와의 대조적 측면으로 인해 그 성격이 한층 분명해졌다. 해파는 한편으로는 번영하는 상하이의 근대적 도시문화 풍조에 힘입어 상업적 대중문학 활동을 펼치면서, 또 다른 한편으로는 빠르게 성장한 대도시의 내면에 곪아 있는 각종 부패와 타락에 대하여 문명 비판적인 성향을 지니기도 한, 다소 모순된 성향이 혼재된 유파였다. 그래서 이들 문학작품은 도시문명을 탐미적으로 향유하면서도 동시에 도시문명의 병태적인 현상에 대해서 환멸감을 드러내는 등 모순적이고 복합적인 심경을 표현한다. 이와 같은 해파에 대한 경파의 태도는 부정적이었다. 경파는 해파가 창작에 대한 존엄성이 없고 문학을 상업적 매매를 위한 수단으로 전락시켰고 나아가 중국문학의 건강한 발전을 저해한다고 여겼다. 이러한 비판 내용을 역으로 생각해보면 그것이 곧 경파의 성격이라 할 수 있다. 즉 경파는 문학의 상업성을 배척하고, 순박하고 원시적인 인성의 아름다움을 찬양하고, 평화롭고 담백한 문학적 스타일과 간결하고 명쾌한 문체를 추구하였다.

요컨대, 경파는 근대화로 인한 사회의 불평등과 암흑을 저주하면서 동시에 좌익의 파괴적인 혁명에도 동의하지 않았다. 즉 그들은 화려한 도시문명에 미혹되지도, 거대한 정치적 흐름에 휩쓸리지도 않고, 오로지 격변하는 시대에 대한 민족적 대안으로서 소박한 휴머니티의 아름다움을 추구하였다. 그들은 사회적 격변으로 인해 이러한 소박한 아름다움이 사라질지도 모른다는 두려움 속에서 '생명', '고통', '죽음'의 문제에 대해 예민하게 반응하고 성실히 고민하였다. 이와 같은 경파의 중심에는 바로 선충원이 있었다.

선충원이 창조한 샹시 세계와 자연 인성

선충원은 본명이 선웨환沈岳煥이고 중국 후난성湖南省 평황현鳳凰縣
에 위치한 샹시湘西 지역에서 태어났다. 그는 중국의 56개 민족 중
대다수를 차지하는 한족漢族과 소수민족 중 하나인 묘족苗族의 피
를 이어받았다. 그는 유력한 군인 집안에서 태어나 유복한 어린 시
절을 보냈고 일찍이 글방에서 학문을 접했다. 그러나 부친이 혁명
에 휘말리면서 가세가 급격히 기울었고, 14세 때부터 군인이 되어
종군생활을 하였다. 그때 그는 많은 지역을 떠돌아다니면서 군인들
이 자행하는 살육을 목도하고 정치를 혐오하게 되었다. 23세가 되
던 1923년에는 새로운 꿈을 안고 베이징으로 향했다. 그러나 체계
적인 정규 교육과정을 밟지 못했던 그는 현대식 구두점 표기법조차
모르는 상태였고, 이 상태로는 자신이 원하는 베이징대학에 진학
할 수 없었다. 그러나 그는 포기하지 않고 베이징대학에서 청강하
면서 글 쓰는 것을 업으로 삼아 생계를 유지해나갔다. 특히 『신보부
간晨報副刊』이라는 잡지에 거의 2~3일 간격으로 작품을 실으면서
단편소설, 시, 희곡을 망라하는 많은 작품을 창작하였다. 당시 그가
창작한 작품을 보면, 이때부터 초보적으로나마 시골 사람들의 생활
을 묘사하면서 그들의 따뜻하고 정겨운 인정미와 생명력을 그리워
하는 마음을 표현하기 시작하였음을 알 수 있다. 그리고 또 다른 한
편으로는 도시에서 살아가는 교수나 서기와 같은 인물들을 묘사하

면서 도시 생활의 무력감과 허무감을 보여주기도 했다. 그러나 이 때만 해도 아직 습작의 단계여서 문체가 예리하거나 심오하지 못했고, 가벼운 풍자나 조롱이 대부분이었다.

그렇게 꾸준히 실력을 쌓아가던 그는 1928년에 이르러 「바이쯔柏子」라는 작품을 발표한 이후 점차 생활이 안정되었고 마침내 「산산三三」, 「샤오샤오蕭蕭」, 「아헤이 소사阿黑小史」, 『변성邊城』, 『장하長河』와 같은 자신의 대표 작품을 창작하였다. 바로 이러한 작품을 통해 비로소 그만의 풍격이 온전해졌다고 볼 수 있다. 그의 대표 작품은 대부분 향토를 제재로 하고 있는데, 그 공간적 배경이 된 곳은 바로 자신의 고향인 샹시 지역이다. 샹시 지역은 20세기 초에도 아직 원시적인 상태에서 벗어나지 못한 지역이었다. 샹시 지역 중에서도 특히 묘족이 거주하고 있는 지역은 '합관合款'이라는 사회조직으로 구성된 일종의 씨족 공동체이자 부락 연맹이었으며, 원시적인 자유민 경제 체제를 유지하고 있던 곳이었다. 그러나 청淸 정부가 옹정擁正 연간에 소수민족 지역을 직접 관할하기 위해서 원래 소수민족 지역에서 자체적으로 행정을 담당하던 토관土官을 몰아내고 일정 임기를 부여한 유관流官을 파견하려 하였다. 이러한 정책을 '개토귀류改土歸流'라고 하는데, 이 정책이 시행되는 과정에서 무력이 자행되었고, 결과적으로 이 지역에서는 한족과 묘족 간의 잔혹한 투쟁이 끊이지 않게 되었다.

청 정부의 관점에서 볼 때 샹시 지역은 하루빨리 개발시켜야 할 낙후된 지역에 불과했다. 그러나 선충원은 근대의 진보적 가치를 위해서 무력과 전쟁이 정당화되는 현상에 동의하지 못했다. 낙후된 것으로 치부되어 무력으로 희생되는 원시적인 생명과 향토가 그에게는 도리어 더 없이 소중한 것이었다. 무엇보다도 샹시 지역은 그에게 예술가적 감성을 일깨워준 소중한 공간이었다. 이 때문에 그는 20세기 초에 근대성을 접한 사람들이 마치 그것이야말로 오랫동안 정체되어 있던 중국이 새롭게 추구해야 할 방향인 양 적극적으로 받아들이는 모습을 보고 심각한 고민에 빠졌다. 결국 그는 고향을 떠나 베이징까지 찾아가 겨우 접하게 된 근대 문명을 찬양하거나 쫓아가지 않고 고유의 민속과 민풍을 지켜나가기로 결심하였다. 1930년대에 이르자 좌익 프롤레타리아 문학이 문단의 주류가 되었지만, 그는 아랑곳하지 않고 집착에 가까울 만치 자신의 고향인 샹시 지역을 모티프로 하여 문학작품을 써내었다. 왜냐하면 그는 20세기 중국이 맞닥뜨린 위기를 모면할 수 있는 열쇠는 바로 순박한 자연 인성을 지켜내는 것이며, 그러한 인성이 마지막까지 남아 있는 곳이 바로 샹시 지역이라고 믿었기 때문이다. 그동안 세상 사람들의 주목을 받지 못했던 편벽한 샹시 지역은 그의 필하에서 아름다운 자연 풍광을 지닌 곳이자 소박하고 순수하고 아름다운 문화를 지닌 곳으로 묘사되었고, 환상적이고 이상적인 공간으로 재탄생되었다.

이처럼 선충원의 주요 업적은 주로 이상적인 샹시 세계를 바탕으로 한 것이기 때문에, 마치 그가 현실보다 초현실적인 자신의 내면에 깊은 관심을 기울인 것처럼 보인다. 그러나 그가 현실을 모르고 꿈과 이상을 쫓아가기만 했던 것은 결코 아니었다. 실제로 그의 작품에는 시골의 현실을 여실히 반영한 향토소설이 많았고, 그러한 점에서 날카롭게 현실을 풍자한 중국 현대문학의 대가 루쉰魯迅의 뒤를 잇는다고 평가되기도 한다. 그뿐만 아니라 이상적인 세계를 묘사한 작품에서도 그것의 모티프로 삼은 샹시 지역은 실제로 현실에 존재하는 지역이기 때문에 완전히 상상력으로 만들어낸 허구적인 공간이 아니다. 다만, 그의 작품은 현실에 이상적인 색채를 덧입힌 것이라고 해야 정확할 것이다. 1934년에 그가 자신의 고향인 샹시 지역을 방문했을 때 이미 그의 기억 속 모습 그대로의 샹시 지역은 더 이상 존재하지 않았다. 샹시 지역조차 시대의 흐름에 편승하여 이전의 원시성을 많이 잃어버렸던 것이다. 그는 이제 온전히 자신의 기억력에 의지하여 요원한 과거의 추억을 붙잡아야만 비로소 그곳에 도달할 수 있었다. 이와 같은 연유로 그는 더욱더 자신의 내면에만 존재하는 세계에 집중하게 되었고, 그 세계는 한층 이상적이고 환상적인 공간으로 재탄생되었다.

선충원이 궁극적으로 관심을 기울였던 것은 이러한 이상적인 공간에 배치된 다양한 인간 군상의 모습이었다. 그가 창조한 인물들은 평범하면서도 적극적이고 자연에 동화된 인성을 지닌 사람들이었다. 선충원은 서툴고 거칠고 빈곤하고 때로는 현실의 고통마저 담담히 받아들이는 샹시 지역 사람들의 모습을 떠올리면서, 자연에 순응하고 자연에 동화되는 원시적인 인성의 아름다움을 발견하였다. 대표적으로 『변성』의 주인공 추이추이翠翠는 그 이름부터가 푸른 자연의 명징함을 뜻한다. 늘 푸른 산과 푸른 물을 두 눈 가득 담고 자라난 추이추이는 수정과 같은 맑은 눈동자를 지니고 있다. 다음과 같은 묘사를 통해 자연을 닮은 추이추이의 성격을 상상해볼 수 있다.

바람과 햇빛 속에서 추이추이는 성장해갔다. 볕에 그을린 피부는 가무

잡잡하고, 푸른 산과 푸른 물만을 보아온 두 눈은 수정처럼 맑았다. 자연이 길러내고 가르쳤는지라 그녀는 순진하고 발랄하며 작고 귀여운 들짐승 같았다. 마냥 착하기만 해서 산마루에 서 있는 아기 사슴처럼 세상 잔인한 일들은 생각조차 해본 적 없고 근심을 해본 적도 화를 내본 적도 없었다. 종종 나룻배에서 낯선 사람이 자기를 바라보기라도 할 양이면 맑은 눈망울로 그를 빤히 쳐다보다 금방이라도 깊은 산속으로 도망갈 듯한 자세를 취하곤 했다. 그러다 손님에게 별다른 나쁜 마음이 없다는 걸 알고 나면 다시 태연히 물가에서 장난치며 놀았다.

– 『변성』

추이추이는 마치 한 마리의 야생 짐승과도 같다. 그녀는 마치 "산마루에 서 있는 아기 사슴"처럼 순진무구하다. 특히 낯선 사람에게 경계 태세를 취하다가 이내 자신을 해치지 않는다는 사실을 깨닫고 다시금 태연해지는 모습에서 동물적 본성과 천진난만함을 느낄 수 있다. 또 다른 소설 「롱주龍朱」에서도 비슷한 묘사를 찾아볼 수 있다. 주인공 롱주는 "17세로, 미남 중의 미남이다. 그는 아름답고 강건한 사자 같고, 온화한 어린 양 같다"고 묘사된다. 추이추이가 아기 사슴에 비유되었던 것처럼 롱주도 사자, 양과 같은 야생동물에 비유되고 있다.

이러한 인물들의 순수한 자연 인성은 이들이 사랑하는 모습을 통해 가장 극적으로 드러난다. 그래서 선충원의 작품 중에는 인물들 간의 사랑 이야기를 다룬 작품이 많다. 예를 들면, 「비가 갠 후雨後」, 「신무지애神巫之愛」, 「롱주」, 「후추虎雛」, 『변성』 등과 같은 다수의 작품에서 사랑 이야기를 다루고 있다. 선충원은 이러한 작품 속에서 남녀 간의 사랑을 묘사할 때 미묘하고 복잡한 요소들을 의도적으로 뭉뚱그리고 그 대신 사람과 사람 사이의 단순하고 열렬한 감정을 집중적으로 묘사하였다. 그의 대표 작품인『변성』은 전체적으로 톈바오天保와 눠쑹儺送이라고 하는 두 형제와 추이추이라는 소녀 사이의 삼각관계를 그린 연애 이야기를 중심으로 전개된다. 그런데 이 연애 이야기는 우리가 기대하는 남녀 간의 로맨스와는 조금 다르다. 이 이야기는 세 사람의 연애의 감정이 어떻게 발전해나가는지를 세세하게 보여주기보다는 애정이라는 틀을 빌려 인물들 간의 건강하고 질박한 인성을 묘사하는 데 주력한다. 예컨대, 추이추이는 할아버지가 자신의 혼사와 관련된 이야기를 꺼낼 때마다 불편해하거나 괜한 심술을 부리는데, 이는 그녀가 너무 순수해서 처음으로 느끼는 감정이 영 낯설고 어색하기 때문이다. 그녀는 자신의 감정을 이해할 만큼의 이성적인 사고를 할 수 없을 정도로 순수하다. 이러한 혼란스러운 감정이 표출되는 순수함이 곧 선충원이 말하고픈 자연 인성의 단적인 모습이라 할 수 있다. 추이추이가 애정이라는 감정을 깨달아가는 모습을 통해 독자들은 애정으로 인한 설레는 감정보다는 추이추이의 질박한 인성에 주목하게 되고 그 순진무구함에 곧 잔잔한 미소를 띠게 될 것이다.

두 형제가 나란히 추이추이에게 구애하는 방식을 묘사한 부분 역시 샹시 지역 사람들의 자연 인성이 잘 드러나는 장면으로 꼽을 만하다. 추이추이가 17세가 되는 해 단옷날, 톈바오는 추이추이에게 관심을 갖게 되고, 마침내 중매쟁이를 통해 '수레길(車路, 정식으로 혼인을 요청하는 방식)'로 혼인 의사를 묻기에 이른다. 한편, 이 사실을 안 눠쑹은 형에게 사실은 자신도 추이추이를 좋아하고 있었다고 고백하면서, 말길(馬路, 노래를 불러 혼인 상대에게 답가를 받아내는 풍습)로 동시에 구애해보자고 제안한다. 자신의 감정에 충실한 두 형제는 서로의 마음을 숨기지 않고 솔직하게 드러내며, 서로 사랑을 쟁취하기 위해 요행을 바라지 않는다. 오직 풍습에 따라 노래를 불러 구애하는 것이 그들의 사랑 방식이었다. 참으로 순수하고 낭만적인 방식이 아닐 수 없다. 추이추이는 처음에는 자신의 감정에 서툴렀지만, 뉘쏭이 부른 노래를 듣고 행복한 꿈을 꾸는 등 점차 뉘쏭에 대한 마음을 키워나간다. 이것저것 따지거나 계산하지 않고 순수하기만 한 추이추이가 수레길이 아닌 말길의 방식에 자신의 마음을 뺏기는 것은 어쩌면 당연한 수순일 것이다.

문득 오늘날 사람들의 연애는 어떤 모습인지 떠올려보게 된다. 놀랍게도 우리 사회에는 연애라는 자연스러운 감정에도 다양한 해석을 가하면서 분석하고 이성적으로 판단하려는 경향이 만연하다. 인터넷에는 이성에게 인기를 얻는 비결을 소개하는 게시물이 넘쳐나고, 주위에는 자신의 연애가 '바른 길'로 가고 있는지 다른 이에게 상담하려는 사람들이 많다. 또한 현대 사회에는 각종 조건에 따라 사람을 등급화하여 그 등급에 따라 상대를 매칭해주는 결혼정보회사 시장이 성황을 이루고 있다. 사람들은 어쩌면 사랑에 실패하거나 상처받을까봐 두려워서 연구하고 계산하고 합리적으로 접근하려고 하는지도 모르겠다. 그런데 생각해보면 사랑에 성공이나 실패라는 단어를 쓰는 것이 어딘지 어울리지 않는 것 같기도 하다. 사실, 사랑은 반드시 쟁취해야만 하는 경쟁적인 가치가 아니고 성공하면 끝인 일회적인 개념도 아니다. 또한 사랑은 물질적 가치로 환산하여 등급을 매기고 상호 거래할 수 있는 것도 아니다. 사랑은 나

신혼 시절, 아내 장자오허張兆和와 함께.

자신의 내면에서 일어나는 신비로운 생명 체험이며 그 자체로 온
전하다. 오늘날 현대 사회에서는 사랑에도 성공, 실패, 권력, 물질의
개념이 침투해 있는 것은 아닌지 한번쯤 생각해볼 필요가 있을 것
같다.

선충원은 순박한 인성을 지닌 인물들 간의 진실한 사랑을 통해
억압이나 정복의 개념이 없는 샹시의 풍속과 그 속에 녹아든 자연
인성을 보여주었다. 특히 그는 이와 같은 샹시 사람들을 계몽시키
려거나 훈도하려는 태도가 전혀 없었다. 그는 스스로 시골 사람의
입장에 서서 관망하는 태도를 갖고 있었으며 시골 사람들과 평등한
입장에 서 있었다. 오히려 시골 사람들의 자연스러운 인성을 위대
하게 여기고 그것을 찬양하고 경배하려는 태도를 지니고 있었다고
보는 것이 더 정확하다.

때문에 선충원은 시간이 지날수록 자연 인성에 대해 더욱 깊이 탐구하였고 그것을 점차 심오한 사상과 철학으로 발전시켜나갔다. 그는 점차 상시 세계를 벗어나 더욱 광범위하고 심오한 인성의 문제에 집중하였고, 갈수록 추상적인 관념에 대해 사고하였다. 그리하여 자유분방하게 생명의 충동을 표출하던 지난날의 방식을 포기하고 문장을 더욱 섬세하고 아름답게 다듬기 시작하였다. 또한 전통적인 정취와 도덕적인 규범에 부합하려 노력하는 등 절제의 미를 중시하기도 하였다. 그리고 마침내 그는 자신이 추구해온 인성 위에 신성神性이라고 하는 추상적이고 형이상학적인 품격을 부여하여 그것을 일종의 종교적 경지로 끌어올렸다. 그가 말하는 신성은 소박한 감정, 단순한 관념, 목가적인 환경을 조건으로 하면서 절제미와 고전미를 겸비한 심미적인 경지이다. 그래서 그는 자신이 인성에 대해 가지고 있는 신념을 이야기하면서 "작은 그리스 신전을 쌓아 인성을 경배하고 싶다"고 말하기도 하였다. 이는 그리스 신전과 같이 건실하고 정밀한 작품을 창작하여 그 속에서 자연 인성을 노래하고 싶다는 의미일 것이다.

나오며

예술가나 문학가들은 종종 동시대인들에게 좋은 평가를 받지 못하다가 후세대 사람들에게 그 가치를 인정받곤 한다. 선충원도 작가로서 활발하게 활동하던 시절에는 긍정적인 평가를 받지 못했다. 그는 1929년에 국민당의 정치적 입장을 문학적으로 대변하던 잡지

『신월新月』에 작품을 발표한 것이 도화선이 되어 좌익계로부터 자본주의 작가라고 비판받았다. 선충원이 자본주의 작가가 아니라는 사실을 우리는 이제 알지만, 당시 그에 대한 비판은 공산당 정권하에 중화인민공화국이 성립된 1949년을 전후로 더욱 심해졌다. 그는 신정권으로부터 완전히 버려진 존재가 되었다. 그럼에도 불구하고 그는 공산당 신정권으로 기울지 않았고, 타이완으로 가지도 않았다. 그는 고집스러우리만치 문학의 순수성이라는 자신의 입장을 견지하며 사회로부터 유리되고 고립되었다. 그는 결국 1949년에 정신분열증세를 보이고 자살을 기도하였으며, 1950년대 이후로는 완전히 문학 창작을 그만두고 고궁역사박물관의 고문물古文物 연구자가 되었다.

당장 근대화와 혁명을 치르느라 바빴던 동시대 사람들의 눈에는 선충원이 현실을 도피하고 꿈과 같은 이상 세계 속에서 유유자적한 삶을 노래하는 것처럼 보였을지도 모르겠다. 그러나 그가 사회적인 편견과 정치적인 압박을 받으면서 철저하게 고립되는 것을 감수하면서까지 추구하기를 마다하지 않았던 궁극적인 가치는 신중국의 공산당정권이 내세우는 것도 아니고, 타이완의 국민당정부가 내세우는 것도 아닌, 어쩌면 그 둘을 다 포함하면서도 그 둘을 다 뛰어넘는 역사와 우주의 본질에 관한 것이었다. 어느 시대를 살아가든 어떠한 사회적 상황에 처해 있든 우리가 근본적으로 놓쳐서는 안 되는 가치, 사람을 사람답게 하는 가치, 사람을 넘어 공생하는 모든 생명체를 이롭게 하는 가치가 바로 그것이다.

이러한 면에서 보면, 선충원은 현실을 도피한 것이 아니라 현실의 위기를 가장 정면으로 바라보고 가장 근본적인 대책을 고민한

1931년 칭다오青島의 자택에서.

사람이다. 그는 누구보다도 민족의 인성이 타락되는 것을 염려하였고, 민족 문화를 재건하여 민족의 중흥을 모색하려 하였다. 격변의 시대가 지나간 후, 사람들은 그의 사상적·문학적 가치를 재평가하고 인정하기 시작하였다. 그리하여 그는 1988년 노벨문학상 최종심 후보에 피선되기도 하였다. 그의 사상과 문학의 가치는 오늘날 한국의 현대 사회에서 살아가는 우리들에게도 여전히 유효하다. 당장 발등에 떨어진 불만 보고 수박겉핥기 식의 대책만 내놓는 정치보다 소박한 예능 프로그램을 통해 근본적인 가치를 고민하며 위로받는 우리네 현대인들은 어쩌면 이미 그의 목소리에 귀 기울일 준비가 되어 있는 것은 아닐까.

【실제 작품의 예】

1.『변성』

선충원의 향토소설의 대표작이라 할 수 있는 『변성』은 중편소설로,
1934년 1월부터 4월까지 11차례에 걸쳐 『국문주보國聞周報』에 연
재되었고, 같은 해 생활서점生活書店과 개명서국開明書局에서 출판
되었다. 『변성』이 선충원의 향토소설의 절정기 작품이라고 평가받
는 이유는 내용면으로나 기교면으로나 가장 완숙미가 돋보이기 때
문이다. 『변성』의 간략한 줄거리 및 등장인물은 다음과 같다.

쓰촨에서 후난으로 가는 길에 동쪽으로 난 길이 있는데, 그 길을 따
라가면 다동茶峒이라 불리는 산성이 있다. 성 밖에는 작은 강이 하
나 흐르고, 강가에 흰 탑이 서 있으며, 그 아래에 외딴 인가가 있다.
이곳에 사공, 사공의 손녀 추이추이翠翠, 누렁이가 산다. 사공은 관
가에서 관할하는 나룻배로 사람들을 실어 나르는 일을 한다. 그에
게는 외동딸이 있었는데, 그녀는 한 군인과 사랑에 빠져 추이추이
를 갖게 되었다. 그녀는 사공을 혼자 남겨둔 채 군인과 떠날 수 없
었고, 상심한 군인은 독약을 먹고 자살하고 말았다. 그리고 그녀도
추이추이를 낳자마자 강물에 몸을 던졌다. 추이추이는 15세가 되
는 해 단오절에 사공을 따라 성안에 들어가 용선 경주 구경을 하다

가 부유한 상인 순순順順의 둘째 아들 눠쑹儺送을 처음 만나고 그를 좋아하게 된다. 그런데 추이추이가 17세가 되는 해 단옷날, 순순의 첫째 아들인 톈바오天保가 추이추이에게 관심을 갖게 되고, 마침내 중매쟁이를 통해 수레길로 사공에게 혼인의사를 묻기에 이른다. 사공은 톈바오와 추이추이가 결혼하길 바랐으나, 추이추이의 마음을 확인할 길이 없어서 확답을 하지 못한다. 한편, 이 사실을 안 눠쑹은 형에게 자신도 추이추이를 좋아하니, 말길로 선의의 경쟁을 하자고 제안한다. 톈바오는 동생의 노래 실력을 이길 자신이 없어 추이추이를 포기하고 뱃길을 떠난다. 톈바오는 배가 난파되어 익사하고, 눠쑹은 형의 죽음에 대한 죄책감에 시달리다 강을 따라 길을 떠나며, 순순은 이 모든 일을 사공의 탓이라 여긴다. 사공은 추이추이의 혼삿길이 막히자 크게 상심하고 비바람이 몰아치는 날 밤 죽음을 맞는다. 같은 날 밤 나루터 위의 흰 탑이 무너진다. 마을 사람들은 혼자 남은 추이추이를 도와 사공의 장례를 치르고, 흰 탑도 다시 쌓는다. 추이추이는 언제 돌아올지 모를 눠쑹을 막연히 기다린다.

2.「샤오샤오」

「샤오샤오」는 선충원이 1929년에 창작한 단편소설로, 1930년 1월 10일 문학잡지『소설월보小說月報』21권 1호에 실렸다. 소설은 샹시 지역 농촌을 배경으로 하여 어린 며느리 샤오샤오가 맞닥뜨리는 운명과 샹시 지역의 소박한 민풍을 묘사하고 있다. 특히 천진난만한 샤오샤오의 인성을 억압하는 봉건사회 제도와 이에 대처하는 샹시 사람들의 자연 인성을 묘사함으로써 민족이 나아갈 방향에 대해 진지하게 고민한 흔적이 엿보이는 작품이다.

샤오샤오는 어머니의 부재로 큰아버지 밑에서 자라던 중 아무것도 모르는 열두 살의 천진난만한 나이에 시집을 가게 된다. 그녀의 남편은 아직 세 살도 채 되지 않은 어린 사내아이였다. 그녀는 남편을 안고 아름다운 산수 자연을 누비며 놀아주고, 배고프다고 울면 먹이고, 졸리다고 울면 재우면서 남편을 친동생처럼 돌보았다. 그뿐만 아니라 매일같이 남편을 안은 채로 각종 집안일을 도왔다. 그러나 샤오샤오는 불평하는 마음 없이 하루하루 건강하게 성장하였다. 그 집에서 일하는 사람 중 화거우花狗라고 하는 청년이 있었는데, 샤오샤오보다 나이가 열 살 많았다. 그는 사람이 바르지 못하고 약삭빨라 샤오샤오의 어린 남편을 이용하여 그녀에게 접근하고 조잡한 노래로 그녀를 유혹하려 하였다. 그녀는 열다섯 살이 되는 해에 결국 화거우의 아이를 임신하게 되고 그에게 도시로 도망가자고 호소하지만, 소심한 그는 핑계를 대다가 보름 후에 조용히 사라진다. 샤오샤오는 홀로 남아 죽을 생각을 하기도 하고 온갖 방법을 생각해내 아이를 지우려고 하였으나 점점 배가 불러온다. 그녀는 화거우를 따라 도망가려고도 해보았으나 실행에 옮기지 못하고 결국 집안사람들에게 발각되고 만다. 이 일로 인해 평온하던 집안은 쑥대밭이 된다. 그 집안 어르신들의 말에 따르면, 그녀는 물에 빠져 죽거나 다른 집에 첩으로 보내져야 했다. 집안에서 몇몇 체면을 중시하는 이들은 그녀를 물에 빠뜨려 죽여야 한다고 했으나, 결국 첩으로 보내기로 결정된다. 일단 당장은 그녀를 원하는 집이 없어 그녀는 그 집에 계속 머물게 되고 결국 그 집에서 출산하게 된다. 집안사람들은 그녀와 그녀가 낳은 아들을 잘 보살펴준다. 집안사람들은 모두 그녀의 아들을 예뻐했고 새로운 생명 덕분인지 그녀에 대한 분노 또한 유야무야 사라져 결국 그녀는 다른 집으로 보내지지 않는다. 시간이 흘러 그녀는 남편과 정식으로 합방하기에 이르고, 그녀가 낳은 아들은 집안의 구성원이 되어 자기 몫의 일을 성실히 해낸다. 아들이 열두 살이 되는 해에 부인을 맞아들이는데, 며느리가 아들보다 여섯 살 많았다. 며느리를 맞이하는 날, 시끌벅적한 틈바구니 속에서 샤오샤오는 남편과의 사이에서 낳은 어린 아들을 품에 안고 그 모습을 바라본다.

'문혁 세대'를 넘어선
성숙한 '저항 시인',
베이다오

김종석

2010년 9월 초청강연회, 그리고 시인 베이다오

2010년 9월 6일 오후 1시 30분, 예순 정도의 외모에 다소 깡마른 체구와 껑충한 키, 온화하면서도 강단 있어 보이는 얼굴의 한 중국 시인이 고려대 중국학연구소 초청강연회에서 '시적 삶과 나의 홍콩생활詩意地棲居在香港'이라는 주제의 강연을 시작했다. 120명을 수용할 수 있는 국제회의실에는 입추의 여지도 없이 들어찬 학생과 대중이 숨을 죽인 채 시인의 발표 내용에 귀를 기울였다. 그는 시종일관 온화한 미소를 지은 채 듣기 좋은 정통 중국 표준어로 강연을 이어나갔다. 고도로 상업화·국제화된 홍콩에서의 시적 삶의 필요성을 강조하고, 지식인들이 다음 세대 청년들에게 시적 감성을 일깨우는 것이 무엇보다 시급한 일이라 역설하였다. 글로벌 교류가 활발한 홍콩의 장점을 십분 활용하여 각국 시인들이 시적 교류를 할 수 있는 장으로 재탄생시키고, '홍콩 국제 시의 밤', '국제 시 페스티벌'과 같은 행사의 성공적인 사례를 통해 '시가 통용되지 않는 이 시대'에 오히려 '고상하고 고차원적'인 시적 가치와 그것이 지닌

2010년 5월 에스토니아 탈린 자유 광장Tallinn Freedom Square에서의 베이다오.

역량을 통해 '시가 죽어버린 이 시대'의 생태 환경을 변화시켜야 한다고 강조하였다.

　마치 신앙과도 같은 시에 대한 굳센 믿음과 시의 존재 이유가 강연을 통해 청중들 가슴에 알알이 각인되었다. 강연이 끝난 뒤 열띤 질의응답의 시간이 이어졌다. 문화대혁명(이하 '문혁') 시기 시인으로의 성장 역정, 오랜 기간 해외를 떠돌던 삶의 역정, 그럼에도 오히려 단단해진 시적 가치에 대한 믿음, '반체제 시인'이라는 꼬리표 등 다소 대답하기 난해한 질의에도 성심성의껏 답변하는 그의 모습은 참석자들에게 강렬한 인상을 남겼다. 강연에 앞서 고려대 중어중문학과 백영길 교수가 축사에서 말했듯, "그가 힘겹게 찾고 있는 궁극적 시적 삶의 목표지가 다름 아닌 궁핍한 시대에 모두가 바라고 지향하는 정의, 진리, 미, 그리고 사랑이 가득한 우리의 정신적 고향을 일컫는 것이 아닌가 생각하게" 되었고, 물질 만능의 세계화 시대에 정신적 삶의 방향성을 상실한 우리에게 많은 시사점을 안겨 주었다.

이 시인은 바로 1980년대 중국 '몽롱시'의 대표 시인으로 널리 알려진 베이다오北島(본명 자오전카이趙振開)였다. '창원 KC 국제시 문학상'의 제1회 수상자로 선정돼 1990년과 2005년에 이어 세 번째로 한국을 방문한 것이다.

중국 현당대 문학에 관심이 있는 독자라면 베이다오라는 이름이 낯설지 않을 것이다. 국내 언론 매체를 통해 그에 관한 기사가 종종 보도되기 때문이다. 그 결과 독자들이 '베이다오'라는 이름을 들을 때면 노벨상 후보, 반체제 시인, 저항 시인, '중국의 솔제니친', 몽롱 시인 등의 이미지를 떠올린다. 그는 1980년대 새로운 시적 흐름을 주도한 젊은 시인군의 대표로 널리 알려졌고, 중국의 반체제 인사 웨이징성魏京生의 석방을 요구하는 서명을 주도하다 1989년 '6·4 톈안먼 사건' 직전 유럽으로 망명했다. 이때가 인생의 전환점이 되어 유랑자의 삶이 시작된다. 1989년 이래 북유럽 7개국을 떠돌다 1993년부터 미국에 정착하여 14년 동안 체류한다. 이에 따라 중국 문단에서의 그의 영향력과 그를 향한 관심이 점차 약화되고, 서양 학계의 주목 속에 1990년대 초반 노벨문학상 후보로 잇달아 거론되었다. 20년의 오랜 해외 유랑 생활 끝에 2007년 홍콩 중문대학의 초청을 받아 강좌 교수로 홍콩에 정착한다. 이후 지금까지 창작 활동과 더불어 해외 시인과의 교류 및 시 번역, 시 낭송회 등 독자 대중과의 교류를 위한 각종 시 관련 활동을 칠순에 가까운 나이가 무색하게 활발하게 펼치고 있다.

베이다오의 트레이드마크라 할 수 있는 시뿐만 아니라 소설, 산문 등 여러 장르의 작품이 이미 30여 국가의 언어로 번역된 바 있다. 대표적인 작품집으로 시집 『베이다오 시선北島詩選』, 『한밤의 가수午夜歌手』, 『영도 이상의 풍경零度以上的風景』, 『자물쇠를 열다開鎖』, 소설집 『파동波動』, 산문·평론집 『푸른 집藍房子』, 『한밤의 문午夜之門』, 『베이징, 유년의 빛城門開』, 『실패한 책失敗之書』, 『시간의 장미時間的玫瑰』, 『오래된 적의古老的敵意』 등이 출판되었다.

문혁, 시인 베이다오의 성장 토대

베이다오는 1970년대 말 순문학을 지향하며 등장한 지하 간행물 『오늘今天』을 발행하며 혜성처럼 등장했다. 이후 1980년 초반의 '몽롱시파', 그의 표현대로라면 "오늘파今天派"의 구심점이 되었다. 기존의 체제 찬양적이고 정치적인 주류 문학과는 완전히 상반된 경향의 시를 발표하며, 문혁 시기에 성장한 젊은 세대의 대표 시인이 된 것이다. 특히 1970년대 말부터 80년대까지 발표된 그의 작품은 중국에서 큰 반향을 일으켰고, 중국 전역에 다시 찾아온 '찬란한 시의 시대'로 평가되는 시대적 분위기를 선도하였다. 그의 시가 동세대 청년들의 사유와 감정을 진솔하게 대변하였고, "마오쩌둥 시대의 집체적이고 영웅적인 자아로부터 벗어나 개인주의를 재확인한 것으로, 시의 고유한 순수성을 다시 부활시키고자 한 노력(정우광, 2006)"이었기 때문이다. 이러한 의미에서 베이다오는 '시대의 대변

2011년 5월 12일 폴란드 크라쿠프에서 시리아 시인 아도니스와 함께.

인'이자 '청년 세대의 가수'였다.

베이다오는 1949년 '민주촉진회'라는 조직의 간부인 아버지와
간호사 어머니 사이에서 3남매 중 맏이로 베이징에서 태어났다. 전
형적인 지식인 가정 출신이라 하겠다. 중국 현대사의 역사적 격변
과 소용돌이에서 자유로웠던 세대는 없겠지만, 1949년을 전후해
태어난 베이다오 또래만큼 시대적 격변을 온몸으로 드라마틱하게
경험한 세대는 드물다. 사회주의 중국 건국 전후에 태어난 이들 세
대는 '해방둥이'이자 사회주의 혁명을 완성할 "혁명의 꽃봉오리"라
불렸고, 학창 시절 계급교육과 사상교육을 받으며 '혁명 후계자'로
양성되었다. 고교생이던 1966년에는 문화대혁명의 소용돌이 속으
로 빨려 들어갔고, 장장 10년 동안 때론 문혁의 참여자로, 때론 희
생자로 변화무쌍한 변화 속에서 청년으로 성장하였다. 1970년대
말과 1980년대 초 '사상해방운동'이라 불리는 언론의 자유와 민주
화의 가능성만 짧고 굵게 맛보다 이내 현실의 벽에 부딪친다. 이후

개혁개방으로의 급격한 전환을 맞아 물질 경제만 강조되는 전혀 다른 사회 환경에 다시 적응하며 살아가야 했다. 속된 말로 전체주의적 '혁명' 정치와 개인주의적 '자본' 경제로의 전환 사이에 완벽하게 "낀 세대"이다.

이 세대에게 있어 문혁 시기는 각별한 의미가 있다. 흔히 '10년 재난'이라 지칭되는 전체주의적 사회 질서와 억압된 시대 환경에서 청소년에서 청년으로 성장하는 과도기이자 자기 정체성을 찾아가는 시기였기 때문이다. 따라서 이들을 흔히 '문혁 세대'라 부른다.

베이다오는 "우리 이 세대는 문혁에 속하는 세대입니다. 우리는 청년기를 문혁 속에서 보냈습니다. 우리의 이상 및 이상의 파멸 모두 문혁과 관련이 있습니다(成令方, 1988)"라 말한 바 있다. 베이다오의 고백처럼, 문혁이 발발했을 때 그는 공산당 고위 정치인 자제들이 다니던 명문 베이징 제4중학에 재학 중이었고, 혁명에 대한 믿음 속에 홍위병 운동에 참여하였지만 곧 흥미를 잃는다. 대도시 지식 청년知識靑年(이하 '지청')을 시골 변방으로 보내 재교육받도록 지시한 1968년의 하방 운동이 시행된 뒤, 1969년부터 베이징 제6건축회사에 배치돼 11년 동안 건축·철공 노동자로 일한다. 이러한 경험은 맹목적인 혁명 이상주의와 실제 사회 현실 사이의 모순을 느끼며 현실을 재인식하는 계기가 되었고, 이는 혁명 '신앙'에 대한 회의와 부정으로 이어진다. 이는 시인으로 성장하는 밑거름이 되어 1970년 본격적으로 시를 창작하기 시작한다.

하지만 문혁 당시엔 '8대 모범극'이나 정치 서정시로 대표되는 '혁명시' 등과 같이 사회주의 정치 체제를 찬양하는 문학만 공식 허용되었다. 정치적 노선에 어긋나는 시를 쓰게 되면 목숨까지 위협

받는 경우가 비일비재했다. 따라서 문혁이 종결되고 사회적 분위기가 이완되는 1978년까지 베이다오를 비롯한 청년 시인들은 '지하'에서 비밀리에 시를 창작하며 문학적 토대를 쌓는다. 그 결과 이 세대가 느낀 개인적인 정서와 감정, 그리고 자신의 내면세계에 투영된 자아와 세계를 자기 언어로 표현하기 시작한다.

베이다오는 문혁 당시 베이징 '지하 문학 살롱'과 '지하 시단'의 참여자이자 산 증인이었다. 이 시기 베이다오는 신앙의 회의와 관련해 자신만의 '돌파구'를 찾고 있었고, 이를 시에서 찾는다. 베이징 4중학 동창생으로 구성된 소규모 문학 살롱을 조직해 활발하게 토론하며 시를 창작한다. 폐쇄적 상태에서 자유로운 창작이 이루어졌기에, 그는 아무런 사심이 없는 진실한 작품을 창작한다. 이 밖에 1970년대 베이징의 대표적 지하 살롱인 자오이판趙一凡의 살롱에 자유롭게 출입하였다. 1972년 초, 문혁 시기 지하 시의 요람 역할을 담당했던 '바이양뎬白洋淀 시 그룹' 멤버와 교류한다. 1970년대 중반 이후에는 베이징으로 다시 돌아온 지청들과 문학 살롱을 꾸린다. 이처럼 마음이 맞는 이들로 구성된 폐쇄적 지하 살롱이 끊임없이 겹쳐지고 흩어지는 과정에서, 자신의 문학관을 정립하고 시의 깊이와 외연을 확장한다.

이러한 지하 문학 살롱과 '지하 독서열'은 떼려야 뗄 수 없는 관계이다. 문혁 시기에는 마르크스·레닌·마오쩌둥 전집, 루쉰 전집 등을 제외한 서적 대부분, 그중에서도 특히 서구 번역서는 '수정주의, 자본주의, 봉건주의적 독초'로 규정돼 금서가 되었다. 하지만 문혁 시기 금서에 대한 관심과 독서는 '지하 살롱'을 통해 점차 집단화되고 체계화되었다. 이는 다시 상호 교류와 토론 및 경쟁을 통한 시너지 효과로 이어졌다. 베이다오는 특히 실존주의·부조리 문학 계열 작품, '비트 세대Beat Generation' 관련 전후 소설 등 서양의 문학작품과 절필을 강요당한 윗세대 문학가들의 '번역시'와 '번역 문체'의 영향을 받았다. 이를 통해 현실의 부조리, '문혁 세대'의 정신적 위기와 소외에 대한 자각, 그리고 이에 대한 적극적 반항과 저항의식을 키워나갔다. 현실의 부조리에 대한 자각을 거쳐, 역으로 인간 자신으로 돌아와 인간의 가치와 존엄성, 인간이 인간답게 사는 세상과 자유의 의미에 대한 고민과 갈망을 심화시켰다. 따라서 이후 그의 시세계를 관통하는 회의와 부정 및 저항 정신, 실존주의적 색채는 이러한 독서 체험과도 긴밀한 관계를 갖는다.

이러한 문혁기의 정신 역정과 행적은 베이다오의 시/시인에 관한 사유와 밀접한 관련성을 갖는다. 신시기라 불리는 1980년대 초에 이르러서야 그는 자신의 입장을 명확히 밝힌다.

누구도 시에 대해 확실하고 적절한 정의를 내릴 수 없습니다. 시는 경계가 없어 시간과 공간과 자아를 초월할 수 있습니다. 그러나 시는 반드시 자아로부터 시작되어야 합니다. 시인은 반드시 전사여야 하며, 그는 모든 가치 있는 것들을 위해 자신의 이름을 기치旗幟 위에 과감히 쓸 수 있어야 한다고 생각합니다. 시인은 반드시 자신과 외부 세계의 임계점을 찾음으로써 고통과 기쁨을 다른 사람에게 전달할 수 있어야 합니다. 사람들에게 이해력을 가혹하게 요구할 필요는 없습니다. 이해력은 시간과 각자 내면의 경험에 따라 변화할 수 있기 때문입니다.

― 「답변: 시인이 시를 이야기하다答復: 詩人談詩」

1980년 지하 간행물 『오늘』 9호에 발표된 문장이다. 여기서 베이다오는 시의 본질을 초월성으로 규정하고, 시에 대한 정의는 각자 다를 수 있다는 개방적인 입장을 드러낸다. 하지만 시는 반드시 '자아'로부터 시작해야 한다는 인식이 우선이다. 그리고 시인을 '전사'로 규정지으며, 가치 있다고 판단되는 것을 위해 주저하지 않는 불굴의 용기와 의지의 소유자여야 함을 강조한다. 이는 시인이 외부 세계와의 접점을 찾을 때만 가능하며, 이 접점에서 시인은 자아와 용기와 의지를 다른 사람의 영혼에 전달할 수 있게 된다. 하지만 이러한 소통은 일방적인 것이 아니다.

시인은 자신의 작품을 통하여 자기만의 세계를 세워야 합니다. 이는 진실하고도 독특한 세계, 올바른 세계, 정의롭고 인간다운 세계입니다.

(중략)

시는 형식의 위기에 직면해 있으며, 수많은 낡은 표현 수단들은 이미 쓰임이 부족하게 되었습니다. 은유, 상징, 공감각, 시각의 변화와 관계의 투시, 시공 질서의 타파 등의 수법은 우리에게 새로운 전망을 제공하였습니다. 저는 영화의 몽타주 수법을 제 자신의 시 속으로 끌어와서 이미지의 부딪침과 신속한 전환을 불러일으켜, 사람들의 상상력을 불러일으킴으로써 대폭의 도약이 남긴 공백을 메우려 시도하였습니다. 그 밖에 저는 시의 수용력, 잠재의식과 순간적인 느낌의 포착에 주의를 기울였습니다.

민족화는 간단한 스탬프가 아니라 우리의 복잡한 민족정신의 발굴과 형상화입니다.

시인은 자신의 역할을 과장할 필요도 없고, 과소평가할 필요는 더더욱 없습니다. 시인은 간고하면서도 의미 있는 창작에 종사하면서 온갖 아름다운 것들을 사람들 마음에 깊이 파고들게 합니다. 어쩌면 모든 고난은 시간문제일 따름일 것입니다. 시간은 늘 공정합니다.

- 「시에 관하여關於詩」

『오늘』정간 이후인 1981년 '몽롱시 논쟁' 시기에 '백가시회百家詩會'에 참석해 베이다오의 입장을 밝힌 문장이다. 이 글에서 시인의 예술적·현실적 사명감과 독자와의 소통 등이 강조된다.

첫째, 시인은 자신의 작품 속에 독창적인 세계를 구축해야 한다. 이는 인간이라면 누구나 꿈꾸는, 응당 존재해야 할 당위의 세계이다. 시인의 개성/특수성과 이상적 세계/보편성이 시 속에 긴밀하게 결합돼야 하며, 민족정신에 대한 발굴과 형상화 역시 녹아들어 있어야 한다.

둘째, 시의 내용뿐만 아니라 형식에 주의를 기울여야 한다. 변혁의 시대를 맞아 새로운 내용과 주제에 걸맞은 새로운 표현 수단에 대한 고민은 필수적이다. 베이다오는 은유, 상징, 공감각, 시각의 변화와 관계의 투시, 시공 질서의 타파 등에서 새로운 가능성을 발견한다. 그리고 자신만의 독특한 기교적 특징을 영화의 몽타주 수법의 차용에 따른 이미지의 부딪침과 신속한 전환 효과, 도약성의 강조로 설명한다. 이는 독자들의 상상력을 최대한 끌어올린다. 한 걸음 더 나아가 시의 포용력, 잠재의식과 순간적인 느낌의 포착 역시 강조한다. 이러한 수법은 대상에 대한 '낯설게 하기', '시의 예술성'과 관련이 있다. 시인의 예술적 구성이 감각 과정 자체와 관련이 있는 심미적인 것이기에, 독자 역시 심미의식과 상상력에 입각해 이를 재해석하는 과정에서 예술적인 것을 체험할 수 있다.

셋째, 시인이 고통과 고난 속에서도 창작을 견지하는 것은 온갖 아름다운 것들을 사람들의 마음에 각인시키는 심미적·정신적 계몽과 소통에 있으며, 이는 보다 나은 미래의 결실을 위한 것이다.

망명 이전의 시 세계: '저항시'와 '서정시'

베이다오의 시 창작은 문혁 시기의 지하 문학 활동 시기, 『오늘』 발간 시기, 『오늘』 정간 이후 망명 이전 시기, 망명 이후로 세분되지만, 일반적으로는 망명을 기준으로 두 시기로 나뉜다. 1970년 시 창작을 시작한 이래, 망명 이전 베이다오의 시는 창작 초기 (1970~73년)의 습작기와 1974년에서 1976년에 이르는 전변기를 거치며 그의 시 전반을 관통하는 기본 풍격이 완성된다. "그의 시는 무엇보다도 암흑의 현실에 대한 절망적 저항의 태도, 그리고 안일한 삶에 대한 회의와 부정의 정신이 담긴 '내면의 긴장된 충돌' 속에서, 개인과 민족의 재생의 길을 모색하는 시세계를 펼쳐 보였다 (백영길, 2015)."

전변기 이후 시에서 양은 많지 않지만, 사람들에게 널리 알려진 시들은 주로 저항시 계열 시이다. 이 시들엔 사회성과 정치성의 색채와 '회의'와 '부정' 정신 및 '반항'적 색채가 선명하게 드러난다. 그 속에 등장하는 시적 자아 '나'는 강렬한 저항의식과 희생정신을 지닌 '전사' 혹은 '영웅'이자, 인간적인 삶을 지향하는 높은 양심과 도덕 정신의 체현자로 묘사된다.

비열은 비열한 자들의 통행증이고

고상은 고상한 자들의 묘지명이다

보라, 저 금테를 두른 하늘에

죽은 자의 일그러져 거꾸로 선 그림자들이 가득 차 나부끼는 것을

卑鄙是卑鄙者的通行證,

高尚是高尚者的墓誌銘,

看吧, 在那鍍金的天空中,

飄滿了死者彎曲的倒影.

빙하기는 벌써 지나갔건만

왜 도처에는 얼음뿐인가?

희망봉도 발견되었건만

왜 사해死海에는 온갖 배들이 앞을 다투는가?

冰川紀過去了,

爲什麼到處都是冰凌?

好望角發現了,

爲什麼死海裏千帆相競?

나는 이 세상에 왔다

단지 종이, 새끼줄, 그림자만을 지닌 채

심판에 앞서

저 판결의 목소릴 선언하기 위해

我來到這個世界上,

只帶著紙, 繩索和身影,

爲了在審判之前,

宣讀那些被判決的聲音.

너에게 이르노니, 세상아

난—믿—지—않—아!

설사 너의 발아래 천 명의 도전자가 있더라도

나를 천한 번째로 삼아다오

告訴你吧, 世界

我—不—相—信！

縱使你腳下有一千名挑戰者,

那就把我算作第一千零一名.

난 하늘이 푸르다고 믿지 않는다

난 천둥의 메아리를 믿지 않는다

난 꿈이 거짓임을 믿지 않는다

난 죽으면 보복이 없다는 것을 믿지 않는다

我不相信天是藍的,

我不相信雷的回聲,

我不相信夢是假的,

我不相信死無報應.

만약 바다가 제방을 터뜨릴 운명이라면

온갖 쓴 물을 내 마음속으로 쏟아 들게 하리라

만약 육지가 솟아오를 운명이라면

인류가 생존을 위한 봉우리를 다시 한번 선택케 하리라

如果海洋註定要決堤,

就讓所有的苦水都註入我心中,

如果陸地註定要上升,

就讓人類重新選擇生存的峰頂.

새로운 전기轉機와 번쩍이는 별들이

바야흐로 막힘없는 하늘을 수놓고 있다

그것들은 오천 년의 상형문자이고,

미래 세대의 응시하는 눈동자들이다.

新的轉機和閃閃星鬥,

正在綴滿沒有遮攔的天空.

那是五千年的象形文字,

那是未來人們凝視的眼睛.

- 「회답回答」

1970~80년대에 가장 널리 회자되며, 저항시인 베이다오의 이미지를 각인시킨 「회답」이란 시다. 1978년 지하 잡지 『오늘』 창간호에 최초로 발표되었고, 1979년 정식 간행물 『시간詩刊』 3월호에 전재되면서, 베이다오의 시에 대한 최초이자 가장 강렬한 이미지를 남겼다. 1973년에 창작, 1976년에 수정한 뒤 『오늘』에 발표하였지만, 안전을 위해 창작 시기를 1976년 4월로 표기하였다. 이 때문에 대다수 사람들이 이 시를 1976년 일어난 '톈안먼 시 운동'에 참여한 증거로 읽는 정치적 독법의 오류가 생겼다.

이 시에는 강렬한 시대의식이 드러난다. 강렬한 낭만주의적·영웅주의적 격정과 단호한 슬로건식 어투, 선명한 이미지와 단어, 이원 대립 구조가 웅장하고 비장한 풍격을 드러낸다.

1연에는 문혁 시기 역사에 대한 상징적인 성찰과 비판이 드러난다. 생존을 위한 면죄부로 비열하게 행동해야만 했던 중국인에 대한 반성을 통해, "비열"과 "고상"으로 상징된 사람들의 거짓 껍데기를 비판한다. "죽은 자의 일그러져 거꾸로 선 그림자들"의 모습에서 문혁 희생자들의 이미지가 떠오른다.

2연에서 문혁("빙하기")이 종결됐음에도 시인이 추구했던 가치가 여전히 실현되지 않음을 알 수 있다. 폐허("얼음", "사해")를 딛고 "희망봉"을 향해 나아가야 하는 청년 세대의 고통스러운 출발과 추구가 드러난다.

3연에서 시적 자아 '나'의 역할과 실존에 대한 검토가 드러난다. "종이", "새끼줄", "그림자"처럼 자신의 실존은 무기력하기만 하다. 하지만 미래에 도래할 심판의 날, 아니 도래해야만 하는 정의의 세계에 앞서 "판결의 목소릴 선언"하는 것이 '나'의 역할이다.

4연에서 자신의 역할에 대한 검토를 거쳐 모든 가치를 부정하는 선언을 한다. "난─믿─지─않─아!"라고. 이는 거짓과 비겁함, 절망과 죽음, 부조리가 만연한 부정적 세계에 대한 불신과 도전을 담은 선언이다. 따라서 "설사 너의 발아래 천 명의 도전자가 있더라도,/ 나를 천한 번째로 삼아다오"라며, 자신을 철저한 '도전자'로 규정한다. 새로운 세상을 창조하기 위해 불요불굴의 의지를 가진 '도전자'가 필요하다는 논리다. 이러한 강렬한 저항 의식이 바탕이 돼, 존재하는 모든 것을 부정하고 회의하는 '반항자'의 모습이 담긴다.

이는 5연에서의 일상적인 자연의 진리까지도 부정하는 회의 정신을 통해 극대화된다.

6연에서는 이상을 위해서 사람들을 위해 기꺼이 희생하겠다는 헌신 정신과 올바른 방향 제시의 의지가 드러난다. 이는 미래에 대한 희망과 이러한 희망을 견인하려는 시인의 의식, 그리고 '인간의 생존을 위한' 노력을 아끼지 않으려는 휴머니즘의 발로이다.

마지막 두 연에서는 시대인식과 젊은 세대에 대한 희망을 노래한다. 이상을 상징하는 '별'과 새로운 전기가 하늘을 수놓고 있다는 대목은 역사적 변혁기에 대한 시대인식이다. 이 '별'은 "오천 년의 상형문자"로 상징되는 조국과 조국의 문화이자, "미래 세대의 응시하는 눈동자들"이기도 하다. 이 대목에서 뜨거운 애국정신과 민족애, 미래에 대한 희망이 느껴진다.

시 전편의 논리를 따라가면, 1차적으로는 부정적 현실에 대한 '회의와 부정' 정신 및 저항의식이 세상에 대한 시적 자아 '나'의 회답이다. 이는 강렬한 논조로 도저한 부정 정신과 회의 정신을 선언하는 '반항자', '도전자'의 형상으로 묘사된다. 하지만 궁극적으로 '나'에겐 부정할 수 없는 '조국'과 '민족' 그리고 '인간'에 대한 뜨거운 사랑, 미래에의 희망과 신념이 자리잡는다. 그렇기에 희생과 헌신, 강렬한 사명감과 책임감, 그리고 영웅 정신이 복합적으로 드러난다. 요컨대 이러한 '회답'은 시적 자아 '내'가 견지해야 할 자아의 상, 시대인식과 현실인식 등 다양한 영역에 대한 물음과 대답으로 확대된다.

이렇듯 강렬한 색채의 저항시에는 부정적인 현실에 대한 강한 비판 의식이 녹아 있다. 흔히 시인이 꿈꾸는 세계는 '마땅히 존재해야 하는 당위로서의 이상 세계'일 것이며, 이것의 대척점에 '있는 그대로의 부정적 현실 세계'가 놓여 있다. 일부 저항시를 제외한다면 이러한 이상 세계에 대한 추구와 탐색, 그리고 그 과정에서 부딪치는 현실의 좌절에 따른 자아의 회의, 곤혹감, 절망, 분투 등의 다양한 정서와 감정들이 그의 서정시의 주조를 이룬다. 그리고 이 시들에 나오는 자아는 저항시 속의 '영웅'적 자아 혹은 '도덕적' 자아와는 달리, 개체적 '자아'의 평범한 인간 형상이 강하다.

현재와 과거를 벗하며
둑은, 높다란 갈대 하나를 들어올리며
멀리 사방을 바라본다
바로 너
언제나 일렁이는 파랑을 지켜온 것은
황홀한 포말泡沫과 별을 지켜온 것은
흐느끼는 달빛이
오랜 뱃노래를 불어 젖힐 때
얼마나 처량한가

나는 둑
나는 어항漁港
나는 팔뚝을 뻗어
빈궁한 아이들의 조그만 배들을 기다리다
한줄기 등불을 가득 실어 보낸다

－「둑岸」

이 시에서 시인의 역할에 대한 사유가 잘 드러난다. '둑'은 "현재와 과거를 벗하는" 존재이자 '사방'을 조망하는 구조물이다. '둑'은 일반적으로 장애물의 이미지로 묘사되지만, 1연에서는 시간의 흐름을 상징하는 '강'과 과거와 현재를 함께하는 동반자적 관계로 그려진다. '둑'은 '별'로 상징되는 이상을 지키며, 주위의 슬픔을 들어줄 수 있는 존재이다. 2연에서 시적 자아 '나'는 이러한 둑과 여기서 확장되는 '어항漁港'과 자신을 동일시한다. 소중한 것들을, 그리고 미래를 상징하는 "아이들"을 지켜주고, "한 줄기 등불"로 상징되는 희망을 심어주는 든든한 인도자이자 피난처 역할을 담당하고픈 것이다. 이러한 사랑이야말로 이상을 향한 탐색과 실천을 위한 가장 기본적인 밑거름이다.

망명 이후의 시 세계: '유랑'과 '망명'

1980년대 중후반부터 베이다오의 본격적인 '유랑'과 '망명'의 긴 여정이 시작된다. 1987년 3월 영국 더럼Durham대학 방문 이후 두 번의 중국 방문을 제외하면, 2008년 홍콩 중문대학의 강좌교수로 초청돼 정착하기까지 약 20년간 해외를 떠돈다. 이는 당시 중국의 억압적 정치 체제에 대한 지식인의 양심적 행위에 따른 결과라 할 수 있다. 중국의 반체제 인사 웨이징성의 석방을 요구한 연명부 작성을 주도하다 정부의 감시 리스트에 오르게 되고, 결국 스스로 귀국을 포기하며 1989년 '6·4 톈안먼 사건'이 일어나기 직전 유럽으로 떠났기 때문이다. 이때부터 북유럽 7개국을 떠돌다 1993년부터

14년간 미국에 체류한다.

　베이다오는 우리말로 '온 천하를 집으로 삼으며 떠돈다' 정도로 해석할 수 있는 "사해위가四海爲家"라는 말과 "동양의 여행자東方旅行者"라는 단어로 불혹의 나이에 해외를 '유랑'하는 자신의 처지를 표현한다. 정착할 곳 없는 절망적인 처지였음에도 불구하고, 이를 장점으로 승화시킨다.

> 여행은 일종의 생활 방식이다. 여행자라면, 그의 생활은 언제나 출발과 도착 사이에 놓여 있다. 어디서 오고 어디로 가는지는 상관없다. 미지의 것을 탐구하는 태도를 유지하고 방랑 속에서 자신을 파악하는 것이 중요한 것이다. 맞다, 아무것도 없이 방랑한다.
>
> － 「이사 기록搬家記」

　'여행'이라는 단어에서 '방랑', '유랑'이라는 단어보다는 긍정적인 의미가 느껴진다. 그 스스로 경계를 넘나드는 '디아스포라적 지식인'임을 인정하기에, "어떠한 체제에도 속하지 않기에 산 증인과 방관자의 이중적인 비판의 특권(베이다오, 2015. 11)"이 갖는 장점을 찾으며, 미지의 것을 탐구하는 태도를 유지하고 자기 정체성을 찾기 위해 노력한다.

　사실 베이다오처럼 1980년대 초반 젊은 세대의 열광적인 환영을 받았고, '몽롱시 논쟁' 중에 주요 비판 대상이었지만 주목받던 작가가 마흔이 넘는 나이에 낯선 외국에서 모든 것을 다시 시작하는 것은 결코 쉽지 않은 일이다. "이러한 크나큰 대비를 특히 견딜 수 없을 것입니다. 그것은 제 삶에서 큰 난관이었습니다. (하지만) 제 마음이 서서히 평온해졌으며, 이에 따라 저는 모든 것을 처음부터 다시 시작했습니다. 보통 사람으로 삶을 배우고 이국타향에서 자신의 모국어로 창작하는 것을 배웠습니다. 그건 다시 수행하는 과정이었습니다. 저는 글쓰기를 통해 수행하며 삶과 자신을 재인식하였습니다(베이다오, 2004)"라는 인터뷰 내용을 통해 베이다오의 고통스러운 처지와 발버둥이 느껴진다. 또한 "중국어는 잃어버릴 수 없는 유일한 행낭(베이다오, 2004)"이었다는 고백을 통해, '글쓰기'를 통해 삶의 의미와 자기 정체성을 부단히 탐색하였음을 알 수 있다.

이 시기 베이다오 시의 주된 이미지는 망명과 관련된 자기 정체성 탐색, 향수 의식과 관련된 주제와 긴밀하게 연관되며 형상화된다. 중국이라는 삶의 현장성과의 거리 때문에 간접 체험에 의한 시적 상상력의 한계가 드러난다. "하지만 더 넓은 세계에 대한 다양한 경험을 통해 인간 보편의 세계를 향한 시인의 진지한 탐색과 열정은 더욱 깊어지고 성숙해"진다(박남용, 2012).

산 자가 아닌 죽은 자들이
최후의 심판일처럼 검붉은 하늘 아래서
한 패가 되어 길을 떠난다
고난은 다른 고난을 인도하고 있고
한恨의 끝은 한이었다
바싹 마른 샘물, 그칠 줄 모르는 큰 불
돌아갈 길은 더욱 멀다

– 「애도: 6·4 희생자를 위해悼亡: 爲六·四受難者而作」

1989년 6·4 톈안먼 사건이 정부에 의한 무자비한 진압과 폭력으로 끝나는 비극을 베를린에서 목도한 뒤, 희생자들을 기리며 지은 추도시다. 민주화를 위해 자발적으로 모여 인간의 존엄성과 있어야 할 당위를 목놓아 외치다 희생된 청년들을 이국타향에서 애도하는 동시에, "검붉은 하늘"로 상징된 폭력과 억압에 대한 분노와 슬픔, 절망감을 그렸다. 시인의 이러한 냉철한 비판의식은 "한 단어가 다른 한 단어를 소멸시켰고/ 한 권의 책이 명령을 내려/ 다른 한 권의 책을 태워버렸다/ 언어의 폭력으로 세운 새벽이/ 새벽/ 사람들의 기침소리까지 바꾸었다(「새벽 이야기早晨的故事」)"라는 작품으로 이어진다.

이에 따라 "어휘의 유랑이 시작되었다(「무제無題」)"라는 자기 고백과, "다른 세계에서/ 나는 화석/ 너는 유랑하는 바람(「기억에게致記憶」)", "겨우 한순간/ 베이징의 열쇠 하나/ 북유럽의 밤의 문을 열었다(「겨우 한순간僅僅一瞬間」)" 등 자신의 처지를 암시하는 다양한 '유랑'과 '망명'의 이미지와 단어('조국', '고향', '모국어', '향수' 등)를 시 속에 담는다.

나는 거울을 마주하고 중국어로 말한다
공원에는 자신의 겨울이 있다
나는 음악을 튼다
겨울엔 파리가 없다
나는 한가로이 커피를 끓인다
파리는 무엇이 조국인지 모른다
나는 설탕을 좀 더 넣었다

조국은 일종의 고향의 소리이다
나는 전화선의 다른 쪽 끝에서
나의 공포를 들었다

- 「고향의 소리鄕音」

조국과 고향에 관한 향수와 공포, 자아 정체성이 잘 드러난 시이다. "거울" 이미지는 내면세계의 반영을 가장 전형적으로 드러내는 도구이다. 거울을 보고 중국어로 말한다는 묘사에서 베이다오의 시인으로서의 자기 정체성과 사명을 단적으로 살필 수 있다. 시 전체를 관통하는 조국과 고향에 대한 노스탤지어에도 불구하고, 마지막 두 행에서 외재적 현실로 인해 돌아갈 수 없는 시인의 공포감과 상실감이 극명하게 표출된다.

펜은 절망 속에서 꽃이 피는 것이다
꽃은 필연의 여정에 반항하는 것이다.

사랑의 광선이 깨어나는 것이다
영도零度 이상의 풍경을 밝게 비춘다

- 「영도 이상의 풍경零度以上的風景」

베이다오는 망명 시기 가장 힘든 시기를 이겨낸 원동력으로 글쓰기, 가족에 대한 책임, 음주를 꼽은 바 있다. 그중에서도 "글쓰기는 자신과의 대화이자 심리 치료에 해당하며, 글쓰기 중에 부단히 새롭게 자리 매김하며 생존의 의미를 확정짓는다(베이다오, 2015)"는 말에서 이 시의 의미를 살필 수 있다. 작가는 창작을 통해 절망 속에서도 '꽃'으로 상징되는 이상과 당위를 끌어왔으며 이에 의지해 필연의 여정에 반항한다. 이를 통해 사랑의 빛으로 가득 찬 세계를 제시하고 독자에게 시적 가치, 즉 인간다운 삶과 당위로서의 이상을 끊임없이 환기시킨다.

기본적으로 망명 이후 시는 앞서 살핀 7~80년대 작품의 연속선상에 놓여 있고, 베이다오 본인 역시 단절보다는 연속성을 강조한다. 독자들은 그의 시에 드러나는 추상적인 어휘의 증가, 내면세계에 대한 천착과 초현실성, 적막하고 우울한 어조 등으로 인해 작품 읽기의 난해함과 고통을 호소한다. 하지만 조국에 대한 사랑, 시인의 사명에 대한 열정이 시대 환경과 처지의 차이라는 역사적 콘텍스트에 따라 다른 방식으로 표현되었다는 점은 부정할 수 없다.

영원한 '청년 시인' 베이다오를 응원하며

20년의 오랜 해외 유랑 생활 끝에 베이다오는 2007년 홍콩 중문대학의 초청을 받아 강좌 교수로 홍콩에 정착하였고, 현재 중문대학 명예교수로 있다. 우리 나이로 고희를 바라보는 나이에도 불구하고 시시포스와 같은 불굴의 도전 정신과 청춘의 활기를 유지하며 노익장을 과시한다. 평생의 반려자라 할 수 있는 작품 창작과 더불어 우수한 해외 시인과의 교류와 시 번역, 시 낭송회 등 시적 가치를 전파하기 위한 일련의 활동을 여전히 왕성하게 펼치고 있다.

중국을 비롯한 동아시아 작가들은 흔히 원로가 되면 창작의 동력과 열정을 상실하는 경우가 많다. 하지만 베이다오의 삶의 중심은 여전히 시에서 벗어나지 않는다. 이를 입증하듯, 2010년 중국 장쑤성江蘇省 작가협회가 발간한 문학지『종산鍾山』에서 1979~2009년 작품을 발표한 시인을 대상으로 '중국 10대 시인'을 선정한 결과, 베이다오가 압도적인 지지를 받으며 1위를 차지하였다.

청년 시절 '지하 시'를 창작할 때부터 황혼기에 접어드는 지금까지도 베이다오는 시종일관 시에 대한 굳건한 신앙을 견지한다. 그는 현재 청년 시기 폭력과 억압, 물질적 위기와는 또 다른 정신적 위기와의 저항을 통해 시인/전사로서 자신만의 삶의 방식을 온 몸으로 밀고 나간다. 베이다오에게 있어 시는 본디 주변화된 것이지만, 시가 갖는 '이질성'을 강화하여 자본과 권력이 공모한 '동질적'인 세계화에 저항할 수 있다(베이다오, 2015). "시는 가장 근본적인 면에서 체계화를 파괴하고 와해"할 수 있기 때문이며, 그렇기에 "저항은 곧 시의 동력"이라 할 수 있고, "시인은 자신이 생활하는 사회, 시대, 언어, 문화와 영원히 긴장관계에 놓이게 된다(베이다오, 최유찬, 정우광, 최동호, 2010. 12)"는 사명감이 베이다오를 지탱하는 힘이기에.

이렇듯 정신적인 측면에서 시가 갖는 근원적인 힘에 대한 믿음이 있기에, 베이다오는 여전히 길들여지는 '가축'보다는 '야수'에 가까운 시인의 삶의 방식을 견지한다. 노시인 베이다오의 다음 행보와 작품이 기대된다.

(시를 인용함에 있어 베이다오에게 작품 인용의 허락을 구하는 편지를 보냈으나, 답장이 없었다. 이 글을 통해 다시 한번 작품 인용의 허락을 구한다.)

03

정전이 된
통속문화

●

메이란팡과 루징뤄
김종진

—

친서우어우
남희정

—

진융
유경철

전환기의 연극

메이란팡과
루징뤄

김종진

오늘날 논하는 중국 연극의 의미

한때 세상이 더 좋은 쪽으로 '발전'하고 있다고 믿었던 시절이 있었다. 현실이 아무리 어두워도 언젠가는 밝은 아침이, 아침을 알리는 새벽이 오리라고 믿고 어둠을 견뎠다. 그런데 그 새벽이 오기는 온 것인지, 아니면 왔다가 다시 해가 지고 있는 것인지, 그것도 아니면 시대의 아침은 사람들 모두에게 오는 것이 아니라 선택적으로만 오는 것이었는지, 어떤 이유인지는 몰라도 세상살이는 갈수록 힘들고 각박하다. 한국에서 과거의 청년들은 산업화와 민주화를 통해 후속세대에게 더 나은 미래를 만들어줄 수 있으리라 믿었고, 그보다 더 과거의 청년들은 독립된 내 나라를 세워 물려주는 것이 후손들을 위한 최선이라고 믿었지만, 현재 청년들은 산업화와 민주화가 이루어진 내 나라 땅에서, 과거와 더 과거의 청년들에게는 너무나 어이없게도, 취업이라는 먹고사는 문제를 해결하기 위해 고생하고 있다.

과거 청년들이 독재 권력에게 받았던 고통과 현재 청년들이 먹고

사는 문제로부터 받는 고통 중 어느 쪽이 더 클지를 계량하기는 어려운 일이지만, 고통은 늘 당장의 고통이 더 큰 것 같다. 취업했다고 먹고사는 일이 해결되는 것도 아니다. 진작부터 회자되고 있는 제4차 산업혁명은 힘들게 구한 일자리가 머지않아 사라질 것을 예고한다. 대학 한번 다니고, 한번 취업하는 것도 이렇게 힘이 드는데, 평생 직업교육이라니. 청년층은 물론이고 IMF 구제금융 사태 이후에 사회생활을 시작한 장년층까지 억장이 무너질 소리가 아닌가. 기술은 발전하고, 생산력은 고도화되어 가는데, 삶은 점점 더 위기로 내몰리고 있다. 위기는 비단 특정 세대만의 일이 아니다. 삶이 정도 이상으로 고단해져서인지 한국인은 출산을 꺼리기 시작했고, 한국은 빠르게 늙어가고 있다. 학령인구 감소로 인한 대학의 위기를 말하는 것은 이 거대한 국가적 위기 앞에서 대학에 몸담은 자들의 이기적인 목소리가 될까 조심스러울 정도다.

이런 시대에 시간적으로는 무려 백 년 전, 공간적으로는 한국도 아닌 중국이라는 외국의 이야기를 하는 것은 어쩌면 한가로운 소리일지도 모른다. 게다가 그 이야기가 먹고사는 것과 직접적으로 관련되지 않은 연극 이야기라면 더욱 그렇겠다. 어쩌면 누군가에게는 이미 한국의 대학들이 겪고 있는 대학 인문학의 위기가 바로 이렇게 고상한 척하며 현실과 동떨어진 이야기만 해왔고, 하고 있기 때문이라고 지적하기 좋은 소재가 될지도 모를 일이다. 그럼에도 불구하고 바로 그 백여 년 전 중국의 연극 이야기를 하려 한다. 결코 한가해서 그 이야기를 하는 것이 아니다. 사회가 위기를 맞이했을 때, 자신의 전문분야에서 뭔가 참고하고 학습할 만한 것을 찾아 위기 속의 사회에 들려주는 것이야말로 인문학의 소임이라 여기기 때문이다.

이야기에 들어가기 전에 간단하게 두 가지만 일러둔다.

첫째, 연극에서 작가의 문제다. 연극의 작가라면 흔히 극작가를 떠올리겠지만, 극작가는 연극의 대본을 쓸 수 있을 뿐, 극작가만으로는 연극을 만들지 못한다. 연극은 극작가 외에도 연출가, 배우, 관객 등이 극장에 모여서 함께 만드는 공연예술이지, 서면으로 대신할 수 있는 무엇이 아니기 때문이다. 메이란팡과 루징뤄는 모두 극작가였으며, 연출가였고, 배우였다. 그 다양한 역할들 중 무게중심을 어디에 두었는지는 두 사람이 약간의 차이가 있지만, 이 두 사람모두 이렇게 연극을 만드는 역할들을 두루 감당했다는 점에서 연극의 '작가'라 불리기에 부족함이 없다고 판단하여 이 지면에 호출했음을 밝혀둔다.

둘째, 현대 중국 연극의 판도와 그에 따른 용어의 문제를 정리해둔다. 현대 중국의 연극은 크게 화극話劇과 시취戲曲의 이원二元 구도로 설명된다. 화극은『표준국어대사전』의 풀이처럼 "대사를 중시하는 중국의 신극新劇"이고, 시취는 중국의 전통연극을 중국어 발음으로 읽은 것이다. 전자는 사전의 뜻풀이에서도 "신극"이라 풀이되었듯 근대 이후 발생하여 성장한 서양식 연극을 가리킨다. 후자를 전자와 달리 굳이 중국어로 읽은 이유는 이 한자어를 한국 독음으로 읽을 경우 '희곡'으로 읽혀 "공연을 목적으로 하는 연극의 대본(『표준국어대사전』)"이라는 의미로 오해될 수 있기 때문이다.

근대 중국의 위기와 대응

시대의 거대한 변화는 그 시대를 사는 이들에게 위기가 아닐 수 없다. 늘 소수일 수밖에 없는 선구자들을 제외하면 대부분의 사람들은 살아오던 방식으로 살고, 인식하던 습관대로 인식하기 때문에 시대의 변화는 평범한 이들에게는 분명히 위기다. 지금 우리 시대도 위에서 이야기한 것처럼 변화 속에 있고, 그래서 위기다. 그리 멀지 않은 과거의 동아시아 역시 거대한 변화 앞에서 위기에 빠져 있었다. 서구열강의 배가 한국과 중국의 바다에 출현한 것은 양국에게는 거대한 불행의 서막이었다. 그 거대한 변화 앞에 오백 년을 이어온 조선은 속절없이 망국의 운명을 피하지 못했고, 중국의 상황도 크게 다르지 않았다. 중국의 위기는 1840년 아편전쟁 패전으로부터 드러나기 시작했다. 연이은 전쟁은 번번이 패전으로 결판이 났고, 패전은 꼬박꼬박 불평등조약으로 이어졌다. 그 위기 속에서 당시의 중국인이라고 해서 가만히 있었던 것은 아니고, 나름 최선을 다해 대응했다. 그러나 '중체서용中體西用'이라는 매력적인 구호 속에 추진되었던 양무운동洋務運動도, 그보다 더 급진적으로 입헌군주제를 시도했던 무술변법운동戊戌變法運動도 모두 실패하고 말았다. 연이은 패전과 이에 대응한 시도마저 잇달아 실패한 것은 당시 중국인에게 현실적·정신적으로 모두 큰 충격이었다. 그들이 이 실패들을 통해 얻은 것은 기존 패러다임이 지속 불가능함과 새로운 패러다임의 모색이 필요함을 절실하게, 또 아프게 경험을 통해 검증해냈다는 사실뿐이었다.

여기에 사회진화론이 중국에 전해진 것은 위기의식을 한층 고조시키는 일이었다. "경쟁을 통해 살아남는 자만이 선택되고, 이에 적합한 자만이 살아남는다物競天擇, 適者生存"는 논리는 옌푸嚴複의 번역이 출판(1898년)되기 전부터 중국 지식계에 널리 알려져 있었고, 출판 후에는 그 충격파가 더욱 크고 깊게 퍼졌다. 거듭된 패전은 단지 전쟁에 졌다는 의미를 넘어 중국과 중국인 생존의 지속가능성에 대해 스스로 진지하게 묻지 않을 수 없게 만들었다. 사회진화론의 적자생존 사고가 인종주의, 우생학적인 생각까지 나아간 것은 그런 면에서 어쩔 수 없는 부작용이었다. 중국이 처한 위기가 인종적으로 열등한 만주족의 통치 때문이라는 종족 혐오, 이대로 가면 모든 중국인이 흑인 노예와 같은 처지가 될 것이라는 우려, (한족 중심의) 중국인은 어느 정도의 민족인지에 대한 회의 등이 고통스럽게 뒤따랐다.

결국 그들은 중국이 새로운 시대 변화에 효과적으로 대응해나가기 위해서는 중국인이 먼저 새로워지지 않으면 안 된다는 생각에 도달했고, 그 생각을 구현하려면 계몽이 절실히 필요함을 확인했다. 그리고 춘추전국시대의 제자백가 사상 이래로 유구한 인문의 역사를 구축해온 중국답게 계몽의 도구로 문학과 예술을 주목했다. 문학과 예술에 새로운 내용을 담아 사람들에게 전하는 것. 이것이 시대의 거대한 변화 앞에 선 청말 지식인들이 생각했던 최선의 대응 방법이었다. 실제로 이 생각은 즉시 실천에 옮겨졌다. 청말의 문인들은 '시계혁명詩界革命', '문계혁명文界革命'에 나섰고, 중국문학의 그릇에 새로운 문명과 문화를 담아내기 위해 적극적으로 실험에 나섰다. 문맹자라도 함께 감상할 수 있는 공연예술인 연극은, 비록 고전적인 중국 사회에서 천대받는 일이었지만, 계몽자의 눈에는 다르게 보이기에 충분한 매력을 갖고 있었다.

당시 중국은 국가적 위기에 빠져들고 있었지만 중국 연극은 그렇지 않았다. 정확히 말해 중국 연극 전체가 아니라 경극京劇이 그랬다. 유구한 중국 전통연극의 역사에서 보면 막내 자리에 앉아야 할, 태어난 지 얼마 되지 않아 아직 성장 중이었던 이 극예술은 바야흐로 성황을 맞이하고 있었다. 황실부터 귀족, 민간에 이르기까지 당시 중국인들의 경극 사랑은 대단했다. 송나라 때에 연극을 위한 전문 공연장이 생겨난 이래 원, 명, 청을 거치면서 중국에는 탄탄한 공연 인프라가 갖춰져 있었고, 경극은 과거의 형님 극예술들과 달리 극작가가 아닌 배우가 공연의 거의 모든 것을 지배하는, 공연에 최적화된 극예술이었다. 경극에 아쉬운 점이 있었다면 단 하나, 레퍼토리의 부족이었다. 경극이 이를 해결한 방법은 기존의 전통연극 시취의 레퍼토리를 경극으로 각색하는 것이었고, 그러다 보니 경극의 레퍼토리는 온통 고전적인 것들 일색이었다. 이 경극에 새로운 내용을 담는 것은 계몽자의 입장에서 보면 더없이 매력적인 일이었다. 한족 사대부들의 조직인 남사南社 출신의 젊은 선비 류야쯔柳亞子가 당시 천하게 여기던 연극 일에 뛰어들며 『이십세기대무대발간사二十世紀大舞臺發刊詞』에서 "연극계의 혁명군梨園革命軍"을 자처한 데에는 위와 같은 배경이 있었다.

국가적 위기를 계몽으로 대응하려던 이들이 기존의 극예술에만 시선을 준 것은 아니었다. 그들은 경극에 서양에서 온 새 문물을 담을 생각 외에, 아예 서양의 연극에도 관심을 가졌다. 량치차오梁啓超, 천두슈陳獨秀 등 19세기 말에서 20세기 초 사이, 중국을 근대라는 새 시대로 견인하려던 지성들의 눈에 비친 서양 연극은 말 그대로 신세계였다. 극장의 거대한 규모, 배우의 높은 사회적 지위, 실감나는 연출, 그리고 무엇보다도 불행한 결말로 마무리되는 비극 등은 모두 중국에 없거나, 중국과는 반대되는 것들이었다. 그렇지 않아도 연극을 통한 계몽을 모색하던 그들에게 서양 연극의 이러한 모습은 더없는 매력으로 다가왔다. 그들은 연극에 국가를 부흥시킬 힘이 있다고 믿었고, 그렇게 주장했다.

이러한 배경 속에 20세기를 맞이한 중국 연극에게는 두 가지 임무가 주어졌다. 하나는 경극에 새로운 내용을 담는 것, 다른 하나는 서양식 연극을 수용하는 것. 이 두 임무가 계몽, 나아가 구국이라는 대전제로 수렴됨은 물론이다. 연극을 여흥의 일부로만 여겨왔고, 그래서 배우를 매춘부나 거지와 다를 바 없는 천한 직업으로 여기던 당시 중국의 풍토에서 생각해보면 모두 만만치 않은, 아니, 솔직히 말해 과연 가능하기나 한 일인지 의심스러울 일이 임무로 주어졌다는 말이다.

메이란팡과 시장신희

경극에 새 소식과 문물을 담는 시도는 바로 실행되었다. 그런데 막상 시작하고 보니 경극의 공연 방식에서 수정해야 할 일들이 도미노처럼 연이어 나타났다. 새 소식을 다루려다 보니 옛 중국의 옷을 입어서는 곤란해 유행하는 옷, 심지어 서양식 복장마저 입어야 했고, 그런 옷을 입고서는 상징성 가득한 무용적인 몸짓이 거북해졌으며, 경극 고유의 노래 역시 불편해졌다. 그 장소가 어디인지를 설

메이란팡.

명하기 위해 배경그림布景을 걸기도 했다. 경극의 옷도 못 입고, 춤도 노래도 현저히 줄어들 수밖에 없었지만, 그런 불편함은 넘어서지 않으면 안 될 것이었다. 그런 시도는 옛 이야기를 다루는 레퍼토리에도 영향을 주어 그 시대에 맞는 복장 등을 추구하기 시작했다. 그렇게 해서 나타난 변형된 경극 혹은 새로운 극예술은 흔히 옷차림을 기준으로 새 시대의 옷을 입으면 '시장신희時裝新戱', 옛 중국의 옷을 입으면 '고장신희古裝新戱'라고 불렸다. 물론 옛 이야기를 다룬 고장신희보다는 시장신희가 더 많은 주목을 받았고, 대도시와 지식층을 중심으로 저변을 넓혀가기 시작했다.

청 왕조가 마지막 숨을 몰아쉬던 무렵, 경극이 많은 중국인들의 사랑을 받으며 호황을 누리고 새로이 시장신희가 탄생하던 그 무렵, 젊은 배우 메이란팡梅蘭芳(1894~1961)은 최고의 신인배우였다. 8세에 경극에 입문하고 11세 때부터 공연활동을 시작했던 메이란팡은 만 19세이던 1913년에는 이미 최고 수준의 유명 배우가 되어 있었다. 그리고 바로 그 무렵, 그는 자신의 평생의 예술에 엄청난 영향과 도움을 받게 될 인물 치루산齊如山(1875~1962)을 만나게 된다. 이미 유럽 유학을 통해 서양 연극에 대한 나름의 소양을 갖고 있던 치루산은 메이란팡의 공연을 보고 그에게 매료되었고, 그 뒤로부터 메이란팡과 그의 경극을 위해 살았다. 배우에게 주도권이 넘어와 있어 지식인·극작가가 귀했던 경극의 마당에서 그는 창작과 비평 모두를 아우를 수 있는, 대단히 소중한 인재였다. 한 번 더 강조하자면, 그런 인재가 최고의 젊은 배우 메이란팡의 둘도 없는 동료가 되었다는 말이다. 치루산은 메이란팡이 배우로서 가진 기량을 십분 발휘할 수 있도록 그에게 새로운 작품을 써주었고, 그의 예술인생에 방향을 제시해주었다.

당대 경극 최고의 유망주, 그리고 시대 변화에 대응하여 새로이 나타난 시장신희. 이 둘의 만남이 없었다면 그것이 더 이상한 일이었을 것이다. 메이란팡도 시장신희에 도전했고, 시장신희 〈삼실 한 가닥一縷麻〉의 공연(1915)은 그의 공연이 늘 그랬듯 성황을 이뤘다. 이 〈삼실 한 가닥〉은 여러모로 의미가 컸다. 치루산이 메이란팡에게 써준 첫 작품이었고(원작은 『소설월보』에 실렸던 바오톈샤오包天笑의 동명 소설. 치루산은 이 소설을 경극으로 각색함), 메이란팡의 생애에서 중요한 전환점 중 하나가 된 작품이기도 했다. 공연은 성황을 이뤘을 뿐 아니라 성취도 풍성했다. 일단 메이란팡의 뛰어난 기량에 힘입어 시장신희의 예술적 수준이 향상되었고, 무엇보다 계몽의 측면에서 놀라운 성과가 있었다. 부모끼리 맺은 자녀의 결혼 약속 때문에 그 자녀들이 끝내 모두 죽음에 이르게 되는 불행한 결말은 당시 사회에서 상당한 파급력을 가졌고, 실제로 극중 내용과 비슷한 혼사가 취소되는 일도 있었다고 한다. 훗날 5·4 신문화운동 시기에 중국의 전통연극 전체를 극단적으로 부정했던 평론가 푸쓰녠傅斯年 같은 이로부터도 호평을 받았다고 하니 당시의 호응이 특정 계층에 국한된 것이 아니었음을 짐작할 수 있다.

경극의 옛 옷이 아닌 서양식 옷을 입고 공연한 시장신희에 많은 관객이 열광했고, 나아가 자녀의 인생을 부모 마음대로 좌우할 수 있다는 오랜 고정관념에 균열을 만들어낸 사회적 계몽효과까지 거뒀다면, 이는 시장신희가 기획했던 거의 모든 것을 성취했다고 해도 과언이 아닐 일이었다. 그러나 놀랍게도 메이란팡은 이 작품 이후 시장신희를 놓아버렸고, 다시 경극으로 돌아가 경극으로 중국 최고를 넘어 세계적인 배우가 되었다. 이후 1920년대에 다시 한번 시장신희를 공연하기는 했지만 이를 마지막으로 다시는 시장신희를 공연하지 않았다. 〈삼실 한 가닥〉 이후 1919년의 일본 공연을 시작으로 다시 1956년 일본 공연으로 해외 공연을 마무리하기까지 한평생 유럽과 미주 대륙을 누비며 중국과 중국의 예술을 세계에 알리고 더없이 화려한 배우 인생을 살았음을 생각하면 그의 선택은 마땅히 존중받을 자격이 있는 것이었다. 그러나 시장신희 쪽의 입장에서 생각하면 아쉬운 일이 아닐 수 없었다. 메이란팡의 외면 때문이었는지 확인할 수는 없지만 시장신희의 생명력은 그다지 길지 못했다. 초창기 화극에 관한 논의에서 다시 언급하겠지만, 초창기 화극이 1914년의 절정기 이후 급속히 쇠락할 때 시장신희도 그에 휩쓸려 점차 그 세를 잃기 시작했고, 5·4 신문화운동에 의해 신극운동이 영점에서 다시 시작한 뒤에는 존재 의의를 완전히 상실하고

메이란팡의 세 번째 부인인 멍샤오 둥孟小冬과 메이란팡. 멍샤오둥은 여성배우가 남성 배역을 맡는 '생生'으로 유명한 배우였다.

말았다. 그 뒤로도 경극에 사실적인 연출을 도입하려는 시도는 계속되었지만, 그것은 시장신희라기보다 다른 시도였다고 해야 타당할 것이다.

　메이란팡이 이룬 업적은 너무나 거대하다. 경극을 세계에 알린 일 외에도 극예술적으로는 남성 배우가 여성 배역(중국 시취의 배역 체계에서의 명칭은 '단旦')을 연기함에 있어 경극의 기존 방식을 재해석하고, 창조해냈다. 후진 양성에 있어서도 직접 가르친 제자만 109명에 달해 소위 '메이파梅派'를 형성했을 정도였다. 중일전쟁 시기, 그가 살던 상하이가 일본군에 함락되었을 때에는 공연활동을 완전히 접고 칩거생활을 하여 친일·매국의 혐의로부터도 완전히 자유롭다(당시 일본의 요구에 응했던 작가, 예술가는 중국에도 많았다). 중화인민공화국 건국 이후에는 중국 경극원장 등을 역임했다.

루징뤄와 화극

중국의 시취는 독특하다. 음악이 극 전체를 지배하고, 노래뿐 아니라 대사도 때로 노래처럼 들린다. 배우들의 몸짓은 마치 무용 같은데 그 안에는 각종 상징들이 가득하다. 대개 사실적 재현을 목표로하지 않기 때문에 무대의 한쪽 면만을 관객에게 노출하는 액자무대는 거의 없고 3면을 노출하는 정방형의 돌출무대가 많다. 이런 연극 전통을 가진 중국에서 서양식 연극, 위에서 언급한 시취의 특징들과 거의 모든 면에서 반대되는 극예술을 수용한다는 것은 쉽지 않은 정도가 아니라 당시 중국인의 앎의 지평 저 너머의 일이었다. 그랬기 때문에 이 생전 처음 보는 극예술에 대한 오해는 피할 수 없었다. 연극을 비롯한 서양 문물은 수용해야겠는데, 정확히 알지 못하니 말이다. 처음 시작할 때 이 낯선 서양식 연극은 새로운 연극, 즉 신극新劇이라 불렸다. 그런데 신극이라고 이름 짓고 나니 새로운 연극은 다 신극으로 여겨졌고, 경극에서 진화한 시장신희도 신극에 포함되었다. 훗날 화극은 20세기 중국 연극사를 지배했지만 그 시작은 어지럽기만 했다.

신극이 중국에 처음 수용된 것은 19세기의 막바지였고, 첫 공연은 1907년에 중국 땅이 아닌 일본에서 이루어졌다. 그 주인공은 중국인 유학생들이 만든 예술단체 춘류사春柳社, 첫 공연작은 번역극 〈흑인노예의 절규黑奴籲天錄〉(원작은 스토H. B. Stowe의 *Uncle Tom'*

1907년 춘류사가 공연한 〈흑인노예의 절규〉. 루징뤄가 출연했다.

s Cabin)였으며, 이 공연의 출연자 중 한 사람이 바로 루징뤄陸鏡若
(1885~1915)였다. 이 공연에 참여했던 루징뤄와 그의 친구들은 중
국의 초창기 화극(당시에는 신극)을 견인하는 주력으로 성장한다. 루
징뤄는 일본 신파극 배우 후지사와 아사지로藤澤淺二郎가 운영하는
배우양성소에 다니며 신극 배우로서의 소양을 키웠고, 귀국 후에는
중국 국내의 자생적 신극 연극인들과 함께 공연했다. 그러면서 춘
류사의 연극 친구들이 하나하나 귀국함에 따라 신극동지회新劇同
志會를 만들어 창강 하류 지역 곳곳을 돌아다니며 순회공연에 나섰
고, 끝내 상하이 시내에 머우더리謀得利 소극장을 전용 극장으로 확
보함에 따라 소중히 아껴두었던 춘류의 옛 이름을 건 극단 춘류극
장春柳劇場을 이끌게 된다.

중국 국내의 자생적 신극은 초창기 화극임은 분명하지만 이 신생
극예술의 완성도는 아직 갈 길이 먼 상태였다. 자생적 신극 단체 중

가장 큰 임팩트를 남겼던 진화단進化團의 공연은 늘 어수선했고, 단장이면서 늘 주인공만 맡았던 런톈즈任天知만이 도드라졌다. 그 방법도 주인공이 주로 정치(대개 신해혁명)를 주제로 한 긴 대사를 맡는 식이었는데, 이것이 반복되다 보니 시취에 노래가 있다면 신극에는 연설이 있다는 오해마저 생겼을 정도였다. 이 진화단이 내부 불화와 단장의 신상 문제로 해단한 것이 1912년이었고, 이 해는 신극동지회가 활동을 시작했던 해이기도 했다. 진화단은 비록 장수하지는 못했지만 다수의 신극 연극인들을 배출했고, 이들 중 일부는 루징뤄의 무리에 합류하기도 했으며, 그렇지 않은 이들도 서로 좋은 경쟁관계를 이루며 신극의 생태계 영역을 확장했다. 이듬해인 1913년이 되자 신극은 창강 하류 지역을 중심으로 꽤 좋은 성장세를 보이고 있었다.

그러던 것이 1913년 하반기부터 각 지역 당국의 신극 공연 금지 조치에 따라 신극 극단들은 상대적으로 자유롭게 공연할 수 있는 상하이 시내로 모여들게 되었다. 신해혁명 후 중국을 통치했던 북양정부는 혁명이니 민주주의니 하는 것을 달갑게 여기지 않았다. 진화단은 신해혁명의 물결을 타고 신극을 크게 성장시켰지만, 그 인상이 너무 깊은 나머지 신극은 본의 아니게 혁명당의 이벤트로 오인되었고, 신해혁명의 파고가 낮아지자 지역적으로 위축되는 위기를 초래했던 것이다. 상하이 시내에 너무 많은 극단이 모여들자 그 양상은 속사정을 모르는 눈에는 마치 상하이에 신극의 붐이 일어난 것처럼 보였지만, 실은 극한 경쟁의 막이 올랐던 셈이었다. 각 극단들은 이전에는 무대에서 연설하며 관객을 가르치는 계몽자의 지위를 누렸지만 이제는 관객이라는 고객을 모셔야 하는 입장이 되고 말았다. 살아남기 위해 관객의 기호에 영합해야 했고, 또 계속해서 새로운 레퍼토리가 필요했다. 덜 익은 작품이 공연되기 시작했고, 심지어 완성된 대본도 없이 배우의 임기응변에 의존한 화술극이 난무했다. 신극을 감상한다는 것은 한때 계몽운동에 참여하는 고상한 일이었지만, 어느새 신극은 저질 연극의 대명사가 되어 있었다. 좁은 공간에 갇힌 신극의 붐은 역설적으로 곧 신극의 쇠퇴를 의미하는 것이었다.

이런 추세 속에서 춘류극장은 독보적이었다. 루징뤄와 그의 친구들은 '춘류'라는 이름에 큰 긍지를 갖고 있었고, 그 이름을 더럽히려 하지 않았다. 그들의 공연은 완성된 대본과 충분한 연습 아래 이루어져 언제나 높은 완성도를 자랑했고, 이는 당시의 평론가들이 잡지에 발표했던 많은 호평으로 확인된다. 그러나 일반 관객들은 자신들의 입맛에 맞춰주는 쪽을 더 많이 선택했다. 관객들은 춘류극장의 공연이 완성도 높다는 사실을 알면서도 더 상업적인 극단의 극장으로 발걸음을 옮겼고, 춘류극장은 줄곧 심각한 경영난 속에 운영되었으며, 그 경영난을 견뎌내는 고통은 내내 루징뤄의 몫이었다. 낮에는 번역으로, 밤에는 배우로 쉴 틈 없이 일하던 루징뤄는 1915년, 31세의 젊은 나이로 요절하고 말았고, 춘류극장도 간판을 내릴 수밖에 없었다.

춘류극장의 작품은 국내외 기성 작품의 번역 혹은 번안, 각색이 많았다. 그중에는 간혹 서양 작품도 있었지만 일본 신파극에서 골라온 작품이 많았다. 확인되는 레퍼토리 중 루징뤄의 〈가정은원기 家庭恩怨記〉는 유일한 창작극인 동시에, 춘류극장의 작품으로는 드물게 관객의 호응을 받았던 작품이기도 하다. 춘류극장이 주로 번

유학시절의 루징뤄.

역(번안)극을 공연했던 것은 먼저 서양식 연극을 수용해 자신들의
연극 전통과 결합하여 신파극을 탄생시킨 일본의 경험을 중국에 전
하려는 의도도 분명 있었겠지만, 중국 전통연극의 문법으로부터 완
전히 자유로운 신극 작품을 창작해내기가 그만큼 어렵기 때문이기
도 했을 것이다. 〈가정은원기〉는 그래서 더욱 각별하다. 한 가족을
중심으로 하나의 중심 갈등을 끝까지 밀고 나가되 그 과정에 우연
한 사건 없이 각 사건들의 앞뒤가 결말을 향해 착착 들어맞는다. 게
다가 중국의 연극전통에서 찾아보기 힘든, 당시 신극인들이 서양식
연극의 가장 중요한 특징 중 하나라고 여겼던, 죄 없는 인물의 불행
한 결말을 가진 비극이었다.

　역사에 가정처럼 무의미한 것이 없으니, 루징뤄가 건강하게 더
오래 살았다면, 당시 관객들이 춘류극장을 좀 더 사랑해주었다면
등의 상상은 해봤자 소용없는 일에 불과할 터이다. 그럼에도 상상
이 허락된다면, 20세기 초반의 중국 연극사는 크게 달랐을 것이 분
명하다. 초창기 화극의 쇠퇴 이후 5·4 시기의 화극은 후스胡適가 입
센을 소개하면서 시작되었지만, 루징뤄는 그에 앞서 1914년에 이

미 입센을 중국의 지면에 소개하고 있었고, 후스가 『결혼終身大事』
(1919년)을 발표하기에 앞서 이미 〈가정은원기〉를 공연하고 있었으
니 말이다. 〈가정은원기〉는 걸음마를 뗀 지 얼마 되지 않은 중국의
신극, 초창기 화극이 찾아낸 답이었고 길이었다. 다만 그 길을 계속
걸어가지 못했던 것이 아쉬운 역사로 남았을 뿐이다.

메이란팡과 루징뤄, 그들이 받은 명예와 훼손

다시 이야기의 출발점으로 돌아가서 생각해보자. 중국, 정확히 청
나라는 한계상황에 직면해 있었다. 다가오는 거대한 위기 앞에 기
존 패러다임 범위 내에서의 어떠한 대응도 무효했고, 새로운 패러
다임을 모색하지 않으면 안 되는 상황에 내몰리고 있었다. 그래서
찾아낸 답이 중국인을 변화시키는 것이었고, 그 방법으로 계몽이
채택되었다. 그리고 계몽의 도구로 문학과 함께 연극이 선택을 받
았다. 옛 이야기만 반복 재생하는 기존 연극으로는 계몽에 나설 수
없는 노릇이어서 기존 연극의 변화와 새로운 연극의 도입이 필요했
고, 중국 연극은 그때까지 경험한 바 없는 완전히 새로운 국면에 진
입해야 했다. 대단히 어려운 일이었지만, 그때의 중국 연극인들은
기존 연극으로부터 시장신희를 이끌어냈고, 새로운 연극으로 (당시
에는 신극이라 불렸던) 화극을 도입했다. 마침 청 왕조를 붕괴시킨 신
해혁명은 중국인에게 민주주의라는 새 길을 제시했고, 이는 연극을
포함한 계몽운동에 동력을 더해주었다. 시장신희 쪽에서는 경극의
젊은 유망주 메이란팡이, 화극 쪽에서는 춘류극장의 루징뤄가 기념

비적인 작품을 공연했다. 그런데 이대로 나아가면 거칠 것이 없을 것만 같았는데, 메이란팡은 시장신희에서 손을 떼고 경극으로 돌아갔고, 루징뤄가 요절하자 춘류극장은 해산되고 말았다. 그들의 뒤를 누군가 잘 이어가지도 못해 시장신희와 초창기 화극은 그대로 역사 속으로 묻히고 말았다.

이상한 일이다. 계획했던 모든 것이 드디어 실현되었는데, 꿈은 딱 거기까지였다. 그렇다면 그 뒤의 일은 어떻게 되었을까. 메이란팡이 시장신희에서 손을 떼고 루징뤄가 요절했던 1915년에서 2년이 흐른 1917년부터 시작되었던 5·4 신문화운동은 일체의 전통을 부정하고, 전통과 의도적이고 급격한 단절을 시도했다. 경극은 많은 중국인의 사랑을 받는 극예술이었지만, 적어도 현대 중국이 기술하는 연극사에 의하면, 화극에 근대적 연극의 모든 지분을 내어주고, 여전히 많은 이들이 즐기고 있었음에도 소수자의 예술이 되어버렸다. 심한 표현일지 모르지만 전통문화의 대표 아이콘이 B급 문화로 전락해버린 셈이었다. 연극 무대의 주류 지위를 독차지한 화극은 5·4 이후 차근차근 성장해 1930년대가 되자 차오위曹禺의 〈뇌우雷雨〉, 샤옌夏衍의 〈상하이의 처마 밑上海屋檐下〉 같은 명작을 배출하기 시작했다. 이후 중일전쟁과 국공내전까지 10년이 넘는 전쟁 끝에 중화인민공화국 건국에 이르러 중국은 적어도 정치적·군사적으로는 아편전쟁 이래 백 년 넘게 지속되어온 위기를 극복해냈다. 그런데 연극사는 이 중화인민공화국 건국 이후 다시 한번 크게 요동쳤다.

중일전쟁 시기부터 마오쩌둥은 서양에서 건너와 중국에 수용되어 중국의 '근대'를 독점하고 있던 신문화新文化에 대해 줄곧 뿌리

깊은 반감을 갖고 있었다. 그는 중국 민중이 좋아하는 형식에 사회주의의 내용을 담을 것을 문화예술계에 바랐고, 그가 정치권력의 정점에 서게 되자 그 바람은 강력한 요구가 되었다. 다시금 경극이 주류의 무대로 호출되었고, 화극에게는 경극을 비롯한 시취의 어떤 핵심적인 요소를 찾아내 수용할 것이 요구되었다. 경극 현대화와 화극 민족화가 시작된 것이었다. 경극은 시장신희 시절처럼 다시 새 옷을 입기 시작했다. 중국공산당의 군대였던 해방군의 군복을 입은 경극 배우는 무대 위에서 해방군의 전사들이 얼마나 용맹스럽게 싸웠고, 희생적으로 민중을 지켜냈는지를 연기했다. 반대로 화극은 중국 전통연극 시취처럼 배우의 몸짓에 상징을 담기 시작했다. 자기부정과 상호참조의 이 역설은 꽤 오래 지속되었다. 화극은 민족화극이라는 찬사를 받은 〈찻집茶館〉(1958)을 공연했고, 경극은 문화대혁명 기간 동안 중국의 모든 무대와 은막을 독점하다시피 했던 혁명모범극革命樣板戲을 낳았다. 이 강요된 역설은 마오쩌둥의 죽음(1976)과 함께 종료되었지만, 그 이후에도 그와 비슷한 모색이 자발적으로 진행되었다. 경극을 비롯한 시취의 각 극종劇種들은 사실적 연출을 통해 혁신을 모색했고, 화극은 '중국적인 그 무엇'을 담아내기 위해 실험을 마다하지 않았다. 1980년대 이후 중국 연극의 무대는 여전히 화극과 시취로 양분되어 있었고, 이른바 '클래식經典' 작품들이 끊임없이 공연되었지만 모색과 실험을 멈추지 않았다.

20세기 중국 연극의 흐름을 간단히 요약해놓고 다시 메이란팡과 루징뤄에 비추어 생각해보면 이후의 중국 연극은 이 둘을 존경하며 훼손했다는 결론에 이르게 된다. 중국 연극사상 메이란팡만큼 존경

받은 연극인은 없거나 매우 드물다. 그런 그는 시장신희를 놓아버린 이유로 "영웅이 무예 실력을 발휘할 여지가 없다英雄無用武之地"라고 말한 바 있다. 시장時裝, 즉 경극 본래의 복식이 아닌 사실적인 옷차림이 경극 고유의 노래 같은 대사와 무용 같은 몸짓을 제한하고, 이것이 경극 고유의 매력을 저하시키기 때문이라는 뜻이겠다. 그렇다면 해방군의 군복을 입고 해방군의 영웅적인 전투를 묘사하는 것은 메이란팡이 지키고자 했던 경극의 매력을 훼손하는 일이 아니면 무엇이란 말인가. 루징뤄의 경우도 마찬가지다. 루징뤄는 춘류극장의 공연이 철저하게 시취와 구별되는 것이 되도록 기획했다. 당시 신극과 구극(즉 화극과 시취)의 차이에 천착하던 평론가들이 춘류극장을 극찬했던 이유 중 하나는 오직 그들만이 신극다운 신극을 공연한다는 것이었다. 그런데 화극의 민족화라니. 이 역시 루징뤄의 지향을 훼손하는 일에 다름 아니었다. 이 두 사람은 각자 자신의 영역에서 새 시대를 향해 의미 있는 한 걸음을 아주 잘 내딛었고, 이에 대해 존경과 찬사를 받았지만, 그 발자국은 훼손되고 말았다.

다시 메이란팡과 루징뤄를 생각하며

3차원의 시공간을 벗어나지 못하는 인간은 미래를 알지 못한 채 끊임없이 미래를 현재로 받아들여야 한다. 백 년쯤 전의 중국 연극인들도 그랬다. 국가 존망의 위기 속에 계몽이라는 절박한 사명을 부여받은 그들은 어떻게든 새로운 극예술의 집을 짓고 그 안에 계몽의 메시지를 담아야만 했다. 이는 타협의 여지가 별로 없는, 살아남느냐 사라지느냐의 관건이 걸린 일인 동시에, 한 번도 해본 적 없는 일이기도 했다. 많은 연극인들이 이 사명을 완수하기 위해 나섰고, 그중 메이란팡과 루징뤄, 그리고 이 글에서 다루지 않은 몇몇 사람은 상당히 잘 해냈다. 그래서 존경받았고, 끝내 훼손당했다.

만약 메이란팡이 시장신희를 계속해서 밀고 나갔다면 어땠을까. 훗날 경극의 운명이 어차피 해방군의 군복을 입어야 하는 것이었다면, 시장신희를 놓지 않는 것이 역사의 흐름을 정확히 내다본 선택이 아니었을까. 반대로 루징뤄가 적당히 현실의 관객들이 가진 한계와 취향을 고려해 타협했다면 어땠을까. 관객이 좋아하는 시취의 몇몇 요소들을 수용했다면 어땠을까. 그렇게 해서라도 살아남았다면 5·4 신문화운동을 맞이하여 더 화려하게 화극의 꽃을 피울 수 있지 않았을까. 비록 실제로는 아무 소용없는 상상이지만, 이런 상상들은 인간과 시대에 대한 겸손한 깨달음을 준다. 누구보다도 탁월했던 이 예술가들의 성취와 그들이 선택했던 길이 그들에게 가져다준 것과 빼앗아간 것, 그리고 그 뒤의 역사까지 생각하면 인간이 아무리 어려워 보이는 도전이라도 훌륭하게 해낼 수 있는 위대한 존재임과, 동시에 미래를 내다볼 수 없어 3차원 시공간에 완전히 갇힌 채로 힘든 선택을 하고 결국은 끝내 실패하는 존재임을 모두 깨닫게 해준다.

메이란팡과 루징뤄에게 공통점이 있다면 그것은 고집이었다. 경극의 고유함, 화극의 고유함을 둘은 하나같이 양보 없이 고집했다. 그 시절의 중국인 못지않은 위기 속에 살아가고 있는 지금의 사람들에게 그들의 고집과 선택, 생애가 지혜를 줄 수 있기를 바란다면 졸필로서 과분한 욕심이겠다. 부디 위로라도 될 수 있기 바라며 글을 맺는다.

———— • ————

【실제 작품의 예】

〈가정은원기〉 중에서

아래는 〈가정은원기〉 중 제2막의 끝부분으로 왕바이량王伯良의 첩 샤오타오홍小桃紅이 집에 와서 왕바이량의 아들 왕중선王重申, 민며느리 메이셴梅仙 및 하인들과 처음 만나는 장면이다. 아내와 어머니를 잃은 왕바이량과 왕중선 등의 이 가정은 왕바이량의 재산을 노린 샤오타오홍의 간계로 인해 붕괴된다. 각 인물들의 성격과 감정 등이 직접적인 해설의 방식이 아니라 대사와 지문을 통해 잘 표현되어 있어 루징뤄의 화극이 도달해낸 완성도의 높이를 보여주고 있다.

(전략)

왕성 나리께 아룁니다. 마님께서 오셨습니다.

왕리가 옷상자를 들고 등장한다.

왕바이량 그래, 안으로 모셔라. 아, 중선, 메이셴! 너희 둘도 이리
와라. 새어머니께 인사드려야지.

왕바이량이 일어나 맞이하기 위해 나가려는데 타오훙이 벌써 들어
온다. 아차오가 그 뒤를 따라 화장품 상자를 들고 등장한다.

왕바이량 어이쿠, 부인, 내가 나가서 마중하려고 했는데, 벌써 왔
군! (타오훙은 왕바이량에게 살짝 눈을 흘긴다. 가족들이 대문에 나와 맞이하
지 않아 불만에 차 있다.)
샤오타오훙 마중이라니, 제가 뭐 그런 자격이나 되나요?
왕바이량 아 이런! 부인 화내지 마시오. 나도 이제 막 집에 도착해
서 의자에 엉덩이도 못 붙여봤소. 가마꾼들 발걸음이 생각보다 정
말 빠르군. 자, 자, 앉으시오. 오느라 피곤할 텐데. 중선, 메이셴! 너
희 둘 어서 와서 새어머니께 인사드려라.

타오훙이 이미 불쾌한 내색을 하며 멋대로 행동하는 모습에 중선과
메이셴은 당황스러워한다. 그런데 갑자기 왕바이량이 인사를 하라
고 하자 둘은 더욱 긴장한다. 도저히 인사 올릴 분위기가 아니라고
느끼지만 그런 말을 할 수도 없어 서로 마주 보기만 하며 망설인다.

왕바이량 (다시 재촉한다.) 이런! 지금 뭐 하고 있는 거야? 중선아!
메이셴은 여자아이라 부끄러워한다 치더라도 넌 남자 아니냐! 좀

적극적이어야지. 자, 네가 먼저 새어머니께 인사 올려라!

샤오타오훙 인사는 무슨 인사? 됐어요. 가정교육이 아주 훌륭하군요.

중선은 메이셴에게 오늘 분위기를 보아 제대로 인사하지 않을 방법이 없으니 어서 인사하자는 뜻으로 입을 비죽거려 신호를 보낸다.

왕바이량 별일 아니오. 시골 아이들이다 보니 처음 보는 사람 앞에서 낯을 가리는 게지. (중선과 메이셴을 돌아보며) 뭣들 하니? 어서 새어머니께 인사드리지 못하겠니? 새어머니 화내신다!

유모, 왕성, 왕리 등장. 옆에 서 있다가 왕바이량이 슬슬 화내기 시작하는 것을 보자 중선과 메이셴으로 하여금 타오훙에게 몸을 굽혀 인사하도록 하고 물러간다.

샤오타오훙 (차갑게 웃으며) 참 나, 흥!

왕바이량 어, …중선아, 메이셴, 너희들 이게 무슨 짓이냐? 어서 제대로 인사드리지 못하겠니? 자, 자, 어서 새어머니께 큰절해라!

중선과 메이셴은 더 이상 어쩔 수 없어 내키지 않는 모습으로 엎드려 절한다.

왕중선, 메이셴 새어머니 안녕하세요? (입으로 말은 하고 있지만 둘 다 돌아가신 친어머니 생각이 간절한 나머지 두 눈을 붉히다가 눈물을 떨어뜨린다. 급히 눈물을 닦는다.)

샤오타오훙　새어머니라니, 과분하네!

왕바이량　이런, 당신이 내 첩이 되었는데, 새어머니 소리 듣는 일이 뭐 과분하다고 그러오? 자자, 다들 이리 와서 새 마님께 인사 올려라!

유모, 왕성, 왕리가 모두 절한다.

샤오타오훙　(아차오에게) 아차오, 너도 도련님과 아가씨께 인사 올려야지.

아차오　예, 마님. (중선과 메이셴에게) 도련님과 아가씨께 인사 올립니다.

샤오타오훙　(손가방에서 지폐 뭉치를 꺼내) 아차오, 네가 좀 갖다 주렴. 여기 50원은 저 두 아이들 절값이고, 나머지는 저 사람들 몫이야.

왕바이량　모두들 와서 새어머니, 새 마님께 감사 인사드려야지. 중선, 메이셴, 여기 절값이란다. 어서 받아라.

모두들 감사 인사를 한다.

샤오타오훙　약소해요. 뭘 감사까지야.

왕바이량　왕성, 마님 짐을 저 안방으로 옮기거라.

왕성, 왕리　예. 안방 어디다 둘까요?

왕바이량　옛 마님 쓰시던 자리에 둬야지. 자, 이리 오시오. (타오훙의 손을 잡아 이끌며 퇴장)

왕성, 왕리 예, 알겠습니다.

유모 저도 옮기죠.

왕성, 왕리 유모, 고맙네. 하지만 우리 둘이면 됐어. 유모까지 돕지 않아도 되네.

상자를 들고 안으로 들어간다.

유모 도련님, 아가씨, 앞으로 두 분 다 특별히 조심하셔야겠어요. 제가 보기엔 새 마님이라는 분, 보통내기가 아닌 것 같아요. 보세요. 나리도 벌써 쩔쩔매잖아요.

왕중선, 메이셴 누가 아니래. (둘, 동시에 왼쪽 문을 바라본다.) 누가 아니라고 하겠어. 첫날부터 이 정도면, 우리 모두 정말 조심해야겠어. 정말 만만치 않은 분인 것 같아.

막이 내린다.

함락된 도시 상하이,
그리고 통속의 세계

친서우어우의
『추하이탕』

———

남희정

도시 상하이를 상상하며

인공지능 운영체제와 사랑에 빠지는 한 남자의 이야기를 그리고 있는 영화 〈그녀Her〉(2014)는 첨단을 살아가고 있는 도시인이 느끼는 관계와 소통의 갈증을 미래적 공간 설정과는 상반되는 감성적 무드로 포착해내면서 평단과 관객들의 호평을 이끌어냈다. 물론 여기에서 영화적 감성에 대해 장황하게 이야기하려는 것은 아니다. 눈길을 끄는 것은 영화에 사용된 일련의 공간적 이미지로, 빽빽하게 들어선 고층빌딩과 기하학적 구조물, 불빛들로 출렁이는 어슴푸레한 야경은 영화의 배경이 되는 미래도시를 담아내는 데에 손색이 없다. 재미있는 사실은 바로 이러한 배경들이 중국 상하이의 푸둥 지구에서 촬영되었다는 점이다. 푸둥 지구는 1990년대 이래 집중적으로 개발되면서 현재는 영화에서도 그려지듯 기술과 첨단의 메카로 자리잡았다.

상하이라는 도시 공간이 지니는 이 현대적이고 세련된 이미지는 비단 푸둥 지역에 국한된 것만이 아니다. 황푸강의 서쪽에 자리한

마쉬웨이방馬徐維邦이 감독한 1943년 작 영화〈추하이탕〉의 스틸 컷.

와이탄은 강변을 따라 유럽식 건축물이 줄지어 자리잡고 있어 마치 유럽에 온 듯한 착각을 불러일으킨다. 와이탄 뒤쪽 옛 조계지들 역시 도시계획에 따라 상업지구로 특화되면서 서양식 고급 레스토랑과 바, 카페, 갤러리들이 거리를 장식하고 있다. 상하이를 찾는 많은 관광객들을 사로잡는 것은 단연 이와 같은 현대적이고도 이국적인 도시 경관일 것이다. 베이징이 역사와 전통을 지닌 고도古都로서 중국의 굳건한 이미지를 담당하고 있다면, 상하이는 그야말로 중국의 '모던'한 일면을 보여주고 있는 것이다. 상하이라는 신도시 건설의 성공은 이러한 측면에서 현대 중국이 내보이는 자신감의 상징이기도 하다. 이와 같은 화려하고 현대적인 도시 경관을 마주하고 있노라면, 이 도시 곳곳에 제국주의적 침략의 역사가 서려 있다는 사실은 종종 잊어버리고 만다. 성장과 발전의 전형으로서의 국제 대도시 이미지를 부단히 강조하는 것은 한편으로 그 굴종의 역사를 대중의 기억 속에서 지워버리고자 하는 전략적 수사이기도 한 것은 아닐까?

'모던'의 표상으로서의 도시 상하이는 사실상 1930년대에 이미 명실상부한 문화적 중심지로서 황금기를 구가하였다. 상하이가 문화적 중심지로서 확고한 자리매김을 하는 데에는 동부 연안에 위치함으로써 인접 지역과 교류에 용이하다는 지리적 이점과 그로 인해 형성된 특유의 개방성이 기본적인 토대가 되었지만, 무엇보다 개항 이후 급속히 진행된 근대화 과정이 큰 영향을 미쳤다. 1842년 아편전쟁에서 패배한 이후 사실상 불평등조약이었던 난징조약이 체결되면서, 1843년 상하이는 전면적으로 개항되었다. 뒤이어 영국과 미국, 프랑스 등이 상하이에 조계를 설정하여 자치권을 행사하였는데, 이로써 상하이에는 조계를 중심으로 한 특수한 시정관리 제도가 생겨났다. 이와 더불어 물자수송과 무역에 필요한 도시 제반시설이 확충되고, 외국 자본이 들어서면서 해외 금융기관들도 속속 상하이에 자리를 잡았다. 상하이는 이때부터 상업과 무역, 금융의 중심지로서 본격적으로 외형을 갖추어나가기 시작하는 한편, 동·서, 그리고 전통과 현대가 뒤섞인 독특한 문화와 심리구조가 형성되었다.

이처럼 근대화된 상하이는 그 새로운 면모로 말미암아 다양한 문화적 실험이 가능한 전초기지가 되기도 하였다. 1930년대에 이르러 대형 출판사와 인쇄소들이 상하이에 둥지를 틀면서 다양한 지식인들이 모여들었고, 이에 따라 문화·예술계도 활기를 띠었다. 당시 매우 실험적으로 보였던 모더니즘 사조가 상하이에서 시작된 것 역시 이러한 문화구조의 측면에서 본다면 매우 자연스러운 결과였을

지도 모른다. 그러나 한편, 모더니즘을 비롯해 유미주의, 퇴폐주의와 같은 새로운 문화사조에 대한 비판의 목소리 역시 적지 않았다. 상하이에서 활동하던 작가들이 좌익 지식인들에 의해 폄훼의 뉘앙스를 띤 '해파'로 통칭되던 것은 이를 잘 보여준다. 무엇보다 구국救國, 계몽, 혁명과 같은 거대담론이 항상 주류담론의 자리를 차지하던 중국 문화계에서 상하이의 모더니스트들이 보여주는 것들은 민족적인 사명을 방기하는 것으로 보였으리라. 사실상 작가들뿐만 아니라 일반 대중에게서도 새로운 문화적 체험은 매우 모호하고 복잡한 심리구조를 띠고 있었다. 서구 지배세력에 대한 반감과 새로이 받아들인 서구 문화에 대한 호기심 사이에서 양자는 복잡하게 뒤얽혀 있을 수밖에 없었던 것이다.

상하이, '모던'의 외피를 벗고 '통속'을 입다

문화 중심지로서 도시 상하이는 1937년 일본에 의해 발발한 중일전쟁으로 인하여 타격을 입기 시작한다. 이를 기점으로 상하이는 조계를 제외한 지역이 일본에 점령되어 이른바 '고도孤島' 시기로 접어드는데, 일본의 권력이 미치지 않는 조계는 오히려 일본의 포위망을 벗어난 전략적 요충지로서 기능할 수 있었다. 조계 지역은 정치적 중립성과 함께 일정 정도 자유가 보장되었기에, 상하이의 도시문화도 일부분 유지될 수 있었다. 그러나 이마저도 1941년 전화가 태평양전쟁으로 확대되면서 불가능하게 되었다. 조계지역마저 일본에 의해 점령되면서, 상하이는 일본의 전면적인 통치 아래

놓이게 된 것이다. 상하이를 완전히 점령하게 되면서 일본이 일차적으로 제재를 가한 것은 무엇보다 문화 방면이었다. 상하이에 있던 출판사와 인쇄소들은 줄줄이 문을 닫아야 했고, 일본에 불리한 입장을 취하는 언론이나 문장들은 일제히 탄압을 받아야 했다. 주요 기관의 인사들이 친일 인사로 바뀌는가 하면, 조금의 혐의라도 발견될 시에는 당장 블랙리스트에 오르며 불이익을 받기 일쑤였다. 이러한 환경에서 기존 작가와 지식인들은 대거 상하이를 떠났고, 남아 있다 하더라도 창작이나 언론활동을 하는 데에는 무리가 따를 수밖에 없었다. 상하이의 문화계가 일순간 침체로 빠져드는 것은 피할 수 없는 국면이었다.

이러한 폐쇄적 정국이 수습되기 시작한 것은 이듬해부터였다. 대신에 상하이의 문화계는 상업화와 통속화라는 우회로를 거쳐야 했다. 1942년부터 1944년 사이에는 각종 간행물이 우후죽순 쏟아져 나왔는데, 대부분 정치적 성격을 띠지 않은 종합지를 표방하였다. 사실상 전쟁이라는 특수한 환경 아래에서 경제적 문제는 무엇보다 중요한 것이기도 했기에, 출판 관계자나 투고자의 입장에서도 생계 문제를 해결하기 위해서는 위험을 감수하기보다 상업적이고 통속적인 편에 서는 것이 나았다. 독자들 역시 장기전으로 접어든 전쟁에 대한 피로도가 이미 쌓일 대로 쌓여 있었기에 이를 해소할 정신적인 위안처가 필요했다.

당시 연극이나 영화가 누린 높은 수요와 호황은 이를 단적으로 보여주고 있는 것이기도 하다. 1940년대를 풍미한 여성작가 장아이링張愛玲이 등장과 함께 주목받으며 그녀에 관한 사생활이 상하이 전역에 스캔들처럼 번져나갔던 것 역시 이러한 문화적 풍토와 무관하지 않다. 이와 같은 경향 아래 문단에서는 통속소설들이 대거 등장하였다. 1930년대가 댄디들이 삼삼오오 카페에 모여 커피를 홀짝이고 댄스홀을 드나들며 도시를 감각적으로 향유하는 이미지가 강했다면, 1940년대는 생활밀착형이라고나 할까. 소설들은 대부분 현실에서 일어나는 일상적이고 사소한 이야기들을 소재로 삼았고, 이를 통해 독자들의 공감을 이끌어내고자 하였다.

두드러지는 상업화와 통속화의 특징은 문학사적 평가에 있어서 1940년대 상하이 문학이 고전을 면치 못한 주된 이유가 되기도 했다. '항전'이라는 급박한 시대적 과제에 직면하여 문학으로 항일운동을 선전한 작품이나 항전 현실을 고발하는 작품들이 우선적으로 중요하게 평가받는 것은 당연한 순리와도 같았고, 상하이는 일본에 점령되어 문학이 침체되고 말았다는 간단한 서술로 대체되었다. 상하이에 남아 있던 작가들에 대해서도 '한간漢奸'이라는 정치적 낙인이 찍히는 경우가 많았으며(물론 여기에 대해서는 정확한 사실관계의 증명이 더욱 필요하다), 이에 따라 작가와 작품에 대한 평가 역시 크게 위축될 수밖에 없었다. 이는 신문학 전통 속에서 통속문학이 줄곧 부차적인 지위에 머물러 있었던 것과도 맥을 같이하고 있다. 기존의 문학사적 서술은 순문학을 통속문학과 구별지음으로써 전자에 정통성을 부여해왔다. 이러한 경직된 학술계에 대하여 첸리췬錢理群이나 판보췬范伯群, 쿵칭둥孔慶東 등의 학자들이 지속적으로 의문을 제기하며, 통속문학 속에서 적극적인 의미를 발굴하고자 부단히 시도하고 있는 것은 매우 고무적이라고 할 수 있다. 통속의 문제를 단순히 아雅와 속俗, 혹은 고급과 저급을 나누는 경계가 아닌 정치적 상황과 시대적 요구에 대한 하나의 문화적 반응이라는 측면에서 살펴본다면, 이 또한 삶의 다양한 형태를 이야기하는 하나의 형식으로 볼 수 있지 않을까?

대중문화 키워드로서의 『추하이탕』

함락된 도시 상하이에서 다시금 생존할 기회를 얻은 셈이었던 통속문학은 일시에 상하이 문단의 주류가 되었다. 그 가운데에서도 남녀 간의 사랑이야기를 중점적으로 다루는 언정言情 소설이 수적으로 가장 많았는데, 사랑이야기라는 것이 동서고금을 막론하고 늘 대중적 사랑을 받아왔음은 두말할 필요가 없을 것이다. 문제는 통속소설이라는 형식에 태생적으로 존재하는 오락적 기능에 대한 인식이다. 통속, 대중, 오락과 같은 요소들은 서로 비슷한 관련성 속에서 우리 삶과 가장 친숙함에도 불구하고 어딘지 모르게 평가 절하되고 소위 '고급' 문화에 비해 뒤떨어지는 것으로 인식되고 있는 듯하다. 대중이 무엇인가를 폭넓게 향유한다는 것은 당대의 소비욕구와 문화심리를 엿볼 수 있는 단초가 되기도 하며, 그것에 어떤 가치를 부여할 것인가의 문제에 있어서 단순히 통속적이라서, 대중적이라서, 혹은 오락적이라서 외면할 일은 아닐 터이다. 통속적인 틀 속에서도 대중적인 기호를 충족시키면서 사회적인 의미를 찾을 수 있다면 말이다.

물론 당시 상하이는 수십 종의 간행물들이 앞 다투어 경쟁하고 있는 상황이었고, 이 때문에 문학적인 의미를 찾을 수 있는 작품이 아닌 보다 원색적이고, 노골적인 흥미 위주의 읽을거리도 적지 않았다. 그 가운데 지나친 취미주의에 빠지지 않으면서도 현실적 의의를 반영한 작품으로 친서우어우우秦瘦鷗의『추하이탕秋海棠』을 들 수 있겠다.『추하이탕』은 발표와 함께 큰 성공을 거두며 베스트셀러로 등극했지만, 오늘날 문학사에서 작가로서의 그의 이름을 찾기란 쉽지 않다. 그만큼 상하이 문학에 대한 인식이 여전히 주변적 지위에 머물러 있음을 말해주는 것이리라.

친서우어우의 본명은 친하오秦浩로, 상과대학 졸업 후 철도국에서 회계직에 종사하였으나, 평소 문학을 애호한 터라 곧 직업을 전향하여『시사신보時事新報』의 수습기자로 활동하였다. 그가 처음으로 소설 창작을 한 것도 이 시기로, 21세 당시 그는『시사신보』의 부간『청광靑光』에 소설『죄악의 파도孽海濤』를 발표하였지만, 문단에서 크게 주목받지는 못하였다. 그가 본격적으로 문단에 이름을 알리게 된 것은 작가와 편집인으로서 명망 있던 저우서우쥐안周瘦鵑의 도움이 컸다. 당시 저우서우쥐안은 상하이에서 가장 영향력이 컸던 신문이라 할 수 있는『신보申報』에서 문예부간『춘추春秋』의 주편을 맡고 있었다. 친서우어우는 그의 추천으로 1934년 더링德齡의『어향표묘록禦香縹緲錄』을 번역,『춘추』에 연재하여 호응을 얻었다.『어향표묘록』은 서태후를 모시던 8명의 여관女官 중 한 명이었던 더링이 청말 궁정에서의 생활을 영문으로 기술한 것으로, 이는 독자들의 호기심을 불러일으키기 충분한 소재거리임이 분명했다.

번역으로 명성을 쌓아가던 친서우어우에게 작가로서 다시금 발돋움할 기회를 마련해준 것 역시 저우서우쥐안이었다. 신진작가 발굴을 위해 낸 현상공모에서 좀처럼 괜찮은 작품을 찾지 못한 저우서우쥐안이 그에게 원고를 내볼 것을 권유한 것이 계기가 되어, 1941년 1월 6일에서 1942년 2월 13일까지『춘추』에『추하이탕』을 연재하게 된 것이다. 소설은 뜻밖에 놀라운 성공을 거두어, 이듬해 7월 금성도서공사金城圖書公司에서 출간한 단행본은 3년 사이 7판이나 인쇄되었다. 차차 이야기하겠지만 소설은 주인공이 죽음을 맞이하는 비극적 결말로 끝이 나는데, 이에 독자들의 항의가 빗발쳤다. 주인공을 살리고 온 가족이 다시 만나는 행복한 결말로 끝을 맺어달라는 것이었다. 원작자인 친서우어우의 요지부동에 결국 저우서우쥐안이 주인공을 극적으로 되살려 속편 격인『신추하이탕新秋海棠』을 창작하여 발표하기도 하였으니, 당시『추하이탕』에 대한 대중 독자들의 반응이 상당했음을 알 수 있다. 친서우어우 본인 역시 소설에 대한 아쉬움이 남지 않는 것은 아니었다.『추하이탕』을 발표한 지 40여 년이 흐른 후에야 그는 추하이탕의 죽음 이후 딸 메이바오梅寶가 겪는 일련의 생사고락을『메이바오』라는 제목으로 발표하였고, 이는『추하이탕』과 함께 '이원세가梨園世家(희극계 집안이라는 뜻)' 시리즈로 불렸다.

소설의 성공은 여기에서 그치지 않았다. 소설은 친서우어우와 구중이顧仲彝가 공동으로 각색, 페이무費穆와 황쥐린黃佐臨의 연출 아래 상하이 칼튼극장卡爾登大戲院에서 연극話劇으로 올려졌다. 연극〈추하이탕〉은 1942년 12월에서 1943년 5월까지 장장 4개월이 넘는 기간 동안 200회 이상의 공연과 18만 명이라는 관객동원으로 상하이 최고의 히트작이 되었다. 1943년에는 영화로도 각색(마쉬웨이방馬徐維邦 감독, 루위쿤呂玉堃·리리화李麗華 주연)되어 상하이의 다광밍, 난징, 다상하이大上海 등 세 곳의 극장에서 동시 상영, 이듬해

1942년 칼튼극장의 연극 〈추하이탕〉의 신문 광고.

1월까지 총 100여 회가 넘게 상영되었다. 이와 같은 인기는 호극滬劇과 월극越劇 등의 지방극으로도 이어졌다.

당시 광고란에는 다음과 같은 광고 문구도 등장했다. "추하이탕의 향긋한 담배 맛, 뤄샹치의 아름다운 자태秋海棠煙味芬芳, 羅湘綺旖旎風光"(邵迎建, 2005). 이는 『추하이탕』 속 주인공들의 이름을 딴 담배와 라이터를 홍보하는 광고 문구로, 요즘말로 하면 '추하이탕 굿즈'가 출시된 셈이라고 할까. 물론 『추하이탕』이 이렇게 지속적으로 인기가도를 달릴 수 있었던 것은 연극 및 영화로의 각색과 이에 대한 관객들의 호응에 힘입은 바가 크다. 무대공연이나 영상매체의 특성상 소설보다는 시각적인 효과와 체감도가 높을 수밖에 없기 때문이다. 특히 영화와 드라마로의 각색은 전쟁 시기뿐만 아니라 중화인민공화국이 성립한 이후에도 여러 차례 이루어졌고, 홍콩 영화계를 풍미했던 청춘스타이자 국내에서도 여느 아이돌 못지않은 팬

덤을 자랑하는 장궈룽張國榮이 생전 추하이탕 역을 맡고 싶어했다는 풍문도 전해지니 『추하이탕』의 인기는 전쟁 시기 상하이에 국한된 것만은 아니었던 것으로 짐작된다. 기록에 의하면 우리나라에서도 1951년 상록극회에 의해 〈명우 추해당〉이라는 제목으로 무대에 올려진 바 있다. 원작 소설의 각색과 관련된 문제는 또 다른 지면을 필요로 하므로, 여기에서는 다양한 매체로의 전이가 가능할 수 있었던 원작이 지닌 함의에 대해서 좀 더 이야기해보고자 한다.

소설 『추하이탕』을 둘러싼 사회문화적 의미망

소설 『추하이탕』은 경극배우인 추하이탕과 군벌 위안바오판袁寶藩, 위안바오판의 첩 뤄샹치羅湘綺 이 세 사람의 삼각구도에서 이야기가 시작된다. 대략적인 줄거리는 크게 전반과 후반으로 나뉘는데, 전반부의 내용은 이 세 사람의 관계에 집중된다. 경극에서 여자 역할을 하는 배우인 추하이탕은 군벌에게 속아 어쩔 수 없이 그의 세 번째 첩으로 들어간 뤄샹치와 우연한 기회에 알게 된 후 서로 동병상련을 느끼고 사랑에 빠지게 된다. 그러던 중 둘의 관계가 위안바오판에게 발각되고, 추하이탕은 얼굴에 심한 상처를 입어 더 이상 경극배우로 활동할 수 없게 된다. 뒤이어 후반부에서는 경극계를 떠난 추하이탕이 고향 시골로 내려가 뤄샹치 사이에서 낳은 딸 메이바오를 힘겹게 키워내는 생활사에 집중된다. 예인藝人-군벌-첩이라는 이 구도는 이전 통속소설에서도 흔히 차용되는 매우 흔한 소재였다. 『추하이탕』이 당시 큰 흥행몰이를 한 것은 물론 이와 같은 통속적인 소재와 함께 추하이탕을 둘러싼 굴곡진 사랑과 애끓는 부정父情이라는 절절한 플롯이 독자들의 가슴에 깊게 와 닿은 것이기도 했다. 그러나 『추하이탕』에서 강조되는 것은 이 삼각구도 속에서 벌어지는 애정서사 자체보다는 그 배후에 놓인 환경적 요소와 고난 속에서도 끈질기게 삶을 이어나가는 후반부에 있다고 할 수 있다. 이러한 서사 배치와 플롯의 짜임은 작가의 창작의도가 반영된 것으로, 소설은 구상에서 창작으로 이어지기까지 일련의 수정과 변형을 거쳤다.

친서우어우가 최초에 소설을 구상하게 된 것은 1927년에 일어난 한 사건에서 영감을 받은 것이었다. 사건의 전모를 간단히 살펴보면 다음과 같다. 상하이 경극계의 신예이던 류한천劉漢臣은 형제나 다름없는 동료 가오싼쿠이高三奎와 함께 공연을 위해 톈진天津에 머물게 된다. 당시 톈진에 살고 있던 군벌 추위푸褚玉璞의 첩 샤오칭小靑이 공연을 보러왔다가 우연찮게 이들과 직접 만나게 되는데, 그 과정에서 몇몇 오해할 만한 일들이 호사가들의 입을 통해 부풀려진다. 류한천과 가오싼쿠이는 이미 톈진 공연을 끝내고 베이징으로 공연을 떠난 상태였지만, 류한천과 샤오칭의 관계에 대한 뜬소문이 추위푸의 귀에 들어가고 만다. 이에 분노한 추위푸는 공연을 핑계 삼아 적화를 선전한다는 명목으로 류한천과 가오싼쿠이를 함께 잡아들였다. 추위푸는 이들을 죽일 생각까지는 없었지만, 공공연하게 소문이 퍼질 대로 퍼졌다는 사실을 알게 된 후 굴욕감과 분노에 이들을 총살시키고 말았다. 당시 추위푸가 베이징과 톈진일대에서 권력을 잡고 있던 터라 언론사들은 이 사건을 보도하기를 꺼렸으나, 그의 실권 이후 상하이와 베이징의 언론을 통해 속사정이 만천하에 알려졌고, 이들의 억울한 죽음이 재조명되었다.

친서우어우는 이 보도를 접하고 경극배우에 대한 이야기를 통해 예인들이 겪는 삶의 부침 및 군벌들이 자행하는 폭압과 죄상을 폭로하고자 소설을 구상하였다. 일찍이 어렸을 때부터 부친을 따라 경극 공연을 자주 봐왔었고, 기자 시절 경극계를 취재했던 경험도 있었기에 이를 바탕으로 소설 속에 현실을 반영하고자 하였던 것이다. 그러나 이후 전쟁이 발발하자 시국은 새로운 국면으로 접어들었다. 일본에 의해 반半식민지 상태에 놓인 상하이에서 친서우어우는 이 급변한 정국을 반영할 새로운 주제의식이 필요함을 인식하였다. 1944년 구이린桂林판에 덧붙인 작가 후기「『추하이탕』을 옮겨오며『秋海棠』的移植」에서 그 일면을 엿볼 수 있다.

민국 30년 2월『신보』에 발표하면서부터 환경 속에서 깨달은 바가 있었으니, 어찌되었든 이 '장편창작'을 시대와 너무 동떨어지게 만들면 안 된다는 것이었다. 이에 따라 원래의 주제 이외에 특별히 피점령지 동포들을 위로하고 격려하기 위한 의미를 넣기로 하였다. 그것은『추하이탕』을 전체 중화민족의 성격—불굴의 강인함—을 나타내는 그림자로 그려내는 것이다.

- 「『추하이탕』을 옮겨오며」

그러나 일본의 통제와 검열이 불가피한 상황에서 당시의 시대적 현실을 소설에 적나라하게 반영하기란 불가능했다. 통속의 형식은 직접적으로 일본을 지칭하지 않으면서 우회적으로 이 같은 현실을 담아내는 데에 확실히 효과적인 수단이었다. 한 경극배우의 이루어질 수 없는 사랑과 다사다난한 인생사라니!『추하이탕』이 민족적인 현실을 우회적으로 표현하고 있음에도 불구하고 일본 당국의 제재로부터 벗어날 수 있었던 것은 바로 이러한 통속의 외피를 입고 있었기 때문이었다고 할 수 있다. 특히 추하이탕과 뤄샹치 두 사람이 군벌 위안바오판과 선악의 대립을 이루고 있는 구도는 전형적인 통속소설의 구도를 취한 것이었다. 그러나 이 양자의 대립구도는 무엇이 선이고 무엇이 악인지 뒤얽혀 어지러운 반식민지 사회에서 오히려 세계를 명징하게 보여주는 것이기도 하다. 이러한 측면에서 주인공 추하이탕은 도덕적 아우라를 입고 중국 민족의 대리자로서의 역할을 위임받는다. 이는 그가 '추하이탕'이라는 이름을 갖게 된 연원에서도 드러난다.

"그(추하이탕-인용자)를 경극을 하는 아이로만 보지 말게나. 마음속으로는 오히려 나라걱정을 하고 있더란 말이지! 자주 내게 시국의 소식을 묻고, 중국이 어떻게 우롱당하고 있는지를 따지더군. 나는 물론 알고 있는 한 최대한 그에게 말해주면서 그에게 예를 들어 설명했어. 중국의 지형 전체를 연결해보면 꼭 베고니아秋海棠 잎사귀와 같다고 말이야. 야심을 지닌 국가들은 꼭 베고니아 잎을 갉아먹는 벌레와 같아서 어떤 놈들은 잎사귀 가장자리를 뭉텅 베어 먹고, 또 어떤 놈들은 잎의 가운데를 갉아먹고 있지. 이 벌레들을 쫓아버리지 않으면, 베고니아 잎사귀는 그들이 전부 먹어치워 버리고 말 거라고…."

－『추하이탕』제2장 홀륭한 벗과 탕부良友與蕩婦

그는 원래 과반科班(중국 전통극 배우 양성소) 시절 스승이 지어준 우위친吳玉琴이라는 예명을 쓰고 있었지만, 그와 호형호제하던 조력자 위안샤오원袁紹文과 대화하면서 감명을 받고, 이후 추하이탕이라는 예명을 쓰기로 한다. 그는 곱상한 외모와 아름다운 목소리를 가진 탓에 경극에서 여자 역할을 맡고 있었는데, 수려한 외모만큼이나 성격적인 측면에서도 이상적으로 그려진다. 어머니에 대한 지극한 효심과 경극배우로서 자신의 명성에 뒤따르는 유혹에도 흔들리지 않는 강직함은 선의 세계의 전형에 가깝다. 이는 뤄샹치에게 부여되는 인물형상에서도 비슷하게 드러난다. 뤄샹치는 가난한 환경에서도 학급에서 우수한 성적을 유지하는 우등생일 뿐만 아니라 상냥한 성격 탓에 급우들 사이에서도 인기가 좋았다. 이들의 사랑이 독자들에게 거부감 없이 받아들여지는 것은 그 대척점에 서 있는 위안바오판이라는 존재 때문이라고 할 수 있다. 악의 세계를 대표하는 위안바오판의 경우 폭압적인 권력자의 전형으로 그려진다.

위안 사단장은 3년 전 승진한 이후 정말이지 제멋대로 구는 것이 일이었다. 그가 마음만 먹으면 하늘 아래 그를 막을 자는 없었다. 밥을 벌어먹고 싶지 않은 사람이라면 몰라도 감히 그럴 수조차 없었다! 법이고 인정이고 그에게는 전부 우스갯소리일 뿐인 것이다. 그가 생각하기에 그 자신이 바로 법이고, 자신의 의지면 모든 것을 결정할 수 있었다. 장관이고 대통령이고 개의치 않았다!

— 『추하이탕』 제1장 경극학교 시절의 세 형제三個同科的弟兄

위안바오판의 세계를 관통하고 있는 것은 다름 아닌 욕망과 권력이다. 그가 처음 추하이탕을 보았을 때, 그는 추하이탕이 진짜 여자인 줄 착각하고 그 미색에 반해 스스로 후견인이 되고자 하는데, 이 때 추하이탕을 바라보는 그의 시선은 탐욕으로 가득 찬 '야수의 시선'에 지나지 않는다. 이것은 그가 뤄샹치를 바라볼 때와 똑같았다. 그는 오로지 자신의 욕망에 휩싸여 가난하고 어린 여학생이었던 뤄샹치를 속여 끝내 첩으로 들이게 된다. 추하이탕과 뤄샹치가 이상적인 정신적 세계를 구현하고 있다면, 이를 자신의 허위와 독단으로 끊임없이 파괴하려드는 위안바오판은 현실에 존재하는 악의 세계를 구현하고 있는 것이다.

이 대립적인 두 세계의 충돌은 추하이탕과 뤄샹치의 사랑이 위안바오판에게 발각되면서 극으로 치닫게 되는데, 이때 분노한 위안바오판이 추하이탕의 얼굴에 낸 십자모양의 상처는 소설의 중요한 상징 중 하나라고 할 수 있다. 중국 지형을 닮은 '추하이탕'을 자신의 이름으로 삼음으로써 중국 민족이라는 상징적 옷을 입은 그의 얼굴에 선명하게 남은 이 십자모양의 상처는 전쟁으로 분할된 중국의 형세와 꼭 닮아 있는 것이다. 여기에서 이 대립적인 두 세계는 다시 한번 민족과 침략자라는 현실의 세계로 치환되고, 전시 현실에 대한 은유가 된다.

이로써 추하이탕은 사랑뿐만이 아니라 그의 삶의 기반이던 배우로서의 삶마저 치명타를 입게 되어버렸고, 뤄샹치와의 사랑의 결실인 딸 메이바오를 데리고 고향으로 내려가 새로운 삶을 시작하게 된다. 시골에서의 삶은 그에게 있어서 이전과는 전혀 다른 방식의 삶을 의미한다. 물론 무대 위에서의 삶은 그에게 부와 명성을 가져다주었지만, 그것이 그의 삶 전체를 온전히 채워주는 것만은 아니었다. 흠모와 멸시가 뒤섞인 시선 속에서 그의 내면의 가치는 오히려 외적인 화려함 속에 가려지곤 했던 것이다. 더 이상 경극배우가 아닌 농부로서의 그는 이전과 같은 고운 얼굴과 낭랑한 목소리와는 대조적인 햇볕에 그을린 검붉은 피부와 거친 목소리로 표현되는데, 신체를 통해 드러나는 이와 같은 변화는 삶을 향한 그의 의지와 딸에 대한 강한 책임감을 보여주는 것이기도 하다. 추하이탕은 상처로 얼룩진 자신의 추한 몰골에 절망하지만, 오로지 딸을 위해 희생을 마다하지 않고 끈질기게 버텨나간다. 추하이탕이 민족의 대리자로서 형상화된다고 했을 때, 딸인 메이바오는 바로 다음 세대에 대한 희망을 의미한다고 할 수 있다. 이러한 측면에서 추하이탕과 메이바오가 보여주는 유대감은 강한 정서적 몰입을 유도한다.

추한 몰골, 이것이야말로 추하이탕에게 있어서는 쓸 돈이 없고, 먹을 밥이 없고, 입을 옷이 없는 것보다도 더욱 비웃음을 살 일로 여겨졌다. 심지어 한번은 메이바오에게 이렇게 말했다.
"아가, 다른 사람들에게 내가 네 아빠라는 걸 말하지 말거라. 그냥 집에서 일을 봐주는 일꾼이라고 하면, 사람들이 너를 비웃지 않을 게다."
메이바오는 당연히 대답할 수가 없었다.
"아빠, 어떻게 그런 말을 하실 수가 있어요!" 그녀는 추하이탕의 어깨를 꽉 붙들고 말했다.
"아빠는 제 친아빠고, 좋은 아빠인데, 제가 어떻게 사람들에게 말하지 않을 수가 있어요? 아빠는 아빠가 추하다고 말하지만, 아빠 혼자서 의심병이라도 난 거 아니에요? 거리에 지나다니는 사람들만 봐도, 하나같이 아빠보다 못났는데, 그들은 어째서 다른 사람들이 비웃을까봐 겁내지 않는 거죠? 나는 우리 아빠가 제일 멋지다구요. 예전엔 미녀 같았고, 지금

은 연극 속에 나오는 영웅 같은걸요. 못 믿겠으면 장가네張小狗子에게 물

어보세요!"

- 『추하이탕』 제10장 아버지의 사랑慈父的心

추함으로 인해 받아들여지지 않거나 배제되는 세계 속에서 그의 진정한 내면의 가치는 메이바오를 통해 발견되는 것이다. 이러한 모습은 전쟁으로 인해 상하이로 옮겨온 이후의 생활에서 더욱 부각된다. 추하이탕은 예전 경극배우로 이름을 날리던 시절 자신의 명성이 생계에 다소나마 도움이 될까 하는 생각에 사람들을 찾아다니지만, 추하게 변해버린 추하이탕을 대하는 사람들의 태도는 이전과는 확연히 다른 모습을 보인다. 어지러운 동란을 겪으면서 사람들의 인심은 더욱 각박해졌고, 이러한 환경에서 눈앞에 놓인 빈곤과 추하이탕의 병환은 비참한 현실에서 오는 비애감을 더욱 증폭시킨다.

상하이에 온 지 이튿날, 그는 국련은행國聯銀行의 쩌우鄒 행장과 쥐라이다로巨籟達路(지금의 쥐루로巨鹿路)에 위치한 장공관張公館의 셋째 어르신張三爺에게서 연거푸 완곡한 거절을 당했다. 쩌우 행장은 아예 만나지도 못했고, 장씨 어르신은 가까스로 만나기는 했지만, 추하이탕의 그 몰골과 남루하기 짝이 없는 차림새를 보더니 곧장 몇 개월 동안 죽 한 그릇 못 먹은 사람처럼 안색이 바뀌었다. 추하이탕은 여전히 이전의 추하이탕이었지만, 예전에 그를 떠받들던 장씨 어르신은 이미 죽은 모양이었다.

- 『추하이탕』 제14장 밑바닥 생활打英雄的生活

이와 같은 모습은 한쪽에서는 부와 이익을 좇아 호의호식하는 사람들이 있는가 하면, 또 다른 한쪽에서는 당장 생계의 위기에 직면한 사람들이 길거리로 내몰리는 전시 사회의 현실이 아니고 무엇이겠는가. 추하이탕이 상하이에서 겪는 굴욕과 수난은 당시 도시 하층민의 삶을 적나라하게 보여주고 있는 것이라고 할 수 있다. 결국 다시 찾아간 경극계에서 이미 병약할 대로 병약해진 몸을 이끌고 간신히 무항武行 역을 해나가는 그의 처절한 몸부림은 인간 삶의 조건들을 파괴시키는 외부적인 힘들과 그 거대한 힘에 끈질기게 맞서야 하는 한 개인의 분투를 드라마틱하게 재현한다. 이러한 측면에서 소설은 단순히 한 경극배우의 삶의 부침을 통해 감수성에 호소하는 통속적인 서사의 한계를 넘어 현실적 의미를 획득하고 있다고 할 수 있다. 출구도 없이 어디에 희망을 걸어야 할지도 알 수 없는 이 현실에서 과연 앞으로 나아갈 희망은 있는 것인가?

시대와 조우한 통속소설

소설이 전시하의 현실을 은유하고 있음은 오히려 일본의 검열과 제재를 통해서도 재확인된다. 당시 일본은 『추하이탕』을 상하이의 일본어 잡지에 옮겨 싣기도 하였는데, 일본이 이를 소개할 때 텍스트의 의미구조는 일본이 아닌 구미열강의 침략에 대한 항변으로 교묘히 탈바꿈하거나 연애비극으로서의 성격이 강조되곤 하였다(邵迎建, 2012). 지워지거나 변형된 흔적은 때로 그것이 은폐하고자 하는 현실의 일부를 드러내기도 한다. 소설 『추하이탕』은 단행본으로 출간되면서 일부 표현이나 문장들이 삭제되는가 하면, 각종 극 형식으로 개작될 때에도 일본의 간섭을 받아야 했다. 이를테면 일본은 〈추하이탕〉의 연극 공연에서 일본군을 연상시킨다는 이유로 배우가 군복을 입는 것을 불허하거나, '군벌'이라는 단어의 사용을 금지하기도 하였다. 이러한 상황에도 불구하고 원작 소설에 대한 각색 요청이 들어올 때마다 친서우어우가 줄곧 강조하던 것은 원작을 최대한 훼손시키지 않아야 한다는 조건이었다. 소설 연재가 끝나고 결말을 다시 써달라는 독자들의 요청에도 그가 끝끝내 비극적인 결말을 고수한 것은 비극적인 결말 그 자체가 현실임을 강조하려는 작가의 창작의식에서 기인한 것이라고 할 수 있다.

소설 말미에서 추하이탕은 자신의 생명의 불꽃이 점점 사그라져 가고 있음을 직감하지만, 그가 끝까지 생을 포기하지 않은 것은 죽음에 대한 두려움 때문이 아니라 딸 메이바오의 미래에 대한 염려 때문이었다. 곡절 끝에 메이바오가 모친 뤄샹치와 만나게 된 사실을 확인한 후, 추하이탕은 더 이상 그들의 삶에 짐이 되지 않고자 스스로 자살을 선택한다. 흔히 통속소설이 헤어졌던 가족이 상봉하면서 해피엔딩으로 막을 내리는 것과는 달리 『추하이탕』은 이처럼 비극으로 끝을 맺는다. 이 비극적인 결말은 작품에 씁쓸하고 긴 여운을 남긴다. 그러나 친서우어우에게 있어서 이 비극은 곧 현실이었고, 현실이 곧 비극과도 같았다. 이는 1942년 단행본을 출간하면서 덧붙인 「서문前言」에서도 드러난다.

…이 소설은 결코 낭만주의의 산물이 아니기에, 소설이 현실에서 너무 벗어나게 할 수 없었다. 인생은 원래 한 편의 커다란 비극이기에, 쓰라린

경험은 거의 모든 사람의 생활사에 있기 마련이다. 그러나 가족이 다시 모이거나 떠났던 이가 돌아오는 것과 같은 류의 기쁜 일은 그저 우연히 꿈속에서나 일을 법한 일이다. 메이바오가 뤄샹치와 다시 만날 수 있었던 것만으로도 이미 충분히 Dramatic한데, 어찌 또 추하이탕을 죽음에서 살아난 위인으로 만들 수 있단 말인가?

— 1942년판『추하이탕』「서문」

통속소설이 지니는 도식성 가운데 가장 두드러지는 것 중 하나는 거듭되는 갈등과 대립의 과정이 우연적 계기의 개입을 통해 결과적으로 모두 원만하게 끝을 맺는다는 점이다. 물론 이러한 결말의 방식은 독자에게 일정 정도 안도감을 줄 수도 있지만, 한편으로는 서사의 개연성을 떨어뜨리고 작품이 지니는 의미를 원만히 해결된 결말 속에 가두어버리는 단점을 지니고 있다. 이러한 측면에서 본다면 친서우어우가 선택한 결말은 현실에 대한 반영인 동시에 그의 "미학적 관점"이자 "미학적 추구"를 보여주는 것이라고도 할 수 있을 것이다(范伯群, 2008). 한편으로 작가는 추하이탕의 죽음이라는 이 비극적인 결말을 통해 수난과 굴욕으로 점철된 자신을 죽음으로 태워버리고 이를 다음 세대를 위한 희망의 거름으로 쓰고자 한 것은 아니었을까. 베이징과 톈진, 허베이의 농촌, 그리고 상하이에 이르기까지 추하이탕이 악전고투하며 버텨온 긴 유랑의 세월은 정신적 고향의 상실과 찾기의 과정이었다고 할 수 있다. 끝내 죽음에 이르는 결말歸宿은 전쟁으로 얼룩진 현실에 대한 작가 나름의 대안이었을지도 모른다. 더군다나 전쟁이 종결된 것이 아니라 지속되고 있는 당시 현실 속에서 이 죽음은 오히려 소멸을 통한 재생에의 염원을 담은 하나의 저항적인 '몸짓'으로 읽힐 수도 있을 것이다.

소설의 형식적인 구조 자체로만 놓고 본다면『추하이탕』역시 통속소설 특유의 선악의 대립이나 우연적인 기제, 클리셰들에서 완전히 자유로운 것은 아니다. 그러나 이를 전통적 가치나 보수적 이데올로기의 수호로만 치부할 것이 아니라, 그것이 생산되는 사회문화적 맥락과 독자에게 수용되는 방식, 그리고 그에 내재한 다양한 의미관계들을 좀 더 면밀히 살펴볼 필요가 있다. 소설이 시대적 현실과 관계하는 방식에 그 중점을 두었을 때 우리는 통속소설에도 좀 더 긍정적인 의미를 부여할 수 있을 것이다.『추하이탕』이 당시 많은 대중 독자들의 지지를 받을 수 있었던 것은 매우 친숙한 방식으로 독자들과 현실을 공유하고 공감대를 이끌어냈기 때문이라고 할 수 있다. 일상을 이루는 삶의 다양한 형식은 하나의 그릇으로 담아낼 수는 없는 것이다. 물론 통속소설을 둘러싼 대중문화의 상업주의적 메커니즘이나 단순한 취미주의는 비판적으로 검토되어야 할 문제이다. 그러나 대중과 널리 통할 수 있는 형식을 빌려 그 안에 의미 있는 내용을 담아냄으로써 시대를 읽고 대중과 소통한다면, 그 또한 지나온 역사와 오늘의 삶을 반추할 수 있는 유용한 그릇으로 쓰일 수 있지는 않을까.

【실제 작품의 예】

소설 『추하이탕』

독자들의 이해를 돕기 위하여 소설 『추하이탕』의 간략한 줄거리를
아래와 같이 덧붙인다. 『추하이탕』은 1941년 1월 6일에서 1942년
2월 13일까지 『신보』의 문예부간인 『춘추』에 연재된 후, 1942년
7월 금성도서공사金城圖書公司에서 단행본으로 출간되었다. 단행본
으로 출간되면서 소설은 약간의 내용이 수정되었는데 기존의 17장
으로 구성되었던 것이 18장으로 일부 추가되었고, 주인공 추하이
탕의 죽음이 병사病死에서 자살로 바뀌었다. 특히 결말의 내용은 이
후 1957년 상하이문화출판사上海文化出版社에서 재출간되면서 다
시 주인공 추하이탕이 무대 위에서 죽음을 맞이하는 것으로 바뀌
었다. 소설 『추하이탕』의 판본은 각기 다른 시점, 다른 지역에서 출
판을 거듭하면서 다소 복잡한 양상을 띠고 있다. 이에 판보췬은 『추
하이탕』의 판본을 결말에 따른 세 가지, 즉 병으로 인한 추하이탕의
죽음/자살/무대 위에서의 죽음으로 나누어 그 의미변화를 설명한
바 있다(范伯群, 2008). 아울러 결말이 추하이탕의 자살로 끝나는 두
번째 판본에 해당하더라도 당시 일본의 검열로 인해 단행본에 따라

일부 표현이 다른 것으로 대체되거나 아예 누락되는 경우도 존재한다. 연재판의 경우 간행물의 편집일정에 따라야 했던 탓에 작가 본인의 창작의도가 충분히 구현되지 못한 부분이 있다고 판단되며, 세 번째 판본의 경우 중화인민공화국 성립 이후의 정치사회적 변화가 개입한 여지가 있다고 판단되는 바이다. 따라서 창작 당시 작가의 의도와 사회문화적 조건이 가장 잘 구현되어 있는 것을 두 번째 판본으로 보고, 두 번째 판본에 해당하는 것 가운데서도 일본의 검열로 인해 수정되거나 삭제되어야 했던 부분을 되살린 것을 저본으로 삼았다. 이에 본서에서 소개할 『추하이탕』의 내용은 창작 초기 연재판에서 수정판으로 넘어간 두 번째 판본을 따랐음을 덧붙인다. (저본으로 삼은 것은 다음과 같다. 秦瘦鷗·周瘦鵑, 『秋海棠·新秋海棠』, 北京燕山 出版社, 1994.)

주인공 추하이탕秋海棠은 곱상한 외모와 목소리 탓에 경극학교科班 내에서도 주로 여자역할을 도맡아야 했다. 이런 그를 두고 때때로 동료들이 여자를 놀리듯 빈정거리기도 하였고, 그 스스로 역시 이따금 이러한 주변 시선에 수치와 불만을 가지기도 하였지만, 그는 오직 홀로 계신 노모를 위해 성공해야겠다는 일념 하나로 꿋꿋하게 버텨나간다. 베이징과 톈진 일대에 막강한 권력을 가진 군벌 위안 바오판袁寶藩의 눈에 든 것 역시 학생시절부터이다. 경극에 취미를 가진 위안바오판이 추하이탕의 공연을 보고선 여느 여인들보다도 여린 그의 미색에 빠져 스스로 후견인을 자처하였던 것이다. 위안 바오판의 조카 위안샤오원袁紹文은 탐욕스럽고 포악한 숙부와 달리 올곧고 정직한 인물로 오히려 추하이탕의 조력자가 된다. 위안샤오윈의 권고로 위안바오판은 추하이탕을 옛날처럼 음흉한 태도로 대하지는 않았으나, 그의 탐욕은 상대와 수단을 가리지 않았다.

톈진성립여자사범학교 학생인 뤄샹치羅湘綺는 어려운 가정환경에서도 성실하고 지조 있는 우등생이다. 그런 그녀가 위안바오판의 눈에 띄게 된 것은 학교 성립 5주년 기념행사에서였다. 우연치 않게 학교 행사에 참석한 위안바오판은 학생 대표로 뽑힌 뤄샹치를 보고 한눈에 흥미를 느낀다. 이에 그는 자신의 결혼사실과 나이를 속인 채 뤄샹치의 어려운 가정환경을 핑계 삼아 중매를 부탁하게 되고, 점점 더 악화되는 가정형편에 어쩔 수 없이 결혼을 승낙한 뤄샹치는 결혼식 당일에서야 자신이 그에게 완전히 속았음을 알게 된다. 위안바오판의 세 번째 첩으로 들어가게 된 뤄샹치는 결국 본처와 베이징에서 함께 살기를 거부하고, 톈진의 공관에서 따로 살게 된다.

이들의 관계가 얽히고설키기 시작한 것은 추하이탕이 공연차 톈진으로 오게 되면서부터이다. 추하이탕은 학교를 졸업하고 이미 경극배우로서 부와 명성을 얻었지만, 톈진에서의 공연은 여러 가지 여건상 공연 성적이 좋지 않을 수밖에 없었고, 이로 인한 문제로 극장주와 배우들 사이에 다툼이 벌어지게 된다. 이에 추하이탕과 동료들은 도움 받을 사람을 찾던 중 어쩔 수 없이 톈진에 머물고 있을지도 모르는 위안바오판을 찾게 되지만 그는 부재중이었고, 그의 첩이라도 찾아가 도움을 청하려는 생각으로 톈진의 공관으로 향하게 된다. 추하이탕과 뤄샹치의 첫 만남은 이렇게 시작된다.

뤄샹치는 인기 있는 경극배우답지 않은 그의 소박한 차림새와 당당함에 의외의 면모를 느끼고, 추하이탕 역시 그간 봐온 부잣집 첩들과는 다른 뭐샹치의 모습에 호감을 느낀다. 둘은 호감에서 시작해 점차 서로에게서 정신적인 위안을 받게 되고 뭐샹치의 옛집에서 몰래 만나며 사랑을 키워나간다. 그러던 중 뭐샹치가 임신을 하고, 메이바오梅寶라는 딸을 낳게 된다. 추하이탕의 의형제나 다름없는 자오위쿤趙玉昆의 도움으로 아이를 바꿔치기하여 메이바오를 따로 돌보며 지내던 도중, 위안바오판의 호위병인 지자오슝季兆雄이 둘의 관계를 눈치 챈다. 교활한 그는 이를 빌미로 추하이탕에게서 돈을 뜯어내려 하지만 일이 자신의 뜻대로 되지 않자 위안바오판에게 사실을 알린다. 결국 노기등등한 위안바오판은 칼로 추하이탕의 얼굴을 십자모양으로 그어버림으로써 배우로서의 삶에 치명타를 입히고 만다. 이때 숙부의 잔인하고 악랄한 행동에 위안샤오윈은 크게 분노하고, 이후 추하이탕을 대신하여 지자오슝을 총살하고 스스로 자수한다.

자오위쿤과 위안샤오윈의 도움 아래 몸을 추스른 추하이탕은 메이바오를 데리고 허베이 농촌으로 가서 농사를 지으며 살아가게 된다. 모든 것이 서툴고 낯선 삶이었지만 그는 딸을 위해 고된 일도 마다하지 않고 농사꾼이 되어 모든 고통을 감내하며 살아간다. 둘은 서로를 의지하며 살아가지만 추하이탕은 경제적·정신적 고통과 함께 병환에 시달리기 시작한다. 그러던 중 전쟁이 일어나고 추하이탕 부녀는 전란을 피해 상하이로 오게 된다. 다시 경극계로 돌아간 추하이탕은 문전박대 끝에 단역武行을 맡아 끈질기게 삶을 이어가려 하지만 그의 병환도 나날이 깊어진다. 추하이탕이 병환을 무릅쓰고 무리하게 일을 한다는 사실을 알게 된 메이바오는 같은 여관에 머물던 한韓씨 부녀와 함께 식당이나 술집 등을 돌며 노래를 하면 돈을 벌 수 있다고 추하이탕을 설득하고 그는 어쩔 수 없이 딸의 제안을 받아들인다.

한편 뤼샹치는 추하이탕과의 관계가 발각된 이후 위안바오판의 감시하에 베이징에서 생활하게 된다. 가족과의 왕래도 쉽지 않은 상황에서 추하이탕 부녀의 행방을 알아보는 것은 더더욱 어려웠다. 정세의 급변에 따라 군벌이 축출되고 반란을 일으키는 과정에서 위안바오판은 죽음에 이르고, 그제야 뤼샹치는 위안바오판에게서 벗어나 오빠가 있는 상하이에서 생활하게 된다. 오빠에게는 아들 샤오화少華가 있었는데, 그는 부모보다도 고모인 샹치와 더욱 가깝게 지냈고, 뤼샹치 역시 딸을 대하듯 조카를 보듬어주었다. 그러던 가운데 샤오화가 우연히 식당에서 메이바오 일행을 만난다. 고모와 꼭 빼닮은 메이바오가 계속 눈에 밟힌 샤오화는 메이바오를 찾아나서고 이 일을 고모인 뤼샹치에게 말하게 된다. 샤오화와 함께 메이바오를 직접 만나보기로 한 뤼샹치는 결국 그녀가 자신의 딸인 메이바오임을 알게 되고 모녀의 극적인 상봉이 이루어진다. 이때 추하이탕은 건강이 급속도로 악화되어 더 이상 아무 활동도 할 수 없는 상태에 이른다. 식당에서의 우연한 만남에 관한 일을 전해들은 추하이탕은 메이바오와 뤼샹치의 만남을 확신하고 비로소 자신이 진정으로 돌아가야 할 곳——죽음——으로 가야 할 때가 왔음을 예감한다. 극적으로 해후한 모녀가 만남에 대한 소회를 채 나누기도 전, 바삐 추하이탕을 찾아갔을 때, 그때는 이미 늦어버린 후였다. 추하이탕은 스스로 창문에서 뛰어내려 자살을 선택하고 만 것이다.

진융과
그의 무협소설 세계

유경철

진용과 그의 무협소설

진용金庸이 한국에 알려진 것은 1986년 출판사 고려원에서 그의 작품을 번역 출간하면서부터이다. 당시 고려원은 『사조영웅전射鵰英雄傳』, 『신조협려神鵰俠侶』, 『의천도룡기倚天屠龍記』로 이루어진 '사조삼부곡射雕三部曲'을 『영웅문』이라는 큰 제목 아래 '1부 몽고의 별', '2부 영웅의 별', '3부 중원의 별'이란 부제를 붙여 출간하였다. 원작의 제목과 체제를 임의로 변경, 출간한 정황을 통해 알 수 있듯이, 고려원의 『영웅문』은 정식 출판 계약에 따라 번역 출간된 것이 아니었다. 하지만 『영웅문』은 한국에서 공전의 성공을 이뤄냈고, 수많은 무협소설 독자에게 '김용'이라는 이름을 각인시켰다. 이후, 역시 정식계약 없이 출간된 그의 소설들을 통해 '김용'은 한국에서 최고의 무협소설 작가, 무협소설 대가, 신필 등의 명성을 얻게 된다. 아무런 사전 정보 없이, 오로지 작품만을 통해서 진용은 한국 독자로부터 절대적 찬사와, 숭배에 가까운 신봉을 이끌어냈다.

　1972년 『녹정기鹿鼎記』를 끝으로 봉필을 선언했던 것을 따졌을

청년 시절의 진용.

때, 진용 소설의 한국 소개는 비교적 늦었다고 할 수 있지만 그의 소설이 중국 내지內地에서 읽히기 시작한 때가 1980년대 초, 그러니까 덩샤오핑鄧小平에 의해 개혁개방이 본격적으로 추진되었던 때였음을 감안하면 그것이 그렇게 늦은 것도 아니었다.

사실, 진용의 무협소설은 독자를 흡입해내는 힘이 매우 강하다. 특히, 중국인이라면 그의 무협소설에 빠져들지 않을 방도가 없다고 해도 과언이 아니다. 그런데도 그의 무협소설은 1980년대 초에서야 내지의 독자와 만날 수 있었고 1994년에서야 삼련서점三聯書店을 통해 정식 출판될 수 있었다. 그동안 정치적인 이유로 그의 소설이 '독초毒草'로 분류되어 있었기 때문이다. 1981년 덩샤오핑의 초청을 통해 중국 내지를 방문, 덩샤오핑과 접견하고 교유하기 시작한 이후 그의 소설은 '자연스럽게' 읽히기 시작하였고, 곧이어 수많은 내지의 중국인을 사로잡았다.

그의 소설과 관련된 중요한 특징 중 하나는 독자 폭이 대단히 넓다는 점이다. 그의 독자는 남녀노소를 불문하며, 아속雅俗을 막론한다. 이는 남성과 여성, 나이 든 이와 어린 이, 또 학식 있고 신분이 높은 사람과 그렇지 못한 사람 모두가 좋아할 만한 요소를 그의 소설이 담고 있음을 반증한다. 특히, 대중소설, 통속소설로서의 성질과 특징을 그대로 유지하면서 학식과 심미안을 갖춘 지식인까지 사로잡기는 쉽지 않으나 진융 소설은 이를 이루어냈다. 예를 들어, 덩샤오핑의 경우도 이미 1970년대 초 암암리에 그의 소설을 구해 읽고 일찌감치 독자가 되었으며, 중국 현대 수학의 아버지로 불리는 세계적인 수학자 화뤄경華羅庚도 '어른들의 동화'라고 칭하며 진융 소설을 애독하였다. 최근에는 세계적인 기업인 마윈馬雲이 진융에 대한 애정과 존경심을 서슴없이 드러내고 있다. 그는 진융을 가장 존경하는 인물로 꼽으며 자신을 『소오강호笑傲江湖』속 인물 풍청양風淸揚에 빗대고, 자신의 업무 공간을 『사조영웅전』속 동사東邪 황약사黃藥師의 근거지인 도화도桃花島라 부른다고 한다. 진융의 무협소설 속에 젖어 살고 있다고 할 수 있는데, 실제로 그는 진융의 작품을 자기 도전정신과 창의성의 원천이라고 밝히는 데 주저함이 없다.

중국의 학계에서도 진융 소설의 가치와 의미를 높이 평가하였다. 이를 주도한 이가 바로 중국 현대문학 학계의 저명한 학자인 베이징대학 옌자옌嚴家炎 교수이다. 그에 따르면, 진융의 무협소설은 단순히 훌륭한 무협소설을 넘어선 차원, 즉 '또 하나의 문학혁명, 조용하게 진행되고 있는 문학의 혁명' 차원이다. 20세기 초, 글과 문학을 바꾸고 이로써 중국을 바꾸고자 했던 '문학혁명'에 견주어 진융의 무협소설을 평가한다는 것은 매우 놀라운 일인데, 순문학과 통속문학 사이의 견고한 장벽을 무너뜨리는 혁명적 역할을 진융의 무협소설이 수행하고 있음을 지적, 치하하는 것이었다. 물론, 이에 대해서 반대 의견을 피력하는 이들도 존재한다. 진융 소설이라고 해도 폭력이 난무하고 살육이 자행되는 무협소설에서 문학의 가치를 찾는 것은 어불성설이라는 이들의 주장이 아예 일리가 없는 것은 아니다. 다만, 이에 대해서는 중국의 노벨 문학상 수상 작가 모옌莫言의 입장을 참고할 수 있겠다. 모옌은 자신도 진융 무협소설의 독자이고, 거기서 많은 문학적 기교를 배웠음을 밝히면서 문학을 이해하는 데 있어서도 '백화제방百花齊放, 백가쟁명百家爭鳴'의 관점이 필요하다고 주장하면서 진융의 무협소설을 옹호하였다.

문학이라는 개념을 가지고 문학의 차원에서 진융의 무협소설을 논하고 따지면, 위와 같은 견해의 대립을 피할 수 없다. 진융 무협소설에는 두 대립되는 견해를 뒷받침할 만한 근거가 모두 충분히 담겨 있기 때문이다. 사실, 그의 무협소설을 대중소설이나 통속소설의 범주에서 떼어내 고급문학 또는 순문학의 범주로 격상(?)시키고자 하는 시도—옌 교수를 포함한 대부분 학자의 연구가 실제로는 이에 포함된다고 할 수 있다—가 필자는 그리 마뜩지 않다. 오히려 이러한 시도는 진융 무협소설과 관련하여 따져봐야 할 문제, 즉 지난 몇십 년 동안 중국 그리고 중국인과 관련된 특수한 정치 사회적 맥락과 진융 소설이 어떻게 연관을 맺고 있었으며, 그 맥락 속에서 진융 소설이 어떻게 사랑받았고 어떤 역할을 수행했는지 등의 문제를 뒷전으로 밀치는 역할을 하였기 때문이다. 진융 무협소설의 가치와 중요성은 그것이 재미있고 문학적으로 훌륭한 데에 있지 않다. 그것은 중국을 둘러싼 20세기의 구체적 정치·역사적 맥락 속에서 진융이 상상해낸 '중국'과 관련이 있다. 진융 무협소설의 재미와 문학성 또한 그것으로부터 나오고 있다고 해도 과언이 아니다.

언론 활동 · 정치 활동 · 영화계 활동

진융은 1924년 3월 10일 저장성浙江省 하이닝海寧에서 태어났다. 본명은 차량융査良鏞. 하이닝의 차(査, cha)씨 집안은 대대로 문인, 학자, 관료 등을 많이 배출한 명문가였다. 청대의 학자이자 관료인 사신행査愼行, 사승査升 등이 진융의 조상이다. 최근에는 민국 시기의 유명 서정시인 쉬즈모와의 관계가 많이 거론되는데, 쉬즈모는 진융 어머니 쉬씨의 5촌 조카이다. 진융은 중학교 3학년 때 중학교 입학을 앞둔 학생을 대상으로 한 참고서를 친구들과 공동 출판한 적이 있으며, 고등학교 때는 선생님을 비판하는 글을 벽에 써 붙여 제적당하고 학교를 옮기기도 하였다. 1944년 충칭重慶 중앙정치대학 외교과에 입학하였으나 학내 분규에 휘말려 퇴학당하였다. 이때 곧바로 고향으로 돌아오지 않고 충칭의 중앙도서관에 적을 걸고 일하면서 다량의 동서양 고전을 섭렵하였는데, 이 독서가 문학 창작의 밑거름이 되었다고 한다.

　1945년 항일전쟁이 끝난 후 저장으로 돌아온 진융은 항저우杭州『동남일보東南日報』에서 외신기자로 근무하였다. 신문과 첫 인연을 맺은 것이다.『동남일보』에서 진융이 맡은 일은, 저녁에 라디오를 통해 외국의 뉴스를 듣고 이를 번역해서 다음 날 기사로 작성해 내는 일이었다. 영어 청취력과 이야기 구성 능력이 필요한 일이었는데, 주변과 독자로부터 호평을 받았다고 한다. 1946년에는 상하이시 법원 원장이었던 사촌형의 도움으로 상하이 둥우대학東吳大學 국제법 과정에 편입하여, 1948년에 졸업하였다. 둥우대학에 다니면서도 진융은 상하이의 『대공보大公報』에 취직하여 일하였다. 맡은 일은 국제뉴스 번역 기사 작성이었는데, 『동남일보』 시절 하던 일과 유사하였다. 『대공보』 취직은 진융 인생의 일대 전환을 가져왔다. 홍콩판 『대공보』의 창간으로 인해 1948년 홍콩으로 이주하게 되었기 때문이다.

1950년 진융은 외교관이 되고자 희망하여 『대공보』를 퇴직하고 상경하였지만, 뜻을 이루지 못하고 다시 홍콩의 『대공보』로 돌아온다. 그리고 이후 1992년 신문 사업에서 완전히 손을 뗄 때까지 언론인으로서 활동을 계속하였다—그 중간에 『대공보』를 그만두고 『명보明報』를 창간하기까지 창청長城 영화사에서 근무한 기간이 있기는 하다—. 진융은 『대공보』, 『대공보』의 자매지 『신만보新晚報』, 다시 『대공보』를 거쳐 1959년에는 스스로 『명보』를 창간하였고, 이를 지속적으로 발전시켜 『명보』, 『명보만보明報晚報』, 『명보월간明報月刊』, 『명보주간明報週刊』 등을 거느린 거대 언론 그룹 '명보 집단'을 탄생시켰다. 1989년 5월 『명보』 창간 30주년에 사장직을 내려놓았지만, 1992년에 '명보 집단'을 위핀하이于品海라는 이에게 넘길 때까지 언론인으로서 그의 활동은 지속되었다. 『동남일보』부터 시작하면 40년을 훨씬 넘는 시간 동안 신문과 인연을 맺었던 것이다. 무협소설 작가로서의 활동이 1955년부터 1972년까지였던 것과 비교하자면, 진융은 무협소설 작가로서보다 언론인 차량융으로 더 길게 활동하였고, 써낸 글도 차량융의 이름으로 써낸 것이 더 많다.

'왼손으로는 사설을 쓰고, 오른손으로는 소설을 썼다'는 말이 전해지듯이, 그는 무협소설을 쓰는 일뿐만 아니라 언론인으로서의 소명을 실현하는 데에도 열중하였다. '공정公平과 양심善良'을 모토로 내걸고, 『명보』를 통해 그는 홍콩에서 제기된 각종의 사회·정치적 문제에 대해 적극적으로 발언하였다. 1960년대 그는 중국의 핵무장에 대해 강도 높게 비판하였고, 중국으로부터 밀려들어오는 이민자를 적극적으로 지원해야 한다는 여론을 형성하여 그들의 정착을 도왔다. 1960년대 그의 정치적 입장은 반중국적, 자유주의적이었다. 좌파 계열 신문 『대공보』와 좌익 계열 영화사 창청과 결별한 것도 결국은 자유주의적인 그의 성향 때문이라는 해석이 있다. 내지에서 문화대혁명이 발발했을 때, 그 영향을 받은 홍콩의 친중국 성향 극좌파로부터 살해 위협을 받았던 것도 바로 이러한 이유 때문이다. 반면, 1980년대 초부터 그의 정치적 입장은 점차 친중국으로 선회하였다. 이것을 어떤 의도나 야망 때문이라고 볼 근거는 없다. 하지만, 홍콩 귀속 문제와 관련하여 그가 표명한 입장은 홍콩의 민주파 인사와 대다수 젊은이들로부터 비판받았다. 그들은 진융이 홍콩인의 권익을 중국에 팔아먹었다고 비난하였다. 특히, 그가 1985년 홍콩특별행정구 기본법 기초위원회 위원에 임명되고 기본법 정치체제 기초 소조의 홍콩 측 책임자를 맡아, 중국 쪽 입장에 경도된 홍콩 행정장관 선출 방안을 제출하자 비난이 더욱 격화되었다.

진융이 홍콩특별행정구 기본법에서 가장 중요한 부분이라고 할 수 있는 정치체제 기초 소조의 홍콩 측 대표를 맡을 수 있었던 것은 언론인으로서의 활동과 명망에 힘입은 것이라 할 수 있다. 다만, 당시 그가 제안하고 지지한 방안은, 홍콩 민주파 인사와 젊은이들이 요구했던 '행정장관 선출 시 1인 1표 직접 선거' 방안과 거리가 멀었다. 그는 각 사회 계층을 대표하는 직능대표에 의한 행정장관 간접 선출안을 내놓았고, 이것이 수많은 홍콩인의 거센 반발과 저항을 불러일으켰다. 일부 사람들은 '차량융이 초대 홍콩 행정장관을 노린다'는 억측을 내놓기도 하였다. 그가 제안한 방안은 현재 시행되고 있는 홍콩특별행정구 기본법에 대체적으로 반영되었다―당시 기본법 초안에는 제4기 행정장관은 직접선거를 통한 임명을 보장한다는 내용이 담겨 있었다. 2014년 홍콩에서 우산혁명이 일어난 것은 중국 측이 행정장관 후보를 친중국 성향의 인사로 제한하여 내용적으로 그 약속을 어겼기 때문이다―. 다만, 그는 기본법이 채택되기 불과 몇 달 전인 1989년 5월 20일 기본법 기초 위원에서 사직하였다. 6월 4일을 겨우 보름 앞둔 시점으로, 톈안먼 광장에서 장기 농성이 이어지자 중공 정부가 수도 계엄령을 선포한 날이었다. 당시 사태의 심각성을 인식하고 중공 정부로부터 한 발 뺀 것이 아닌가 생각된다.

진융金庸은 본명 차량융査良鏞의 마지막 글자를 쪼개어 만든, 무협소설 작가로서의 필명이다. 이외에도 그는 야오푸란姚馥蘭, 린환林歡 등의 필명을 가지고 활동하였다. 이 두 필명은 영화와 관련된 것이었다. 『신만보』에서 일할 때 진융은 주로 문화나 일상사 등 가벼운 뉴스를 다루는 부간副刊의 업무를 담당하였고, 이때 영화 평론을 쓸 일이 많았다. 야오푸란은 영화 평론을 쓸 때의 필명이다. 야오푸란은 'Your Friend'에서 나온 것인데, 기존 남성적 필치의 영화 평론에 반하여 세심하고 섬세한 어조의 영화 평론을 진행하겠다는 뜻에서 일부러 여성적인 필명을 사용하였다고 한다. 린환은 영화 시나리오 작가로서의 필명이다. 그는 원래 영화에 문외한이었지만 업무를 위해 많은 영화를 보고 영화 평론을 쓰면서 시나리오 집필에 관심을 갖게 되었다.『신만보』에 근무하는 동안,〈절대가인絕代佳人〉,〈란화화蘭花花〉등의 시나리오를 집필하였고, 이후 1957년『대공보』를 떠나『명보』를 창간하기까지 잠시 창청 영화사에 몸담고서 적잖은 편수의 시나리오를 써냈다. 이 기간 공동이기는 하지만 두 편의 영화를 연출하기도 하였다. 사실, 영화 쪽에 대한 진융의 애착 역시 다른 일에 못지않았던 것으로 보인다. 하지만, 각본을 쓴〈절대가인〉이 1957년 내지에 상영되어 중화인민공화국 문화부 금장상金章獎을 수상한 이외에 영화 쪽에서의 성과는 크지 않았다. 무협소설 작가로서 큰 인기를 얻었던 것에 비하면 초라하달 수밖에 없었다. 1959년『명보』를 창간하면서부터 그는 영화 일에서 완전히 손을 떼고 신문 사업과 무협소설 창작에 집중하였다.

진융 무협소설의 '중국 상상'

진융의 첫 무협소설 작품『서검은구록書劍恩仇錄』은 1955년 2월 8일『신만보』에서 연재를 시작하였다. 아무도 예상하지 못했지만 진융이라는 무협소설 대가가 출현하는 순간이었다. 하지만, 그가 무협소설을 쓰게 된 계기는 우연한 것이었다. 1954년 홍콩인을 들뜨게 하는 사건 하나가 벌어졌다. 태극파와 백학파 고수 간의 무술대결이었다. 홍콩인들이 왜 그렇게 열광하였는지는 의아스럽지만 이 대

진용이 둥우대학에 기증한『서검은구록』의 사인(1997년 2월 5일).

결은 당시 세간의 초미의 관심사였고, 신문마다 관련 소식을 실어
발행 부수를 늘렸다.『신만보』부간 책임자는 사람들이 이 방면에
관심이 크다는 것에 착안하여 소속 기자에게 무협소설을 한 편 쓰
도록 종용(?)하였다. 이렇게 해서 나온 것이 량위성梁羽生의『용호
투경화龍虎鬪京華』이고, 이어 옆자리의 기자도 무협소설을 쓸 수밖
에 없게 되어 나온 것이 바로『서검은구록』이었다.『서검은구록』을
시작으로 진용은 장장 18년간 장편 12편, 중편 2편, 단편 1편의 무
협소설을 써냈다. 사람들은 단편『월녀검越女劍』을 제외한 14편 제
목의 첫 글자를 따서 다음과 같은 대련을 만들기도 하였다. "비설련
천사백록飛雪連天射白鹿 소서신협의벽원笑書神俠倚碧鴛."

그렇다면, 무협소설 장르에 있어서 타의 추종을 불허하고 또 순
수문학적 관점에서 보아도 결코 손색이 없는 진용 무협소설의 특징

과 장점은 어떻게 설명할 수 있을까? '고전 무협소설의 정화를 계
승하여, 신파 무협소설의 흐름을 열어젖힌' 그의 무협소설은 '형식
이 독창적이고 스토리가 변화무쌍하며 묘사가 세련되고 치밀할 뿐
아니라 인간미, 호탕함, 협의俠義를 풍부히 갖추었다'는 식으로 종
합하고 정리하는 것이 가능하다. 이러한 평가와 종합은 진융 무협
소설에 대한 평가와 설명으로서 전혀 틀린 곳이 없다. 진융은 고대
부터 이어져왔던 협객에 대한 이야기 혹은 서사, 그리고 민국 시기
유행하였던 '구파舊派' 무협소설—핑장부샤오성平江不肖生의 『근대
협의영웅전近代俠義英雄傳』이나 환주러우주環珠樓主의 『촉산검협전
蜀山劍俠傳』 등이 이 시대 무협소설의 대표작으로 손꼽힌다—을 계
승, 발전시켜 기교나 구성에 있어서 보다 수준 높고 완결성 있으며
주제 사상적으로도 이 시대에 적합한 무협소설을 창작해냈기 때문
이다. 이것은 의심할 나위 없는 사실이다. 그런데 이러한 종합과 평
가는 표면적 수준에 그치고 말아 진융의 무협소설 세계를 이해하는
데 있어 크게 도움이 되지 않는다고 할 수 있다. 15편에 이르는 그
의 방대한 무협소설 세계는 다채로운 인물과 거대한 사건, 복잡한
사연과 인물 관계, 풍부한 역사·문화적 코드, 인간과 역사에 대한
깊이 있는 고민과 성찰 등으로 가득 채워져 있다. 이것을 한두 마디
로 종합 정리하는 것은 그 자체로 어불성설일 수밖에 없다. '홍학紅
學'에 비견하여 '김학金學'이라는 이름을 붙여 부를 정도로 진융 무
협소설 연구가 다양한 수준과 다양한 방면에서 진행되고 있는 것도
이런 이유 때문이다. 따라서 진융의 무협소설에 대한 이해와 설명
은 기본적으로 일정한 관점이나 방식을 중심으로 진행하지 않으면
구체적인 내용에 다다를 수 없다. 여기에서 필자는 진융이 자기 무

협소설에서 어떤 식의 '중국'을 상상해내고 있는지, 또 어떤 주체를 동원하여 상상을 진행하였는지에 대해서 간략히 설명하고자 한다. 이 문제가 중국인들이 진융 무협소설에 열광하는 근원적인 이유와 관련이 있다고 필자는 생각하고 있기 때문이다.

'강호江湖'와 '협객俠'은 무협소설에 있어서 매우 중요한 구성 요소이다. '강호'는 무협소설의 이야기가 펼쳐지는 시공간적 배경이자 가치와 목적, 주제 실현의 배경으로, 무협소설의 장르 세계 그 자체를 의미한다고 해도 무방하다. '협객'은 무협소설 이야기의 주체이자, 주제와 메시지의 담지자이며 전달자이다. 한 무협소설의 이야기가 펼쳐지는 세계가 어떤 시공간적 배경을 가지며 어떤 가치와 목적의 실현을 위해 존재하는 것인지, 그리고 그 세계에서 주인공이 어떤 성격과 가치관을 가지고 어떤 능력을 발휘하는지 등을 살피는 것은 그 작품의 특징을 파악하는 데 있어 매우 중요하다. 진융은 중국의 실제 역사—특히, 한족漢族이 이민족에게 핍박받았던 왕조 교체기나 이민족 왕조 시기 등의 역사인 경우가 많다—를 자기 작품의 주된 제재로 삼아 그것을 성찰하고 재구성하였으며 그 과정에서 대안적 중국의 상像을 상상해내는 데 주력하였다. 그의 '강호'와 '협객'은 대안적 중국을 상상하는 주요한 매개 혹은 주체이며 그것에 대한 반영체인 것이다. 따라서 그 내용을 살피는 것은 진융 무협소설을 이해하는 데 있어 핵심적이다.

진융의 '강호'와 역사 상상의 딜레마

진융 무협소설 속 '강호'의 특징은 역사와 로맨스, 전통문화의 결합이라고 정리할 수 있다. 이 중 가장 중요한 것은 역시 역사와의 관계이다. 특히, 그는 한족과 이민족의 대립과 투쟁의 역사에 주목하였고, 역사적 인물과 사실을 자기 이야기 속에 적극적으로 끌어들였다. 첫 작품인『서검은구록』에서부터 건륭황제와 청초淸初의 반청복명反淸復明 활동을 이야기로 끌어들인 진융은 이후『사조영웅전』,『신조협려』,『의천도룡기』에서 송말宋末부터 명明 건국 초기까지의 역사적 사실과 실제 인물들을 강호 안으로 불러들였다. 이는『벽혈검碧血劍』,『천룡팔부天龍八部』,『녹정기』 등에서도 마찬가지였다. 누구는 이를 두고 '역사를 가지고 장난한다戲說歷史'라고 힐난하였다. 이런 언사가 완전히 틀린 말은 아니지만, 이에 대해서는 달리 이해할 필요가 있다. 진융은 무협소설의 방식으로 역사를 다시쓴 것이다. 과거 중국의 오욕과 굴종의 역사를 진융은 협객을 동원하여 무협소설 식으로 상상해냈던 것인데, 이렇게 탄생한 그의 강호는 일종의 상상의 역사이자 상상의 중국인 셈이다. 말하자면, 진융은 무협소설에서 '역사의 강호화'를 진행했다고 볼 수 있다. 한편, 그는 역사를 강호의 방식으로 상상해냄과 동시에, 강호에 역사를 부여하여 그 세계에 독자적 생명력을 부여하였다.『사조영웅전』,『신조협려』,『의천도룡기』가 하나의 큰 줄기의 역사를 배경으로 하듯이 그 속 강호 역시 또한 자기 역사—은원의 역사, 문파와 방파 간의 대립과 계승의 역사 등—를 통해 독자적 생명력을 확보한다. 이런 '강호의 역사화'를 통해 그의 강호는 일종의 독자적 세계, 과거 중국을 대체할 상상의 세계로 작용할 힘을 갖게 된다.

그런데, 진융은 강호와 협객을 통해 중국을 상상해낼 수는 있었지만 결국 치욕의 과거를 대체할 만한 역사를 만들어낼 수는 없었다. 실제 역사에서 시작한 이상 다시 그 역사로 되돌아갈 수밖에 없었기 때문이다. 말하자면, 진융은 이야기의 끝에서 결국은 한족에 대한 이민족의 핍박과 지배가 해소되지 않은 상태로 되돌아가야 했다. 그렇기 때문에 그의 협객들은 대부분 아무리 능력이 출중하고 아무리 큰 활약을 벌였어도, 결국은 실제 치욕의 역사를 뒤집을 수는 없었고 따라서 강호의 현실을 어쩌지 못한 채 그곳을 떠나는 결말에 처하게 된다. 무협소설을 통해 치욕의 역사를 대체할 상상의 역사를 구성해내고자 했던 진융에게 있어 이는 일종의 딜레마에의 봉착이라 하지 않을 수 없다. 그리고 이러한 딜레마를 극복하기 위한 진융의 노력은 크게 두 가지 방향으로 진행되었다. 하나는 역사적 현실에 직면하여 경험하였던 박탈감과 상실감을 불식해줄 요소를 발굴해내 자신이 구축한 강호에 주입하고 부각시키는 것, 이로써 강호를 대안적 중국으로 온전히 인식할 수 있도록 만드는 것이고, 다른 하나는 자신이 역사 상상의 주된 제재로 동원했던 한족과 이민족의 대립적 상황을 다시 점검하는 것이었다.

진융의 '강호'와 '양강중국'·'문화중국'의 상상

전자의 의도하에 진행된 것은 강호에 '양강중국陽剛中國', 그리고 '문화중국文化中國'의 상을 부여하는 것이다. 근대로 접어들면서 중국은 서구의 제국주의 열강에게 무방비로 침탈당하였다—아편전쟁 이후 21세기에 들어서기 전까지 중국은 온갖 굴욕을 맛봐야 했고 중국인은 급기야 내지와 홍콩, 타이완, 해외 등의 지역에 따라 분할되었다. 이러한 경험과 트라우마가 무협소설 탄생과 인기의 근원에 자리하고 있음을 이해할 필요가 있다—. 근대 이행기의 중국은 정신분석학적 측면에서 볼 때, 거세당한 중국이었다. 제국주의 열강에 의한 중국의 침탈은 중국의 남성성의 훼손, 즉 거세의 경험을 남겼다. 진융이 주목한 역사 역시 이런 의미에서 거세의 역사였다. 진융은 이러한 거세의 기억을 망각 혹은 해소하기 위해 자신의 남성성을 확인해야 했는데, 이를 위해 동원된 것이 여성이었다.

진융이 만들어낸 여성은 크게 세 가지로 분류 가능하다. 성녀聖女 혹은 동정녀童貞女, 악녀 혹은 요녀妖女, 그리고 요녀에서 성녀로 변화하는 여성. 진융은 자신의 협객들로 하여금 그녀들을 숭배하거나 희생시키는, 혹은 처벌하거나 용서하는 방식을 이용하여 여성들을 남성의 질서 내로 포섭시킨다. 물론, 이때 진융은 폭력적이거나 노골적인 방식을 회피하고, 즉 일종의 로맨스를 개입시키는 방식을 주로 채택함으로써 남성 중심주의적 사고를 공공연히 드러내지는 않는다. 하지만 그럼에도 불구하고 진융의 여성에 대한 상상과 전유가 남성성의 획득 혹은 확인을 목적으로 한다는 점은 부인하기 어렵다. 진융은 이렇게 여성을 이용하여 혹은 로맨스를 통하여 강호의 '양강'적 성격을 부각시켰고, 이로써 진융의 강호는 '양강중국'이라는 상상의 구현체로서의 의미를 갖게 된다.

한편, 진융은 자신의 강호 구축에 중국의 전통문화를 적극적으로 활용하여 강호를 문화공간화시켰다. 각종의 무예는 현학적인 수사로 형상화되며, 수많은 인물이 자기 특징에 딱 떨어지는 고아高雅한 자기 이름을 부여받는다. 글쓰기 도구, 악기, 바둑판과 바둑돌 등이 각종의 무기로 활용되며, 각종 경전의 명구와 시구 등이 추리와 암구호暗口號적 의사소통 수단으로 이용된다. 이로써 진융의 무협소설은 폭력문학이나 저질문학과 거리가 먼, 수준 있는 문학작품으로 인식되어, 또 수많은 지식인까지 독자로 포섭할 수 있었다. 물론, 그 효과는 다만 여기서 그치지 않았다. 진융은 전통문화의 심미성, 도덕성, 심오함 등을 극도로 부각함으로써 중국인의 심리적 우월성을 자극하였다. 이것은 그들의 내면에 똬리를 틀고 있던 과거 정치적·군사적 차원의 패배와 좌절을 상쇄시키는 역할을 하였다. 또, 진융은 전통문화의 비의성秘儀性을 부각시켰다. 그것은 전통문화를 중심으로 한 중국인의 자기 정체성 구성과 관련된다. 한 전통문화 속에 내재되어 있는 심오함과 비의적秘儀的 속성은 그것을 이해할 수 있는 자와 그렇지 못한 자로 나누고, 이에 따라 각각을 자아와 타자로 구분시키기 마련이다. 진융 무협소설에 동원된 전통문화 역시 이러한 역할을 수행하였다. 중국 전통문화의 비의적 속성을 부각시킴으로써 진융은, 특히 이것을 이해할 수 있는 중국인 독자들로 하여금 심리적 우월감을 맛보게 함과 동시에 자기 정체성을 확인토록 해주었다. 본토를 떠나온 중국인들에게 있어 이것은 떠나온 모국을 기억하게 하는 것이고 중국인으로서의 자신을 확신하게 하는 것이었다. 한동안 전통과 단절되어 있던 내지의 중국인들에게 있어서도 이는 마찬가지다. 진융 무협소설은 그들로 하여금 희미해졌던 자신의 정체와 뿌리를 상기할 계기를 제공하였다고 해도 과언이 아니다. 이런 의미에서 진융이 무협소설에서 상상해낸 '문화중국'은 그의 중국 상상에서 매우 중요한 내용인 것이다.

진융의 '협객': '한족 협객'에서 '중국의 협객'으로

또 다른 차원에서 진융은 협객의 성격 변화를 통해 자기 역사 상상의 딜레마를 해결하고자 하였다. 사실, 진융 소설 창작 경향의 변화는 협객의 성격 변화 과정으로 드러난다고 할 수 있다. 앞서 언급한 바와 같이, 이것은 진융이 한족을 역사 상상의 주체로 설정함으로써 직면할 수밖에 없었던 딜레마를 탈피하는 과정으로 이해할 수 있다. 진융의 협객들은 초기 작품에서는 명백히 한족 협객이고, 정격正格의 협객이다. 『서검은구록』의 진가락陳家洛, 『벽혈검』의 원승지袁承志, 『사조영웅전』의 곽정郭靖이 그렇다. 그런데, 뒤로 갈수록 진융의 협객들은 정격에서 벗어나는 모습을 보이며, 동시에 자신이 실현하고 추구해야 할 가치에 대해 회의한다. 『신조협려』의 양과楊過, 『의천도룡기』의 장무기張無忌, 『천룡팔부』의 소봉蕭峯, 『소오강호』의 영호충令狐冲 등이 그러하다. 이들의 변화는 아버지의 계승에서 극복으로, 주류에서 비주류, 전통에서 탈전통으로의 가치 관념 변화로 구체화된다. 진융 소설에 있어서 아버지는 일종의, 역사에 대한 알레고리이다. 초기 진융의 소설에서 그들은 한족 정통주의 입장의 담지자이며 수호자이다. 이때 아들인 협객들은 그들이 남긴 정신적 유산을 이어받아 그들이 완수하지 못한 과제를 대신 짊어진다. 물론, 초기의 협객들은 결국 아버지가 남긴 과제를 온전히 수행하지 못한다. 이로써 아들 협객들은 아버지가 남긴 과제와 아버지

『사조영웅전』소설의 인물을 형상화한 병풍. 옆에는 1980년대에 진융이 친필로 쓴「비설연천飛雪連天」대련이 있다.

가 추구하는 역사에 대해 회의하기 시작하는 것이다. 이것이 바로 협객의 성격 변화를 야기한다.『녹정기』이전에 그러한 변화가 가장 두드러진 작품은『천룡팔부』이다. 이 작품에서 소봉은 아버지가 일으킨 강호의 혈겁에 휘말리고 이것이 발단이 되어 결국 비극적 결말을 맞게 되며, 단예段譽는 친부가 사대악인의 우두머리로서 죄악의 근원이라는 사실을 알게 된다. 이들에게 있어 아버지는 고난과 고통의 원죄를 부여하는 이들이고, 따라서 계승해야 할 대상이 아니라 극복해야 할 대상이다.

이에 따라 협객들은 아버지 세대의 질서, 말하자면 전통적이고 주류적인 강호의 질서와 이념을 수호하는 입장에서 그것에 대해 반항하고 회의하는 존재, 또 그 질서와 이념을 자신의 새로운 질서와 이념으로 재편하는 존재로 변화하게 된다. 이때 이들의 입장은 비주류적이고 탈전통적인 것이지만, 사실 아직까지 이들은 자신이 내

세우는 입장이 실제로 무엇인지는 분명히 깨닫지 못한다. 예를 들어, 『천룡팔부』에서 소봉은 송宋과 요遼 사이의 분쟁 속에서 한족만 피해자였던 것이 아니라 거란족, 말하자면 이민족 역시 피해자였음을 지적하는 데까지 이르지만, 이 지적이 정치적·철학적으로 어디에 근거한 것인지는 분명히 인식하지 못하였다. 소봉이 그것을 인식하지 못하고 있다는 것은 바로 진융의 인식이 아직은 이에 도달하지 못했음을 말한다. 하지만, 결국 진융은 봉필작『녹정기』에서 그에 대한 명확한 해답을 얻게 되었음을 보여준다.

『녹정기』의 협객 위소보偉小寶는 일종의 '반협反俠'이다. 그는 어떤 무협소설 속 협객, 심지어 진융의 무협소설 속 어떤 협객과도 다르다. 그는 신분도 미천할 뿐만 아니라 무공을 전혀 할 줄 모르고, 정의와 명분을 따르기보다는 실속과 이익을 추구하는, 세속적인 임기응변의 달인이다. 그는 종래의 협객들과 완전히 다른 사고의 지평 위에 존재한다. 그리고 그는 더 이상 '한족 협객'이 아니라 '중국 협객'으로 자기 정체를 명확히 한다. 그는 자신을 한족의 아들이 아닌, 대중화민족, 즉 한족, 만주족, 몽골족, 회족回族, 장족藏族의 아들임을 선포하였던 것이다. 한족을 넘어 중국인으로서의 협객 위소보를 탄생시킴으로써 진융은 자신이 그간 직면했던 역사 상상의 딜레마에서 완전히 벗어날 수 있었다. 아니, 거꾸로 진융은 자기 역사 상상의 딜레마에서 벗어나기 위해 결국에는 위소보라는 완전히 새롭고, 심지어는 기존의 협객과 완전히 다른 이를 창조하여 자신의 협객으로 삼았던 것이다.

그런데 이것은 어떤 의미에서는『녹정기』이전의 진융 소설이 일종의 착오 혹은 미성숙 상태였음을 말하는 것이기도 하다. 왜냐하면 이전 무협소설에서 진융은 중국에 대한 상상을 진행하면서 한족을 주체로 삼아 한족과 이민족의 대립과 투쟁에 주안점을 두고 있었기 때문이다. 그의 역사 상상이 딜레마에 봉착할 수밖에 없었던 것은 필연적인 것이었다. 그리고 결국 진융은 『녹정기』의 세계에 도달하게 되었다. 『녹정기』에서 그는 대안적 중국, 또 그 주체에 대한 상상의 완결과 완성을 이루었다. 재미있는 것은, 그의 무협소설의 시작을 알렸던 『서검은구록』의 시간 즉 청 건륭황제의 시기, 그 앞에서 바로 마지막 작품인 『녹정기』의 이야기, 즉 청 강희황제 시기의 이야기가 끝을 맺는다는 점이다. 말하자면, 진융은 긴 무협소설 창작의 시간을 돌아 결국 그것이 시작되기 전의 시간에 도달한 것인데, 이 시간 동안 그는 무협소설을 통한 자기 역사 상상 혹은 중국과 그 주체에 대한 상상을 진행하고 완결지었다고 할 수 있다. 이런 의미에서 『녹정기』를 끝으로 진융이 무협소설 창작을 그만두게 된 것은 어쩌면 당연한 것으로 보인다. 무협소설 쓰기는 그에게 있어 단순한 이야기 만들기가 아니라 일종의 역사 다시 쓰기이자 대안적 중국과 그 주체에 대한 상상 과정이었기 때문이다.

1990년대 이후의 진융

1990년대 중반, 무협소설 전집이 정식 출간된 이후 진융과 그의 무협소설은 중국 내지에서 다시금 각광받았다. 그는 베이징대를 시작으로 수많은 대학에서 명예교수 직함을 수여받았고, 저장대학에서는 인문학원 원장을 지냈다. 그의 작품은 작품 그대로, 또는 TV 드라마의 형태로 중국인의 일상과 함께하였다. 2000년대 초반 중국에서 사스가 발생하였을 때, 심리적으로 위축되고 각종 통제로 큰 불편을 겪던 중국인들이 그의 소설과, 때마침 방영된 내지 최초의 〈사조영웅전〉을 벗 삼아 어려운 시기를 이겨내기도 하였다. 현재도 그의 소설은 지속적으로 TV 드라마로 만들어져 방영되고 있다— 1970년대 홍콩에서부터 진융의 무협소설은 수많은 영화와 TV 드라마로 만들어졌다. 내지 첫 작품은 1999년의 TV 드라마 〈소오강호〉이다—.

한편, 일선에서 물러난 이후 그는 학술 연구를 일상의 기본 활동으로 삼았다. 그런데, 학술 연구를 소일의 차원에서 진행한 것이 아니었다. 한때 무협소설 작가, 신문 발행, 영화 시나리오 작가 역할을 동시에 수행하였던 것에서 알 수 있듯이 그는 일종의 '워커홀릭' 성향을 가지고 있는데, 노년에도 이 성향은 변하지 않은 것으로 보인다. 그는 중국 역사에 관한 학술 연구를 본격적으로 진행하였다. '중국통사中國通史 저술'이라는 바람은 이루지 못하였지만, 2010년 86세의 고령에 영국 케임브리지대학으로부터 정식 철학박사 학위를 취득하였다. 박사학위 논문 제목은 「당대 성세기 황위 계승 제도唐代盛世繼承皇位制度」이다.

이후로 진융은 비교적 건강하게 노년을 보냈다. 93세 생일을 맞아 지인들과 함께하는 사진을 통해 건재를 확인할 수도 있었다. 하지만, 우리는 결국 안타까운 소식을 듣고 말았다. 2018년 10월 30일 94세를 일기로 진융은 마지막 숨을 거두었다. 무협소설의 태두이자 20세기 중국 현대문학에 빛을 더한 위대한 작가 한 사람을 역사 속으로 떠나보내게 된 것이다. 언젠가는 들려올 소식이라 마음의 준비를 하고 있었지만 상실감은 의외로 컸다. 다만, '진융은 갔지만, 강호는 영원하다'는 누군가의 말로 그 상실의 마음을 달랠 뿐이다.

———— ◆ ————

【진융 작품 연보】

1955년 『서검은구록書劍恩仇錄』

1956년 『벽혈검碧血劍』

1957년 『사조영웅전射鵰英雄傳』(1959년 완결, '사조삼부곡'의 제1부)

1959년 『신조협려神鵰俠侶』(1961년 완결, '사조삼부곡'의 제2부)

1959년 『설산비호雪山飛狐』

1960년 『설산비호飛狐外傳』(1961년 완결)

1961년 『의천도룡기倚天屠龍記』('사조삼부곡'의 제3부)

1961년 중편소설『백마소서풍白馬嘯書風』·『원앙도鴛鴦刀』 발표

1963년 『천룡팔부天龍八部』(1966년 완결)

1963년 『연성결連城訣』

1965년 『협객행俠客行』

1967년 『소오강호笑傲江湖』

1969년 『녹정기鹿鼎記』(1972년 완결)

1970년 단편소설「월녀검越女劍」 발표

04

역사와 함께
걸어가는 문학

●

량치차오
이현복

—

딩링
김윤수

—

마오쩌둥
피경훈

량치차오,
근대의 길목에서
소설을 발견하다

이현복

새로움은 낡음에서도 온다

흔히 중국 현대문학사에서는 1917년을 신문학의 기점으로 기술한다. 그리고 우리는 '신新'이라는 접두어와 1917년이라는 시점에서 '단절감'을 느끼게 된다. 곧, 1917년을 기점으로 중국이 이전과는 전혀 다른 문학을 탄생시켰다고 인지하게 된다는 말이다. 그러나 새로운 국민 문학으로서 중국 신문학은 앞 시대와의 단절만이 아니라 계승이기도 하다. 오래전부터 내려온 누군가의 전통이 변화하는 환경 속에서 그 누군가의 현재와 어긋나고 그 누군가의 미래를 막아선다면, 그이는 이를 버리고자 할 것이다. 그렇지만 그 전통은 또 그이를 만들어온 것이고, 그이 자체이기도 하기에, 그 가운데 남겨 버려야 할 것이 있기 마련이다. 폐기와 단절, 변용과 계승은 누군가를, 무엇을 새로이 만들고 만다. 단절과 계승은 함께 이야기해야 하고, 새로운 것과 낡은 것도 함께 이야기해야 한다. 이는 중국 신문학을 이야기할 때도 마찬가지이다. 우리는 그 새로움을 논의하기에 앞서 중국 신문학이 시작되기 전, 이것을 준비했던 앞선 목소리를 함께 살펴볼 필요가 있다. 그렇게 함으로써 우리는 중국에서 신문학 탄생을 촉발한 고민과 내용이 과거의 무엇과 연결되고 있는지를 볼 수 있을 것이고, 그것이 그 이후를 어떻게 만들었는지를 보게 될 것이며, 그로부터 더 넓고, 더 깊게 본 모습을 알아볼 수 있을 것이다.

량치차오, 길목에 서다

청의 종말과 새로운 시대의 도래가 교차하던 시기, 새로운 변화는 그냥 주어지는 것이 아니라 시대를 깨닫고 이를 먼저 움직였던 사람들이 있었기에 가능한 일이었다. 그들은 당시의 중국(淸)의 현실을 자신들만의 시야로 새롭게 인식하고자 했으며, 그것을 바탕으로 변화를 스스로의 손으로 만들고자 했다. 그리고 그들이 변화를 만들어나가는 길은 자신들의 방법을 반성하고 이를 새로운 상황에 맞게 폐기하거나 바꾸는 것이었다. 당시 누구보다 이러한 일에 앞장섰던 이가 량치차오梁啓超였다. 량치차오는 1873년 광둥성廣東省 신후이현新會縣 차컹촌茶坑村에서 태어났다. 원래 그의 집안은 먼 선대부터 전통적인 선비 집안이었으나 량치차오의 할아버지 량웨이칭梁維清이 수재秀才에 합격해 생원生員이 되기까지 내리 10대를 농사만 지어왔다. 량웨이칭은 겨우 수재만 합격했기 때문에 어린 량치차오가 신동의 모습을 보이자 드디어 집안의 오랜 숙원을 이룰 수 있다는 기대를 갖게 되었다. 량치차오라면 자신이 합격한 수재는 물론이거니와 향시, 회시, 전시를 다 합격해 관리로 나아가

(좌)일본 유학시절의 량치차오. (우)캉유웨이.

배움을 펴고 집안도 다시 일으킬 수 있다고 생각했다. 량치차오는 1884년 두 번째 치른 수재에 합격하여 광둥에서 첫 손에 꼽는 학해당學海堂에 들어가 수학하게 되었다. 그리고 5년이 지난 1889년 광둥성 향시를 합격하여 거인이 된다. 이제 거인이 되었겠다, 3년 후 회시, 다시 3년 후 전시만 합격한다면야 관리로서 창창한 앞날이 있을 것 같던 이 청년은 그만 이 무렵 같이 공부하던 천퉁푸陳通甫를 통해 캉유웨이康有爲를 알게 된다.

　캉유웨이는 량치차오와 달리 향시에 실패했지만, 1888년 벌써 상소를 올려 변법變法을 호소하였고 고향으로 돌아가 학사를 세우고 제자를 키우고 있었다. 과거를 보고 입신하여 세상을 경영해보는 데 일조할 수 있겠지만, 시류에 맞지 않는 낡은 방법에 기대는 한 이 거창한 사명을 실현하는 것은 불가능하다고 보았다. 그는 시대와 사회가 변화하고 있다고 인식했고, 그에 따라 세상을 아는 학문도, 그 학문을 발휘하는 방법도 변해야 한다고 생각했다. 캉유웨이는 형식적으로 모범 답안만 베끼는 과거로는 자신이 공부하던 유가의 문장에서 전하는 의리와 이상을 실현할 수 없다고 생각했다. 그는 대신 과거를 위한 공부가 아닌 사회를 바꿀 수 있는 공부를 찾고 이로써 후학을 길러내려 하였다. 그리고 다시 이를 바탕으로 국가와 사회를 바꾸는 활동을 하려고 했다. 그는 고향으로 돌아가 학당을 세우고 자신도 공부하면서 제자를 키웠고, 집필에 몰두하였다.

이러한 마음으로 새로운 학문을 빚어가던 캉유웨이의 글을 읽어본 량치차오는 머리를 맞은 듯 커다란 충격을 받게 되고, 캉유웨이의 학문과 방법을 익히기로 마음을 먹는다. 그래서 자신은 이미 거인이 되었음에도 캉유웨이와 스승과 제자의 관계를 맺게 된다. 그리하여 캉유웨이의 변법사상을 배우게 되는데, 특히 캉유웨이의 『신학위경고新學僞經考』, 『공자개제고孔子改制考』, 『대동서大同書』로부터 영향을 받게 된다. 량치차오는 이들 저작을 단순히 읽어본 것에서 그치지 않고, 『신학위경고』는 교감 작업에, 『공자개제고』는 편찬 작업에 일부 참여하였고, 『대동서』는 원고를 미리 읽어보기도 했다. 즉, 캉유웨이의 대표적인 저작에 량치차오도 간접적으로 참여했던 것인데, 이는 그들이 학문적 실천과 사회적 실천을 공유하게 되었다는 것을 말한다.

그들은 학문을 논하고 익히는 것에서만 머물지 않고, 기존의 체제 속에서 정치적 행동으로 당시의 폐단을 극복해보고자 했다. 1895년 청일전쟁으로 시모노세키조약下關條約이 체결되자 량치차오는 캉유웨이와 함께 공거상서公車上書를 올려 화의를 거부하고

변법을 주장했다. 공거는 거인에 응시한 이들을 말하는데 이 상서
에는 1천여 명이 참여했다고 한다. 이후 강학회強學會를 만들고『만
국공보萬國公報』에서 이름을 바꾼 기관지『중외기문中外紀聞』의 주
필로 참여했으며,『시무보時務報』,『청의보淸議報』등을 통해 변법사
상과 서구의 새로운 학문·사상을 전하였다. 그리고 1898년 6월 드
디어 백일유신으로 불리는 무술정변戊戌政變을 일으켜 변법의 사
회·정치적 실현을 도모하게 된다.

　이렇게 그는 전통적인 선비에 머물러 공허한 이론과 글쓰기에 매
달리지 않고 사회를 바꿀 수 있는 공부와 이를 바탕으로 한 사회 변
화를 추구했다. 이러한 개혁지사로서의 실천 활동에 참여할 수 있
었던 까닭은 그가 오랜 시간 중국을 만들어왔고, 그 일부가 되어버
린 당시의 방법을 반성하고, 그 방법의 변화에서 출발했기 때문이
었다. 전통 학문에서 출발했기에, 그는 이를 잘 알고 있었을 뿐 아니
라, 이것을 당시의 시대적·사회적 상황과 연결시켜 무엇이 문제이
고 어디에서 출로를 찾아야 하는지를 고민하고 나름의 해답을 찾을
수 있었다. 특히 그는 전통 학문, 문화, 제도 등에 우수한 점이 있었
으나, 당시에는 이것이 막히어 제대로 발휘되지 않았다고 보았다.
또 고유한 것이 서구의 새로운 문화·제도와 일맥상통하는 바가 있
다고 보았다. 그래서 그는 막혀 있는 옛 방법을 다시 흐르게 함으로
써 당시의 서구가 이룩한 발전의 지경에까지 이를 수 있다고 보았
던 것이다.

　이처럼 량치차오는 구학문의 전통하에서 살아왔고, 실력을 인정
받던 이였지만 구학문과 그에 바탕을 둔 제도와 방법이 막혀서 제
대로 실행되지 못하자 이것이 소통될 수 있도록 사회를 바꾸고자

했다. 무엇보다 그는 당시 막혀 있던 것 중에서 중국의 글(文)의 전통을 핵심의 하나로 보았다. 그래서 그는 글을 새롭게 함으로써 망해가던 중국을 변화시키고 발전시킬 수 있기를 기대했던 것이고, 이것은 이후 중국 신문학이 탄생하게 되는 밑거름이 되었다.

세상을 담아 다스리다

신문학은 '새로운 글' 혹은 '새로운 글쓰기'라고 할 수 있으며, 앞에서 언급한 것처럼 1917년을 기점으로 한다 함은 이 해를 전후하여 중국에서 새로운 글쓰기와 글이 나타났다는 말이다. 그렇다면, 도대체 글의 무엇이, 왜 변했는가? 또 변화한 모습은 어떠했으며, 그리고 그것이 지금 무슨 의미를 갖고 있는가? 우리는 이런 질문을 던질 수 있을 것인데, 그 답을 찾기 위해서는 우선 과거 중국에서 '문文'이 의미하는 것이 무엇이었는지를 살펴보아야 한다. 그리고 다시 문과 다스림, 즉 글과 정치의 관계를 생각해보아야 한다. 중국에서 글은 정치나 사회체제의 변화와 밀접한 관련이 있기 때문이다.

옛 중국에서 이상적인 정치나 통치에는 덕치德治니 인치仁治니 하는 것들이 있었는데, 그중 우리가 여기서 생각해볼 수 있는 것이 '문치文治'이다. '문치'는 사전적으로 "문교와 예악으로 백성을 다스리는 것以文教禮樂治民"이라 한다. 『예기禮記·제법祭法』에 "문왕은 문치로, 무왕은 무공으로 백성의 재앙을 없앴다文王以文治, 武王以武功, 去民之災"라고 했다. 이것으로부터 보면 문과 무가 통치의 수단이며, 제왕들은 이것을 통해 백성의 재앙이나 재난을 없앴는데 그것이 다스림, 곧 통치라는 것을 알 수 있다.

가장 기본적인 의미를 유추해본다면 문치는 '글월 문文'에, '다스릴 치治'자이니 글에 의한 통치로 볼 수 있을 것이다. 그런데 '문'은 글월만 지칭하는 것이 아니라 무늬를 말하는 것이기도 하다. 이때 무늬는 세상의 무늬이다. 즉, 세상의 모습이고 세상의 모양을 말한다. 그런데 이 모습이나 모양은 우리가 보고 듣고 느끼며, 인식하고 분석하여 이용하는 객관적이고 물리적인 자연 세계만을 말하는 것은 아니다. 여기에는 세상이 그런 무늬를 갖게 된 이치까지 포함된다. 이치에는 사람이 먹고 살아가고 있는 터전이 존재하고 굴러가는 법칙, 오늘날로 이야기하면 과학 법칙이나 자연 법칙 같은 것도 포함된다.

그런데 여기에 한 가지 더, 이 터전에서 사람들이 어떻게 무리를 지어 살아가는가 하는 문제도 포함해야 한다. 이것은 객관적인 우주와 자연의 운행 규칙인 과학 법칙과는 다르다. 이것은 두 가지 다른 차원을 다루는데, 첫째는 인간이 무리, 곧 사회 혹은 공동체를 이루어 살아가면서 이를 지키기 위해 공감하고 합의한, 사람과 사람 사이의 관계에 관한 것으로서 도덕이다. 두 번째는 사람이 거하는 세계와 관계되는 것인데, 인간이 무리를 짓고 살아가는 데 있어 거스를 수 없이 정해진 도리 같은 것으로서 윤리이다. 예를 들어 부모와 자식 사이의 관계와 같은 천륜 혹은 윤리가 그것이다. 도덕과 윤리의 문제는 간혹 충돌하기도 한다. 가령, 범죄를 저지른 아버지를 아무리 아버지라도 고발해야 한다는 도덕적인 명령과 그래도 어찌 자식 된 도리로 아버지를 고발해야 하느냐는 천륜, 윤리적인 명령이 충돌하는 것이다.

책상에 앉아 글자를 쓰고 있는 젊은 날의 량치차오.

　결국 이를 정리해보면, 문은 글이자 세상의 무늬이고, 이 무늬에
는 감각 세계와 물리 세계, 과학 법칙과 이성, 도덕과 윤리와 같은
모든 것이 다 포함되는 개념이라고 할 수 있다. 그런데 재미있는 것
은 중국의 문자 자체가 그러하다. 한자는 형形, 음音, 의意(義)를 다
알아야 한다고 우리는 배워왔다. 이는 외형적인 세상의 모습, 즉 형
과 음뿐만 아니라, 과학적이고 물리적인 세계와 도덕적이고 윤리적
인 의리의 영역을 종합적으로, 그리고 직관적으로 알아야 한다는
것이다.

　이렇게 세상의 이치가 직관적으로 파악되는 것은 한자의 장점이
기도 하다. 글자와 그 글자로 이루어진 문장에 대상과 대상의 이치
까지 모두 담겨 있다는 말이다. 중국에서 서예는 중요한 교육의 수
단이기도 했다. 가르침이 세상의 이치를 아는 것이라고 한다면, 세
상을 담고 있는 글자를 쓰는 것 자체가 세상의 이치를 아는 유용한
방법이 된다. 그래서 글자를 쓰는 것이나 그 글자로 문장을 만드는

일은 세상을 그려내고, 세상을 담아내는 것이었다. 또 그러하기에 문치는 글에 의한 통치를 뜻하기도 하지만 그것이 담고 있는 세상의 이치가 소통되는 통치를 말하는 것이다.

그런데 세상의 무늬라는 것은 사실 어느 곳, 어느 때에나 다 통하는 보편적인 세계의 그것이 아니었다. 중국문명의 출발은 황하 유역이며, 이 황하 유역에서 발달한 것이 농경이다. 유가적 전통에서 세계는 이 농경이 중심이 되는 세계를 말한다. 그렇다면 농경을 토대로 하는 사회의 특징은 무엇일까? 일단 한 곳에 머물러야 한다. 다른 말로 정주성定住性이 있어야 한다. 그래서 땅이 중요하다. 다음으로 시간 혹은 계절이 중요하다. 사냥감이 언제 잡힐지 모르는 수렵 생활이나 풀을 찾아, 물을 찾아 이리저리 떠돌아다녀야 하는 유목 생활과 달리 농경 생활은 시간의 흐름, 계절의 변화, 그러니까 우주의 운행을 파악할 필요가 있다. 마지막으로 사람 손이 많이 가기에 사람이 중요한 요소이다. 이때 사람을 동원해야 하는데, 힘으로는 한계가 있다. 대신 많은 사람들이 자발적으로 결합하도록 해야 하는데 그러기 위해서는 사람들의 이해利害 문제를 해결해주어야 한다. 즉, 사람들이 공통의 이해를 해결할 수 있는 공동체를 만들고 유지할 수 있도록 해야 한다. 이러한 농경에 바탕을 두고 발전한 사회의 지배자에게 요구된 것은 모두가 굶지 않도록 골고루 나누는 것이었다. 이것이 그들의 도덕이었고, 그들을 통치하는 이는 이러한 도덕적 책임을 진 자였다. 그는 이 도덕적 명령을 구현하기 위해 자연과 인간의 이치를 잘 파악하고 이를 소통시킬 필요가 있었다. 그렇기 때문에 유가적 세계관과 그것이 지배하는 세계에서 문과 문치는 반드시 필요했던 것이다.

세상이 막히고 의리가 타락하고 글이 쇠하다

문치가 세상의 이치에 따른 다스림이라고 했을 때, 하늘의 이치, 공의公義는 함께 나누는 평분平分이고, 이 도덕적이고 윤리적인 명령을 행하는 자는 비록 사사로운 하나의 성씨에 속한 자이지만 세상의 이치에 부합하고 이를 실현하는 자이기에 공公의 위상에 이를 수 있었던 것이다. 유가에서 말하는 공은 이렇게 농업에 바탕을 둔 사회에서 평분을 실현하는 것을 이르기도 하고, 이를 실현하는 이, 곧 천자를 일컫기도 했다.

이 공에 대한 태도는 두 가지로 나눌 수 있다. 하나는 이를 절대화하고 바꿀 수 없다고 보는 것이고 다른 하나는 이것까지도 바뀌고 변한다고 보는 것이었다. 전자의 가장 대표적인 예는 일본이라고 할 수 있다. 일본은 특히 공을 절대화하여 바꾸지 않았다. 일본의 천황이 이제까지 존재하고, 그와 관계된 사회체제가 유지되고 있는 것이 바로 그 이유이다. 그들은 절대적인 공을 바꾸지 않고, 대신 그 아래의 방법을 바꾸는 쪽을 선호했다. 반면 중국이나 한국(특히 조선의 건국이 그러하지 않았는가?)은 문이 쇠하면, 즉 의리가 쇠하면, 천자나 왕이 의리를 제대로 따르지도 않고 이를 버리지도 않으면 바꿀 수 있다고 보았다. 그래서 역성혁명易姓革命이 일어났던 것이다.*

그런데, 앞에서 말한 유가적 이상이 구현되는 문치의 사회는 현실이 아닌 상상된 사회였다. 중국은 오랜 시간 농업에 기반을 둔 사회체제를 유지해오고 그것을 지키기 위해 노력했지만, 완벽하게 그

---

* 이에 관해서는 미조구치 유조 저, 정태섭·김용천 역, 『중국의 공과 사』, (서울: 신서원, 2004) 참조.

이상대로 사회가 발전하고 유지된 적은 없었다고 할 수 있다. 중국에서는 의리가 소통되지 않고, 문치가 제대로 작동되지 않으면, 의리를 구현할 책임이 있는 공을 바꿈으로써 사회와 역사를 유지해왔다. 세상이 쇠한다는 것은 의리가 쇠하는 것, 곧 문이 쇠하는 것이고, 그러면 공이 지위를 잃고 다른 이로 대체되든가, 아니면 문이 변하든가 했던 것이다.

　청말은 이러한 의미에서 의리가 쇠해 나라가 흔들리는 때였고, 그래서 변화가 필요한 시기였다. 그런데 청말의 혼란과 위기는 이전과는 질적으로 달랐다. 자본주의 발전의 최후 단계라고까지 이야기되는 제국주의 국가들의 침입으로 중국은 농업에 바탕을 둔 사회에서 점차 시장의 영향력이 큰 자본주의적인 경제체제와 서구의 정치체제를 받아들여야 하는 상황으로 바뀌어갔던 것이다.

옛것을 통하게 하여 위기를 이기려 하다

그런데 이처럼 사회의 뿌리에서 변화가 일어나고 있었지만 아직은 청 전체에 걸쳐서, 그리고 모든 이들에게 일어나고 있던 것은 아니었다. 아편전쟁 이후 개항장이 생기고 이곳을 통해 서구의 제국주의 세력이 들어오고 사회를 변화시켰지만, 여전히 사람들은 국토의 대부분을 차지하고 있는 향촌, 곧 시골에서 전통에 따라 농사를 짓고 있었다. 이는 중국인 대부분이 아직은 낡은 체제 속에서 옛 관습에 따라 살아가고 있었음을 말하며, 변화는 도래하고 있었지만 당시 사회를 움직일 수 있는 일반 백성 모두가 그 변화를 깨닫고 움직일 수 있는 것은 아니었다는 것을 뜻한다.

그러나 글자깨나 익히고 관리로 출세해보겠다고 하는 신사紳士들은 일반 백성들과는 달랐다. 선비들이 학문을 하는 최고의 목표는 중앙의 관료가 되어 자신들이 배운 이상을 실현하는 것이었다. 그래서 사회체제의 변화는 그들에게는 존망이 달린 중요한 문제였다. 때문에 아편전쟁이나, 양무운동, 서구 세력의 동진과 같은 사건과 사회의 변화에 민감할 수밖에 없었다.

한편 당시 지식인들이 살아가는 방식에 많은 변화가 찾아왔다. 그들이 공부해온 것을 과연 발휘할 수 있는 기회가 있을까 하는 회의가 일기 시작했다. 과거科擧는 그들이 사회에 진출하는 유일한 통로였는데, 이때는 모범 답안을 따라 형식적으로 치르는 시험이 되어 있었다. 과거라는 낡은 제도에 소용되는 글들은 더 이상 유가의 이상을 담아내지도 실현하지도 못하는 무용한 글이었다. 게다가 관가의 부패가 심각했다. 연줄이 닿는 사람들이 과거에 합격하고 승진할 수 있었고, 매관매직도 만연해 있었다. 전통 지식을 익힌 지식 청년들이 이제껏 배워왔던 지식과 이치를 활용할 수 있는 통로가 막힌 것이었다. 량치차오와 같은 이들은 오랜 시간 과거를 위해서 공부했다. 그런데 인생의 모든 것을 걸고 있던 이 경쟁이 공정하지 않고, 그로 인해 사회로의 진출이 막혀버린다면 이를 준비해왔던 이들은 당연히 불만을 품을 수밖에 없다. 이 불만이 개인에 그치지 않고 모이고 모인다면, 사회의 변화로 이어질 수 있었다. 당시 신사들의 이러한 문제는 결코 그들만의 문제가 아니었다. 이것은 사회 전체적으로 염치가 사라지고, 풍속이 타락했다는 반증이었으며, 부패한 관가官街의 모습은 소수의 신사들, 청말 지식 청년만의 문제가 아니라 사회 전체가 타락하고 닫혔음을 말해주는 것이었다. 그들의 불만이 신사만의 불만이 아니라 사회 전체의 불만이 되어갔고, 전통 사회의 골간이었던 이들의 불만의 폭발은 사회 전체의 변화로 이어지게 되었던 것이다.

이러한 상황에서 지식이 소통되는 시스템과 글을 쓰는 환경에도 변화가 일어났다. 이전에는 서원이 교육을 담당했다. 하지만 서원 자체가 옛것이었고 그 안에서 가르치고 배우는 지식과 글이 낡은 것이었기에, 새로이 들어오는 서구 지식을 전할 수 없었다. 새로운 지식은 이제까지와는 다른 틀을 통해서 전해져야 했고, 이에 서구식 학교와 교육제도의 필요성이 높아졌다. 한편 언론 매체(報刊)들이 늘어났다. 이제 글이 좀 더 대중적으로 유통될 수 있는 여건이 마련된 것이다. 또한 새로운 지식과 사상을 함께 학습하고 토론하는 학회가 생겨났고, 다양한 강연과 연설회가 조직되었다. 지식인들이 지식을 익히면서 사회적으로 소통시키는 공간이 이처럼 다양하게 확장된 것이다.

그런데 량치차오와 같은 이들은 변화 자체를 부정하지는 않았지만 아직까지는 옛 체제와 질서를 완전히 뒤바꿀 생각은 없었다. 질적으로 다른 사회체제가 다가오고 있고, 그렇게 사회가 변화해가고 있었지만 그는 다름을 지적하기보다는 과거로 돌아갔다. 서구가 발전했지만 그들이 발전한 것, 그들이 가지고 있는 것이 실은 다 중국에도 있었다는 것이 그의 주장이었다. 그는 중국에는 본래 상가商家, 공가工家, 병가兵家가 다 있었다고 말했다. 쉽게 말해, 자본주의도 과학기술도 군국주의도 본시 다 중국에는 있던 것들이라는 말이었다. 유가를 포함한 백가들이 본래 중국의 의리에 포함되어 있었던 것이고 다만 소통되지 않았다는 것이다. 이러한 것들이 소통되지 않고 막혀 있다 보니 사회는 염치와 의리를 잃게 되고, 다시 이로 인해 사회가 흔들리고 무너질 위기에 처하게 되었다는 것이 그의 인식이었다.

앞에서 공이 평분의 도덕과 이를 실천하는 군주를 가리킨다고 했다. 그런데 이제 공의 의미가 변하게 되었다. 이제껏 공이라고 했던 왕조는 실은 사私적인 체제로 비치게 되었다. 량치차오는 왕조가 결국은 일개 성씨의 나라였다고 말했다. 이제 공은 관官에서 중衆으로 바뀌어갔다. 즉, 권력을 가진 소수의 이익을 위한 것이 아닌 다수 대중의 이익을 위한 것으로 바뀌어갔던 것인데, 이것은 결국 평분의 공의로 다시 돌아가는 것이되 그 주체가 바뀌는 것을 의미했다.

량치차오는 공덕公德과 사덕私德을 나누고, 중국의 민이 가지고 있지 않은 것을 공덕이라고 했다. 이 공덕은 다수의 이해와 관련된 것으로서 인간의 집단을 존재하게 하고, 국가를 존재하게 하는 것, 곧 오늘날의 공중 의식, 공공 의식과 같은 것이었다. 중국은 오랜 동안 사사로운 왕가의 이익을 공으로 삼아왔는데, 이것이 실은 사私였던 것이고, 그래서 량치차오는 중국에는 없는 서구의 공을 가지고 와서 중국 사회를 바꾸고, 중국의 민을 바꿔야 한다고 보았다. 그런데 전통적인 사회체제에서도 공의 존재 이유는 모든 이들이 배를 굶지 않고 살게 하는 것이고, 그래서 다수의 이익을 보장해주어야 했다. 량치차오는 당시까지는 아직 황제가 이러한 공의 지위를 벗어나지 않았다고 보았다. 유가만이 아닌, 농공상병 등이 어우러진 것이 중국의 본래 사회체제이자 질서이고 이를 구현한 것이 황제와 그의 충실한 선비±였다. 량치차오는 황제와 선비가 아니라 그 주변에서 자신들의 이익을 위해 중앙의 질서를 어지럽히고 백성의 이익을 해함으로써 사회 전체의 공동체적 결속을 무너뜨리는, 황제 주변의 인물들이 잘못된 것이라고 본 것이다. 비록 이민족의 왕조라도 청조는 세상의 의리를 지키려고 하는 존재이고 이를 무너뜨리는 것은 아직은 말이 되지 않는다 생각했다. 그래서 일본처럼 황제를 유지하되 그와 연합해서 정치하는 이들을 바꾸고, 그들의 방법을 바꾸려고 했다.

글쓰기를 바꿔 세상을 바꾸려 하다

그럼 무엇을 바꾸는 것이냐 하면, 그것은 방법을 바꾸는 것이었고, 방법은 어떻게 바꾸느냐 할 때, 그 핵심에 있는 것이 바로 '문'을 바꾸는 것이었다. 이것은 지식인들이 학문·지식·사상을 익히고, 소통하는 틀을 변화시키는 것이었다. 청말 무엇보다 가장 큰 변화는 학문의 범위가 확대되고, 성격이 바뀌고, 기존의 지식이 유통되는 장이 변했다는 것이다. 량치차오는 거인擧人까지 올랐지만, 캉유웨이에게서 전통 학문을 익힌 외에도 정치학과 과학 등 서구의 학문을 공부했다. 또한 다양한 잡지와 신문을 통해 새로운 문체를 시험했다. 학문을 익혀 과거를 보아 중앙 관가와 정가로 진출하는 것이 과거 지식인이 지식을 사회적으로 소통시킬 수 있는 장이었다면, 이제 량치차오의 시대에는 그 장이 변화를 맞이하게 되었던 것이다. 서원과는 다른 학당을 통해 중국 전통의 학문과 서구의 신학문을

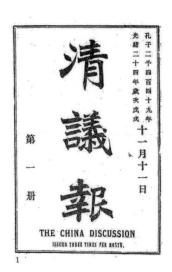

孔子二千四百四十九年
光緒二十四年歲次戊戌十一月十一日

清議報

第一册

THE CHINA DISCUSSION
ISSUED THREE TIMES PER MONTH.

량치차오가 발간한 『청의보』 속표지.　1

보급할 수 있고, 잡지를 통해 지식인의 글이 일부 소수에게뿐 아니라 여러 사람들에게 전해질 수 있게 된 것이다. 량치차오와 같은 이들은 경사자집經史子集과 그것이 담고 있는 이치를 흐르게 하는 방법을 바꾸고자 했다. 그 하나가 과거의 폐지이고 학교의 설립이었다. 청말에 설립되기 시작한 근대적인 학교에서는 여전히 경사자집을 통해 고유한 사상을 가르치고, 문장을 가르쳤다. 량치차오는 경사자집이나 그에 담긴 이치를 과거의 방식이나 문체로 가르치는 것뿐 아니라 문체를 바꿀 필요가 있다고 생각했다.

글의 변화는 이미 당시 유통되고 있던 신문잡지(報刊)와 같은 근대적인 언론 매체를 통해 실험되고 있었다. 신문잡지의 글은 기본적으로는 중국 전통의 문언문이었다. 하지만, 그 안에는 신조어나 새로운 개념어가 담겼고, 변화된 세상의 모습도 담겼다. 그리고 세상을 새롭게 보는 시각, 즉 새로운 이론도 담겼다. 량치차오도 『청의보清議報』와 『신민보新民報』 등 잡지를 발간하고 여기에서 새로운

문체를 실험했다. 더 이상 과거를 보기 위한 문체를 사용하지 않고
방법을 바꾼 것이다. 그 바탕에는 새로운 문체를 통해 오히려 막혀
있던 의리를 통하게 할 수 있다는 사고가 놓여 있었다.

소설로 마음을 움직여 사람을 새롭게 하다

그는 문체의 개량과 더불어 그간 정통에서 소외되었던 소설에 주
목했다. 소설은 유가 전통에서는 배척되어왔다. 이에는 여러 이유
가 있겠으나 크게는 두 가지로 말할 수 있다. 하나는 현실을 중심에
두는 유가의 이념과 맞지 않았다. 본래 중국에서 소설은 불교에 많
은 빛을 지고 있었다. 불교의 승려들은 포교의 목적으로 소설을 활
용했다. 불교는 이승과 저승이 있고, 귀신을 이야기한다. 이처럼 불
교는 세상을 둘로 나누어 본다. 그러나 유가는 현실만을 이야기한
다. 공자孔子는 괴이하고 어지러운 귀신의 세계는 말하지 않았다.
유가에서 제사는 귀신을 섬기는 것이 아니라 가족 재산의 상속을
확정하는 현실적인 행위였다. 이것은 현실에서 공동체를 유지하기
위한 것이었다. 유가는 농경 사회의 이면에 있는 이러한 공동체의
이상을 충실히 구현하려고 했다. 불교와 같은 이원론적 세계관이
지배하는 사회에서 공동체의 유지는 내세에서의 행복을 약속함으
로써 현실의 공동체를 유지하는 것이다. 이것은 유가의 이상과 맞
지 않았다. 그래서 저승과 귀신을 이야기하는 소설은 말류로 치부
되었다.

둘째, 소설은 가담항설街談巷說이고 도청도설道聽塗說이었다. 길

거리와 골목에서 이야기하는 것이다. 길거리와 골목에서 누가 이야기하는 것인가? 그것은 다름 아닌 속인俗人이었다. 이들은 군자君子와 소인小人의 구도에서 늘 천대받았던 소인이었다. 유가는 사람을 군자와 소인으로 나누어 이분법으로 바라보았다. 이치를 깨달은 군자, 이들은 결국 천자와 그들과 결탁된 봉건사회의 관료들(士)이고 나머지가 소인이 된다. 이들이 속에 해당했고, 소설은 이들 속된 이들의 말이었다.

그런데 이제 바꿀 필요가 있는 것이 방법이고 사람이었다. 량치차오는 일단 황제는 바꿀 수 없다고 보았다. 대신 군주가 깨달아 밝아질 필요는 있었다. 량치차오와 같은 유신파들은 그래서 나중에는 개명전제開明專制를 말하기도 했다. 이것은 깨달은 군주가 통치하는 것을 말한다. 그들은 공으로서 황제의 위치와 가치는 아직 변하지 않는다고 보았다. 그들은 대신 의리가 소통되는 것을 가로막고 있는 이들을 제거해야 한다고 생각했다. 이는 곧 황제 주변의 서태후 일파와 부패한 귀족 관료들이었다. 그는 황제와 함께 공의를 실현할 수 있도록 주체를 확장하고 바꾸고자 했다. 황제와 소통해야 할 아래下를 더 넓혀야 한다고 보았던 것이다. 이제까지 속俗으로 배척받았던 일반 대중이 새롭게 만들어져야 했던 것이고, 이들이 황제와 연결되어야 하니 이는 곧 그들을 정치나 통치로 끌어들여야 한다는 말이었다. 량치차오는 이를 군치群治라고 말했다. 량치차오가 보기에 서구의 장점은 한 사람만이 아니라 여러 명이 정치에 참여하는 군치였고, 이것이 천하의 공을 실현하는 데 유리했다.

그런데 당시 서구의 정치도 진정 평등한 것은 아니었다. 서구에서 보통 선거가 확립된 것은 20세기에 접어들어서도 한참이 지나서였다. 노동자나 여성이 선거권을 가진 것은 빨라야 1920년대부터 시작되었다. 그 시기 서구에서도 선거권은 교양 있는 소수에게 있었다. 즉, 서구에서도 누군가가 정치에 참여할 수 있는 사람의 자격을 문제시했던 것이다. 게다가 중국은 서구의 정치제도를 훈련해보기는커녕 접해보지도 못한 다수의 무지한 사람들이 인구의 대부분을 차지하고 있었다.

량치차오 역시 당시에 결코 모든 이들이 참여하는 것을 군치라고 보지 않았다. 대신 그는 정치에 참여할 수 있는 이의 자격을 논했던 것이다. 그는 모두 다 자격이 있던 것은 아니니, 자격을 갖춘 이들로 사람들을 변화시켜야 한다고 생각했다. 량치차오는 이것을 군자에 해당되었던 사士의 범위를 넓히는 것으로 보기도 했다. 량치차오는 중국에서 사농공상병士農工商兵의 구분이 있지만, 실은 농공상병에도 다 사가 있었다고 말했다. 즉, 농사農士, 공사工士, 상사商士, 병사兵士가 있었는데, 이것 역시 소통되지 않고 막혔다고 보았다. 전통 왕조가 천자와 각성한 관료들이 군자로서 다수의 소인을 통치하는 체제라고 한다면, 량치차오는 황제와 결합할 군자를 넓히려고 했다. 그런데 그 근거를 과거에서 끌어온 것이었다. 그리고 이렇게 넓혀진 이들을 민民으로 이야기했다. 이들은 각성한 이들이고 그래서 정치에 참여할 수 있었다.

량치차오는 국뇌國腦라고 해서 민지民智, 곧 백성의 지를 말했다. 그는 민지가 글자를 알고, 글을 지으며, 경經과 사史를 읽을 수 있으며, 더 나아가 외국 언어와 문자를 알고, 세계의 일들을 깨달으며, 궁극적으로는 정치를 논하는 것이라고 생각했다. 즉, 넓어진 민民은 언어 문자를 바탕으로 세상의 이치를 익히고, 그 깨달음을 가지고 정치에 참여할 수 있는 이들이었다. 그는 이들이 황제와 만나 군치를 한다면, 세상의 이치는 다시 통할 수 있다고 생각했다. 그리고 그는 이것을 키우는 것을 학교라고 보았고, 학교에서의 가르침 중에서도 문학이 이에 가장 적합하다고 보았던 것이다.

그런데 서구나 일본을 보니 소설이 그런 역할을 하고 있었던 것이다. 그래서 그는 외국의 정치소설을 번역해 출간하면서 소설로 국민이 될 수 있는 조건인 지적인 각성을 불러일으키고, 백성들로 하여금 임금과 정치를 할 수 있게 만들고자 했다. 마침 중국에도 소설이 있었고, 심지어 백가 중에는 소설가小說家까지 있었다. 그에게 소설가도 유가나 상가, 공가와 같이 세상을 논할 수 있는 것이었다. 량치차오가 보기엔 중국의 과거에 이런 좋은 전통이 있었는데, 막혀 있을 뿐이었다. 변법은 이 과거의 전통을 현재에 다시 소통하게 하면 되는 것이었다. 소설조차도 외국의 것이 아닌 자신들의 고유의 방법이고 이를 다시 소통시키는 것이니, 소설을 문학의 최고로 올려서 현재에 발전시키는 것이 큰 문제가 되는 것이 아니었다.

량치차오는 「역인정치소설서譯印政治小說序」에서 '지금 중국에는 문학에 통달한 사람이 극히 적다'고 한탄했는데, 여기서 문학은 의리를 전하는 육경六經과 같은 것이었다. 그는 육경이 교화를 하지 못한다면 당연히 소설로 교화해야 한다고 했다. 앞에서 문치는 문교와 예악으로 다스리는 것이라고 했다. 소설은 옛날처럼 정통 문학에 들지 못하는 말류가 아니라 오히려 의리를 소통하고 백성을 가르칠 수 있는 글(文敎)이 되는 것이었다. 즉, 소설을 통해 백성을 가르치고 지식과 지혜를 높인다면, 이는 문치의 전통을 이어오는 것이었다.

그런데 소설의 교화는 육경이나 정사正史와 같은 정통 문학의 방식과는 다르다. 소설은 사람들의 감정에 호소하는 측면이 강했다. 당시 중국인들은 문맹이 대다수였던 데다가 글을 조금 볼 줄 알았다고 하더라도 육경과 정사 등을 읽고 그 뜻을 이해하기란 쉽지 않았다. 하지만 소설은 글(글자)을 모르는 이들도 읽어주는 이들을 통해 접할 수 있었고, 글(글자)을 아는 사람도 쉽게 읽을 수 있었다. 소설은 재미가 있었고, 쉬웠으며, 사람의 정情에 호소했다. 특히 소설은 해학을 통해 사람들이 세상의 일에 대해 깨닫게 해주는데, 량치차오는 보통 사람들이 이 해학을 좋아한다는 것에 주목했다. 그는 교육을 잘하는 것은 사람의 정에 근거하는 것인데 이는 소설에 있는 골계滑稽와 우의寓意에서 비롯된다고 보았다.

량치차오는 「소설과 군치의 관계를 논함論小說與群治之關係」에서도 교화라는 소설의 역할을 강조했다. 그는 이제 소설이 의리를 전하는 것만이 아니라 새로이 도덕을 세우고, 세상에 새로운 풍조를 만들며, 사람을 새롭게 한다고 말했다. 소설은 고유한 것을 소통시키는 것에만 머물지 않고 사회에 소통되어야 할 새로운 도덕을 만든다. 그래서 사람과 사람, 사람과 세상의 관계나 그것이 굴러가는 방식 등을 바꿀 수 있는 것이었다. 그리고 궁극적으로는 사람을 새롭게 태어나게 하는 것이었다. 문학이 세상을 움직이는 데 중요한 역할을 한다는 것은 여전했다. 량치차오는 이에 더해 문학의 최상등으로서 본격적으로 새로운 사회와 새로운 인간의 창출에 기여하는 역할을 소설에 부여한 것이다.

량치차오는 사람들은 천성적으로 하나의 경계에 머무는 것을 좋아하지 않고 그것을 넘어서려고 한다고 말했다. 현재에 머물지 않고 다른 경계로 나아가는 이 변화를 가능하게 하는 것이 소설이었다. 량치차오는 소설이 늘 사람을 다른 경계에서 노닐게 하고, 접하고 마시는 공기를 변하게 한다고 했다. 그는 이것이 소설에 훈熏, 침浸, 자刺, 제提라는 네 가지 힘이 있기 때문이라고 말했다. '훈'은 연기처럼 인성에 스며들어 변화를 가져오는 것이고, '침'은 물에 젖어들듯이 인간의 심성에 조금씩 들어와 다른 경계로 변화시키는 것이다. 반면 '자'는 독자의 내면에 갑자기 들어와 깨달음을 주는 것이고, '제'는 인간 내면에서 스스로 고양되는 내적인 변화를 말한다. 량치차오는 이 네 가지 힘이 사람을 변화시킨다고 보았다.

이처럼 소설은 변화가 필요한 시기에 외부에 의지하지 않더라도 스스로를 변화시킬 수 있는 고유한 수단으로서 발굴되었다. 그러나 그것은 완고하게 옛것을 지킨다는 부정적인 의미로만 읽혀서는 안 된다. 소설은 교화에 의의가 있었지만, 단순한 전달자가 아닌 새로움을 만들어내는 것으로 다시 읽혔던 것이다. 그렇기 때문에 새로운 글, 신문학의 탄생과 발전을 준비할 수 있었다.

글이 다리가 되다

이제 결론을 대신해 량치차오가 말한 소설의 현대적인 의미를 정리해보겠다.

소설은 철저하게 교화의 목적에서 사고되었으며, 이것은 중국에서 문의 효용에 부합하는 것이었다. 문은 소인을 군자로 바꾸는 교화의 수단이었다. 그런데 교화의 형식이나 문체 등은 아직 현대소설과 가깝지 않았지만, 적어도 소설의 교화를 소설과 문학의 사회성으로 바라본다면 이는 현대적인 문제라고 할 수 있다. 중국 신문학의 출발 역시 사람을 바꾸는 문제와 사람이 살아가는 사회에 대한 책임을 지는 것에 민감했기 때문이다.

또한 량치차오는 소설이 감정에 호소한 측면을 중시했다. 그는 소설이 경사자집이 못하는 것을 할 수 있다고 했다. 재미있는 이야기를 통해 경사자집에 담겨 있는 의리를 전할 수 있다는 것이다. 소설이 그럴 수 있는 것은 바로 인간의 감정에 직접 닿기 때문이었다. 감정의 울림은 계산적인 이성의 판단보다 사람을 더 쉽게 움직일 수 있음을 그는 알고 있었다. 사람을 바꾸려고 했던 그는 지식의 전달만이 아니라 감정의 울림을 통해 이를 이루고자 했던 것이다.

마지막은 바로 앞에서 언급한 사람을 바꾸는 문제이다. 비록 한계가 있지만, 그는 민民의 범위를 넓히고자 했고, 이를 근대적인 국민에 가까운 신민新民으로 제시했다. 중국인의 본래 모습이 어떤지 깨닫고 이를 비판하는 단계에까지 이르지는 않았지만, 사회의 운영과 발전에 참여하는 사람의 자격을 고민한 것은 현대로 다가서는 출발이 되었다고 할 수 있다.

이처럼 량치차오가 문학과 소설의 변화를 꾀한 것은 여전히 중국의 전통적인 틀에 갇혀 있었지만, 그 문제의식에는 현대적인 것이 분명 담겨 있었다. 사람의 정의를 새롭게 하는 문제, 문학 혹은 글이 갖는 사회성과 사회에 대한 책임, 인간 내면의 감정을 울리는 것이 문학이라는 생각의 단초와 같은 것 말이다. 게다가 이는 당시 중국이 직면한 현실의 문제를 해결하려는 의미에서도, 그리고 그 방법을 중국의 과거로부터 가져오려고 했다는 점에서도 중국적인 고민이었다. 이 현대적이고 중국적인 고민은 중국이 자신들의 현대를 만들어가는 데 남아 있었다.

우리는 지금 흔히 근대=서구, 근대화=산업화로 일치시킨다. 그러나 근대화든 무엇이든 그것을 행하는 이들, 어려운 말로 주체가 만들어가는 것이 곧 근대이다. 중국이 만들었고, 만들어가고 있는 것도 근대의 한 모습이라는 이야기이다. 량치차오를 포함한 19세기 말의 고민과 실천이 오늘날에도 이어지고 있고, 그것이 그들의 근대라고 할 수 있다. 서구는 과거나 현재나 중국이 자신들의 방식을 따르고, 자신들이 구축한 세계의 하나가 되기를 바라고 있으며, 다양한 방법과 경로로 이를 주문하고 있다. 정치나 민주, 사회, 문화 모든 것이 그렇다. 그러나 량치차오의 예에서 보이듯이 중국은 늘 자신의 것으로부터 시작하여 여기에 다른 것도 담아보고, 자기 것도 더 가꾸고 꾸며서 현재를 빚어왔다. 그리고 이러한 전통을 계속 유지하고 있다. 이를 만들어낸 것은 무엇보다 자신들의 현실이었다. 우리가 중국을 이해하는 데 서구적 시선을 받아들일 필요가 없듯이, 중국적인 시선을 그대로 받아들일 필요는 없다. 그러나 그들을 보다 정확히 이해하고 만나기 위해서는 이를 늘 고려해야 하는 것은 분명하다.

【실제 작품의 예】

「소설과 군치의 관계를 논함論小說與群治之關係」

일국의 민을 새롭게 하고자 한다면, 먼저 일국의 소설을 새롭게 하지 않을 수 없다. 고로, 도덕을 새롭게 하자면, 반드시 소설을 새롭게 해야 하고, 종교를 새롭게 하자면, 소설을 새롭게 해야 하며, 정치를 새롭게 하자면, 소설을 새롭게 해야 하고, 풍속을 새롭게 하자면, 소설을 새롭게 해야 하며, 학예를 새롭게 하자면, 소설을 새롭게 해야 하고, 나아가 인심을 새롭게 하자면, 인격을 새롭게 하자면, 소설을 새롭게 해야 한다. 무슨 까닭에서인가? 소설은 불가사의한 힘으로 인도를 지배하는 까닭이다.

내 이제 묻노니, "인류는 어이하여 일반적으로는, 다른 글이 아닌 소설을 더 좋아하는가?" 그 답은 필히 이와 같을 것이다. "그것은 얕기에 쉽게 이해할 수 있기 때문이고, 즐겁기에 재미가 많기 때문이다." 이는 본래 그러한 것이다. 그러나 비록 그러하다 하나 아직 그 사정을 다 말한 것은 아니다. 얕아서 쉽게 이해할 수 있는 것은 꼭 소설인 것만은 아니다. 심상한 아녀자나 어린아이의 서신에도, 관가의 공문에도 또한 심오하지도 않고 어렵지도 않은 것이 있으나, 누구라서 그것을 좋아하겠는가? 비단 이뿐만 아니다. 저 재주가 많고 학식이 높은 선비라면, 능히 고전과 고서를 읽어낼 수 있고, 능히 갖은 짐승과 산천초목을 분별하고 설명할 수 있어, 심오한 글이든 평이한 글이든 가려 읽지 않아야 함에도, 무슨 까닭으로 유독 소설만을 좋아하는 것인가? 이 첫 번째 말도 충분한 답이 되지 못한다. 소설이 즐거움을 목적으로 하는 경우는 과연 많기도 하다. 그러나 이런 소설은 세상 사람들로부터 높이 평가받지 못한다. 가장 환영을 받는 소설은 놀라게 하고, 슬프게 하며, 감동을 주는 소설로서 우리는 이런 소설을 읽으면 끝없이 악몽을 꾸고 끝없이 눈물을 훔쳐내고는 한다. 대저 즐겁고자 하는 까닭에 그것을 좋아한다고 했는데, 어이하여 유독 이에 반비례하는 것을 취해서는 스스로 고통을 찾으려고 하는 것인가? 이 두 번째 말도 충분한 답이 되지 못한다. 내 고심하고 궁구해보건대, 이는 아마도 두 가지 까닭 때문일 것이다. 무릇 인간의 본성은 항상 현 경계에서 만족하지는 못하는 법이다. 그러나 이 꿈틀꿈틀 기는 벌레 같은 보잘것없는 껍데기를 한 인간은 접촉하고 느낄 수 있는 경계란 것이 완고하고 짧으며, 한계가 있다. 때문에 늘 직접적으로 접촉하고 느끼는 것 말고도, 간접적으로도 접촉하고 느끼고자 하니, 이것이 소위 신체 밖의 신체이고, 세계 밖의 세계이다. 이와 같은 인식과 사고는 이근 중생利根衆生만 가진 것이 아니라 둔근 중생鈍根衆生도 가지고 있다. 그런데 이 근기根器를 나날이 둔하게 하고, 또 나날이 예리하게 하는 것에는 소설보다 좋은 것이 없다. 소설은 사람을 다른 경계에서 노닐게 하고, 그가 늘 접촉하고 늘 느끼는 공기를 바꾸고는 한다. 이것이 그 첫 번째 까닭이다. 인간은 일반적으로 그가 품는 상상과 그가 경험하고 보아온 경계에 관해 그 도리를 알지 못하고, 고질이 되어 그 까닭을 알려 하지 않는다. 우리는 슬픔, 즐거움, 원망, 분노, 그리움, 놀람, 우울, 참담 따위가 늘 그러함은 알지만 그러한 까닭은 알지 못한다. 그 상태를 모사하려 하나, 마음으로도 스스로 설명하지 못하고, 입으로도 스스로 펴지 못하고, 붓으로도 스스로 전하지 못한다. 누군가가 있는 것을 다 털어놓고 철저하게 다 드러내면, 책상을 치며 칭찬하여 말하길 "좋도다, 좋도다, 옳도다, 옳도다"라 한다. 소위 "선생(孔子)께서 말씀하시니 내 마음에 감동이 입니다"라 한 것은 사람을 깊게 감동시키는 데는 이것만 한 것이 없다는 것이다. 이것이 그 두 번째 까닭이다. 이 둘은 실로 문장의 진수이고 필설의 재주이다. 이 핵심을 갖추고, 이 요체에 통한다면 어떠한 문장이든 모두 사람을 움직일 수 있다. 여러 문장 가운데 그 묘妙를 극에 이르게 하고 그 기技를 신의 경지로 할 수 있는 것은 소설만 한 것이 없다. 그래서 이르기를 소설은 문학의 최상등이라 했다. 전자에서 이상파 소설의 풍조가 일었고, 후자에서 사실파 소설의 풍조가 일었다. 소설의 종류는 많으나 이 두 파의 범위를 넘어서는 것은 아직 없었다.

그런데 소설이 인도를 지배하는 데는 다시 네 가지 힘이 있다. 첫째가 그을림, 훈熏이다. 훈이라는 것은 연기 안으로 들어가서 연기에 그을려지는 것과 같고, 물감에 닿아 물이 드는 것과 같다. 『능가경楞伽經』에서 말한 "미혹된 지智는 식識이 되고, 식을 돌이키어 지를 이룬다"는 모두 이 힘에 의지한 것이다. 사람이 소설 한 편을 읽으면 부지불식간에 안식眼識이 미혹되어 분별을 잃고, 두뇌가 흔들리며, 신경은 하나에만 모이게 된다. 오늘 하나둘이 변하고, 내일 또 하나둘이 변한다. 찰나의 순간들이 서로 끊기고 서로 이어진다. 오래되어 이 소설의 경계가 드디어 사람의 마음에 들어 자리를 차지하면 하나의 특별한 원질을 가진 종자가 된다. 이 종자가 있는 까닭에, 이후 또 더 많이 접촉하고 더 많이 느끼게 되고, 나날이 그에 그을려 종자는 더욱 성하게 되고 또 그것으로써 타인을 그을리게 된다. 때문에 이 종자는 결국 세계를 두루 편력할 수 있고, 일체 기세간器世間과 유정세간有情世間의 이루는 까닭과 거하는 까닭도 모두 이에서 비롯된다. 소설이 높다 하는 것은, 이 위엄과 덕성으로써 중생을 조종할 수 있기 때문이다. 둘째는 스며듦, 침浸이다. 훈은 공간적이라, 그 힘의 크기는 경계의 넓고 큼에 달려 있으나 침은 시간적이라, 그 힘의 크기는 경계의 길고 짧음에 달려 있다. 침이라는 것은 집중하여 화하게 하는 것이다. 사람이 한 편의 소설을 읽게 되면, 종종 다 읽은 후 수일 혹은 수순數旬이 지나도 끝내 놓지 못하는 경우가 있다. 『홍루몽紅樓夢』을 다 읽은 자는 필히 미련이 남고 슬픔이 남으며, 『수호전水滸傳』을 다 읽은 자는 필히 통쾌함이 남고 분노가 남으니, 그 까닭은 무엇인가? 침의 힘이 그렇게 하는 것이다. 이와 같은 가작들은 그 권수가 많을수록 담고 있는 사실이 많아 사람에게 더욱 스며들게 된다. 술과 같아 열흘을 마시면 백날을 취한다. 부처가 보리수 아래에서 일어나 이처럼 큰 화엄을 말한 것이 딱 이 힘 덕분이었다. 세 번째는 찌름, 자刺이다. 자라는 것은 자극을 뜻한다. 훈과 침의 힘은 점수漸修를 이용하나, 자의 힘은 돈오頓悟를 이용한다. 훈과 침의 힘은 느끼고 받아들이는 이가 부지불식간에 그렇게 하게 하지만, 자의 힘은 느끼고 받아들이는 이가 갑자기 깨닫게 한다. 자는 찰나의 순간에 들어, 갑자기 다른 느낌을 갖게 되어 자제하지 못하게 되는 것을 말한다. 내 본래 온화한데 임충林沖의 설천삼한雪天三限의 고사나 무송武松의 비운포飛雲浦에서의 액운을 보면 무슨 까닭에 갑자기 분노가 치솟는 것인가? 내 본래 유쾌하고 밝은 성격이나 청문晴雯이 대관원大觀園을 나오고, 대옥黛玉이 소상관瀟湘館에서 죽는 것을 보면 무슨 까닭에 홀연히 눈물을 흘리는 것인가? 내 본래 엄숙하고 진중한 사람인데, 왕실보王實甫『서상기西廂記』의 「금심琴心」과 「수간酬簡」, 공상임孔尚任『도화선桃花扇』의 「면향眠香」과 「방취訪翠」를 읽으면, 무슨 까닭에 홀연히 감정이 동하는 것인가? 이와 같은 것들은 모두 소위 자극이라는 것이다. 대저 두뇌가 더 민감한 이는 자극을 더 빠르고, 더 격하게 받아들인다. 그런데, 필연적으로 그것은 책이 담고 있는 자극의 힘의 대소에 비례한다. 선종의 죽비 한 대(一棒)와 꾸짖음 한 번(一喝)은 모두 이 자극의 힘으로 사람을 깨닫게 하는 것이다. 이 힘의 용用에서 말은 글보다 낫다. 그런데 말의 힘은 폭이 넓어질 수 없고, 시간이 오래갈 수 없기에 부득이하게 글에 의지하지 않을 수 없다. 글에서 문언文言은 속어俗語만 못하고, 진중한 논술은 우언寓言만 못하다. 고로 이 힘을 최대로 갖고 있는 것은 소설이 아니면 다른 무엇이 있겠는가? 네 번째는 들어 올림, 제提이다. 앞의 세 힘은 바깥에서 주입하는 것이지만, 제의 힘은 안으로부터 벗어나 나오게 하는 것으로 불법佛法을 실현하는 최상등이다. 무릇 소설을 읽는 자는 반드시 늘 스스로 그 몸을 바꾸는 것과 같으니, 책으로 들어가 그 책의 주인공이 된다. 『야수폭언野叟曝言』을 읽는 이는 반드시 스스로 문소신文素臣이 되려 한다. 『석두기石頭記』를 읽는 자는 반드시 스스로 가보옥賈寶玉이 되려 한다. 『화월흔花月痕』을 읽는 자는 반드시 스스로 한하생韓荷生이 되려 하고, 위치주韋癡珠가 되려 한다. 『수호전水滸傳』을 읽는 자는 반드시 흑선풍黑旋風이 되려 하고, 화화상花和尚이 되려 한다. 독자들은 자신은 이런 마음을 갖고 있지 않다고 변명하지만, 우리는 믿지 않는다. 무릇 그 몸을 바꾸어 책 속으로 들어가 책을 읽는다면, 이 몸은 이미 내가 아니고 완전히 이 세계를 떠나 저 세계로 들어가게 된다. 이것이 소위 화엄누각華嚴樓閣·제망중중帝網重重으로서, 털 구멍 하나에서 수만 연꽃이 피어나고, 손가락 한 번 튕기는 찰나가 되는 것이니一毛孔中, 萬億蓮花, 一彈指頃, 百千浩劫, 글이 사람을 바꾸는 것은 이에서 그 극에 달하게 되는 것이다. 그런즉 내 책의 주인공이 워싱턴이라면 독자는 장차 워싱턴이 될 것이고, 주인공이 나폴레옹이라면 독자는 장차 나폴레옹이 될 것이고, 주인공이 석가·공자라면, 독자는 장차 석가와 공자가 될 것이다. 결단코 그렇게 될 것일지니, 열반에 이르는 유일무이한 길이 다른 것일 수 있겠는가? 이 네 가지 힘은 세상을 만들고, 뭇 윤리를 벼릴 수 있으며, 교주가 능히 교파를 세울 수 있게 하고, 정치가가 능히 정당을 조직할 수 있게 하니, 이에 의지하지 않는 것이 없다. 문장가가 그 하나를 얻을 수 있다면, 문호文豪가 될 수 있고 네 가지를 겸비한다면, 문성文聖이 될 수 있다. 이 네 힘을 선善에 사용한다면 수억 수조의 사람들을 복되게 할 수 있다. 이 네 힘을 악惡에 쓴다면 천년만년을 병들게 할 수 있다. 이 네 힘을 가장 쉽게 담을 수 있는 것은 오직 소설뿐이다. 사랑할 만하도다 소설이여! 두려워할 만하도다 소설이여!

소설의 체體는 저와 같이 쉽게 사람에 들어가고, 그 용用은 이와 같이 쉽게 사람을 감동시킨다. 때문에 인류가 보통 다른 어떤 글보다도 소설을 좋아하는 것은 아마도 인간 심리의 자연스러운 작용으로서 인간의 힘으로 어떻게 바꿀 수 있는 것이 아니다. 이는 또한 온 세상의 피와 기를 가진 사람이라면 모두 이렇지 않은 이가 없으니, 우리 중국인만 그런 것은 아니다. 대저 소설은 사람들이 예전부터 두루 좋아하는 것이라, 이미 공기와 같고, 음식과 같아서 피하려 해도 피할 수 없고, 막으려 해도 막을 수 없어, 매일매일 서로 더불어 호흡하고 음미한다. 만약 그 공기가 오염되고, 음식이 독에 오염되었다면, 사람들이 이를 호흡하고 이를 먹다가 초췌하게 되고 마르게 되며, 비참하게 되고 타락하게 될 것이 명약관화하다. 그 공기를 정화하지 않고 그 곡식을 솎아내지 않는다면, 비록 날마다 인삼과 감초를 먹이고, 날마다 약으로 처방한다 하더라도 사회의 사람들은 생로병사의 고통에서 종내 구원받을 수 없을 것이다. 이 의리를 안다면, 우리 중국의 군치가 부패한 총체적인 근원을 알 수 있을 것이다. 우리 중국인의 장원 재상의 사상은 어디에서 온 것인가? 소설이다. 우리 중국인의 재자가인의 사상은 어디에서 온 것인가? 소설이다. 우리 중국인의 강호 도적의 사상은 어디에서 온 것인가? 소설이다. 우리 중국인의 요사스런 무당과 여우 같은 귀신의 사상은 어디에서 온 것인가? 소설이다. 이와 같은 것을 어찌 누가 진지하게 가르쳐주었을 것이고, 부처가 바리를 전해주듯 전해주었겠는가? 아래로는 백정과 장사치, 노인과 어린아이부터 위로는 대인과 선생, 재능 있는 자와 석학까지, 모두 이와 같은 생각을 갖고 있는바, 그렇게 하게 하지 않든가 하지 않게 하든가, 수백수십 종의 소설의 힘이 직접적으로든 간접적으로든 사람들에게 나쁜 영향을 미치니, 그 정도가 이처럼 심하다 할 것이다. (소설 읽기를 좋아하지 않는 자가 있으나 이러한 소설은 이미 사회에 젖어들어 풍기가 되었다. 아직 나지도 않은 이가 이미 이 유전을 받았고, 이미 세상에 난 이도 다시 그에 감염된다. 현명하고 지혜로운 자라 하더라도 또한 이에서 스스로 벗어나지 못한다. 때문에 이를 간접이라 한다.) 오늘날 우리 국민은 풍수에 혹하기도 하고, 관상에 혹하기도 하고, 점에 혹하기도 하고, 기도와 액막이에 혹하기도 하여, 풍수를 핑계로 철로를 막거나, 광산 개발을 막으며, 묏자리를 다투려 종족 전체가 계투를 벌이면서 손쉽게 사람을 죽이기까지 한다. 신을 맞이하거나 신주를 돌리고자 한 해에 수백만 금을 쓰고 허송세월하며 말썽을 일으키고, 국력을 소모하면서 이게 다 소설 때문이라고 한다. 우리 국민은 과거에 급제하기를 갈망하고, 작위와 봉록을 쫓는 데 온 힘을 기울이며, 남에게 비굴하게 빌붙고, 염치가 없고 뻔뻔하다. 십 년 공부를 깊은 밤 남몰래 받은 뇌물을 처첩에게 자랑하거나 권세를 빌려 패도를 일삼는, 덧없는 쾌락과 바꿀 생각만 하고, 명예와 절개, 규율은 여지없이 땅에 처박아버리고는, 이 모든 게 오직 소설 때문이라고 한다. 우리 국민은 신의를 저버리고 권모술수와 사기에 열을 올리며, 쉽사리 일들을 뒤집어엎고, 가혹하고 냉담하며, 모두 교활하게 되고 온 나라가 가시밭길이 되는데, 이 모든 것이 소설 때문이라고 한다. 우리 국민은 경박하고 행실이 나쁘며, 가무와 여색에 빠져 이불 속 일에 탐닉하고, 봄날과 가을날 경치에 미쳐서 젊은 날의 활기를 헛되이 소모하고, 청년자제는 15세부터 30세까지 오직 다정多情, 다감多感, 다수多愁, 다병多病을 일대의 사업으로 삼으며, 아녀자들은 정이 많아, 기운이 쇠하고, 심한 경우 풍속을 망가뜨려 사회에 두루 해를 끼치는데, 이것이 모두 소설 때문이라고 한다. 우리 국민 가운데는 녹림호걸이 곳곳에 퍼져 있어 매일매일 도원결의를 하고, 곳곳에서 양산의 맹약을 맺고는 소위 "술을 같이하고 고기를 같이하며, 금전을 나누고 옷을 함께한다"는 생각이 하층사회에 만연하여 가로회哥老會니 대도회大刀會

니 하는 회당을 이루고, 결국 의화단의 난을 일으켜 서울을 점거해
서 외적을 불러들였는데, 이 또한 오로지 소설 때문이라고 한다. 오
호라! 소설이 사람들(사회)을 타락시킨 것이 이와 같구나, 이와 같구
나. 수만 명 성인과 현자가 진지하게 가르쳐서도 부족한데, 경박한
학자와 장사치의 한두 권의 책이 망가뜨리고도 남음이 있구나. 소
설은 고상한 군자가 입에 담지 않을수록 부득불 경박한 학자와 장
사치의 손에 들어갈 수밖에 없구나. 그러나 그 성질과 그 지위는 공
기와 같고 곡식과 같아서 한 사회에서는 피할 수도 막을 수도 없다.
그리하여 경박한 학자와 장사치가 일국의 주도권을 잡아 조종하게
되었다. 오호라! 이러한 상황을 조장하여 영원히 이어지게 한다면,
우리나라의 전도가 어찌되리라는 것은 물을 필요도 없을 것이다.
때문에 오늘 군치를 개량하고자 한다면 반드시 소설계 혁명에서 시
작해야 하고, 민을 새롭게 하고자 한다면 소설을 새롭게 하는 데서
시작해야 한다.

문학소녀
소피에서
혁명전사로

현대 중국의
선구적 여성주의자,
딩링

―――――

김윤수

전족에서 파워우먼,
그 경계에서 분투했던 여성작가 딩링

중국의 '전통여성'에 대해 이야기하자면 가장 먼저 떠올리게 되는 것이 전족일 것이다. 중국에서는 여성의 발을 인위적으로 작게 만들기 위해 비단같이 신축성이 적은 천으로 발을 감싸 매던 전족이라는 풍습이 100여 년 전까지만 해도 존재하였다. 전족으로 상징되는 중국 여성의 열악한 삶은 중국 소설 작품 속에서도 고스란히 배경으로 나타나곤 하였다. 중국 근현대사를 배경으로 하고 있는 펄벅Pearl S. Buck의『대지The Good Earth』속 여주인공 오란阿藍은 지주 집안의 몸종이었기에 전족을 하지 못한 큰 발을 가지고 있었다. 극심한 기근 속에서 자신이 낳은 딸아이를 희생시키면서까지 가족을 위해 헌신하여, 남편 왕룽王龍에게 부를 가져다주지만, 결국 왕룽이 전족을 한 아름다운 여성을 첩으로 들이면서 버림받는 처지에 놓이게 된다. 슬픔 속에서도 한마디 저항 없이 남편의 뜻을 받아들이는 오란의 모습 속에서 중국 '전통여성'의 피억압적인 삶을 엿볼 수 있다.

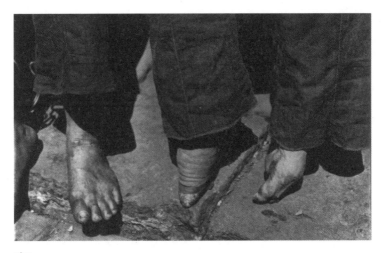

전족.

100여 년이 지난 오늘날, 중국에서는 여성의 삶과 지위에 큰 변화가 일어났다. 유엔이 매년 발표하는 남녀평등지수에서 한국과 일본에 우위를 점하고 있는 것은 물론, 파워우먼女强人이라는 단어가 유행하듯, 각 분야에서 성공을 이룬 여성들이 많이 등장하고 있다. 전족으로 상징되듯 열악했던 중국 여성의 삶과 지위가 불과 100여 년 만에 크게 변모했다는 것은 매우 놀라운 일이 아닐 수 없다. 물론 여성의 지위 향상이 중국에만 한정된 것이 아니고 전 세계적인 보편적인 현상이었지만 중국의 경우, 지위가 향상된 정도나 기간 측면에서 좀 더 드라마틱한 양상을 보여주고 있기에 주목받을 수밖에 없다. 이에 우리는 다음과 같은 궁금증을 가질 수 있을 것이다. '중국 여성의 삶과 지위는 어떠한 과정을 통해 지금과 같은 모습으로 변모할 수 있었을까? 전통에서 현대에 이르는 동안 중국 여성은 어떠한 문제에 직면하였으며 더 나은 여성의 삶을 위해 어떠한 노력을 해왔을까?'

'전통여성'에서 '현대여성'으로 이어지는 급격한 변화를 이해하기 위해서, 그리고 그 안에서 여성들이 어떻게 분투해왔는지를 알아보기 위해서 '전통'에서 '현대'로의 변혁기를 살아갔던 여성들의 삶과 흔적을 살펴볼 필요가 있다. 중국 여성의 삶과 지위에서 일어난 급격한 변모를 논할 때 가장 먼저 떠올릴 수 있는 인물로, 중국 현대 여성작가로 잘 알려진 딩링丁玲(1904~1986)을 꼽을 수 있을 것이다. 딩링은 봉건적인 가정에서 태어나 가부장적 질서를 요구받았으나, '반봉건주의'를 기치로 내건 5·4 신문화운동 시기에는 여성의 성애를 다룬 문학창작을 통해 전통적인 가부장적 인식을 무너뜨리려 하였고, 이후 사회주의 혁명기에는 혁명을 위한 창작활동으로 전환하면서, 봉건적인 굴레로부터 벗어나고자 하였다. 문학소녀에서 혁명전사로의 변모는 전통에서 현대로 이어지는 과도기의 혼란함을 그대로 반영하고 있으며, 아울러 '전통여성'에서 오늘날 '현대여성'으로 이어지는 과정이 순탄하지 않았음을 보여주고 있다. 가부장적인 집안과 남성 중심적인 사회 속에서 주체적인 여성을 꿈꾸며 분투했던 딩링의 삶과 작품을 통해 '전통여성'에서 오늘날 '현대여성'으로 이어지는 과정을 살펴봄과 동시에, 그 안에서 살아갔던 중국 여성의 실체적 모습도 함께 탐색해보도록 하자.

화목란, 20세기 초 애국여성의 표본

딩링의 삶과 문학을 살펴보기에 앞서, 그녀가 태어나고 성장한 시기의 여성계 상황을 간단히 이해할 필요가 있다. 잘 알려져 있듯이 전족으로 인해 움직임과 이동이 불편하였던 중국의 '전통여성'은 바깥세상과 분리된 집 '안'에 거주하며, 가부장적 질서의 지배를 받았다. '전통여성'의 공적 영역으로의 진입은 제한되었고, 활동은 주로 집 '안'이라는 사적 영역에 국한될 수밖에 없었다. 그렇다면 중국 여성들이 집 '안'으로 형상화되는 사적 영역을 벗어나 공적 영역에 등장할 수 있게 된 요인은 무엇이며, 그 시작은 어떠한 모습이었을까?

우리는 20세기 초반 중국 여성이 어떠한 요인으로 공적 영역에 진입하게 되었는지를 당시 이상적인 여성 형상으로 제시되었던 「목란사木蘭辭」의 화목란花木蘭을 통해 조금이나마 이해해볼 수 있을 것이다. 「목란사」는 아버지를 대신해 전쟁터에 나간 화목란의 이야기를 담은 위진남북조魏晉南北朝 시기의 민가民歌로, 할리우드에서 만화영화 〈뮬란〉으로 제작되어 많은 이들에게 알려지기도 했다. 아버지를 대신해 남장을 하고 나간 전쟁에서 큰 활약을 펼치며 승리를 이끈다는 이 흥미로운 이야기는 오래전부터 중국에서 사랑을 받아왔다. 그런데 이처럼 국난을 극복한 영웅이자, 부모에게 효도하는 여성의 표상이었던 화목란이 유독 20세기 초반 중국의 신문, 잡지 등에서 애국여성의 표본으로 자주 등장하게 된다(Wang Zheng, 2011). 많은 이들에게 사랑받는 고전 속 인물이었던 화목란이 20세기 초반에 이르러 애국여성으로 칭송되고, 여성들이 본받아야 할 대상으로 선전되었다는 점은 주목할 만하다. 새로운 근대국가 형성이라는 목표하에 낡은 것을 버리고 새로운 체계를 구축하고자 했던 시대에, 왜 아이러니하게도 고전 속 여성인물이 이상적인 여성 형상으로 칭송되고 선전된 것일까?

(위)디즈니 애니메이션 〈뮬란Mulan〉의 주인공 화목란. (아래)「목란사」에 현대 삽화로 표현된 화목란.

집 '안'이 아닌 전쟁터에서 크게 활약하여 조국에 승리를 안기는 화목란의 형상은 당시 중국이 여성에게 요구하는 역할이 무엇인지를 분명히 보여주고 있다. 20세기 초 서구 열강의 침략으로 반半식민지화 상태에 놓인 중국은 위기의식이 팽배해 있었다. 지식인들은 낙후되어 있는 중국이 서구나 일본처럼 발전하기 위해서는 가장 무기력하고 낙후된 상태인 여성을 변화시켜야 한다고 믿었다. 전족은 서구의 신식 여성과 대비되는 미개하고 열등한 상태의 전형으로 제시되었으며, 중국 여성이 얼마만큼 근대화된 모습으로 발전하는가가 중국의 근대화를 나타내는 지표이자 척도로 여겨졌다. 많은 지식인들은 여성들을 계몽시키고자 하였고, 아버지를 대신해 전쟁터에 나가 나라를 구한 화목란 이야기는 위기에 놓인 중국을 구하기 위해 여성이 나서야 한다는 메시지를 전하며, 여성들을 일깨우는 도구로 사용되었다. 화목란에게 칼과 방패가 손에 쥐어졌듯, 신여성에게는 근대식 교육을 통한 신지식이 주어졌다. 그러나 화목란이 전쟁을 승리로 이끈 후, 다시 본연의 자리인 집 '안'으로 돌아갈 수밖에 없던 것처럼, 신식 학교에서 근대식 교육을 체험한 신여성에게도, 공적 영역의 문은 쉽게 열리지 않았다. 새로운 교육을 받은 도시여성 중에는 직업을 얻은 이도 있었지만, 여학교 졸업자의 대부분은 중류 가정의 주부로 지낸 것에서 알 수 있듯이, 신식 지식으로 자녀를 교육하여 우수한 근대 시민을 양성해야 한다는 사명감은 여성을 다시 사적 공간인 집 '안'으로 향하게 했다. 소수 몇몇 여성들은 노동력 공급과 근대 민족국가 건설이라는 명목하에 공적 영역으로 진출할 수 있었으나 여전히 가부장적 질서에서 벗어날 수 없었다.

이처럼 국가와 민족의 위기에 직면한 현실 속에서 여성 스스로 여성 차별에 대한 문제를 제기하고, 남성 권력에 저항한다는 것은 쉽지 않은 일이었다. 따라서 신여성, 소위 지식인 여성들은 국가, 민족의 위기라는 특수한 상황에서 사회의 구성원으로서 인정받음으로써 여성의 지위를 향상시키는 전략을 취할 수밖에 없었다. 다시 말해 국민의 일원으로서 인정받는 것으로 출로를 모색할 수밖에 없었으며, 이에 중국에서의 여성주의는 국가와의 밀접한 관계를 통해 진행될 수밖에 없었다. 이는 중국의 문화계에서 가장 큰 활약을 보였지만 여성으로서의 자아를 버려야 했을 뿐 아니라 여러 풍파를 겪어야 했던 딩링의 굴곡진 삶을 통해서도 확인할 수 있다.

'자유연애'를 통해 해방을 꿈꾸다

본격적으로 딩링의 문학과 사상을 탐색하기에 앞서 그녀의 삶을 간단히 살펴보자. 딩링은 청말淸末인 1904년 10월 12일 후난성湖南省 린리현臨灃縣에서 관료 출신의 비교적 부유한 집안에서 태어났다. 그러나 딩링의 아버지는 술과 노름으로 집안의 재산을 탕진하고 젊은 나이에 세상을 뜬다. 딩링의 어머니 위만전余曼貞은 남편이 병사하자, 여자사범학교에 진학하여 소학교 교사가 될 정도로 독립적인 여성이었다. 소학교 교사로 일을 하며 홀로 딩링과 남동생을 키워낸 딩링의 어머니는 당시 보기 드문 자립적인 여성이라고 할 수 있다. 이처럼 신여성으로서의 삶을 살았던 어머니의 영향으로 딩링은 남다르게 주체적인 의식을 지닐 수 있었다. 제도적·문화적 근대화를 진행했던 5·4 신문화운동 시기에 딩링은 각종 시위를 비롯한 여러 학생운동에 적극 참여하였으며, 집안 어른들에 의해 정혼하였던 사촌오빠와의 혼인을 거부하는 등 가부장적 질서에 저항하였다. 이처럼 신사상을 접하며 구질서에 대한 저항의식을 지녔던 딩링은 자연히 신문학에 관심을 가지게 되었다. 특히 가부장적 질서 속에서 가장 억압되었던 여성의 삶에 주목하였던 딩링은 여성의 주체적인 삶에 대해 고민하며 본격적인 창작을 시작한다.

딩링의 초기 창작은 '자유연애'와 관련이 있었다. 그녀의 초기작품 세계는 대부분 '자유연애'에 심취해 있던 딩링 자신과 주변 여성들의 모습을 반영하고 있다. 5·4 신문화운동이 진행되던 당시 젊은 남녀들 사이에서 '자유연애'는 시대를 대표할 만한 화두였다. 부모가 맺어준 혼인 상대와 결혼하는 것이 당연시되었던 당시 중국에서

젊은 시절의 딩링.

'서로를 사랑하는 두 사람 사이의 친밀한 관계'를 의미하는 '연애'
라는 용어는 신선한 충격으로 다가왔다. '자유연애'는 청년들로 하
여금 가부장적·봉건적 문화의 폐해를 자신의 문제로 느끼게 해주
었기 때문에 많은 호응을 얻을 수밖에 없었다. '연애'가 한창 중국
에 전파되었던 20세기 초반, 부모가 정해주는 혼인이 아닌 개인의
자유의사를 바탕으로 한 '연애'는 개인의 근대적 자아와 의식 성장
을 확인할 수 있는 통로였다. 특히 '자유연애'는 여성들에게 더 큰
의미를 지녔다. 부모님이 정해준 혼인을 거부하기 위해 집을 나가
고, 심지어 자살을 선택하는 여성들이 나타날 정도로, '자유연애'가
여성에게 미친 영향은 매우 컸다. 딩링과 같은 신여성들에게 '자유
연애'는 자아실현·여성해방과 동일한 의미를 지녔는데, 이는 '자유
연애'가 이제껏 여성이 경험해보지 못했던 개체로서의 자유를 느끼
게 하는 통로였기 때문일 것이다.

여성의 '자유연애'를 다룬 『소피의 일기莎菲女士的日記』(1928)는

딩링의 대표작이자 그녀의 초기 문학세계를 가장 잘 드러내는 작품이라고 할 수 있다. 최초로 성적 주체로서의 여성을 그린 작품으로 알려진 이 단편소설은, 5·4 신문화운동의 영향력이 미미해진 1928년 무렵에 발표되었으며, 당시 진취적인 지식 여성을 '소피형莎菲型'이라고 부를 만큼 중국의 젊은이들에게 큰 반향을 불러일으켰다.

> 그가 내 앞에 혼자 있을 때면 나는 곁눈질로 그의 얼굴을 보면서 음악이 흐르는 듯한 그의 목소리를 듣는다. 속으로는 쿵쾅거리는 감정을 억누르면서! 왜 나는 그를 덮쳐 그의 입술이며, 눈썹이며 그의… 그 어디라도 끌리는 대로 입을 맞추지 않는가? 정말로 어떤 때는 "나의 왕자님, 저에게 한 번만 입을 맞추게 허락해주세요"라는 말이 목구멍까지 올라온다.
>
> ─ 『소피의 일기』(김미란 번역)

제목을 보았을 때 서구적인 취향의 감각적 이미지가 강하게 나타나나 『소피의 일기』는 서구적 감상성에 함몰된 소녀 취향의 여성이 남성과의 동화적 사랑을 꿈꾸는 내용이 아니다. 사랑이 서사의 중심을 이루고는 있지만 그 사랑의 형태가 가부장적 질서에 순응하는 방식이 아니라, 여성의 자기욕망에 대한 응시와 표출을 통해 가부장적인 억압에 항의를 표현하고 있다. 여성의 욕망을 위협하는 사회적 맥락이 작품 속에 직접적으로 드러나지 않지만 전통적으로 금기시되는 여성의 성애를 둘러싸고 전통적인 윤리와 자유를 추구하는 열정은 충돌될 수밖에 없다. 거침없이 자유를 추구하는 열정과 그것을 가로막는 인습과의 힘겨루기는 결국 소녀의 투병이라는 상징적 행위로 구체화되었으며, 그 힘겨루기는 죽음을 마주한 극한 상태로까지 치닫는다(김미란, 2009). 섬세하면서도 담대한 필치로 여성의 연애 및 성애를 다룬 이 작품은 오랫동안 금기시되었던 여성의 욕망을 적극적으로 끌어내어 문단에 적지 않은 파장을 일으켰다.

이처럼 여성의 자유로운 연애 및 욕망에 대한 갈망을 담아내고 있는 『소피의 일기』는 '죽은 듯이 고요한 문단을 공격한 하나의 폭탄'이었다는 평가를 받을 정도로 문단에 적지 않은 파장을 일으켰다. 이 작품으로 딩링은 작가로서의 명성을 얻게 되었으나 작품 속 '소피' 형상에 대해서는 엇갈린 평가를 받았다. '소피'는 '세기말적 병태 분위기를 띠고 있는 근대 여성', '자산계급의 퇴폐와 향락을 드러내는 인물'로 간주되어 비판받기도 하였는데, 봉건적 인습에 젖어 있는 이들뿐 아니라 중국의 근대화 및 5·4 신문화운동을 추진하였던 신지식인들조차도 '소피'를 성적 문란과 연결지어 바라보곤 하였다.

그렇다면 당시 많은 청년들에게 호응을 얻었던 '자유연애'를 실천한 '소피'에 대한 부정적인 평가는 무엇을 의미하는 것인가? '소피' 형상에 대한 부정적 인식에는 당시 중국이 처해 있던 상황에서 비롯된 것이 크다. 강력한 군사력과 발달된 과학문명으로 무장된 열강들의 침략으로 중국이 민족적·국가적 위기에 처해 있었기 때문에 많은 지식인들은 중국의 근대화를 이루기 위해서는 개인이 국가를 위해서 희생해야 한다는 인식을 지니고 있었다. 그리하여 근대화 운동의 일환인 '5·4 신문화운동'의 영향으로 개인 영역의 중요성을 사람들이 인식하면서 '자유연애'에 열광하였지만, 다른 한 편으로는 이러한 현상이 중국의 근대화에 혼란을 가져올까 우려하기도 하였다. '자유연애'에 대한 열정이 병리적인 사회문제로 발전하여 중국의 근대화에 해가 될까 염려했기 때문이다. 그런데 여기서 주목할 만한 것은 유독 여성들의 '자유연애' 실천을 위험스럽게 바라보고, 통제하고자 했다는 것이다. 예컨대 남성들이 자유롭게 '연애'를 추종하는 것은 신사상을 실천하는 것으로 바라보는 반면, 여성들이 '소피'처럼 자유롭게 연애를 추구하는 것은 성적 방탕으로 폄하되었다.

당시 신지식을 갖춘 많은 여성들이 여성해방의 의미에서 '자유연애'를 주장하고 실천하였는데, 남성과 달리 여성의 자유로운 '연애'는 성적 방탕과 동일시되었고, 여성들이 주장하였던 여성해방 관련 발언보다 연애사건에 관심이 쏠리는 경향이 있었다. 예컨대 여성을 동료로 보기보다는 잠재된 연애대상자로 보는 남자들의 시선, 그리고 주변사람들의 선정적인 호기심으로 인해 여성들이 추구하고자 한 여성으로서의 주체적인 삶은 대중의 흥미를 자극하는 연애 스캔들로 치부되곤 했다. 딩링의 경우, 그녀의 작품 이상으로 여러 지식인 및 정치계 남성들과의 연애로 잘 알려져 있는데, 그녀와 연관된 남성들로는 국민당에 의해 처형된 남편 후예핀胡也頻 이외에 선충원沈從文, 펑쉐펑馮雪峰, 펑다馮達, 펑더화이彭德懷, 그리고 옌안延安에서 결혼한 남편 천밍陳明 등이 있다. 이와 같은 그녀의 '자유연애' 실천은 많은 이들에게 가십의 소재가 되었고, 부정적인 사회적 편견으로 많은 고통을 받아야 했다. 1933년, 딩링은 난징南京에서 국민당에 체포되어 구금 중이었는데, 당시 딩링을 체포했던 마사오우馬紹武와 딩링이 동거했다는 소문으로 곤욕을 겪기도 하였다(이선이, 2015). 지금도 딩링을 바이두百度 같은 포털 사이트에서 검색해보면, 그녀의 문학이나 사상보다는 연애스캔들 관련 내용들이 훨씬 많음을 알 수 있다. 『소피의 일기』를 통해 담대하게 여성의 연애관 및 성애를 다룬 딩링에 대한 대중들의 관심 속에는 여전히 스캔들을 중심으로 딩링의 삶을 소비하려는 욕구가 엿보인다. 담대하게 자유를 추구하는 열정을 지닌 '소피'가 그것을 가로막는 인습으로 인해 죽음의 문턱까지 이르렀던 것처럼 연애해방을 통해 여성의 주체적 삶을 실천해왔던 딩링의 삶도 역시 억압되어왔음을 알수 있다.

혁명 참여로 국민의 일원을 꿈꾸다

딩링의 작품세계는 1930년대 이후 큰 변화를 맞이하게 된다. 오직 개혁과 혁명만이 사회구조를 바꿀 수 있다는 당시 사회적 인식과 함께, 1931년 2월, 공산당원이면서 '좌련左聯' 소속 작가인 남편 후예핀이 국민당에 의해 처형당하는 사건이 발생하였다. 남편의 죽음 이후, 딩링은 '연애'라는 소재를 버리고 '혁명'을 소재로 작품 활동을 시작한다. 이미 『소피의 일기』로 유명세를 치르고 있던 데다 국민당에 의해 남편을 잃게 되자 이 유명 여성작가의 행보는 많은 이들의 관심 대상이 될 수밖에 없었다. 딩링의 좌경화와 그로 인한 파급을 두려워한 국민당은 1933년부터 1936년 초까지 딩링을 가택 연금하여 그녀의 집필 활동을 막기까지 하였다. 우여곡절 끝에

남편 후예핀과 함께.

1936년 난징에서 탈출할 수 있었는데, 그녀가 향한 목적지는 혁명의 근거지인 옌안이었다. 국민당에 의해 남편을 잃은 딩링이 사회주의 혁명의 성지라고 할 수 있는 옌안으로 향한 것은 모두가 예상할 수 있는 일이었다.

딩링이 도착하였을 당시 옌안은 공산당의 근거지로, 혁명에 대한 기대와 이상을 품은 많은 이들이 옌안에 합류하고 있었다. 딩링이 1936년 옌안에 도착했을 때, 딩링은 옌안의 소박함과 활기에 깊은 감명을 받았다고 기록한 바 있다. 또한 중일전쟁의 발단이 된 루거우차오蘆溝橋 사건이 벌어지자 「7월의 옌안七月的延安」이라는 시를 통해 옌안 정신을 찬양하기도 하였다(조너선 D. 스펜스, 1999). 그녀가 자발적으로 옌안으로 향하였던 배경에는 여러 요인이 있겠지만 사회주의 국가건설의 기획 속에서 여성이 남성과 대등한 사회적 역할을 수행할 수 있을 것이라 기대한 것을 가장 큰 원인으로 볼 수 있을 것이다. 항전과 혁명의 근거지 옌안에서의 여성의 삶과 지위는 특수성을 지니고 있었다. 일본과 전쟁을 치르는 것과 동시에 사회주의 혁명을 진행해야 했던 옌안에서 여성의 노동력은 매우 중시될 수밖에 없었다. 여성도 남성과 똑같이 항전과 혁명을 위한 노동에 종사해야 하는 분위기 속에서 전통적인 가부장적 인식은 조금이나마 무너질 수 있었던 것이다. 이처럼 항전과 혁명은 여성들에게 새로운 삶에 대한 기대를 갖게 했다. 특히 공산당이 1934년 4월 반포한 「중화소비에트공화국혼인법中華蘇維埃共和國婚姻法」은 매매혼과 일부다처제의 금지, 혼인자유 및 일부일처제 실행을 명시함으로써 큰 호응을 얻을 수 있었다. 당시 여성들에게 가장 중요하고도 절실한 문제는 가부장적 가족구조의 개혁이었는데, 이 혼인법의 실행으로 '가정' 내 여성의 이익과 권리를 어느 정도 획득할 수 있었다. 가부장적 가족구조 아래에서 학대와 불평등한 대접을 받았던 여성은 혼인법을 통해 남성과 대등한 사회적 역할을 수행하고자 하는 기대를 가지게 되었고, 이는 딩링을 비롯한 많은 여성들이 자발적으로 혁명정권에 합류하는 계기가 되었다. 국민당에 의해 남편을 잃은 미망인이자 유명 여작가인 딩링은 옌안에 도착하자 큰 환영을 받았다. 중국문예협회 주임과 『해방일보』 편집 일을 맡는 등 마오쩌둥毛澤東으로부터 큰 신임을 얻게 되었고, 이에 '혁명'을 주제로 한 집필활동을 이어가며, 여성으로서의 욕망에 충실한 '신여성'에서 본격적으로 '혁명부녀'로 변모하게 된다.

딩링은 옌안에서 계속적으로 '혁명'을 주제로 한 작품을 써냈으나, 여전히 여성의 삶과 지위에 대한 고민이 있었다. 옌안의 공산당 지도부가 개혁된 여성관련 정책들을 제시함으로써 상황이 다소 개선되기는 하였으나 여전히 많은 수의 여성들이 가부장적 구조하에서 고통받고 있었기 때문이다. 중국 대부분을 차지하고 있던 농촌은 남녀 간의 불평등 구조를 토대로 한 전형적인 가부장제에 바탕을 두고 있었기 때문에 여성들은 가장인 남편에게 복종해야 했으며, 가사와 출산, 육아를 떠맡아야 했다. 중국 농민들로부터 절대적 지지를 받았던 공산당 지도부는 가부장적 사고를 지니고 있는 농민들과의 마찰을 최대한 피하려 했기 때문에, 여성이 전통적 가족관계에서 벗어나는 데 여러 한계가 존재할 수밖에 없었다. 더욱이 1938년을 전후로 옌안에서의 남녀 비율은 30:1, 1941년에는 18:1로, 남녀 성비의 심각한 불균형으로 인해 여성들은 연애는 물론 혼인조차 본인의 의사대로 결정할 수 없었다. 혼인은 공산당 지도부의 안배에 따라 진행되었고, 젊은 여성 중 대부분은 원로 홍군紅軍 혹은 항전에서 큰 공을 세운 청년 영웅들과 결혼해야 했다. 공산당 지도부는 전통의 굴레로부터 해방된 여성의 모습을 이념적으로 제시하였지만 결론적으로 여성의 연애 및 혼인은 공산당 정부라는 더 강력한 권력의 통제하에 놓이게 되었다. 그리고 여성들은 전시라는 특수한 시기로 인해 개인의 자유가 제한되는 상황을 받아들일 수밖에 없었다. 사회주의 국가건설의 기획 속에서 '여성'의 위치가 자기 욕망에 충실한 '신여성'에서 '혁명부녀'로 변환되면서, 당시 여성의 삶에 가장 중요한 부분을 차지했던 '연애', '혼인', 그리고 '가정'까지도 국가의 통제를 받게 된 것이다.

이러한 상황 속에서 딩링은 1942년 3월 세계여성의 날을 맞아 「3·8절의 감상三八節有感」이라는 제목의 글로, 옌안 사회 내의 여성문제를 언급하는데, 이 글로 인해 딩링은 이후 지속적으로 많은 고초를 겪게 된다.

나는 여자이기 때문에 여성의 결점을 누구보다도 잘 알고 있다. 그러나 그녀들의 고통을 더욱 잘 알고 있다. 여성은 자신의 시대를 초월할 수 없다. 그녀들은 이상적이지 않으며 강철로 만들어지지도 않았다. 그녀들은 모든 사회적인 유혹이나 소리 없는 억압에 저항할 수 없다. 그녀들은 모두 피와 눈물의 역사를 지나왔으며, 모두 숭고한 감정을 느낀 바 있다. (우월한 삶을 살아왔든 절망적인 삶을 살아왔든, 행복했든 불행했든, 고독하게 분투했든 아니면 평범하고 졸렬한 생활을 영위했든.) 이런저런 경로를 통해 옌안에 들어오게 된 여성동지들의 경우 더욱 그렇다. 모든 희망을 박탈당한 채 범죄자로 취급받고 있는 여성들에게 나는 얼마나 동정을 느꼈던가! 나는 여성 자신은 물론이거니와 남성, 그중에서도 특히 권좌에 있는 남성들이 실질적인 사회적 현실의 맥락에서 여성의 결점을 고려해주기를 바란다.

- 「3·8절의 감상」

딩링은 이 글에서 전시 상황에서 여성이 처한 여러 문제점들, 예컨대 여성의 연애와 결혼을 둘러싼 가부장적 인식과 여성을 폄하하는 사회적 분위기 등을 지적하는 한편, 여성들이 남성에 기대지 않고 스스로 길을 개척해나갈 것을 촉구하고 있다. 딩링은 이 글에서 공산당 근거지에 합류한 여성들이 사회구조적인 측면에서 억압받는 현실을 폭로하고 있지만, 혁명이 무엇보다 우선시되어야 한다는 점은 명확하게 하고 있다. 그러나 딩링의 「3·8절의 감상」이 발표된 후 마오쩌둥의 반응은 다음과 같다.

옌안 문예좌담회 3차 회의 중 단체 사진을 찍게 되었을 때 마오가 물었

다. "딩링 동지는 어디에 있나요? 좀 가까이 와서 찍으라고 해요. 내년에
도 또 「3·8절의 감상」 쓰지 말고."

이 에피소드에서 드러나듯 딩링의 「3·8절의 감상」은 마오쩌둥에
게 한 여성작가의 투정 정도로만 인식되고 있었다. 항전과 혁명이
라는 거대한 목표 아래, 딩링의 발언은 사소하면서도 별것 아닌 화
법으로 치부된 것이다(賀桂梅, 2003). 딩링의 예를 통해 보았을 때 항
전에서의 승리와 사회주의 국가건설을 위해 여권女權보다 구국이
우선시될 수밖에 없는 상황 속에서 여성들 스스로가 자신들의 문제
를 제기하는 것은 허용되지 않았음을 알 수 있다. 혁명과 항전을 위
한 논리가 모든 것에 우선적이고 지배적인 시기였기 때문에, 여성
들은 이에 대항할 명분을 찾을 수 없었던 것이다. 국가가 필요로 하
는 범위 내에서의 '여성해방'만이 주어진 상황 속에서 여성들은 스
스로의 여성성을 부정하고 '혁명'에 종사하는 길을 택하게 되었다.
새로운 중국의 건설에 희망을 품고 '혁명'에 참가한 여성들은 남성
중심적, 가부장적 체제 속에서 억압받는 현실 속에서도 국민의 일
원으로 인정받음으로써 여성의 지위를 향상시키는 전략을 취할 수
밖에 없었다.

한편 공산당은 1942년 옌안으로 엄청난 피난민이 흘러 들어오면
서 당원 수가 급격히 늘어나고 일본군과 국민당 군대의 압력이 가
중되는 전환기를 맞자 조직을 개편하고 규율을 강화하기 위해 정
풍운동整風運動을 벌인다. 정풍운동이란 중국공산당이 당내 잘못
된 풍조를 바로잡는 것을 골자로 펼친 정치운동으로, 문인과 지식
인에 대한 통제를 강화하며 숙청 작업을 벌였다. 정풍운동의 영향

옌안에서의 딩링.

으로 부녀계에서는 정풍운동 이전에 실행된 진보적인 부녀해방운동이 비판을 받게 된다. 「3·8절의 감상」으로 이미 논란을 일으킨 바 있던 딩링 역시 1942년 정풍운동 속에서 비판당하고, 자기 개조에 대한 의지를 보이기 위해 1943년 봄에서 여름까지 방직공장과 농촌으로 들어가 그곳 대중들의 이야기를 소재로 작품 활동을 전개한다. 그리고 1946년부터는 토지개혁공작에 참가했던 경험을 바탕으로 장편소설 『태양은 쌍간하를 비추고太陽照在桑乾河上』를 쓰기 시작, 1948년 정식 출판했으며 1952년에 스탈린문학상을 수상하기도 했다. 이처럼 딩링은 마오쩌둥의 지침에 따라 자신을 철저히 혁명전사로 개조하고자 하였고, 그 결과로 문학적인 면에서든 정치적인 면에서든 확고한 지위와 입지를 다지게 된다.

그러나 딩링은 1957년 많은 지식인들이 박해당했던 반우파 투쟁에서 다시 우파로 분류되면서, 1958년 둥베이東北 헤이룽장성黑龍江省 근처 베이다황北大荒 농장으로 보내져 그곳에서 약 20년의 추방생활을 경험하게 된다. 딩링이 반우파 투쟁 중 우파로 낙인찍힌 데에는 1933년 국민당에 의해 구금되던 당시 딩링을 체포했던 마사오우와 동거하였다는 소문이 큰 요인으로 작용하였다고 한다. 문화대혁명 기간에도 박해로 고통받았던 딩링은 1979년 정치적 복권이 이루어지지만, 이미 몸과 마음이 지친 상태였고, 이에 병환으로 1986년 3월 4일 세상을 떠난다.

'신여성'에서 '혁명부녀', 그리고 오늘날의 '현대여성'

중화인민공화국 건립 후 마오쩌둥이 추진한 '하늘의 절반은 여성이 떠받치고 있다'라는 슬로건과 함께 여성이 생산력 증강을 위한 노동력으로 동원되면서, 사적인 영역에 위치해 있었던 여성은 사회 재건을 위해 공적 영역으로 진출할 수 있게 되었다. 전통의 굴레로부터 해방된 여성의 모습을 공산당 지도부가 이념적으로 제시해온 이후로, 여성 노동자가 보편화될 수 있었고 이런 점에서 중국의 여성 정책이 높이 평가되기도 하였다. 그러나 중국을 대표하는 여성주의자로 알려진 리샤오장李小江이 여성주의 관련 학회에서 서구 여성학자들을 향해 "당신들은 우리가 해방되었다고 하지만 우리는 사회노동과 가사노동으로 힘들어 죽을 뻔했다"고 농담처럼 발언한 바에서 알 수 있듯이, 국가가 여성의 생산력 증강을 목적으로 주도

한 여성해방에도 한계가 존재하였다. 뿐만 아니라 개혁개방 이후, 국영기업이 무너지고 취업난이 심각해지면서 여성의 공적 참여를 보장하는 기존 국가복지시스템이 무너지자 많은 여성들이 오히려 노동을 포기하기 시작하는 등 여러 문제점들이 나타나기 시작했다. 이처럼 전족으로 상징되는 '전통여성'에서 오늘날의 '현대여성'까지 근 100년 사이에 중국 여성의 삶과 지위에서 급격한 변모가 있었으나, 지금 중국의 '현대여성' 역시 많은 문제점들에 직면해 있음을 알 수 있다.

오늘날 중국의 '현대여성'이 대면한 여러 문제점들을 이해하기 위해서는 현대 중국의 여성상이 창출되는 과정 및 국가 건설과 여성해방 간의 복잡한 관계성을 고찰할 필요가 있다. 중국의 문화계에서 가장 큰 활약을 보인 작가 중 한 사람이지만 여성으로서의 자아를 버려야 했을 뿐 아니라 여러 풍파를 겪어야 했던 딩링의 굴곡진 삶은 중국의 여성해방이 가지는 특수성을 대표적으로 보여주고 있다. '전통가정'에서 태어나 '신여성'에서 '혁명부녀'로의 전환을 겪은 딩링은 남성 중심 이데올로기와 혁명 이데올로기에 때로는 저항하며, 때로는 참여하면서 여성으로서의 정체성을 모색하고자 하였다. '민족', 그리고 '혁명'이라는 호명 속에서 규정된 정체성을 거부하고 극복하고자 했던 딩링의 삶과 작품을 통해 우리는 '전통여성'에서 오늘날 '현대여성'으로 이어지는 과정을 살펴볼 수 있었다. 가부장적인 집안과 남성 중심적인 사회 속에서 분투하며 주체적인 여성을 꿈꿨던 현대 중국의 선구적 여성주의자 딩링은 중국 여성 개념의 역사적 의미맥락을 이해하는 중요한 연결고리가 될 수 있을 것이다.

포스트모던 시대의 '윤리'

마오쩌둥의
「옌안 문예 좌담회에서의 연설」
다시 읽기

피경훈

포스트모던 시대의 '진리'

일본의 문화 비평가 아즈마 히로키東浩紀는 저서『동물화하는 포스트모던』에서 '포스트모던 사회'의 특징을 '초평면적 사회'라고 주장한다. '초평면적 사회'는 모든 위계관계가 사라진 사회, 다시 말해 일체의 위계관계가 해체되고 모든 것이 평평한 평면 위에 병렬되는 사회를 의미한다(아즈마 히로키, 2007). 우리는 현재 '포스트모던 사회'에 살고 있다. 우리가 현재 '포스트모던 사회'에 살고 있다는 것을 굳이 시간을 들여 '증명'할 필요는 없을 것인데, 이는 지금 우리 손에 들려 있는 스마트폰만 꺼내보면 곧바로 알 수 있기 때문이다. 스마트폰을 켜는 순간 우리는 모든 정보가 상하관계 없이 병렬된 세계로 입장할 수 있게 된 것이다.

현재 우리가 '포스트모던 사회'에 살고 있다는 이와 같은 사실은 20세기에 대한 경험을 반추함에 있어 상당한 이질감을 불러일으킨다. 모든 것이 부유하는 21세기의 관점에서 보았을 때 모종의 절대적 진리를 심각하게 추구했던 20세기의 경험은 매우 낯설게 느껴지거나 혹은 쓸데없는 것으로 느껴질 수밖에 없기 때문이다. 하지만 '동물화하는'이라는 표제어를 통해서도 어느 정도 짐작할 수 있듯 현재 모든 위계적 질서의 해체를 추구해왔던 '포스트모던'이 이제 그 한계에 다다르고 있는 것도 사실이다. 이제 모든 질서의 해체 속에서 불안하게 유목하는 것을 추구해왔던 '포스트모던적 주체'는 어느덧 그 수명을 다해가고 있는 것이다.

이러한 측면에서 보았을 때, 본 장에서 다루고자 하는 1942년에 발표된 마오쩌둥의 연설문 「옌안 문예 좌담회에서의 연설 在延安文藝座談會上的講話」(이하 '옌안 문예 강화')은 20세기가 열광했던 '진리'에의 열정을 보여주고 있다는 측면에서 재음미해볼 충분한 가치를 지니고 있다고 해야 할 것이다. 물론 「옌안 문예 강화」는 현재의 관점에서 보았을 때 수많은 문제점과 착오들로 가득 차 있음을 부정할 수 없다. 「옌안 문예 강화」는 이제는 구식이 되어버린 목적론적 세계관과 인민 대중에 대한 낭만주의적 색채로 가득 차 있다.

하지만 그럼에도 불구하고 「옌안 문예 강화」를 재차 읽어볼 필요가 있는 이유는 그러한 오류 속에 '포스트모던적 현재'를 새롭게 바라볼 수 있는 사상적 자원들이 내재되어 있기 때문이다. 이번 장에서는 그러한 자원들을 새롭게 바라봐야 하는 이유를 찾아보기 위해 「옌안 문예 강화」의 밑바탕을 형성하고 있는 마르크스주의의 이론적 경로들을 간단하게 살펴보고, 그러한 밑그림 위에서 「옌안 문예 강화」를 다시 읽는 사유의 거리들을 발굴해보려고 한다.

'인민'이란 누구인가: 마르크스주의와 인민의 문제

마르크스주의를 논함에 있어 '노동자'를 언급하지 않는다는 것은 불가능하다. 마르크스는 자신의 온 생애와 모든 저술들에 걸쳐 '노동자'의 해방을 그 중심에 놓고 사유하였다. "만국의 프롤레타리아여 단결하라!"라는 선언으로 끝나는 『공산당 선언』의 마지막 문구를 통해서도 확인할 수 있듯 마르크스주의의 최종 목표는 '노동자'의 해방이었다. 그렇다면 마르크스는 왜 '노동자'의 해방을 최종적인 목표로 삼았던 것일까?

마르크스는 헤겔의 제자이다. 마르크스는 헤겔의 '거꾸로 선 변증법', 즉 추상적인 사유를 중심축으로 설정한 헤겔의 변증법을 바로 세우겠다고 선언했지만, 몇 가지 측면에서는 여전히 '헤겔적인 도식' 안에서 움직였다. 마르크스 사상의 여러 측면 중에서 마르크스가 벗어나지 못했던 헤겔의 인식 체계는 바로 '역사'였다. 헤겔은 역사의 전개 과정을 '이성의 자기 운동'으로 해석하고, 그러한 운동이 이성의 완전한 해방, 즉 모순의 완전한 해결로 이어진다고 주장했다. 마르크스 역시 이러한 헤겔의 역사 철학에서 많은 영감을 받았고, 자본주의적 생산양식이 종결된 이후 사회주의 및 공산주의적 단계가 도래한다고 생각하였다.

비록 마르크스가 헤겔의 역사 철학적 도식을 계승했다고는 하지만 그가 그것을 완전히 복제한 것은 아니었다. '머리로 선 헤겔의 변증법을 바로 세우겠다'는 그의 선언을 실천하기 위해 마르크스는 '사유'가 아닌 '현실'에서 출발하고자 했다. 그리고 그가 파악한 '현실'은 바로 다수의 피착취자인 노동자를 양산하는 '착취 체제로서의 자본주의적 현실'이었다. 마르크스가 보기에 자본주의는 엄청난 물질적 부를 만들어냈지만, 그러한 부가 모든 사람들에게 공평하게 돌아가는 것은 아니었다. 자본주의는 오히려 수많은 빈민을 양산하고 있었는데, 그러한 자본주의의 본질적인 성격 탓에 자본주의가 발달할수록 빈부의 격차는 더욱 커져만 갔고, 그에 따라 자본주의 체제에 의해 착취당하는 노동자 계급, 즉 '프롤레타리아'의 수 역시 늘어날 수밖에 없었다.

마르크스가 주목한 것이 바로 이와 같은 자본주의의 메커니즘이다. 마르크스가 보기에 자본주의가 발달하면 발달할수록 더 많은 수의 프롤레타리아가 양산되고, 이들은 사회의 최하층 계급을 형성하게 된다. 마르크스는 바로 이러한 '현실'에 주목해 자본주의를 극복할 수 있는 계급은 바로 프롤레타리아라고 보았던 것이다. 또한 마르크스는 자본주의 체제에 의해 양산된 프롤레타리아가 자본주의 체제를 넘어설 수 있다고 생각했다. 자본주의가 봉건제를 붕괴시키고 등장했던 것처럼, 사회주의는 자본주의를 붕괴시키고 출현할 수 있으며, 사회주의는 최종적으로 공산주의라는 인류 역사의 최종 단계에 도달하게 되는 것이다.

그렇다면 자본주의 체제를 초월한 사회주의 및 공산주의 사회는 어떠한 사회인가? 사실 이 문제가 20세기 마르크스주의적 실천의 가장 치명적인 질곡이 된다고 할 수 있을 것인데, 실상 마르크스는 자본주의 체제를 초월한 사회주의 및 공산주의 사회가 구체적으로 어떠한 사회인지를 명확하게 기술해놓지 않았다. 다만 「고타강령비판」 등과 같은 문건을 통해 "개인들의 전면적 발전과 더불어 생산력도 성장하고, 조합적 부의 모든 분천이 흘러넘치고 난 후

1938년 옌안에서 장귀타오張國燾와 함께.

에 (중략) 각자는 능력에 따라, 각자에게는 필요에 따라!(마르크스·엥
겔스, 2005)"라는 매우 당위론적이고 추상적인 원칙만을 제시해놓았
을 뿐이다.

우리 모두 잘 알고 있듯이 한 사회의 재화는 한정되어 있다. 또한
사회의 구성원들이 자신의 물질적 욕망을 어느 정도 통제할 수 있
는지에 대한 명확한 이론은 없다. 그렇다면 한정되어 있는 물질적
조건하에서 자신의 욕망을 통제할 수 없는 구성원들이 존재한다면
어떻게 될까? 그 결과는 당연하게도 끊임없는 사회적 투쟁으로 이
어질 수밖에 없다. 하지만 마르크스는 이와 같은 점을 전혀 생각하
지 않았으며, 오히려 극단적인 물질적 발달, 즉 자본주의 체제의 극
단적인 발달을 통해 무한정한 욕망을 지닌 사회 구성원들을 만족시

킬 수 있다고 보았다.

이러한 마르크스의 이론적 가설에 대해 우리는 마르크스가 자본주의에서 사회주의로의 이행을 이끌어가는 주체로 상정된 '프롤레타리아' 계급이 상당한 도덕적 수준을 태생적으로, 다시 말해 별다른 교육 없이도 스스로 갖출 수 있다고 가정했던 것으로 생각할 수밖에 없다. 다시 말해 마르크스가 보기에 자본주의 사회를 초극하는 역사적 과정의 주체인 프롤레타리아는 역사적 과정, 혹은 좀 더 구체적으로 말해 혁명적 투쟁의 과정 속에서 부르주아적 탐욕을 벗어난 '도덕적 주체'로서의 자질을 자동적으로 갖추게 되는 것이다.

하지만 뒤에서 살펴보게 될 것처럼, 마오쩌둥은 마르크스의 이와 같은 이론적 가정을 그대로 따를 수는 없었다. 우선 마오쩌둥이 처해 있던 역사적·정치적 조건이 마르크스와 상이했는데, 마오쩌둥은 한편으로는 마르크스주의자이지만, 다른 한편으로는 민족해방을 위한 지도자였다. 또한 마오쩌둥이 활동했던 당시 중국은 자본주의가 발전하지 못한 후진국이었다. 때문에 마오쩌둥은 마르크스의 도식, 즉 역사적 발전에 따른 대중 역량의 자생적 발전이라는 도식에 매달려 대중들의 자발적 각성을 마냥 기다릴 수는 없었다. 바로 이러한 마오쩌둥의 독특한 역사적 위치가 「옌안 문예 강화」와 같은 문건이 탄생하게 된 근본적인 조건을 형성했던 것이다.

그렇다면 마오쩌둥은 민족해방과 사회주의 혁명이라는 이중의 과정 안에서 과연 어떠한 방식으로 인민을 생각했던 것일까? 그리고 왜 혁명가였던 마오쩌둥이 '문예'의 문제를 중요한 주제로 삼아 당 간부와 대중들 앞에서 강연을 했던 것일까? 바로 이와 같은 질문들이 「옌안 문예 강화」를 읽는 중요한 축선이 되는 것이며, 그 축선에 대한 해석이 곧 서두에서 제기했던 문제, 즉 '포스트모던 시대의 인민 문학'이라는 문제의식을 다시금 생각하게 하는 중요한 계기가 되는 것이다.

인민, 문예 그리고 교육

「옌안 문예 강화」를 독해함에 있어 염두에 두어야 할 사항은 본 문건이 문예에 관한 전문적인 연구가 아닌 문예 '정책'에 관한 '연설講話'이었다는 점이다. 본 문건은 중일전쟁이 한창이던 1942년 당시 중국공산당을 이끌던 혁명가이자 정치가였던 마오쩌둥이 혁명 근거지였던 '옌안'에서 문예에 대한 기본적인 정책 노선을 밝힌 '정책 문건'이다. 때문에 현재 우리가 이른바 '문예'라는 것에 대해 가지고 있는 기본적인 상식과는 출발선에서부터 그 성격이 다르다고 할 수 있을 것이다.

1942년 마오쩌둥은 혁명과 전쟁이라는 이중의 과업을 완수하기 위해 문예에 종사하고 있는 이들이 따라야 할 '가이드라인'을 설정해줄 필요가 있었다. 다시 말해 현재 우리가 '문예'라는 개념에 대해 가지고 있는 기본적인 관념, 즉 자유로운 상상력과 현실에 대한 날카로운 비판 정신 등은 마오쩌둥의 관심사가 아니었다. 그는 오히려 문예를 어떻게 적절하게 통제할 것인가 그리고 그러한 통제를 통해 혁명과 전쟁의 승리라는 과업을 완수할 것인가라는 문제에 그 초점을 맞추고 있었던 것이다.

마오쩌둥은 「옌안 문예 강화」를 시작하면서 다음과 같이 '연설'

의 목적을 분명하게 밝히고 있다.

동지들! 오늘 좌담회를 개최하여 다 함께 모인 목적은 문예 공작과 일반 혁명 공작 사이의 관계에 대한 모두의 의견을 교환하기 위해서입니다. 그리고 혁명 문예의 정확한 발전 방향을 구하고, 혁명 문예가 여타의 혁명 공작에 대해 더욱 협조적인 관계를 구하고, 그를 통해 우리 민족의 적을 타도하고 민족해방의 임무를 완성하기 위해서입니다.

인용문을 통해서 확인할 수 있듯 마오쩌둥이 밝히고 있는 「옌안 문예 강화」의 근본 목적은 문예와 민족해방 그리고 혁명의 관계에 대한 문제를 분명하게 인식하기 위함이다. 이처럼 분명하게 '연설'의 목표를 밝히고 난 후 마오쩌둥이 첫 번째로 제기한 문제는 바로 '입장의 문제'와 '태도의 문제'이다.

입장의 문제. 우리는 프롤레타리아 계급과 인민 대중의 입장에 서 있습니다. 공산당원에 대해 말하자면, 그것은 또한 당의 입장에 서는 것이며 당성黨性과 당 정책의 입장에 서는 것을 말합니다. 이 문제에 있어서 우리의 문예 공작자들 중 아직도 인식이 정확하지 않거나 혹은 불명확한 사람이 있습니까? 제가 보기에는 있습니다. 수많은 동지들이 자신의 정확한 입장을 상실하고 있는 것입니다.

태도의 문제. 각자의 입장에 따라 우리가 각종의 구체적인 사물에 대해 취하는 구체적인 태도에 관한 문제가 발생합니다. 예컨대 찬양해야 합니까? 폭로해야 합니까? 이는 곧 태도의 문제입니다. 도대체 어떤 태도가 필요한 것입니까? (중략) 인민 대중에 대해, 인민의 노동과 투쟁 그리고 인민의 군대, 인민의 정당에 대해 우리는 찬양하는 태도를 취해야 합니다. 인민 역시 결점을 가지고 있습니다. 프롤레타리아 계급 중 수많은 이들이 아직도 프티부르주아적 사상을 가지고 있고, 농민과 도시의 프티부르주아 계급들은 모두 낙후된 사상을 가지고 있습니다. 이것들은 곧 그들의 투쟁 속에서 짊어지고 있는 멍에들입니다. 우리는 장시간 동안 그들을 교육해야 하고, 그들에게 지워져 있는 멍에를 벗어버릴 수 있도록 도와줘야 합니다. 그들 자신의 결점과 싸우도록 고취해야 하고, 앞으로 전진할 수 있도록 도와야 합니다.

마오쩌둥은 '문예'를 창작하는 사람이 자신의 입장과 태도를 분명하게 결정할 것을 요구하고 있다. 인민과 당에 대해서는 찬양의 태도를 취해야 하고, 적들에 대해서는 폭로와 비판을 요구한다. 또한 인민들의 결점을 인식하면서도 그것을 비판해서는 안 되고 오히려 '교육'시켜야 함을 역설하고 있다. 이와 같은 '입장'과 '태도'의 문제와 함께, 마오쩌둥은 '대중화'의 문제를 강조한다. 다시 말해 '문예'라는 것이 몇몇 지식인들을 만족시키는 고상한 취미가 아닌, 일반 대중이 쉽고 재미있게 접근할 수 있는 것이 되어야 한다는 점을 강조한 것이다.

수많은 문예 공작자들은 그들 스스로 대중들로부터 이탈해 있고, 생활이 공허하기 때문에 당연하게도 인민의 언어에 익숙하지 못합니다. 때문에 그들의 작품은 별다른 특색이 없고, 종종 자기들 멋대로 만들어내거나, 인민의 언어와 대치되는 엉망진창의 문구들을 끼고 다닙니다. 많은 동지들이 '대중화'를 언급하기를 좋아하지만, 무엇이 대중화입니까? 그것은 바로 우리 문예 공작자들의 사상과 감정이 노동자, 농민 그리고 병사를 비롯한 대중과 하나가 되는 것을 말합니다.

마오쩌둥이 '문예'에 요구하고 있는 '대중화'의 문제는 결국 문예가 대중이 쉽게 이해할 수 있는 '이야기'가 될 것을 요구하고 있는 것이다. 문예는 더 이상 지식인 계층의 전유물이어서는 안 되며, 교육을 제대로 받지 못한 일반 민중들 역시 쉽고 재미있게 즐길 수 있는 것이 되어야 하는 것이다.

여기까지가 마오쩌둥이 「옌안 문예 강화」를 통해 문예에 요구하고 있는 가장 기본적인 내용이다. 마오쩌둥은 '입장과 태도의 문제' 그리고 '대중화의 문제'를 제기한 후, 좀 더 실천적이면서도 깊이 있는 사유를 요하는 이슈들을 제기하고 있다.

인간의 사회생활은 문학과 예술의 유일한 원천이고, 문학과 예술에 비해 사회생활은 비교할 수 없을 정도의 생동감 넘치는 내용을 담고 있는데도 불구하고, 인민들은 전자에 만족하지 못하고 후자를 요구합니다. 왜 그런 것일까요? 그것은 사회생활과 문학 및 예술이 모두 아름다운 것이지만 문예 작품이 반영해내고 있는 생활이 보통의 실제 생활보다 더욱 수준이 높고 집중화되어 있으며, 더욱 전형적이고, 이상적이기 때문에 더욱 보편성을 띠고 있기 때문입니다. 혁명적 문예는 실제 생활에 근거를 두고 다양한 모습의 인물을 창조해내야 하고, 대중 역사를 전진시키는 데 있어 도움을 주어야 합니다. 예컨대 한편으로 사람들은 배고픔과 추위 그리고 핍박에 시달립니다. 그리고 다른 한편으로 어떤 이들은 타인들을 착취하고 핍박합니다. 이러한 사실들은 도처에 존재하고 있습니다. 하지만 사람들은 담담하게 그것들을 바라봅니다. 하지만 문예는 그러한 일상생활의 모습들을 집중시켜 표현하고, 그 속의 모순과 투쟁을 전형화시켜 문학작품 혹은 예술작품을 만들어내, 인민 대중으로 하여금 각성하게 하고 감동하게 해 인민 대중이 단결과 투쟁으로 나아가 자신의 환경에 대한 개조를 실천하도록 합니다.

위에서 언급한 내용이야말로 「옌안 문예 강화」의 전체 내용 중 가장 중요하고도 복잡한 문제를 제기하는 부분이라고 할 수 있을 것이다. 마오쩌둥이 언급하고 있는 것처럼, 생활은 곧 문예의 원천이며 문예에 비해 더욱 풍부한 내용을 포함하고 있다. 하지만 그럼에도 불구하고 왜 인민은 여전히 문예를 필요로 하는가? 마오쩌둥은 이에 대한 대답을 '전형화'에서 찾고 있다. '전형화'란 쉽게 말해 현실적으로 존재하는 잡다한 모습을 특정한 이념형에 맞추어 재창조하는 것을 말한다. 예컨대 현실 속에 존재하는 프롤레타리아트의 모습은 수만 가지가 있지만, 문예는 그 셀 수 없이 다양한 모습을 작품의 이념 안에서 다시 창조해내는바, 이 과정을 곧 '전형화'의 과정이라고 할 수 있는 것이다.

앞서 언급했던 것처럼 현재 우리는 '포스트모던'의 시대에 살고 있다. '포스트모던'의 시대는 수많은 가치관들이 아무런 위계를 갖지 않고 부유하는 상태를 일컫는다. 때문에 이 세계 속에서는 그 어떤 가치관도 자신의 특별한 지위를 요구할 수 없으며, 각자가 자신의 선호에 맞게 자신의 가치관을 선택하면 그뿐이다. 또한 '포스트모던'의 시대는 극단적인 세속화의 시대이기도 하다. 각기 다른 가치관을 가진 채 살아가는 수많은 대중들에게 '보다 신성한 가치'란 존재하지 않는다. 그저 재미있고 즐거운 것을 선택해 소비하면 그만이다.

이와 같은 '포스트모던적 조건'에 비추어 마오쩌둥이 요구하는 바는 매우 의미심장하면서도 모순적이다. 앞의 인용문에서 마오쩌둥은 '전형화', 즉 문예 작품 속의 이념에 근거해 현실의 모습을 더욱 집중화시키라고 요구한 바 있다. 그렇다면 이 전형화의 문제는 혹 인민 대중의 세속적인 삶과 유리될 위험이 있지는 않은가? 혹은 더욱 직접적으로 말해, 이 '전형화'의 과정 속에서 세속적인 인민의 실제 생활은 어떻게 다루어져야 하는가? 이에 대해 마오쩌둥은 '보급과 제고提高'라는 서로 모순될 수도 있는 두 측면을 동시에 추구해야 한다고 주장한다.

인민은 보급을 요구하면서 또한 그에 따라 제고를 요구하기도 합니다. 점차적인 제고를 요구하는 것입니다. 여기서 보급은 인민의 보급이고 제고 역시 인민의 제고입니다. 이러한 제고는 허공에서 이루어지는 것이 아니며 또한 문을 닫아걸고 이루어지는 것도 아닙니다. 그것은 보급의 기초 위에서의 제고입니다. 이러한 제고는 보급에 의해 결정되는 것이며 동시에 또한 보급을 지도하는 것이기도 합니다.

마오쩌둥은 문예에 종사하는 이들에게 '보급', 즉 '대중화'의 문제에 관심을 둘 것을 요구하면서도 동시에 대중의 수준에 그대로 머물러 있으면 안 된다는 요구를 하고 있다. 문예는 대중들에게 다가가기 위해 쉽게 창작되어야 하지만, 그들의 수준을 높이기(제고)

위해 노력해야 하는 것이다.

사실 마오쩌둥이 주장하고 있는 보급과 제고의 관계는 모순적이고 수많은 사유의 과제를 만들어내고 있는 것이 사실이다. '대중이 쉽게 접할 수 있으면서도 그들의 수준을 제고시킬 수 있는 문예 작품을 창작하라'는 요구는 그러한 정책을 제안하는 지도자의 입장에서는 별문제가 아닐 수도 있지만 창작을 실천하는 창작자의 입장에서는 결코 쉬운 일이 아니기 때문이다.

더불어 '보급과 제고를 동시에 추구하라'는 명제를 정책과 그것의 실천이라는 측면이 아닌 이론적인 측면에서도 생각해볼 필요가 있다. 앞서 대략적으로 살펴보았던 것처럼, 마르크스는 프롤레타리아트가 혁명 역사 속에서 스스로를 교육하고 사회주의적 인간으로 거듭날 수 있다고 생각했다. 마오쩌둥 역시 마르크스의 이와 같은 생각을 어느 정도 공유하고 있기는 하지만, 그는 '교육'의 문제를 마르크스에 비해 더욱 직접적으로 제기하고 있다고 할 수 있다. 다시 말해 마오쩌둥은 「옌안 문예 강화」에서 '대중에게 다가가되 그들의 수준을 향상시켜야 함'을 정확하게 밝히고 있는 것이다.

간부는 대중 속의 선진先進 분자입니다. 그들은 일반적으로 대중보다 많은 교육을 받았습니다. 비교적 높은 수준의 문학과 예술은 그들에게 완전히 필요한 것이고, 이 점을 소홀히 하는 것은 착오입니다. 간부를 위하는 것이 곧 대중을 위하는 것이고, 간부를 통해서만이 비로소 대중을 교육시키고 인도할 수 있습니다. 만약 이러한 목적에 위배된다면 그리고 만약 우리가 간부에게 주는 것이 그들이 대중을 교육하고 인도하는 데에 아무런 도움이 되지 않는다면, 우리의 제고를 위한 공작은 아무 효과를 보지 못할 것이고, 이것은 인민 대중을 위한다는 근본적인 원칙을 벗어나는 것입니다.

여기서 마오쩌둥의 의도가 좀 더 분명하게 드러난다. 마오쩌둥은 문예를 통해 인민 대중을 교육시켜야 함을 분명하게 인식하고 있었으며, 그러한 목적을 달성하기 위해 문예의 수준을 지나치게 높이는 것이 아니라 오히려 인민에게 친근하게 접근할 수 있는 예술의 언어와 형식을 요구했던 것이다.

현재의 관점에서 보았을 때 「옌안 문예 강화」는 매우 익숙하지만 다소 불편한 지점을 건드리고 있다. 서두에서 언급했던 것처럼, 20세기 후반 냉전 체제가 붕괴한 이후 세계는 '포스트모던적 상황'으로 접어들었다. 세계의 모든 가치가 각기 독립적으로 존재하고, 그 사이에 아무런 위계관계도 존재하지 않는다. 또한 이렇게 극도로 병렬된 가치 체계 안에서 그 어떠한 신성성神聖性 역시 가능하지 않은바, 모든 것은 세속화되어야 한다. 그리고 그러한 세속화는 자본의 논리와 서로 밀접한 연관을 맺고 있다.

좀 더 깊이 있는 연구를 필요로 하는 주제이지만, '자본주의'의 논리는 곧 '세속화'의 논리와 동일하다. 인류는 어느 특정한 시점에서 종교로부터 자신을 분리시켰다. 그리고 이러한 분리는 그 어떠한 절대적 윤리 및 도덕도 불가능하게 만들었고, 이와 같은 절대적 윤리 혹은 도덕이 사라진 자리를 차지한 것은 곧 자본의 논리, 즉 '모든 것이 상품화될 수 있다'는 논리였다.

이러한 신자유주의 시대의 윤리와 도덕이 상식이 되어버린 상황 속에서 「옌안 문예 강화」를 읽는 행위는 우리에게 '계몽'과 '교육'

1942년 마오쩌둥이 옌안에서의 문예좌담회를 끝내고 참석자들과 함께 찍은 사진.

그리고 '지식인'의 문제를 다시 생각하게 한다. 언제부터인가 우리는 '계몽'을 철지난 것으로 치부해버려야 한다는 강박에 시달리고 있다. '계몽은 이성 중심주의의 산물에 불과하다', '계몽의 강요이다' 등등, '이성 중심주의'의 구체적인 내용이 무엇인지도 모른 채 '계몽'을 '지식적 폭력'의 동의어로 인식하고 있는 것이다.

현재의 관점에서 20세기 중반에 작성·발표된 「옌안 문예 강화」를 읽었을 때, 가장 낯설고 이질적으로 느껴지는 부분이 바로 이와 같은 '계몽'의 문제일 수 있다. 마오쩌둥이 「옌안 문예 강화」를 통해서 제기하고 있는 여러 메시지들 중, '프롤레타리아를 찬양해야 한다'는 주장은 마오쩌둥 스스로에게도 자가당착적인 결과를 초래했고, 우리는 이미 그 결과가 '문화대혁명'으로 이어졌다는 사실을 알고 있다. 때문에 '입장과 태도'의 문제에 관한 마오쩌둥의 견해는 쉽게 받아들이기 어려운 것이 사실이다.

하지만 '대중에게 다가가되 그 수준을 높여야 한다'는 「옌안 문예 강화」의 명제는 다시 한번 깊게 생각해볼 여지가 있다. 극단적으로 세속화된 세계 속에서 대중은 곧 진리다. 모든 것이 해방된 세계 속에서 '계도와 교육'은 곧 폭력이며, 대중의 처해 있는 '현실적 조건' 이상을 요구하는 그 어떠한 시도도 용납되지 않는다. 하지만 마오쩌둥은 「옌안 문예 강화」를 통해 대중의 삶을 이해하고 그들에게 다가가는 동시에 그들의 수준을 높여야 한다고 요구하고 있다. 좀 더 직접적으로 말해 마오쩌둥은 대중을 '교육'시키고 '계몽'시켜야 한다고 역설하고 있는 것이다.

'중간자'로서의 지식인과 '계몽'의 문제

최종적으로 「옌안 문예 강화」는 '지식인'이라는 존재에 대해 생각하게 한다. 실제로 「옌안 문예 강화」는 지식인들을 대상으로 한 연설이었고, 그 실질적인 내용 역시 지식인의 태도와 역할에 관한 문제로 정리된다. '계몽'이 역사의 뒤편으로 사라지면서 지식인의 역할 역시 급속하게 사라졌다. 한국은 물론 중국에서도 '과연 지식인이란 무엇이며 그 역할이란 무엇인가?'에 관한 여러 차례의 토론이 벌어진 바 있지만, 별다른 소득 없이 끝나고 말았다. '지식인의 죽음'이라는 진단은 이제 더 이상 새롭지도 비장하지도 않다.

하지만 그럼에도 불구하고 우리는 여전히 '지식'을 필요로 하지 않는가? 만약 누군가의 주장처럼 '역사는 끝났고' 이제 더 이상 인류 역사의 발전은 필요하지 않다는 주장에 동의한다면 '지식', 좀 더 정확히 말해 '인간에 관한 지식'은 정말 필요 없는 것인지도 모

호위병의 환호에 답례하
는 마오쩌둥, 1966년 8월.

른다. 하지만 이러한 주장을 한 이와 그에 동조한 이는 그러한 '지
식의 종말'에 대한 선고 이후에 벌어지는 모든 인간 사회의 문제에
어떻게 답해야 하는가라는 질문에도 책임을 져야 한다. 여전히 문
제는 계속되고 있으며 역사 역시 어딘가로 끊임없이 흘러가고 있기
때문이다.

결국 지금으로부터 약 70여 년 전에 중국의 혁명가가 산 중턱에
서 연설했던 「옌안 문예 강화」 속의 문제는 아직도 해결되지 않고
있다고 해야 할 것이다. 대중은 여전히 고통받고 있지만, '그때'와
는 다르게 오늘날 우리는 그들에게 '무엇이 잘못되었고, 때문에 우
리는 무엇을 해야 한다'는 말을 할 수조차 없는 상황에 처하게 되었
다. 이러한 현실 속에서 「옌안 문예 강화」는 '보급과 제고'라는 문
제를 좀 더 근본적인 차원에서 새롭게 고민할 것을 요구하고 있는
것이다.

그리고 그 근본적인 차원의 고민은 곧 '중간자로서의 지식인', 즉 현실 속에 거주하면서도 현실 이상의 것을 생각하는 지식인의 역할로 이어진다. 정작 마오쩌둥 자신은 「옌안 문예 강화」를 발표한 이후 지식인의 역할을 부정하는 쪽으로 나아갔지만, 그의 이러한 행보가 '문화대혁명'이라는 비극으로 이어졌다는 점에서 오히려 역설적으로 「옌안 문예 강화」라는 텍스트를 재차 '지식인의 역할'이라는 각도에서 바라보게 한다.

우리는 현재 '좌표'가 사라진 시대에 살고 있다. 그리고 그러한 상황 속에서 우리는 내가 어디에 있으며 내가 누구인지 그리고 무엇을 원하고 또 어디로 가야 하는지에 대한 답을 찾지 못한 채 말 그대로 '부유'하고 있다. 그러한 '부유'를 '자유'라고 부를 수도 있겠지만, 그 자유의 대가가 너무 크다면, 이제 우리는 그 자유의 문제를 다시 한번 새롭게 고민해봐야 할 것이다. 이것이 바로 20세기의 문건 「옌안 문예 강화」가 '포스트모던' 시대 속에 살고 있는 우리에게 제시하고 있는 질문이다.

【실제 작품의 예】

「옌안 문예 강화」와 자오수리의 문학

1942년 마오쩌둥의 「옌안 문예 강화」가 발표된 이후, 「옌안 문예 강화」의 지침을 가장 잘 구현한 작가로는 자오수리趙樹理가 꼽힌다. 자오수리는 「샤오얼헤이의 결혼小二黑的結婚」(1942), 『이가장의 변천李家莊的變遷』(1945), 『단련단련鍛鍊鍛鍊』(1958) 등 주로 농민을 주인공으로 한 작품을 발표하면서 「옌안 문예 강화」의 정신을 가장 잘 표현한 작가로 추앙받는다. 하지만 자오수리의 작품이 단순히 '농민'을 주제로 했기 때문에 추앙받았던 것은 아니다. 자오수리는 자신의 작품들을 통해 농민이 공산당의 교육과 개조를 통해 어떻게 새로운 인민으로 탄생될 수 있는지를 생동감 있는 필치로 그려냈기에 당시 공산당의 총애를 받았던 것이다. 특히 자오수리는 중국 전통 구비 문학 형식인 '설창說唱(구술로 이야기를 전하는 형식의 전통 예술)'을 적극적으로 활용함으로써 농민들이 쉽게 작품을 이해할 수 있도록 노력하였다.

　가장 대표적인 작품인 「샤오얼헤이의 결혼」은 단순한 줄거리 구조에도 불구하고 그 특유의 접근성 때문에 당시 농민과 공산당에게 엄청난 호응을 이끌어낼 수 있었다. 「샤오얼헤이의 결혼」의 줄거리는 간단하다. 어느 농촌 마을에 살고 있는 샤오얼헤이라는 총각이 샤오친小芹이라는 처자와 결혼하고 싶어한다. 하지만 샤오친의 어머니인 싼셴구三仙姑는 그들의 궁합이 맞지 않는다며 결혼을 반대한다. 이러한 반대에도 불구하고 샤오얼헤이와 샤오친은 결혼을 포기하지 않는다. 한동안 그들의 결혼을 둘러싼 지루한 논쟁이 이어지다가 이러한 그들의 싸움에 결정적인 역할을 하는 것은 중국공산당이다. 농촌에 들어온 중국공산당은 싼셴구와 그녀의 주변 사람들의 주장을 '미신'으로 규정짓고 샤오얼헤이와 샤오친의 결혼을 허락한다.

지금의 시각으로 보면 「샤오얼헤이의 결혼」은 별다른 내용이 없다. 이야기 구조도 매우 단순하고, 특히 공산당이 농촌에 들어오면서 문제가 일거에 해결되는 내용은 지나치게 단층적이다. 하지만 자오수리의 본 작품은 발표되었을 당시 농촌에서 선풍적인 인기를 끌었다. 「샤오얼헤이의 결혼」이 이처럼 상당한 인기를 구가할 수 있었던 이유는 오히려 그 단순함이 무지했던 농민들의 입맛에 맞았기 때문이고, 또한 중국공산당의 정책에도 부합했기에 공산당에 의해 적극적으로 홍보되었기 때문이다. 그러나 이외에 자오수리의 작품에서 포착해야 하는 것은 대중에 대한 접근과 함께 대중 의식의 각성 모두를 적절하게 성취하고 있다는 점이다.

우선 자오수리는 '형식'적인 측면에서 철저하게 수용자를 고려했다. 그는 농민에게 친숙한 '설창'이라는 장르를 통해 문맹이었던 농민이 쉽게 이야기를 이해할 수 있도록 했다. 이와 더불어 더욱 중요한 것은 오히려 작품의 구성상 약점이라고도 할 수 있는 단순함과 집중력이다. 자오수리는 이야기를 복잡하게 구성하지 않는다.

갈등 구조는 간단하고 그 해결 역시 간단하다. 하지만 그러한 단순한 이야기 구조를 통해 농민에게 전달하고자 하는바, 즉 미신의 타파와 중국공산당의 역할이라는 목적을 분명하게 전달하고 있다. 바로 이러한 형식상의 친근함과 내용상의 단순성 및 집중성이라는 측면이 「옌안 문예 강화」를 가장 잘 반영한 작품으로 평가받을 수 있게 한 가장 중요한 원인이었던 것이다.

하지만 이후 자오수리의 작품 세계는 마오쩌둥의 문학관과 상당한 갈등을 일으키기도 하는데, 그러한 갈등의 주 원인은 바로 '인민'이라는 존재를 어떻게 해설할 것인가라는 문제였다. 앞서 「옌안 문예 강화」에 대한 해설을 통해서도 언급했듯이, 마오쩌둥은 '인민'을 '찬양'해야 한다고 주장했다. 다시 말해 마오쩌둥은 '인민'의 어두운 면이 아니라 그들의 밝고 긍정적인 면을 위주로 작품을 써야 한다고 주문했던 것이다. 마오쩌둥의 이러한 요구에 적극적으로 호응했던 자오수리는 1949년, 즉 중국공산당이 정권을 잡은 이후에는 '인민'의 실제 모습, 즉 그들의 부정적인 면에도 주목하게 된다. 예컨대 1958년 발표된 『단련단련』에서 자오수리는 공동농장의 운영에 적극적으로 참여하지 않고 사익을 챙기려는 농민을 비판적으로 그려냈다. 그리고 이 작품으로 인해 그는 상당한 비판에 직면해야 했다.

때문에 마오쩌둥의 「옌안 문예 강화」와 자오수리의 작품 세계는 복잡한 긴장관계를 유지하고 있다고 봐야 한다. 마오쩌둥의 문학관은 '인민'에 대한 계몽과 교육을 분명 강조했다. 하지만 그 방식에 있어 마오쩌둥은 다소 편향적인 문학관을 강요했던 것이 사실이다. 농민의 사기를 고취시킨다는 명목하에 마오쩌둥은 농민들을 긍정적으로 평가하고 표현하는 데 주목해야 한다고 주장했던 것이다. 물론 마오쩌둥의 이러한 방침이 1949년 이전, 즉 항전기 동안 상당한 효과를 거두었던 것은 사실이다. 마오쩌둥의 문학에 대한 요구와 지침은 중국공산당이 항전 시기 동안 대중의 지지를 얻고 세력을 확장시키는 데 결정적인 역할을 했음을 부정할 수 없다.

하지만 건국 이후, 일종의 '법칙'이 된 마오쩌둥의 「옌안 문예 강화」는 오히려 '인민'에 대한 시각을 옥죄는 질곡으로 변해버렸고, 그러한 변질의 과정 속에서 자오수리와 같이 「옌안 문예 강화」의 '총아'로 불렸던 작가는 비판받을 수밖에 없었던 것이다. 하지만 이러한 불행한 결과에도 불구하고 「옌안 문예 강화」와 자오수리의 작품 세계는 여전히 의미 있는 긴장 관계를 만들어내고 있다. 그것은 바로 '인민'이라는 문제이다. 특히 그 둘 모두 '인민의 계몽'이라는 문제에 있어 모종의 교집합을 만들어내고 있다는 점은 음미해볼 만하다.

일반 대중에 대한 접근과 그들의 수준 제고라는, 서로 대치되면서도 서로 연계될 수밖에 없는 문제에 대해 마오쩌둥과 자오수리는 서로 다른 측면에서 접근했고, 그 서로 다른 방식의 접근이 남겨놓은 불행한 결과는 '인민'과 '계몽'이라는 아직도 해결되지 않은 사유의 과제를 우리 앞에 던져놓고 있는 것이다.

참고문헌

낭만이 시작되는 곳, 케임브리지:
  중국 시인 쉬즈모와 서정시 「다시 케임브리지와 이별하며」

페터 자거 지음, 박규호 옮김, 『옥스퍼드 & 케임브리지』, 갑인공방, 2005.

박지향, 『영국적인, 너무나 영국적인: 문화로 읽는 영국인의 자화상』, 기파랑에크리, 2006.

이-푸 투안 지음, 이옥진 옮김, 『토포필리아: 환경 지각, 태도, 가치의 연구』, 에코리브르, 2011.

홍지혜, 「徐志摩 산문에 나타난 작가의식 연구: 서구 지성사의 영향을 중심으로」, 고려대학교 대학원 석사학위논문, 2014.

장동천, 『대륙을 품은 섬, 영국견문록』, 시대의창, 2015.

徐志摩 著, 韓石山 編, 『徐志摩全集』 전8권, 天津: 天津人民出版社, 2005.

韓石山, 『徐志摩傳』, 北京: 北京十月文藝出版社, 2000.

柯瑞思(Nicolas Chrimes) 지음, 陶然 옮김, 『劍橋: 大學與小鎭800年』, 北京: 三聯書店, 2013.

劉洪濤, 「徐志摩與劍橋大學」, 『楚雄師範學院學報』 第二十一卷第七期, 楚雄: 楚雄師範學院, 2006.

Patricia Laurence, *Lily Briscoe's Chinese Eyes*, Univ. of South Carolina Press, 2003.

Robert Myers, *The Backs Cambridge Landscape Strategy*, Clare College, 2007.

저우쭤런, 서양 문학의 원류에서 일상의 가능성을 발견한 번역가

周作人 譯, 『域外小說集』, 中華書局, 1920(1920년대 판본에는 역자의 이름에 루쉰이 빠져 있다).

周作人 譯, 『陀螺(詩歌小品集)』, 1925.

周作人 譯, 『路吉阿諾斯對話集(上·下)』, 中國對外飜譯出版公司, 2003.

袁進 主編, 『中國近代文學編年史(1): 以文學廣告爲中心(1872~1914)』, 北京大學出版社,

2013.

루키아노스 지음, 강대진 옮김, 『루키아노스의 진실한 이야기』, 아모르문디, 2013.

마틴 버넬 지음, 오흥식 옮김, 『블랙 아테나 1』, 소나무, 2006.

마틴 버넬 지음, 오흥식 옮김, 『블랙 아테나 2』, 소나무, 2012.

베르나르 퐁트넬 지음, 신용호 옮김, 『신(新) 죽은 자들의 대화』, 케이시아카데미, 2005.

헤로도토스 지음, 박성식 옮김, 『헤로도토스의 이집트 기행』, 출판시대, 1998.

고운선, 「저우쭤런의 루키아노스(Lukianos) 대화집 번역의 의의」, 『중국학논총』 제 47집, 2015.

무스잉, 댄스홀에서 젖어드는 모던 상하이

嚴家炎·李今 編, 『穆時英全集』, 1, 2, 3卷, 北京出版社集團 北京十月文藝出版社, 2008.

黃獻文, 『論新感覺派』, 武漢出版社, 2000.

陳海英, 『民國浙籍作家穆時英研究』, 浙江工商大學出版社, 2015.

손주연, 「穆時英 소설의 중층적 욕망 연구」, 고려대학교 대학원 중일어문학과 석사 학위논문, 2009.

리어우판 지음, 장동천 외 옮김, 『상하이 모던: 새로운 중국 도시 문화의 만개, 1930~1945』, 고려대학교출판부, 2007.

Ying-jin Zhang, *The City in Modern Chinese Literature & Film: Configurations of Space, Time, and Gender*, Stanford University Press, 1996.

루쉰, 길을 만들기 위한 문학적 고투

魯迅, 『魯迅全集』 1·2·3·4·5·6·11권, 人民文學出版社, 1981.

錢理群, 『心靈的探尋』, 北京大學出版社, 1999.

고점복, 「魯迅 雜文의 사유 양상 연구: 인식과 표현의 문제를 중심으로」, 고려대학교 대학원 박사학위논문, 2007.

근대 위기 속에서 자연 인성을 노래한 선충원

沈從文, 『沈從文文集』(第2卷, 第6卷, 第8卷, 第10卷, 第11卷, 第12卷), 花城出版社·三聯 書店香港分店聯合出版社, 1983.

허세욱, 『중국현대문학사』, 법문사, 1999.

한국 중국현대문학학회,『중국현대문학과의 만남』, 동녘출판사, 2006.

홍석표,『중국현대문학사』, 이화여자대학교출판부, 2009.

凌宇,『從邊城走向世界』, 三聯書店, 1985.

嚴家炎,『中國現代小說流派史』, 人民文學出版社, 1989.

吳立昌,『"人性的治療者"沈從文傳』, 上海文藝出版社, 1993.

溫儒敏, 趙組謨,『中國現當代文學專題硏究』, 北京大學出版社, 2002.

Jeffrey C. Kinkley, *The Odyssey of SHEN CONGWEN*, Stanford University Press, 1987.

공상철,『경파 문학론 연구』, 고려대학교 대학원 박사학위논문, 1999.

방준호,「「邊城」에 나타난 鄕土的浪漫性硏究」, 고려대학교 대학원 석사학위논문, 1995.

강에스더,「1940년대 沈從文 창작의 모더니즘 특징 연구」, 고려대학교 대학원 중어 중문학과 석사학위논문, 2011.

강에스더,「중국 항전기 낭만주의 문학 경향 연구」, 고려대학교 대학원 중어중문학 과 박사학위논문, 2017.

趙學勇·盧建紅,「人與文化: "鄕下人"的思索–沈從文與福克納的比較硏究」,『蘭州大學 學報』第3期, 1991.

陳國恩,「30年代的"最後一個浪漫派"–歷史與現實交匯點中的沈從文小說」,『武漢大學 學報』第4期, 1999.

楊春時·徐晉莉,「沈從文的東方式浪漫主義」,『煙臺大學學報』02期, 2006年.

俞兆平,「盧梭美學視點中的沈從文」上·下,『學術月刊』1·2期, 2011.

'문혁 세대'를 넘어선 성숙한 '저항 시인', 베이다오

北島 主編,『今天』雜志, 1978-1980.

北島,『午夜歌手: 北島詩選 1972~1994』, 臺北: 九歌出版社, 1995.

____, 배도임 옮김,『한밤의 가수』, 문학과지성사, 2005.

北島,『失敗之書』, 汕頭大學出版社, 2004.

北島,『藍房子』, 江蘇文藝出版社, 2009.

北島,『古老的敵意』, 三聯書店, 2015.

北島,『在天涯 詩選 1989-2008』, 三聯書店, 2015.

北島, 上海文學編輯部 編,『百家詩會選編』, 上海文藝出版社, 1982.

査建英 主編,「北島」,『八十年代: 訪談錄』, 北京: 三聯書店, 2006.

박남용,「중국인 디아스포라 베이다오北島의 시적 이미지 연구」,『중국 현대시의 세계』, 학고방, 2012.

백영길,『현대의 중국문학』, 고려대학교출판부, 2015.

정우광 엮음,『뻬이따오의 시와 시론』, 고려원, 1995.

정우광, 한국 중국현대문학학회 지음,「중국의 솔제니친, 베이다오」,『중국 현대문학과의 만남』, 동녘, 2006.

허세욱,『中國現代詩研究』, 명문당, 1992.

김종석,「『今天』(1978-1980) 雜誌 研究」, 고려대학교 대학원 중어중문학과 박사학위논문, 2010.

박재우,「망명과 고독을 거친 성숙해진 '저항시인': 동아시아로 귀환한 중국 대표시인 베이다오(北島)」,『웹진 대산문화』2008년 겨울호, 2008.

베이다오,「베이다오 VS 백원담: 중국 개혁, 개방 이전과 이후」,『한겨레신문』, 2005. 5. 28.

베이다오, 성민엽,「'중국의 솔제니친' 망명시인 베이다오」,『경향신문』, 2005. 5. 27.

베이다오, 최유찬, 정우광, 최동호,「[대담] 중국의 현대시와 베이다오의 시」,『서정시학』20호, 2010.

成令方,「訪北島」,『聯合文學』4卷 4期, 1988.

함락된 도시 상하이, 그리고 통속의 세계: 친서우어우의『추하이탕』

秦瘦鷗·周瘦鵑,『秋海棠·新秋海棠』, 北京燕山出版社, 1994.

范伯群,『中國現代通俗文學史』(插圖本), 北京大學出版社, 2008年版.

邵迎建,『上海抗戰時期的話劇』, 北京大學出版社, 2012.

邵迎建,「張愛玲看『秋海棠』及其它」,『書城』, 2005年 12期.

남희정,「일본 점령시기 상하이 문학의 일상성 연구」, 고려대학교 대학원 박사학위논문, 2018.

오명선,「욕망의 확장공간으로서의 극장과 연극『추하이탕(秋海棠)』」,『중국어문논총』제68집, 중국어문연구회, 2015.

량치차오, 근대의 길목에서 소설을 발견하다

미조구치 유조 지음, 정태섭 · 김용천 옮김,『중국의 공과 사』, 신서원, 2004.

문학소녀 소피에서 혁명전사로: 현대 중국의 선구적 여성주의자, 딩링

딩링 지음, 김미란 옮김, 『소피의 일기』, 지식을만드는지식, 2009.

이선이, 『딩링, 중국 여성주의의 여정』, 한울아카데미, 2015.

조녀선 D. 스펜스 지음, 정영무 옮김, 『천안문』, 이산, 1999.

허구이메이(賀桂梅), 「지식인, 여성, 혁명: 딩링丁玲의 사례를 통해 본 옌안의 대안적 실천과 신분정치」, 황해문화 40집, 2003.

김윤수, 「『부녀잡지』(1920-1925)를 통해 본 신여성의 글쓰기」, 中國語文論叢 49輯, 2011.

김윤수, 「整風運動 이전 延安 시기 여성 담론 고찰: 《中國婦女》(1939-1941)의 '가정 담론'을 중심으로」, 中國小說論叢 54輯, 2018.

Wang Zheng, *Women in the Chinese Enlightenment: Oral and Textual Histories*, Berkly: University of California, 1999.

포스트모던 시대의 '윤리':
마오쩌둥의 「옌안 문예 좌담회에서의 연설」 다시 읽기

아즈마 히로키 지음, 이은미 옮김, 『동물화하는 포스트모던』, 문학동네, 2007.

毛澤東 著, 『毛澤東選集 第3卷』, 人民出版社, 2003.

카를 마르크스, 프리드리히 엥겔스 지음, 『칼 맑스 프리드리히 엥겔스 저작 선집 4』, 박종철출판사, 1997

도판출처

20쪽 https://www.flickr.com/photos/ken_mayer/10674876256

38쪽 https://upload.wikimedia.org/wikipedia/commons/5/5d/Willow_
Pattern.jpg

40쪽 https://commons.wikimedia.org/wiki/File:Kings_College_Xu_Zhimo_
memorial.jpg

47쪽 https://upload.wikimedia.org/wikipedia/commons/5/58/Eroshenko_
en_Chinio.jpg

63쪽 https://commons.wikimedia.org/wiki/File:Books_in_the_Loeb_Classical_
Library.JPG

121쪽 저자가 직접 촬영

171쪽 https://commons.wikimedia.org/w/index.php?search=bei+dao&ti-
tle=Special:Search&go=Go&ns0=1&ns6=1&ns12=1&ns14=1&ns100=1&
ns106=1#/media/File:Bei_Dao.IMG_3385.JPG

174쪽 https://commons.wikimedia.org/w/index.php?search=bei+dao&ti-
tle=Special:Search&go=Go&ns0=1&ns6=1&ns12=1&ns14=1&ns10
0=1&ns106=1#/media/File:Adonis_and_Bei_Dao_Cracow_Poland_
May12_2011_Fot_Mariusz_Kubik.JPG

205쪽 https://en.m.wikipedia.org/wiki/File:Mei_Lanfang.jpg

263쪽 https://zh.wikipedia.org/wiki/金庸

271쪽 https://zh.wikipedia.org/wiki/金庸

318쪽 https://www.flickr.com/photos/133626128@N05/28654878922

길 없는 길에서 꾸는 꿈

중국 신문학 100년의 작가를 말하다

2019년 8월 22일 초판 1쇄 찍음
2019년 8월 30일 초판 1쇄 펴냄

엮은이 고려대학교 중국학연구소
지은이 장동천 외

펴낸이 정종주
편집주간 박윤선
편집 두동원 강민우
마케팅 김창덕

펴낸곳 도서출판 뿌리와이파리
등록번호 제10-2201호(2001년 8월 21일)
주소 서울시 마포구 월드컵로 128-4 2층
전화 02)324-2142~3
전송 02)324-2150
전자우편 puripari@hanmail.net

표지디자인 가필드
종이 화인페이퍼
인쇄 및 제본 영신사
라미네이팅 금성산업

값 18,000원
ISBN 978-89-6462-123-3 (03820)

이 도서의 국립중앙도서관 출판예정도서목록(CIP)은 서지정보유통지원시스템 홈페이지(http://seoji.nl.go.kr)와 국가자료공동목록시스템(http://www.nl.go.kr/kolisnet)에서 이용하실 수 있습니다.(CIP 제어번호: CIP2019032835)